我不愿让你一个人

何乐逸　著

内蒙古出版集团
远方出版社

图书在版编目 (CIP) 数据

我不愿让你一个人 / 何乐逸著 . —呼和浩特 : 远方出版社,
2016.1
（紫水晶情感小说系列）
ISBN 978-7-5555-0625-6

Ⅰ . ①我… Ⅱ . ①何… Ⅲ . ①长篇小说－中国－当代
Ⅳ . ① I247.5

中国版本图书馆 CIP 数据核字 (2016) 第 022762 号

我不愿让你一个人

作　　者	何乐逸
责任编辑	蔺　洁
出版发行	内蒙古出版集团　远方出版社
社　　址	呼和浩特市乌兰察布东路 666 号　邮编 010010
电　　话	（0471）2236471 总编室　2236460 发行部
经　　销	新华书店
印　　刷	北京富达印务有限公司
开　　本	650 × 940　1/16
字　　数	240 千
印　　张	21.5
版　　次	2016 年 3 月第 1 版
印　　次	2016 年 3 月第 1 次印刷
标准书号	ISBN 978-7-5555-0625-6
定　　价	35.00 元

目录

第一章　若爱已成往事

有时候，我们认为不会改变的事情，都在以一种不自觉的速度缓速前进，待你恍神之后，发现整个世界都不一样了，你已不知置身何处了，只能随波逐流。

自古以来，婆婆对媳妇的“帮夫运”格外注意，阮翠莲还没见到叶汐颖的时候，就给她算了八字，算命先生说了一句：“财旺升官，此女命格难得一见。”

这让她极为满意，之后又带着叶汐颖去庙里上香，顺道看了面相，无一不夸，这下老太太就真放心了。虽说现在都二十一世纪了，不该搞这些迷信玩意，可毕竟老人家还是需要有个信仰。

果不其然，自打赵东耀和叶汐颖在一起，事业越发噌噌往上涨。原本只是小本经营的买卖，在赵东耀这几年的倒腾之下，已经遍布全中国，而他俩的生活也从地下室换成三居室，然后是小别墅，一栋接着一栋地买。要说这生活，的确不能给人一个事事顺心的舒坦，世间难得双全法，就在形势大好之下，赵东耀和叶汐颖的婚姻关系，已经如履薄冰。

相恋六年，结婚两年，如今，彼此形同陌路。

叶汐颖在嫁给赵东耀后，就辞去了远宗进出口贸易公司财务一职，专心留在家里当全职太太，想有更多的时间照顾他，可没曾想这只是增加口角罢了。在与赵东耀争吵中，导致他一年半载都不大可能回家；家务事早已不需要她了，用人自会代劳，所以真成了贤妻“凉”母。

像她这类群体的女人在社会上还是多见的。随着社会不断地发展，有钱人的数量日益增加，只是钱多到三辈子花不完的却相对少些，所以叶汐颖算是富太太中的拔尖人物。这也吸引了不少其他富太太找她玩，聊天、打麻将，可叶汐颖倒不是个干这些事的人，不是特别爱掺和，除非是特别要好的。

孟韦茹就是其中一个。虽然叶汐颖不爱打麻将，却还是被她拉来凑数。在钱小曼的别墅二楼，黑色大理石铺成的地板，华丽璀璨的吊灯，四个人围在纯黑香木桌前，专心致志地看着手上的牌。

今儿个孟韦茹打得心不在焉，好几次都被她这个生手赢了。过了一会儿，孟韦茹出去接了一个电话，回来以后，整个人心神不宁，打牌的手都在颤抖，好像在看一个仇人，眼神中带着杀气，猛地推倒面前的一排。

麻将啪啪啪地掉落在地上，孟韦茹听见落地声，恍然从梦中醒来，“我有点事，对不住各位，下回请大伙在福清楼吃饭。”语毕，便踩着十二厘米的高跟鞋离去。

山西煤老板的新婚太太桑以珍不明所以，便嚷嚷道：“她今天是怎么了？哪根神经不对劲了？”

“呵呵，还能怎么样，老张又发作了呗！”钱小曼笑笑，艳红的指甲放在唇边一抹，命令用人过来整理满地凌乱，顺道让他们泡上三杯西湖龙井茶。

“你是说老张又找哪个小姑娘了？他不是消停好久了吗？”桑以珍抿一口茶，小声地问。

钱小曼的觉悟比桑以珍高许多，“你见过不偷腥的猫？”说完这句话，又瞄了一眼闷不吭声的叶汐颖。

叶汐颖不想谈论这些话题，找了个家里还有事的借口离开。刚走出门口，等待已久的司机开车过来。她坐上车子，闭着双眼靠在窗户上，不知怎么的，想起以前跟赵东耀两人穷困潦倒的日子。那时候，他舍不得她少吃，每次下班回来都会说公司有食堂了，他在那吃过。直到后来她去公司找他才知道，哪有什么食堂，都已经有餐费补贴了，怎么可能会有食堂，又不是红十字会。不知不觉她的眼眶湿润了，倒不是生活艰辛，而是发现那时候爱的真挚，而今是真挚到没爱了。

车子在红灯时停下，司机问了一句：“太太，回家吗？还是……”

叶汐颖想了一下，“去华联超市。”

司机点点头。绿灯亮了，司机油门一踩，扬尘而去。车身晃动，她的眼泪滴在手心，暖暖的。

近年来，在2008年金融危机风暴席卷后，经济开始慢慢复苏，虽速度缓慢，却也有些成效。万氏集团在低迷的市场中，出人意料地脱颖而出，迅速成为业界黑马，其领导者独到的眼光，不拘一格的商业手段，被媒体戏称为“黑夜中的豹子”。

这四年，政府有意扶持影视产业，从税收、资金、土地等各个方面给予优惠，从而衍生出一大批的影视剧。万氏也将目光放到了这行业，相继推出几部畅销小说改编的电影，获得了观众的好评，迅速在行业内崛起，形成口碑效应。

最令人津津乐道是老总万宗胥，至今仍是一个钻石王老五，加上相貌俊朗、身材高大这些天生的条件，令 S 市的名媛个个趋之若鹜趋。虽然万宗胥不是好色之人，可总归还是有些个人需求，狗仔特喜欢捕风捉影，每次拍到一两张模糊照片，总能让他上头版头条。

万家家宴，万家老大万宗锭坐在主座上。万家老爷子在两年前去世，于是万宗锭就成了万家的大家长，毕竟长兄为父，况且以他稳重的性格，的确较为恰当。

与之相反的是万家老二万宗胥，虽然事业有成，可性子相比老大，少了一份沉稳，多了一份桀骜不驯，不过倒也有原因。这两兄弟相差十六岁，万老爷子老来得子，自然对小儿子更加溺爱，甚至宠得肆无忌惮。不过万宗胥也是个有分寸的人，除了报纸杂志的花边新闻之外，倒也没有干过什么糊涂事，除了……

万宗锭慢条斯理地咀嚼一块黑椒牛肉，“宗胥，听说你最近跟王氏企业的大小姐王思媛走得比较近。”

“跟我走得近的女人还少吗？”万宗胥抬起头笑了。

用人见他的水杯见底，连忙换成酒杯，却被他阻止了，“我自己开车来的，现在查得这么严。”

显然这句话是对万宗锭所说的。只见万宗锭点点头，“也好，喝酒本就不是好事。”

“其实我爸的意思呢，就是抱怨小叔你还不结婚，要赶紧找个姑娘娶了。”万黎芝在一旁笑盈盈地搭腔。她的名字跟香港 TVB 一位女艺人谐音，她打小就喜欢瓜子脸的女生，可因为遗传基因，却是圆圆脸，虽然也挺漂亮，只是对于女生来说，从来都是不满足的。

万宗胥抽了一根烟，心情颇好，面带笑意，“小孩子家家懂什么。”

“我不小了，都二十八了。你看汐颖跟我同岁，已经结婚两年了。”万黎芝不满地嚷嚷。

说完后，原本不冷不热的饭局彻底僵了，万宗胥沉着脸吸了一口烟，闷了一会儿，白烟才从鼻子里逸出。万宗锭咳嗽一声，见没人回应，便和旁边的小妈一起东拉西扯。吕妮则是瞪了一眼不懂事的女儿。

晚饭后，万宗胥要开车回家，顺道载着万黎芝。

他不住万家宅子，习惯一个人生活，万老爷子在世便是如此。万黎芝也有样学样，对家里声称要独立，搬出去半年有余。万宗锭虽心有不舍，却还是硬着头皮同意，毕竟女儿的说法没有错，她的确是自理能力过差。

“小叔，你是不是还是忘不了汐颖？”万黎芝瞅了他一眼。

万宗胥手握方向盘，嘴角勾起一抹嘲讽的笑，“这是我的事，你管好你的事。”

“你这话什么意思，我是关心你。”万黎芝委屈极了。万宗胥一向对她关爱有加，就因为刚提了叶汐颖的事，冒这么大火。

“黎芝，我和大哥向来对你纵容，是因为我们都觉得女孩要富养，才能不被社会上的利益浮华所诱惑。可我们却也忘了一件事，那就是教会你目空一切，以我为尊。你和赵东耀的事，就真当我是全然不知吗？”

整个车厢安静下来，没有一丝声响。万黎芝捂脸抹泪，发出低低的抽泣声。车外远处的商业大厦霓虹灯闪耀，不断更替色彩，就如同物欲横流的世界里，永远不知道下一秒会发生什么，有些人远远观赏，有些人置身其中。

万宗胥在黑暗中叹了一口气，“别哭了。”

万黎芝抽抽噎噎地说：“我……不是……故意的，我一直喜欢……东耀，只是他从来没有看到我，眼里都是汐颖。既然他们是彼此相爱，就让他们在一起好了，我去留学。当我回来后发现，他不快乐，他一点也不想跟叶汐颖在一起，他身边有那么多女人，不是爱他这个人，都是因为他的地位。为什么我这么爱他，却只能眼睁睁看着他堕落下去呢？”

“荒唐！”万宗胥忍不住斥责一句，“所以你是救世主，为了拯救赵东耀？”

“他如果真喜欢汐颖，为什么不一心一意地对她，而在外面拈花惹草？”万黎芝说得掷地有声。

万宗胥沉默了，车速变得缓慢，后面的车耐不住，当超上的那一刻，灯光打到他的侧脸，一半明亮一半昏暗，他神情凝重地看向前方。

他将车停靠在华豪小区门口，万黎芝手握车门把手，迟迟未动，然后像是鼓足勇气地问：“小叔，你会说出去吗？”

“暂时不会，我没那么无聊。”万宗胥语气淡淡地说。

万黎芝追问，“那汐颖呢？你会跟汐颖说吗？”

“你真当她是傻子吗？她只是懒得戳破而已。”万宗胥靠在车椅上，有些疲惫，揉揉睛明穴，对正在发愣的万黎芝说：“她没什么攻击力，你不必担心，倒是你，别对她做得太过分。”

赵东耀应酬完客户，从万富商务会所走出来，整个人摇摇晃晃，满身烟酒味，意识倒还是清醒的，伸手招来司机。坐上车后，他靠在座椅上，司机瞄了一眼后视镜，“去华豪小区吗？”

“嗯。”赵东耀轻哼一声，扯松了领带，舒坦地呼了一口气，顺便问：“太太最近怎么样？”

赵东耀都是几个月回一次家，每次回去都待不了一天，两个人的矛盾实在太多，不是冷战就是口舌之战，只能透过旁人才能知晓她的情况。

司机说：“太太最近好像心情不太好，今天去跟孟太太她们打麻将了，打完之后，心情更差，我估计她输钱了，可能数额比较大。”

赵东耀应了一声，“行了，我知道。”

随即又说了句，“上次听张嫂说太太好像喜欢阿玛尼的沙发，回头你们就去置办一套，还有爱马仕的新款包，也先预订下来。她本来就没有特别喜欢的东西，有看上一眼喜欢的，通通报给我。”

他和叶汐颖是患难夫妻，她陪着他走过了人生最艰苦的一段岁月，叶远不舍得宝贝女儿跟他吃苦，几次三番阻挠，甚至动用各种人脉关系，最终她不惜跟家里断绝关系，来成全两人的爱情，所以他舍不得她在物质上匮乏，一点都不允许。

哪怕对老婆再好，他也犯了一些男人的通病，说得好听叫风流，实际就是出轨，更深层的意思是背叛婚姻。

赵东耀刚一打开门，就有一个柔软的身躯扑上来，一双纤细的手臂紧紧拥着他的腰，瑰丽的红唇吻了上来。他却心不在焉，意兴阑珊地推开了她，没曾想万黎芝又缠上，他将她扔到沙发上，恼怒地说：“我去洗澡。”

赵东耀从浴室里出来，看见万黎芝躺在床上睡着了，于是，他在另外一侧躺下，将床头灯关掉。

叶汐颖昨天逛超市的时候，看到货架上堆着满满的十字绣，一时手痒拿了一个放到推车里，早上起来闲来无事，就一直倒腾着针线。虽然不是什么体力活，可也是耗费精力的，特别是眼睛，也不知道怎么的，眼睛特别痒，一直用手擦，下午张嫂喊她吃饭，她才停下手中的活。

张嫂一看到叶汐颖双眼红肿，误以为她又是为了赵东耀天天不着家伤心，忍不住在心里嘀咕。她就实在搞不清楚这一对夫妻了，明明家里有个貌美如花的妻子，却非要出去花，这要按她的眼光，那些个花花草草，一点都比不上太太。而太太这个人，表面上装作什么都不知道，实际心里跟明镜一样，却不捅破，只能暗地流泪。

叶汐颖吃完饭，打算到附近的商场逛逛，瞄见原本放沙发的位置空了，“张嫂，怎么沙发不见了？”

“赵总吩咐买一套阿玛尼的白色沙发，下午就运到，所以早上就让人把旧沙发搬走了。”张嫂一边洗碗一边说。

叶汐颖点点头，不作声，早上睡醒的时候，就收到一条短信，是银行发来的，卡里的余额多了一百万，又给家里换了沙发，想来就是那个人做的。嫁给他就像是一只永不跌的股票，只是她怎么就没有一点愉悦呢？这种成就感还不如绣出一幅十字绣来得强。

她一个人提着包在商场逛了大半圈，没有找到一件合心意的东西，却在电梯拐角处，遇见了一位两年未见的人，剃了一个小平头，仍旧高大帅气，眉宇之间多了些深沉，岁月对他相当仁慈。

万宗胥也瞧见了她，大步走了过来，嘴角挂着笑容，“你也在这里逛？”

叶汐颖淡笑，点点头，“嗯，逛了一圈，没有看上想买的，准备早点回去了。”

“我送你？”万宗胥热络地说。

叶汐颖原想拒绝，可司机早早就回去了，现在又是交换班的点，不太好打车，他都这么毫无芥蒂，那她又尴尬什么呢？于是就答应了。

万宗胥一路上开车，都在伺机寻找话题，只是两个人实在太久没交流了，每次都是话到嘴边，又说不出口，如果问最近怎么样，显得有点肤浅，毕竟S市的各大媒体，早就把赵东耀的事渲染得众所周知，这么一问，无疑是雪上加霜。他偷偷瞄了一眼她红通通的眼眶，握着方向盘的手使劲一捏，胸口冒火，早知道她会受这份委屈，哪怕让她恨他一辈子，也不该让他们结婚。

叶汐颖倒是先开口了，“宗胥，你过得好吗？”

万宗胥扭头，深深看了她一眼，“就那样，你呢？”

“呵呵，你不都知道了吗？他的事早不是什么秘密了，也许你知道的比我还多，毕竟是一个圈子的。”叶汐颖眯了眯眼睛，也不知道是因为阳光刺眼，还是心底难过。

叶汐颖这话说得不错，万宗胥和赵东耀都是一个圈子的，两个人均为业界翘楚，若要较真，也只能说，万宗胥会利用手头上的资源，比如说家世背景、人脉关系等等，而赵东耀则是彻头彻尾的草根出身，完全只能凭自己的本事。

要说同在商业圈，的确获取信息量比外界更为迅速，就在他们俩结婚三个月后，他就已经知道赵东耀在外面的勾当，只是叶汐颖是个死脑筋，不会轻易放弃赵东耀，再加上早在三年前，已经拒绝了他，毫不留情地消失，他实在不该再去招惹她。

可自打知道黎芝和赵东耀的事，好不容易堆积起来的城墙，顷刻间崩塌，特别是今天看到她这副模样，他忍不住心疼。这个女人就是他的软肋。

车子驶入莲都别墅小区，在她家门口停下，叶汐颖准备下车，万宗胥连忙说：“留个手机号吧。”又顿了一下，瞅了她一眼，“你应该不会介意吧？”

叶汐颖笑了，“不介意。”

拿过他的手机，在上面输入了一个手机号，拨通，只听一声铃响，她快速按掉，将手机递还给万宗胥。他接过手机，低着头沉声问道：“颖颖，你后悔了吗？”

叶汐颖听到许久未闻的称呼，浑身一颤，仿佛回到了三年前的仲夏夜，勉强压住情绪，打趣地说：“这个世界上没有后悔药，如果真的有，那么我会选择不出生。”

她趁着万宗胥沉默之际，匆忙地从车上下来。万宗胥看着她着急忙慌地进门，消失在视线里，从车里拿出一包烟，抽出一根，忽然想起她不喜欢烟味，又默默地将烟放回去。

赵东耀难得回一趟家，却没有看见叶汐颖的身影，张嫂瞧见了，倒是喜滋滋地在厨房里倒腾晚饭，顺道跟他聊聊家常话，“赵总，你也别嫌弃我老太婆烦，其实你应该经常回来，太太一个人在家，实在太寂寞了，唉……”

“嗯……我知道，张嫂，平时我也不在家，你就多担待点，汐颖毕竟还生嫩。”其实他也是个很爱聊天的人，刚跟叶汐颖在一起的时候，两个人总有聊不完的话，甚至会聊上一整夜，可要说具体聊什么，基本是没有，就是漫无目的地瞎聊，一点都不会觉得腻。

锅里煮着排骨汤，香味袅袅飘出，赵东耀掀开锅盖，白烟飘出来，下意识地往前一看，就瞄见一辆熟悉的车子停在家门口，顿时面色铁青，不动声色地盖上锅盖，轻轻地走出厨房。张嫂刚剥完豆子，就瞧见锅里的汤溢出，四处一瞄，不知道赵东耀是在什么时候离开的。

叶汐颖一进家门，张嫂就兴冲冲地告知赵东耀在楼上，她慢慢吞吞地走到房间，窗帘被拉上，室内光线昏暗，模模糊糊一片。忽然，她被一股力拽了进去，咚的一声背部撞上墙壁，直痛得哼了一声，一条舌头钻进她嘴里，她拼命挣扎，却抵不过他的力气，毕竟男女天生有差异。她渐渐放弃抵抗，整个人仿佛是一个毫无生气的木头娃娃，任凭他的肆虐，就是不回应。

赵东耀喘着气，嘴唇贴近她的耳畔，叶汐颖浑身冒了一阵鸡皮疙瘩，语气冰冷，“有意思吗？”

他猛地抬起她的下巴，黑暗中，她虽看不见他的表情，却感受到他隐隐散发出的怒气，“跟我没意思，跟万宗胥就有意思了？”

叶汐颖气得浑身发抖，使出全身力气推开他，“不要脸……”

赵东耀一把将她扔到床上，整个人扑上去，发出吱吱吱的撕裂声，叶汐颖拼命制止，一股羞耻感从脚趾头延伸到脑门，“对，他就是比你好，跟他在一起，那是享受，跟你……呵呵，我觉得脏。”

赵东耀埋在她胸前的脑袋停止动作，暴吼：“叶汐颖你……”

叶汐颖立马将身子缩到床角，“你走你的阳关道，我过我的独木桥，彼此各玩各的，难道你还稀罕我这身子？赵总，外面山珍海味吃多了，开始记挂家里的清粥小菜了？只可惜，也不只是你一个人吃的。”

赵东耀一声不吭地坐了起来，叶汐颖手心冒汗，生怕他轻举妄动，没过几分钟，他站起来，整了整衬衫，回头瞪了她一眼，略带嘲讽，“你以为万宗胥是什么好货色？他什么女人没玩过，奉劝你就别往上撞了。”

叶汐颖看着他离去的背影，瘫软如泥地靠在床头，仰头冷笑，缓缓闭上眼睛。

张嫂原本准备了一大桌子的菜，却因为赵东耀提早离开，叶汐颖没有胃口，而送给了隔壁的大狼狗，那只狗饱饱地吃了一顿，肚子滚圆得早早安歇了。

晚上，叶汐颖拿着睡衣走到卫生间，开启花洒洗澡，整个人闭着眼睛站在下面，热水从头淋到脚，有一种说不出的畅快感。她抹沐浴露时发现，胸前紫了一大块，下意识地多搓了一会，想去掉这一块痕迹。

自打赵东耀出轨，俩人就好久不同床了，两个彼此相爱的人，是会自私地以为对方只是一个人的，如果其他人碰了，就脏了，再亲热只会徒增伤感。

叶汐颖包着浴巾走出卫生间，发现床头的手机一直在唱歌，拿起一看，那边已经挂断电话。一共有六通未接电话，四通是万宗胥的，两通则是赵东耀的，她忍不住蹙眉，将手机扔到床沿，走向衣柜换上睡衣。

百丽达宫热闹非凡，昏暗的灯光下，身穿性感短裙的姑娘们，在台上摆弄惹火的姿势，台下嘈杂混乱，烟酒味浓重，四周的人在玩骰子、划酒拳、亲热，越是漆黑，越见动物的本能，夜晚通常见证了人性的糜烂、腐朽。

803号包厢里，万宗胥心不在焉地喝了一口酒，一双眼睛盯着手机屏幕，胖子豪搂着个佳丽唱完一首《甜蜜蜜》，两人腻歪地回到位置上，扭头一看，“老大，你今天是怎么了？居然把姑娘赶走了？”

万宗胥瞄了一眼，“你玩你的……”

万宗胥烦躁地点了一根烟，发现手机响了，迅速拿起，发现来电显示“王思媛”，按下静音键，气恼地将手机扔到一旁，不加理会，一口饮尽，公主立马恭敬地满上酒。

胖子豪嘴角洋溢着笑容，一只手搭在万宗胥的肩膀上，“老大，你是不是又在想那个小妞？”

万宗胥冷眼一扫，胖子豪悻悻地将手放下，只要是和万宗胥熟稔的人，都知道他心底有个心心念念的人——叶汐颖。

每回报纸上报道有关他们夫妻不和的新闻，最坐不住的就是他。胖子豪觉得他哪儿都好，就是对待那叶汐颖太磨叽，这点跟他们这一伙人不一样。

胖子豪是个富二代，习惯了女人倒贴，非给他弄得那么复杂，说是希望他们夫妻和睦，私下又幻想他们夫妻关系破裂，总的来说就是相当纠结，胖子豪最近可又瞧见有关赵东耀偷养小蜜的新闻了。

万宗胥沉默了一会儿，才慢慢说：“我什么时候没想过？”

“老大，不是我说你，赵东耀也不是第一天出去花心了，他老婆从来不吭声，也不闹离婚，这表明她是深爱他的，你想想可以，可别犯糊涂。常言道，风流可行，下流不可为。现在的社会，女人一抓一大把，不怕找不到一个合心意的。”

他说得语重心长，万宗胥嘴角一勾，倘若没有黎芝的事，他会选择继续如此，可赵东耀那小子太不识好歹了，“你不懂，她是最好的，没有第二个她了，哪怕有，我也不想要。”

胖子豪恍然，“难怪你找的女朋友，都跟那小妞截然相反，原来是有精神洁癖。”

万宗胥抽了一口烟，心事重重。

凌晨三点，万宗胥一行人才纷纷散去，今天这个场子，万宗胥给他俩打了一辆出租车，自己在门口又抽了一根烟，看着已经空了的烟盒，叹了一口气，丢进垃圾桶里。

手机又响起，万宗胥看了一下有二十几通未接，全是王思媛打来的，接起电话，“喂？有事？”

王思媛躺着床上翻来覆去，发现那头接通了，迅速坐起身子，“万宗胥，你干吗不接我电话！你在哪儿？”

“应酬。”万宗胥淡淡地说，伸手招来一辆车子。

王思媛用手指头勾起一撮头发拨弄，语气放柔，“那……明天你陪人家吃饭吗？”

“明天我要去C市出差，后天才会回来，到时候一起吃饭，我有件事跟你说。你好好照顾自己，别耍小孩子脾气了。”万宗胥吩咐着。

“嗯，好，等你回来，我会想你的。”王思媛甜甜地应了一句，喜滋滋地挂下电话，他还是关心她的，虽然不善于表达。

C市的那笔生意谈得很顺利，万氏集团天价收购了一本畅销书的电影版权，并对外宣称将会投资五个亿进行拍摄，一石激起千层浪，各大媒体纷纷进行报道。万宗胥的这一举动，吸引了行业大亨万生源集团的加入，两人都对整个剧相当看好，并且意见出奇地一致，十分爽快地签下合同。

万宗胥谈好生意，提早一天回到S市，拿着公务包回到家，一打开门，看见王思媛一边看电视一边在沙发上做踢腿运动。

“宗胥，你回来了！”王思媛往门口一望，看见了心心念念的人，嘴角止不住上扬。

万宗胥把公文包放在玄关处，换上拖鞋，“你怎么会在这里？”

王思媛点起脚尖，轻盈地走到他身边，略带羞涩地搂住了万宗胥的腰，用脑袋蹭了蹭他的胸膛，“人家好想你。”

“那现在看到了？”万宗胥眼眸波澜不惊，王思媛猜不透他的想法，小心翼翼地说：“你不开心吗？”

“你认为呢？”万宗胥挑眉，缓缓开口，“思媛，我们分手吧。”

“宗胥，你是在开玩笑吧。”王思媛不可置信地爬了起来，一双美目瞪得老大。

万宗胥一字一句地说：“我从不开玩笑。”

王思媛不肯相信，扯着万宗胥的衬衫，失控地大声嚷嚷：“不可能啊，我们彼此这么相爱，是要结婚的！结婚的啊！怎么可能会分手，不可能，绝对不可能！”

万宗绪像是听到一个很好玩的笑话，嘲讽一笑，“相爱？是我爱你了呢，还是你爱我了？要说我爱你，那你放心好了，在我眼中，你跟其他女人都一样。要说你爱我？啧啧啧，你私底下也没少跟别人鬼混，即使没了我，你也会过得很好。”

“你怎么……”王思媛瞬间脸色发白，万宗胥平日里对她不冷不热，就连亲热的时间也不多，自然而然被这个浮华的圈子诱惑，只是她只爱他一个人啊，他们算什么，什么都不算！

王思媛的眼泪滚落下来，晶莹剔透，“宗胥，我错了，我知道错了，再给我一次机会好不好？”

“思媛，何必呢？”万宗胥俯下身子，擦掉她脸庞的泪珠。

“你……”王思媛没有料到，万宗胥居然会说出这番令人寒心之语，“你难道不怕我告诉爸爸吗？他不会放过你的！”

“哦？”万宗胥笑了起来，朝着酒柜走去，径自倒了一杯红酒，不停地摇晃杯身，“不知道王总有没有兴趣看自个儿女儿的某些照片。”

王思媛抖着手指向他，“你什么……时候拍的？”

“不是我的，我可丢不起这脸，而是你们的。”万宗胥说完这句话，猛地将杯子往地上一砸，摔得粉碎，惊得王思媛心惊胆战，忍不住瑟瑟发抖。

万宗胥整了整袖子，冷酷地撂下一句，“思媛，人生大事，必须好好想想，别把自己玩进去，那可就得不偿失了。”

孟韦茹这两天总感身体不适，喊上叶汐颖陪她去医院挂号。

俩人一同走到楼梯口，叶汐颖愣在那里，妇产科门口不似平时拥挤，就站了几个人，而其中一个，是她最为熟悉的闺蜜万黎芝，现在仔细想来，“闺蜜”两个字也就表达了荒唐的青春而已。

直到孟韦茹拉了拉她，她才晃神回来，迷迷糊糊地离开，不时回头望望，有一股不好的预感。

医院附近有一家星巴克，叶汐颖点了两杯星乐冰，一拿到桌子上，孟韦茹就伸手抢过其中一杯，哗啦哗啦灌下一半。叶汐颖思绪还停留在刚刚，待了一会儿，才慢慢回神。

其实，叶汐颖大多都在自欺欺人，她也不知道哪里做错了，出了什么问题，为什么彼此相爱的两个人，如今却变成这样，难道真的应了那句老话，只能共苦，不能同甘？

她甚至记不得现在赵东耀究竟是什么模样，一点都不了解。

印象里他还在上大一，穿着一件格子衬衫，在图书馆认真地看书，经常会给她送早餐，会在每一个不眠之夜陪她聊天，直到天际发白，喊她“猪头老婆”，牢牢地记住她的付出，舍不得她过苦日子。

有些事，只能顺其自然，有些事，只叹无可奈何。

最初她不是如此认命，可发生了种种事情后，也唯有装作看不见，才能维持一种表面的平衡，哪怕再不甘愿。

虽然叶汐颖和赵东耀的婚姻生活不顺，可在阮翠莲面前，依旧是一副幸福美满的样子，每周都会去她家吃一顿饭，顺道问问近况，以及陪着她聊聊天，但随着赵东耀事业越来越忙，也就只剩下叶汐颖一个人过来了。

阮翠莲早年丧夫，独自一人拉扯赵东耀长大，没过什么好日子，一直生活在农村里，直到赵东耀发达了，才把她接到城里来，本来是大伙儿一块住，可她早已过习惯了一个人的日子，怕老年人和年轻人的习惯不一样，于是选择搬了出来，相对于很多人来说，她算是挺开明的母亲。

“汐颖，不用继续烧了，反正就我们俩人吃，这么多菜怎么吃得了。”阮翠莲对着正在厨房忙活的叶汐颖说。她听到后，在锅里炒了几下，将最后一个西红柿炒蛋烧好端出。

桌子上摆了六菜一汤，叶汐颖和阮翠莲的口味偏淡，并且不喜欢吃荤，但难得来一趟，还是做了一个红烧肉和糖醋鱼，阮翠莲夹了几块肉给叶汐颖，笑眯眯地说：“多吃点，你的厨艺进步很大。”

“还是妈做的菜味道好，我还需要继续琢磨。”叶汐颖是叶远的亲闺女，而叶远是源城房地产的老总，旗下房产遍布全国。

虽然叶汐颖自小跟着叶奶奶长大，却也是从不进厨房的，对这些事压根不了解，直到与赵东耀相恋之后，才慢慢地将家务事学会。

阮翠莲笑呵呵地跟她聊着。阮翠莲喜欢吃饭，而她则是偏好菜，于是倒也解决了一桌菜，她准备起身整理碗筷，就见阮翠莲拉住她，一副支支吾吾的模样，“汐颖，你可得好好管管东耀，他这么不着家，总归是不好的。”

“妈，您多虑了，别看报纸上乱写。”叶汐颖不动声色地笑笑，将桌子上的碗叠好。

阮翠莲叹了一口气，帮忙一起把筷子理好，两个人一起去水槽洗碗。“汐颖，我自己的儿子，我还不了解吗？这两年他越来越过分了，也不知道他为什么变成这样。”

叶汐颖用海绵刷着碗筷，没来由得心痛了一下，为什么会变成这样？她也不知道，甚至有时候都想不起来，他应该是什么样。这不就是他吗？“他事业这么忙，好好体谅他，我会多劝劝他的。”

“你说这句话妈就放心了。”阮翠莲看着儿子生意越做越大，可家里却一点不上心，这点还是让她揪心，幸好儿媳妇识大体，倒也没什么闲话，好是好，就是有点美中不足，“汐颖，你身子好点没？”

“好多了。”叶汐颖手一顿，须臾，继续忙活。

阮翠莲语重心长地说：“妈懂你的苦，等养好身体再怀一个，反正你们都还年轻，肯定会再有的。”

叶汐颖点点头，将碗筷洗好放到消毒柜里，两个人又在客厅里聊了会儿，她看了下时间，就跟阮翠莲告别了，顺便将赵东耀给她打的钱，弄成支票递给阮翠莲。

回去的路上，她让司机在小区门口停下，独自一个人在花园里四处逛。夜晚凉风徐徐，柳树不停地摆动枝条，一些老太太正在跳着广场舞，老大爷们正在绕圈散步，年轻的情侣正在暗处卿卿我我，她慢慢闭上眼睛，一只手摸着小腹。

三个月前，她怀过一个孩子，不知是男还是女，但现在想来，这并不重要，倘若要让孩子活在一个支离破碎的家庭，那么她宁可选择不生。赵东耀并不知道她怀孕，仍旧沉浸在外面的花花世界。

那一日，她去医院做检查，看为什么大姨妈迟迟不来，却从医生那里得到消息，她怀孕了，虽然感到意外，但打从心底是欢喜的，甚至期待孩子长什么样，赵东耀会不会因为孩子而把重心放在家里。

于是她打了个车，往赵东耀公司去，恰巧是公司忙碌的时候，秘书不知道去哪儿了，其他的人都在忙着手头上的工作，无暇分身，她自个儿推开赵东耀办公室大门，整个人傻在那里，久久不能回神，赵东耀和万黎芝正吻得难舍难分。

她仿佛被抽空了灵魂，飘飘荡荡地走出公司，路上撞到个人，对方骂了句："没长眼睛啊！"

她笑笑，又继续往前走，那人扔了句："神经病。"

当她穿过马路的时候，一辆汽车疾驰而过，猛按喇叭，没想到她居然还直直往前走，一踩急刹车，车子撞了上来，她整个人倒在地上，鲜血缓缓地从下身流出，晕染了一大片。

当她睁开眼的时候，看见赵东耀眼睛里泛出的红血丝，整个人看上去大受打击，颓废地坐在椅子上，不知怎么的，心底里升起一股子报复的快感，只是掺杂着疼痛，钻心的疼痛。

她没有告诉他，看到了他们的奸情，可最无辜的还是那个没缘分的孩子，静悄悄地来，正如他静悄悄地走，挥一挥衣袖，不带走一片云彩。

叶汐颖抬眼看着天上火红的云彩，像是在空中燃烧，不由得看痴了，没有留意背后有人悄悄走进，直到赵东耀拍了拍她的肩膀，她回头才发现，“你怎么来了？”

“我们进去说。”赵东耀和叶汐颖一块回到别墅里，张嫂看见俩人是一起的，于是眼尖地回到自己房间，偌大的客厅里，就只有他们两个，叶汐颖泡了两杯红茶，递给赵东耀。

赵东耀喝了一口，“汐颖，听说你给妈生活费了？”

叶汐颖恍然大悟，原来是因为这事，想来是因为阮翠莲好心，有意让他们恢复感情，才拿这事跟赵东耀说的，“只是代你给的，你要觉得亏心，可以再打给我。”

赵东耀一口答应，叶汐颖没有半点欣喜，只是淡然地点点头，一时间，安静得毫无声音。他清了清喉咙，满脸愧疚地说：“汐颖，上次的事，是我误会你了，对不起。”

那日看见万宗胥的车子，他情绪失控才会说出那样的话，其实回头仔细想想，她根本就不是那样的人，只不过是在气他，如果他们俩有什么，那么早在三年前就会发生了，怎么还会等到现在，只是醋意发作，将脑子冲昏头了。

叶汐颖觉得好笑，但却不知道是开心还是难过，只觉得胸口钻着一条小虫，正在一口口撕咬她的心脏，“好了，我累了，没有别的事，你可以走了。”

“等等……”赵东耀喊住她，“明天我们公司合伙人去景山泡温泉，你去吗？”

叶汐颖瞄了他一眼，沉默许久，回了一句，“好啊。”

她能够应予去，让赵东耀始料不及，自打结婚之后，她就选择闭门在家，足不出户，也不喜欢搅和他生意上的事，不得不说，她是一个称心如意的妻子。

隔天一大早，俩人准备了两个小包，就朝着景山开去。

赵东耀最初是做房地产发迹的，可近几年有关政策下来，他渐渐转行做 B2C 网站，简而言之就是电子商务，并将重心放在这上面。

叶汐颖觉得赵东耀是个聪明人，懂得随大流转变方向，不会拘泥于过往的成绩，这点相比于她爸是好多了。爸爸或许是因为年龄的问题，已经死板得固守成规，这些年也不过是维持现状而已。

不得不说，赵东耀的眼光独到，成功吸引了几位投资人进行融资，并且不断壮大团队。

叶汐颖穿着一件相对保守的泳装，整个人泡在水里，舒坦地呼了一口气，感觉全身的毛细孔都打开了。可能因为来得早，所以女士温泉这边没有多少人，只有几个看上去年龄偏大的女人，正在一旁高声阔谈。她在水里泡了一会儿，就起身拿起浴巾裹住出去了。

她在回廊里撞见了一位熟悉的人，是赵氏集团的投资人之一娄宏畅，年纪不大，却挺着一个大肚腩。娄宏畅倒是首先开口：“想不到东耀还有这么漂亮的女朋友，以前没见他带出来过。”

叶汐颖淡笑，“我是他太太。”

“哦……原来是赵太太，久仰久仰，跟其他的庸脂俗粉就是不一样，东耀可真是好福气。”娄宏畅的眼中闪过一抹尴尬，迅速换上别的用词。

叶汐颖敷衍地笑笑，两人客套了几句，就各自往前走，娄宏畅不时回头望望，对着身边的姑娘说：“真没想到赵东耀的老婆这么漂亮，看他这股花心的劲，我还以为家里住的是如花。”

叶汐颖并没走远，恰巧能听见他们的对话，只是觉得好笑。

赵东耀那几个人还在里面泡，一时半会儿出不来，叶汐颖闷得慌，换上一件碎花小裙，踩着一双拖鞋，往不远处的园子走去。

园子里的花草都是经过细心栽种的，草坪刚经过修剪，一眼望去整齐美观。由于这个温泉地处山上，所以温度相对较低。叶汐颖打了个冷战，双手交肩，没走几步路，天下起蒙蒙细雨，仿佛一根根羽毛落在她身上。

她转了个弯，加快步伐回去，没曾想前面站着一堵墙，她低头绕过，没想到那个人也跟着过来，她抬起头出声：“让开，我要过去。”

“下雨了，一起吧。”万宗胥撑着雨伞，轻笑出声。

叶汐颖没有想到居然是万宗胥，讶异地说：“你怎么在这里？”

“想见你了，自然会找得到你。”万宗胥厚着脸皮说。

叶汐颖翻了一个白眼，两个人撑着一把雨伞在雨中漫步，冷风吹过，雨丝飘到脸上，伞外雨帘似梦似幻。突然，万宗胥一把握住她的手，她猝不及防，不明所以地盯着他看。万宗胥略带紧张地说：“颖颖，和他离婚吧！和我在一起可好？我会对你好的。”

她听完之后，觉得极为荒唐，拼命想挣扎开，没想到万宗胥的力气挺大，她无法动弹半分，她蹙眉喊：“疼，你放手。”

万宗胥心里一紧，连忙放手，心疼地看着她的手腕，叶汐颖立刻隔开与他的距离，“宗胥，我已经结婚了，不会做出背叛婚姻的事。”

“可赵东耀不也没少做吗？你又何必苦了自己。”万宗胥将伞递给叶汐颖，不让她淋到半分。

叶汐颖接过雨伞，沉默了一会儿，才缓缓地说：“他是他，我是我，我不想变成那种人。”

赵东耀他们几个泡好澡出来，就看见叶汐颖坐在木椅上等候，垂着头若有所思，他以为她是泡温泉久了，脑子略感昏沉，也就没有放在心上。

午饭，一行人在附近的餐厅解决，期间，他的手机响起，均是万黎芝打来的，瞧了一眼叶汐颖，顿时心生愧疚，果断挂断。

饭后，他们几个人去棋牌室打牌，叶汐颖独自一个人待在花厅喝茶，想起刚刚万宗胥那股劲，又是恼怒，又是吃惊。

之所以认识万宗胥，都是因为万黎芝，他是万黎芝的小叔，想起来已是四年前的事了。那时候，她和万黎芝是不分彼此的好闺蜜，什么隐秘的事都会告诉对方。她曾说过，如果她是男的，一定会娶了万黎芝，于是乎，她总会去万家串门子，只是没想到那一日，刚好碰见了他。

起初，她当他是一个长辈，可到后来才发现，他并没有当她是晚辈，而是一个实实在在的女人。万黎芝曾经跟她说过，“你有没有觉得小叔看你的时候，眼睛里会发光”。

她觉得荒谬，又不是在演《还珠格格》，便置之不理。

后来，赵东耀创业失败了，还倒欠了几万块钱，这对他们俩来说，简直是晴天霹雳，她是断然不会跟叶家借钱，哪怕她同意，赵东耀也是不允许的，万般无奈之下，她跑去跟万宗胥借了钱，才得以还上欠款，并且万宗胥给赵东耀介绍了很多生意。

她对他一直是感恩的，倘若当初没有他的帮助，那么也许现在情况就不一样了。他也在见证赵东耀的事业成功和婚姻失败，随着赵东耀的生意越做越大，两人相处的机会越来越少，倒是万宗胥没事会找她聊聊。

三年前的一个仲夏夜之晚，当时她还没有嫁给赵东耀。她第一次发现赵东耀与别人有染，整个人浑浑噩噩的，刚好万宗胥前来找她，她当下情绪失控，在他面前哭成泪人，却不说理由，大概是因为面子原因，生怕万宗胥知道这事。

不知怎么的，两个人都很激动，人一旦情绪波动太大，就会把隐藏在心底的东西暴露出来，万宗胥狠狠地吻上了她，她抬手就给了万宗胥一巴掌。

万宗胥向她表露了隐藏的爱意，而她羞愧刚刚做的事情，以及想到赵东耀的所作所为，愤然拒绝了万宗胥。在两个人的拉锯战中，赵东耀也知道了这事，出于雄性动物的本能，他要保卫自己的领地。

而她毅然决然地做了一件更蠢的事，原谅了赵东耀的行为，不顾一切地与之结婚，想来只是为了证明一些连自己都觉得好笑的事，比如说道德底线、一心一意以及做个好女人。

一声清脆的铃声，打乱了她的思绪，她一看桌子上的手机，是赵东耀忘记拿走的，来电是一个名称“123”的电话，她想了一下，接起电话，“喂？”

那边听到了她的声音，立马挂断电话，嘟嘟嘟的声音在她耳边回荡，她眼中闪过一抹疑惑，打开自己的手机通讯录，找到万黎芝的手机号码，进行核对，结果显而易见，就是一个号码。她有时候很讨厌自己的第六感，太过敏锐只会自伤，老话说得好，恨人的时候，那个人是没有任何感觉的，最痛苦的是去恨的那个人，既然改变不了，也只不过是在庸人自扰。

晚上，赵东耀将她送回莲都别墅小区，她下车前，他拉住她的手，想说点什么，却又欲言又止，最后只是扔了一句，“好好照顾自己。”

叶汐颖倒也不戳破，下车之后静静地拎着小包回到楼上，张嫂都会在这个点将窗户打开通气，她一进房门就看见窗帘肆意飞舞，冷风灌进来，连忙去关上，然后疲惫地躺到床上去，缓缓地闭上眼睛。空空的房间里只剩下她一个人，原以为这些年早已习惯寂寞，却发现还是害怕。

万黎芝一看到赵东耀回来，整个人兴冲冲地扑上去，赵东耀推开了她，将包拿到房间里，她亦步亦趋地跟在他身后，兴奋得不知道怎么开口。她去医院检查出来已经怀孕两个月了，一想到肚子里孕育着他的孩子，她一天都处于大脑亢奋的状态。

“东耀，我怀孕了。”万黎芝盯着赵东耀的脸，嘴角弯弯，期待他的表情。

没想到赵东耀愣了一下，继续将包里的衣物拿出来，“就这事？”

万黎芝并不理解他话里的意思，搂着他的脖颈，“对啊，你可得为我们母子俩负责。东耀，你开心吗？你就要当爸爸了，而我，就是准妈妈。我们俩就要有个孩子了，属于我们俩人的。”

赵东耀转身反手将她手拉下，表现漠然，“去打了。”

“什么！”万黎芝瞬间僵了，忍不住大声说，“东耀，这是我们的孩子啊，你怎么可以这么绝情。”

赵东耀笑了，拍拍她的脸蛋，“可你不是我老婆。”

“东耀，我知道你不是这种人。”

万黎芝清楚地记得，在叶汐颖撞车流产的时候，他像是疯了一样，把家里所有的东西都砸了，惭愧无法保护好孩子，在病床前悉心照顾叶汐颖，失魂落魄了好几天。所以她坚信，他是喜欢孩子的，并且期待孩子的到来，怎么可能不要孩子呢？

赵东耀从兜里拿出一根烟，用打火机点燃，“我是什么人，连自己都不知道，你能知道？如果你不想再继续傻下去，趁早去把孩子给做了，当然，你要生也可以，后果自负。”

“不要，东耀，不要这样。”万黎芝哭得楚楚可怜，可赵东耀的心像是铁打的一样，一点不受波动，皱眉拿起手机离去。

万黎芝一抬起头，就再没有看见赵东耀的人影，不知道他去哪儿了。

每周二，叶汐颖都会去一个插花培训班上课，实在是空闲的时间太多，若不好好利用，也只有等待人老珠黄而已。来到这里的人，必定非富即贵，在这个弱肉强食的社会里，谁会有心情培养一个微不足道的爱好，也只有富家太太才会有这个兴致。

叶汐颖在座位上认真听课，隔壁的女人大声嚷嚷玫瑰花刺到手，火气冲冲地走了，余光瞄到她拿着橙黄色的爱马仕新款包。

老师一边在台上讲解，一边让学员们动手，叶汐颖不是个笨手笨脚的人，今天却连连失误，一个不小心就剪到手指，流出汩汩鲜血，连忙抽了一张纸巾包扎伤口，老师见状让她到一旁休息，并端来了一杯开水给她。

这会儿，手机适时地响起，来电显示是万黎芝，迅速放下杯子，快步走到回廊，压抑住涌动的情绪，用平缓的语气开口。万黎芝仿若之前的嘘寒问暖，一点也不生疏，她忽然觉得女人的友情，也的确是跟天气一样难以预测。

俩人约在福记粤菜馆，她们认识十几年，那时候刚好这家馆子刚开业，因而这里承载着俩人美好的回忆，因为口味近似，所以频频造访。

可自从发现了那件事后，没有任何的戳破言语，却自顾自地不再联系，两个人之间无形中横着一道隔膜，要说女人是种敏感动物，由此可见，不需要任何表现，只是凭感觉而已。

万黎芝一身简单大方的白裙，梳了一个长辫子，叶汐颖觉得扎眼。之前两个人是好闺蜜，所以都偏好穿得一样，万黎芝原本是走可爱风的，随着两个人在一起时间久了，跟着叶汐颖走小清新，可现在，总归是有点不舒服。

叶汐颖不动声色地点了几道小菜，都是俩人爱吃的，将菜单递给万黎芝："你还想吃什么？"

万黎芝挥了挥手，双手不断地交叉、放开，叶汐颖也不作声，心底却在暗暗揣摩，她究竟是想说什么。

这个时间不是饭点，所以上菜还算是迅速的，不一会儿桌子上就放满了盘子，有粤式肠粉、猪肉虾饺、蜜汁叉烧、萝卜糕、半只烧鹅、腊味煲仔饭等等，叶汐颖喝了一口西米露，并没有动筷子，万黎芝心不在焉地搅动碗里的菜。

"汐颖……"万黎芝出声了，神情带着犹豫。

叶汐颖应了一声，万黎芝像是下了什么决心，"我怀孕了。"

“噢……恭喜。”叶汐颖拿着筷子的手，抖动了一下，不留痕迹地放回到桌子上，脸色不是很好看。

万黎芝咬唇瞅着她，“是东耀的。”

叶汐颖不小心将盘子弄到了地上，哗啦一声，整个人为之一震，久久不能回神，服务员连忙上前整理碎片，万黎芝小声地说：“汐颖，对不起，我和他是真心相爱的，你就成全我们吧。”

真心相爱，现在这个词用处广泛，任何一种违背常理的感情，都要用真爱做幌子，听来实在是讽刺。

曾几何时，她也信誓旦旦地捧着真爱的帽子，投入婚姻的漩涡，现在连爱的渣子都不见了，真爱是什么东西？

还有什么能比它贬值得更快吗？

“你走吧。”叶汐颖沉默半晌，淡淡抛出这样一句话，万黎芝还想说点什么。

她瞬间站了起来，眼神中充满杀气，两只手狠狠地拍到桌子上，失去了平常的冷静，“你有什么资格跟我谈真爱？你算是什么东西？要谈让赵东耀滚过来！”

旁边几桌客人纷纷侧目，万黎芝被骂的眼眶红了，抖着声音，“对不起汐颖，对不起，我不是故意的，真的不是故意的，你可怜可怜我好不好？”

叶汐颖怒不可遏地盯着她看，一声不吭地提起包离去，愚笨的人总会可怜其他人，而聪明人则是让别人可怜他。这个世界如此广阔，何必跟自己过不去呢，眼不见为净。

叶汐颖一个人游走在街上，脑子极为昏沉，四周异常热闹，时代广场上人满为患，LED显示屏上打上了七夕的标题语，她这才想到今天是个节日，仔细瞅了瞅旁边都是情侣档，独自一个人顺着电梯上去，看到一家理发店。

她一走进去，理发师就笑脸盈盈地走过来，是个看起来年纪不大的男子，紧身牛仔裤搭配一件短 T 恤衫，满头金发，她漠然地坐下，“剪短。”

理发师没反应过来，重复了一次：“剪短？多可惜啊，这么漂亮的长发，现在女生不都喜欢长发及腰吗？那句话怎么说的，待我长发及腰，你娶我可好？”

“哪儿那么多话，让你剪短就剪短。”叶汐颖自然是知道这句话的，一度以自己的长发为傲，可打从刚刚看见万黎芝的长发，哪怕再怎么舍不得，也想剪个干净。

理发师点点头，十分熟练地咔嚓咔嚓几下，叶汐颖看见长发一戳戳掉到地上，心中的阴郁淡去不少，大约过了半个小时，她的头发算是剪好了，理发师在头上撒了点定型水，连连称赞：“长得漂亮，果然剪什么都好看。”

叶汐颖的头发只到耳垂边，由于本就是瓜子脸，所以看起来显得更加年轻。理发师说像是温柔版的郭采洁，她难得笑了一下，觉得实在太虚伪了，却很受用。

街上不像平常那么热闹，这时，有个男孩背着他女朋友走，他女友脚磨破了，手里提着一双高跟鞋，头靠在他背上，委屈的嘀嘀咕咕，男孩摇摇头说：“让你臭美，这下知道痛了吧？”

叶汐颖傻傻地看着他们走过，眼泪哗哗流下，她也是个爱臭美的姑娘，有一年大伙去爬山，她愣是穿了一双坡跟鞋，没想到山路并不好走，走到一半就把她的脚磨破了。

赵东耀二话不说，将她背了起来，一路走过。那时候，她好安心，嘴里说些陈芝麻烂谷子的话：“东耀，你会背着我走多久？”

“能走多久就走多久。”赵东耀吃力地说，却仍旧留给她一个笑容。

为什么情话到最后是如此的伤人，人生才走了三分之一，就准备分道扬镳，她不甘心，可就这么缠着他，有意思吗？

每次回忆起来，总是感到一阵绞痛，可不回忆，都快忘记了是彼此相爱的。

叶汐颖睡到下午才醒来，上半夜神经紧绷，胡思乱想昨日种种，越是大脑抑制，越是想东想西，也不知想到哪一个桥段，终于不堪疲惫，睡着了，一旦进入梦境，睡眠质量出奇得好，醒来才发现，已经是一点钟了，有种身处另一个世界的感觉。

这会儿意识清醒了，一些想不开的事，忽然间就想通了，挣扎了这么些年，不就是不敢面对现实吗？

私心里仍旧希望他会回来，甚至有过幻想，两个人可以回到从前，好好地过日子，只是，哪有那么简单。起身去厕所，洗了一把脸，看到镜子里失魂落魄的自己，是该做些决定了，给赵东耀打了个电话，相约一起吃晚饭。

他起初觉得不可思议，心中隐隐有着不好的预感。

叶汐颖出门之前，画了一个淡妆，一桌子的名牌化妆品，她都鲜少摆弄，主要是因为心已死，容貌这等事，似乎也就不大重要了。索性老天给了她一张美丽的脸蛋，才可以如此挥霍，而今却像是临死前的回光返照，总该让自个儿有点颜面。

赵东耀早早就来到锦钰坊，喝了两杯茶水，叶汐颖才姗姗来迟。他注意到她有所不同，剪了一头短发，原本清丽的脸庞上化点妆，更为精神，五官突出许多，果然锦上添花。待她坐下来之后，他吩咐服务员开始上菜。

叶汐颖难得露出一个笑容，跟赵东耀谈论了一些新闻报道，以及关于阮翠莲的事，再来就是无聊的八卦消息，两人意见异常一致，毕竟是相爱了这么多年的人。

等到吃完饭后，她才缓缓从包里拿出一份离婚协议书递给他，赵东耀不明白地接过，看到上面的标题，整个人都像是被一道闪电劈了，愣在那里不回神。

“东耀，我们离婚吧。”叶汐颖在心底演练了无数次，可实际开口的时候，依旧是带着颤音。

赵东耀沉着一张脸，紧紧地捏着纸，他从来都没有想过，两个人会离婚，打从结婚开始，他就以为叶汐颖会跟他走一辈子。如今她怎么会想这一出，怎么会想要离婚？“我们不是一直好好的吗？汐颖，你可得想清楚了，这事不是开玩笑！”

“那是你好好的，不是我。东耀，我想得很清楚，与其这样不死不活，倒不如放过我，我想重新开始。”叶汐颖讽刺地笑了。

赵东耀被她说得哑口无言，作为一个丈夫，他的确不尽职，只是现在的男人不都这样吗，只要钱赚得多，那就行了，他心底一直是有她的，不忍心她就这么走了。“让我考虑一下。”

叶汐颖点点头，站起身拿起包，“后天给我答复，希望我们都能够心平气和地结束。”

赵东耀考虑再三同意了离婚，叶汐颖知道这个消息后，不知是松了一口气，还是憋了一口气，反正这事怎么做都不舒坦，他能够答应，自然是最好。

他旗下资产遍布全国，所以整起来也相当麻烦，律师忙得焦头烂额，而叶汐颖对这方面是豁达的。嫁给他本身就是利益最大化了，不管怎么分都得利，又何必斤斤计较财产问题，情都没了，要再多的钱有什么用。

他俩约了一个时间，到民政局把手续办了，当各执一本的时候，赵东耀的心抽了一下，感到一股生疼。相比之下，叶汐颖倒没太大的情绪波动，她一直恐惧离婚，直到真的离婚了却发现，其实也就那么一回事。

两个人一起走出来，赵东耀整个人都不太舒服，一想到叶汐颖已经不是他老婆了，心情差到极点，可这事不是已经发生了吗？怎么感觉不那么真切？

他深深地看了她一眼，“汐颖，我送你？”

“不用，我自己坐车。”叶汐颖淡然拒绝，独自一人到路口打车。直到她上车了，他才慢慢发动汽车，朝着另外一个方向驶去。

曾经的爱恨纠缠、痴缠不休，到最后只化成一纸离婚证，各执一份。叶汐颖坐在车上，看着景物渐渐消失、出现，周而复始地循环，忽然想起一句话：“走着走着就散了，回忆都淡了，两个人厌了，心里怨了，海枯石烂了，地球不转了，主角都换了，情话听惯了。”

你我，有缘有分，终究无法长久。

赵东耀和叶汐颖离婚的这件事，是隐秘进行的，不想太多媒体关注，可他毕竟是圈子里的翘楚，哪怕再怎么隐藏，也堵不住悠悠众口，消息也不知是哪个有心人士走漏的。

一时间，网上形成了两派人马，一派是挺叶汐颖，严厉斥责他不断找小三行为，并且将自打他结婚后的小三都搜索出来，网友们进行人肉；一派是挺赵东耀，说叶汐颖得到了巨额赡养费，嫁给这样的男人，离婚也是值得的。

网上的风言风语并没有影响到叶汐颖，一直以来，她不爱关注是是非非，哪怕到了她自个儿身上，她也想伪装成不知道，大不了就不上网而已。

叶汐颖找了孟韦茹一起去房屋中介，一路上，孟韦茹叽叽歪歪个没完没了，一手握着方向盘，为她不值，“网上那些人知道个屁，你为赵东耀那畜生断绝与家里的关系，陪着他受苦受累，才得到今天的成就。现在他好了，拍拍屁股走人，给你一笔赡养费，要我说就不够！你要待在叶家，靠他们给你找一个男人，现在指不定过着多么舒服的日子呢。”

“所以说，人各有命。”叶汐颖坐在副驾驶座上，若有所思。

叶汐颖在盛达房产中介，填写了两个卖房申请，并出租两套房，孟韦茹在一旁啧啧道，“你把所有的房子都卖了、租了，你住哪儿？”

“自然是重新买。”叶汐颖不大想留下关于赵东耀的任何东西，想起来就是一阵心酸，倒不如一狠心直接全折腾完，再弄新的，这样等同人生有个新的开始。

叶汐颖和孟韦茹办完事，出门的时候，她恰巧看见美人詹进来。美人詹是万宗胥的死党之一，两人打了个招呼，就各自离去。美人詹一进去，办事人员恭恭敬敬地说：“詹总，没想到您会大驾光临。”

美人詹微笑点头，一双桃花眼眯成缝，惹得一干女同胞纷纷犯花痴，小声地说：“叶汐颖刚刚是不是来过？她来是办什么事？”

办事人员将单子交给美人詹，他瞄了一眼，嘴角勾起一抹笑，万宗胥这是要熬出头了吗？

叶汐颖和孟韦茹在外面吃了点东西，孟韦茹就送她回家了。

她沉默得让孟韦茹觉得有些可怕，忍不住叮嘱她："好好照顾自己，不要有什么想不开。不然你住我家，反正老张也不回来。"

"不用，我还是想一个人静静。"

叶汐颖从孟韦茹的车里下来，打开门一看，里面黑漆漆的一片，才想起今天张嫂和司机都走了，因为要变卖这所房子，再加上一个人开销不必这么大，于是忍痛遣走了他们，张嫂独自一个人回老家了，而司机则是继续跟着赵东耀。

一个人躺在沙发上，思绪混乱，她仿佛看见了大学时代，两个人初次见面的画面，她和他穿着一身迷彩服，在大夏天里站军姿，她不胜炎热倒下。醒来之后，看见他正在床边照顾她。他的轮廓尤为吸引人，不禁让她羞红了脸，情窦初开。他为了送她去医务室，毅然地对教官顶了几句话，教官气得让他围着操场跑三十圈，他跑完之后，整个人累得像是要脱水，她感动万分，也就不知不觉卷进了这个漩涡。

赵东耀在离婚之后，精神状态不佳，经常在上班时间训斥下属，惹得众怒，却不敢出声，毕竟他是老板。陈秘书紧张地推开他办公室的大门，硬着头皮说："赵总，这份合约请您签一下。"

他看了一眼，熟练地在上面签下名字，然后瞧见日历上的日期，呆了一下，锐利的眼眸盯着陈秘书看，"今天是星期六？"

"对……对啊。"陈秘书全身冒汗。

"行，知道了，下去吧。"赵东耀挥了挥手，陈秘书急忙离去，小心翼翼地关上门。

赵东耀在皮椅上转了一圈，拿起手机、公文包，打了一个内线电话给司机，匆忙地从办公大楼走下来，司机缓缓将车子开出来，他坐到后座。

阮翠莲正在家里整理衣服，门铃响起，她打开门一看，“东耀，你怎么来了。”

赵东耀一进门就坐到沙发上，略带疲惫地说：“妈，这不是周六了吗？汐颖都会在这天过来的，现在她不来了，就换我了。”

“唉，好好的夫妻怎么说离就离了？东耀你也真是的，难道就不能多关心点她吗？毕竟她这些年，跟着你也没享福，被你那些个狐狸精一折腾，再难过，也装得若无其事。”

阮翠莲给赵东耀泡了一杯热茶，她一点都不希望他们夫妻离婚，没想到会搞成这样。可哪怕再不想，她也就是念叨念叨，不会责怪自家儿子，毕竟母亲永远都是向着儿子的。

赵东耀没有反驳，轻轻嗯了一声，去上了一个厕所，发现地上铺着防滑地毯，马桶则是换上了柔软的垫子。出来的时候，阮翠莲在嘀咕着：“想想汐颖那孩子是真不错，怕我三更半夜起来摔着，特意买了防滑垫，还有软坐垫，把煤气炉换成电磁炉，没事就送点补品过来。”

他心底酸酸的，这时手机响起，公司那边打过来有事，他递了一张支票给她，就急急走了，并且嘱咐她：“能花就花，不要省。”

叶汐颖很快就接到了房产中介的电话，以相对较低的价格卖出了一套房子，也顺利地租出两套，除了莲都这套别墅，到最后还是没忍心卖。

一来是对方提出的价格不高，二来对这房子也是有感情的，不过她再有感情，也不想成天面对它，于是跟对方商量了一下，看看有没有出售的房子，恰巧市中心有对夫妻要出国定居，以低廉的价格将房子卖给了叶汐颖。

当叶汐颖从大别墅搬进了两室一厅的公寓，忽然觉得原本漂浮的心变得安定了，头三天跟着搬家公司忙前忙后，一大堆东西要整理，直到第五天才彻彻底底整理妥当。

她躺在床上休息了一会儿，想起生活用品还没买，于是赶紧到楼下超市买。出门的时候，看见隔壁也有人搬进来，心中暗暗想，不知道隔壁邻居脾气怎么样。

在超市逛了一圈，买了一小袋用品就上楼了，下意识地又看了一眼隔壁，只见大门关得紧紧的，不知是不是已经搬进去了。她正准备掏钥匙开门，看见门口蹲着万宗胥。

说实话，万宗胥长相的确不错，就这么随意的一蹲，姿势也挺好看的。他一看见叶汐颖就开始嬉皮笑脸，“你回来了？我等你好久了。”

“你怎么知道这里的？”叶汐颖不冷不热地回了一句，顺便开门，万宗胥跟着就挤了进来，看见布置温馨的小客厅，暖色系的沙发和窗帘，心中一暖。

“你猜！”万宗胥大大咧咧地坐到沙发上，好像是自己家一样。

叶汐颖忍不住失笑，这个人怎么无时无刻都跟小孩一样，“我不猜。”

“那我们吃点什么呢？”万宗胥站起身，去冰箱里扒拉东西，却只发现了几颗鸡蛋和半个菜花，不可置信地说：“你就吃这个？难怪这么瘦。”

“我没有吃晚饭的习惯。”

叶汐颖不好意思地咳嗽了一下，这个习惯是跟孟韦茹她们几个学的，刚开始实在熬不住，随着赵东耀不回来吃饭，也就没了食欲，除非他回来用餐，一般自己就懒得吃了，这本身也与心情有关系。

“这么大个人了，怎么还跟小孩子一样，我看还有面条，那煮面吧。”万宗胥忍不住斥责道。他从柜子里找到面条，于是下厨煮面，叶汐颖惊讶地说：“你会做？”

“你也太小瞧我了。”

万宗胥说着就把叶汐颖推出厨房，关上玻璃门，一个人在里面忙活。叶汐颖坐在沙发上看了会儿电视，是个很无聊的综艺节目，却怎么都笑不出来，又看了一眼厨房，只见他推门而出，端了两碗热气腾腾的面条出来。

她不可置信地接过一碗，看了一眼，色香味俱全，“你真会做菜啊！”

“你以为我白留学的？这些不都是生存技能吗？在你眼里，难道我就是个不学无术的男人吗？”万宗胥美滋滋地吃着碗里的面条，叶汐颖点点头，看到他发怒的表情，又摇摇头，也食欲大动，吃下整整一碗，连汤都喝掉了。

叶汐颖对万宗胥最初的印象实在普通，大概在赵东耀这样的励志人物面前，他的家世背景和努力就不大容易看得出来。有家媒体曾经大胆预测，如果万宗胥不是傻子，家产起码可以挥霍到第五代，倘若他脑子有点毛病，则是到下一代为止。

吃完之后，万宗胥满足地拍了拍肚子，“看来以前追你的方式不对，才会造成你的误解，今后定当改过。”

叶汐颖沉默了一会儿。

叶汐颖一觉睡得挺好，没了之前的胡乱梦境，所以早早就起来，发现手机有两个未接电话，是赵东耀打来的，正准备按掉，却发现手机又响起，还是他，于是接了起来，“喂，什么事？”

“你在哪儿？怎么不在家？”赵东耀正在办公室里喝咖啡，发现她接了电话，手有些抖了。

叶汐颖口气不大好，“我在哪儿关你什么事，有事吗？”

“汐颖，虽然我们离婚了，但是我总该确保你是安全的吧。”赵东耀的手捏成拳头，脸色不是很好看。

“我本来就很安全，不劳您大驾，没有什么事的话，我就挂了。”叶汐颖迅速挂掉，觉得好笑，平时都没有这顾虑，不管她的死活，怎么一离婚就上心了。

赵东耀气的脸色发黑，原本还有一纸婚约，叶汐颖是个恪守本分的人，不会做一些出格的事，而现在离了婚之后，她就跟断了线的风筝一样，丝毫不受他的约束。

他这几天思来想去，也许她会爱上别人，或者嫁给别人，一想到这里，他就受不了，叶汐颖一直是她的女人，哪怕离婚了，他依然这么认为，可她要是真的跟别人在一起了，他真的会受不了，想到这里，他就立马回到莲都别墅，却发现那里早已搬得空空的，顿时心乱如麻。

早上，万宗胥带着叶汐颖一起去附近的自助早餐店，她在盘里装了一个菜包和一杯豆浆，万宗胥不满地又放了水煮蛋、油条、咸菜、两个大肉包，她嘟囔：“吃不了这么多，少拿点。”

万宗胥捏了捏她的细腰，感叹地说：“再减肥就没了。”

叶汐颖这回不跟他辩解了，在这种人多的地方，免得他说出什么惊人之语。她真的也就是一个菜包和豆浆的量，可万宗胥非塞了水煮蛋和肉包给她，直到她吃完了，才满意地笑笑，她的小肚子鼓胀胀的，“宗胥，下次别拿那么多了。”

“好，以后听你的。”万宗胥笑眯了眼，很受用这句话。

叶汐颖说完之后就后悔了，怎么就还有以后呢？

两个人不是应该各回各家吗？难道她也不清醒了吗？一次婚姻失败的教训还不够吗？想到这里，她不由得拉下脸。

早餐店离莲都别墅很近，她想起上次落下一瓶身体乳，是从国外买回来的，买了其他的，可用着不习惯，于是散步回去拿。万宗胥跟着她一起走，叶汐颖这才想起，“你不回去上班吗？”

万宗胥搭上她的肩膀说：“早上没有什么大事，下午再过去。”

叶汐颖拉下他的手，“对了，你怎么知道我住哪儿？”

连赵东耀都不知道这事，怎么万宗胥就提早知道消息了，并且早早就蹲在她家。她疑惑地又瞧了他一眼，没来由得想到那天遇见美人詹这件事，“难道跟美人詹有关系？”

“我家颖颖越来越聪明了。”万宗胥丝毫不掩饰地说，“你去的房产中介，就是美人詹旗下的，他那天刚好去视察，就看见你了。”

“不会连我住的这个地方，都是你们挑的吧？”叶汐颖越想越有可能，难道早就落入他们的手掌了？

万宗胥见她脸色不好，连忙说：“天地良心，绝对不可能，只是你买下了之后，美人詹才告诉我住址的。我前阵子不是都在C市忙吗，也顾不上这个。颖颖，你不会是因为这个生气了吧？其实你想让我选也是可以的，我们另外再买就好了。”

叶汐颖发现这人怎么越说越离谱，也就不跟他继续讨论，省得等下又被他绕进去了。她下意识地加快步伐，万宗胥摸摸她的脑袋，笑得开花。

清晨的空气是极好的，大树撑起了一片又一片绿荫，有老人在晨走，也有人在慢跑，莲都别墅小区的绿化做得不错，目所能及之处，都是绿色。

叶汐颖打开家门，迅速去楼上拿身体乳，发现万宗胥在她房间里研究。

叶汐颖走近一看，他在看她书桌上的信，整整一大摞，她急急抢过，是上次整理的时候，太过于匆忙，忘记藏起来了，“别看。”

她连忙将信全部放到了床底下，不好意思地说：“你怎么可以偷偷看我的信呢？”

万宗胥神色不自然，若有所思，小心翼翼地说：“颖颖，你还是很爱他的吧？”

那一大摞全部都是叶汐颖写给赵东耀的信，里面有关于生活上的琐事，还有对他的思念，以及关于他出轨后，她一次次想原谅，却又不甘愿的心理，那么多的字，那么多的事情，那么多的回忆。

万宗胥一方面感动，另一方面又在吃醋，为什么他们俩相遇那么迟，让赵东耀那浑小子捷足先登。

叶汐颖不知该怎么回答。

倘若知道今天的遭遇，那么她宁可只愿远远地看着他，可感情又怎么能够去控制住呢？

所以半点由不得人。

叶汐颖和万宗胥一起回到家，一打开门，万宗胥就钻了进来，觉得要跟他好好说说这事，两个人这样下去算什么呢？“宗胥，这是我家。”

“我知道啊。”万宗胥无赖地一笑。

“那你是不是也该回家了？我要休息了。”叶汐颖故作疲惫地揉揉肩膀，坐在沙发上。

万宗胥沉默了一会儿，才缓缓地说：“颖颖，你讨厌我吗？”

“我……”叶汐颖不知道该怎么回答，要说讨厌绝对不算，毕竟一个女人，而且是离异女人……

万宗胥失落地说：“我知道了，我走就是了。”

叶汐颖看着万宗胥开门离去，没想到，过了一阵，万宗胥又把脑袋钻了进来说：“颖颖，忘了告诉你，我住你隔壁。”

叶汐颖震惊了，原来邻居是他！

晚上，万宗胥回了一趟家，看见小妈、吕妮、三婶和万黎芝凑成一桌在打麻将，几个人打得如火如荼，桌子上都是咚咚咚的声音，万黎芝瞄见万宗胥，笑盈盈地说：“小叔回来啦。”

万宗胥点点头，过去看了一下，恰巧小妈和了，乐呵呵地说：“宗胥一来我就有好运，看来今晚你们都要输钱了。”

他淡淡一笑，“我去书房找大哥，你们慢慢玩。”

万宗锭在书房里看书，用人站在一旁等候。万宗胥一进来，就坐到沙发上，万宗锭仍旧沉浸在其中，不时喝几口茶，抬头看见万宗胥，嘴角勾起一抹意味深长的笑容，约过了十几分钟，他才缓缓放下书，命令用人出去。

“大哥好雅兴。”万宗胥这才说了句话。

万宗锭笑笑，“性子不急躁了，看来最近遇到好事了。”

万宗胥淡笑不语，他将合同递给万宗锭，万宗锭粗粗看了一眼，就在上面签了名字，他接过合同，“谢谢大哥。”

“不必，我也只做能盈利的事。”万宗锭将书本叠好，放进柜子里，话锋一转，“听说叶汐颖离婚了？”

“是啊，大哥觉得怎么样？”

当年万宗胥追叶汐颖的事，闹得万家上下众所周知，所以当叶汐颖嫁给赵东耀的时候，实在是没想到万宗胥会闹得这么疯，这几年来，大家都避讳提到叶汐颖，这是他心中的一根刺。

“当万家的媳妇，离异的女人不妥。”万宗锭气定神闲地看了一眼万宗胥。万家本身在S市就是有头有脸的，虽然不要求女方家境如何好，却也不能是有过婚史的，说出去不太好听。

“大哥，你太肤浅了。”万宗胥置若罔闻。

万宗锭不以为然地笑了，喝了一口茶，“随你，只不过你们不会有结果，叶汐颖是个有自知之明的女人，我不认为她会接受你，三年前都不会，三年后更难。”

万宗胥的脸阴沉了，不得不承认，万宗锭看人的精准度相当高，姜还是老的辣。

用人做好晚饭，就喊大伙儿吃饭，一大桌子人七嘴八舌，由于女人居多，自然就离不开那些个八卦消息，而万宗锭和万宗胥则是闷着头吃饭，不加入谈话。

吕妮正和三姨聊得欢，夹了一个红烧猪蹄，猛地瞅了一眼万宗胥，“宗胥，你上次相亲的那姑娘怎么样？你们最近还有联系没？”

“嗯，聊过，但是觉得不太适合，也就没往下聊。”万宗胥小心翼翼地回答。

万宗锭在一旁不动声色地说：“吕妮，你再给他介绍几个，他眼光那么高，多来几个，总会有一两个看顺眼的。”

“大哥！”万宗胥眼神里警告意味十足，万宗锭丝毫不受影响，喝了一口紫菜蛋花汤，满意地对着用人笑：“今天的汤味道不错，以后都要做出这水准，我们就有口福了。”

“好，改明儿我给你再看看。”吕妮满面笑意地说。

万黎芝心不在焉地扒拉饭，不像平常那么开朗，心底好像藏着什么事，瞧了一眼万宗胥，欲言又止。万宗锭打量了她一会儿，吕妮顺着他的视线看去，咳嗽了一声说：“黎芝啊，你怎么都不说话，是不是刚刚输了钱，心里不高兴啊？小姑娘家家肚量这么小，以后可怎么办哟。”

“妈，别胡说。”万黎芝不满地喃喃道。

一群人笑笑，这顿饭就这么过去了，万宗胥要早点回去，于是跟他们告别了。

叶汐颖觉得万宗胥住在隔壁，除了成天念叨有点烦之外，没有任何弊端。他总是堂而皇之地出入她的家门，每天早上总是来把早餐做好才去上班，晚上又会早早回来一块吃饭，偶尔看一集电视剧，之后回家睡觉，除了上次的过激行为之外，并没有什么过分的举动，平静得就跟湖面似的。

她一觉醒来，就闻到香喷喷的荷包蛋味，松松散散地拖着小松鼠拖鞋，看见桌子上荷包蛋、牛奶、吐司，相对于平时，还多了霉干菜、扣肉饼，她的馋虫瞬间被勾起，迅速拿起一个，猛地咬了一口，满足地说：“真好吃，你哪儿买的？”

霉干菜扣肉饼是她童年的回忆，叶奶奶经常做给她吃，后来，她长大去外地读书，就再也没有吃到了。跟赵东耀在一起之后，生活水平越来越好，也就顾不上吃这些街边食物，哪怕很想吃。

“你喜欢吃？”万宗胥系着围裙从厨房里走出来，把花生酱放到桌子上，叶汐颖像个小孩，笑得天真，“喜欢啊，我好久没有吃到了。”

上次回家的时候，用人递给他一些霉干菜扣肉饼，拿回来之后冻在冰柜里，忘记了它的存在，直到昨天倒腾冰箱，忽然发现，于是今天就拿到了这边。万宗胥摸了摸她的小脸，“喜欢就好，家里用人做的，下次回去我让他们多做点。”

万宗胥大口解决了盘子里的面包，看了下手机上的时间，就穿上鞋子准备出发，看到叶汐颖在整理桌子上的碗筷，心头暖洋洋的，心情大好，喊了她一句，“颖颖，过来一下。”

叶汐颖不明所以地走出来，歪着脑袋看他，他贴近她几分，热气喷到她脸上。

“别闹了。”叶汐颖不好意思地说。

早餐吃得好，自然一整天的心情就不错，万宗胥难得在公司笑脸迎人。向来他都是板着一张脸，可最近却耐不住了，下属心领神会，自然是心情非常好的概念，万氏集团的秘书室里，最近相对于之前，可谓是和乐融融。

秘书将四个女主角候选人的资料递给万宗胥，他仔细地看了一下，四个女人走的都是妖艳风，照片写真均是露胸露屁股，体态诱人，便问：“张导那边怎么说？他比较中意哪一个？”

“张导说郭菲菲的实力不错，不过张可欣的背景很硬，不知道万总的意思如何。”秘书战战兢兢地回答，见万宗胥仍是一脸轻松，才呼了一口气，本来这种事就麻烦，演员之间关系复杂，得罪了谁都不大好，可导演那边也不知道该怎么办，就推到了这边来。

万宗胥看着几张照片沉思了一下，拿起张可欣的照片看了又看，然后说：“她是不是跟赵东耀闹过绯闻？”

“是的，据说赵氏集团的赵总曾经为其一掷千金，资助她拍了好几个大片，只是观众那边效果平平。”秘书老实地回答。

万宗胥嘴角勾起一抹笑，“所以你说的背景很硬，是赵东耀仍然在帮助她吗？”

“这件事在圈里是广为流传的，甚至她自己也不停地炫耀。”

万宗胥想起张可欣这个女人了，三年前叶汐颖发现她和赵东耀有染，哭成一个泪人，也因为这件事，导致他隐藏已久的感情被她发现，进而被拒之门外，不管他怎么样，愣是感动不了她，更刺激她嫁给了赵东耀。要说这源头，也就是这个女人了，他眼神一眯，勾起一抹冷笑。

“你就这么跟张导说，我们这边向来是只注重实力，而不看重那些浮华的东西，你让他凭实力挑选就是了。至于张可欣，我个人感觉女二的位置还算适合她，但不知道她能不能适应，这样吧，可以让她过来试试，不过是去是留，还有待商议。”万宗胥拿起张可欣的照片，眼眸里闪过一丝阴冷，就那么一瞬间，恢复了原本的笑意。

秘书点点头，“对了，万总，他们让我上来问问，这回公司会去哪里旅游呢？”

万宗胥这才想到，两个月后就是公司出去旅游的时间了，万氏的待遇相当好，年年都会出国旅游一周，以此来犒劳员工，去年是在斐济岛，至于今年，他脑海里浮现出叶汐颖的身影，脱口而出，“这回就去希腊爱琴海，通知下去，让他们早些做准备。”

秘书脸上浮现惊喜的笑容，开心地说：“是是是，我马上去办。”

万黎芝刚从医院走出来，脸上挂着幸福的笑容，医生说她肚子里的孩子很健康，让她放心。她去了附近的水果市场，买了一大箱樱桃和猕猴桃，自打怀孕之后，为了保障孩子的安全，她也就不敢开车了，打了一辆出租车。

她找到了阮翠莲的家，摁了下门铃，里面没有人，于是到隔壁敲了敲门，出来一位大妈。她将水果放到了大妈家，拜托她等阮翠莲回来再转交。

随即，她又来到了赵氏集团，赵东耀正在会议室开会，她一个人坐在他办公室里等待，过了一会儿，他回来了，万黎芝笑着扑了上去，“东耀，你回来了？”

赵东耀没想到她会来，蹙眉说：“你不在家里安胎，出来干什么？”

他和叶汐颖离婚之后，万黎芝苦苦哀求，他终于松动地留下了孩子，只是也没多乐意，总是将她锁在家里，不让她出门，美名曰安胎。

“我想你了，你想我了没？”万黎芝蹭了蹭他的胸膛。

赵东耀只是敷衍地拍了拍她的脑袋，没正面回应。万黎芝不高兴地嘟着嘴，扯着他的手臂，虽然她和他一直保持关系，除了在床上热情点之外，到了床下都是这么一副不冷不热的模样，实在是令人灰心。

“东耀，我去看妈了，只可惜她不在家。”万黎芝坐到他的大腿上，娇滴滴地发出声音。

赵东耀顿了一下，自然是知道她的用意，没好气地说：“我有准你去看吗？多此一举！”

“东耀，你是男人，不懂女人的事。我帮你照顾妈，这样也是在减轻你的负担。”万黎芝委屈地亲上了他的嘴巴。

好一会儿，赵东耀才放开她，喘着气说：“你要犯贱，我不阻止。”

晚上吃完饭，万宗胥跟平常一样，强制性地搂着叶汐颖看恐怖片，说是各大论坛强力推荐的，评分各种高，各种好看，她想推都推不开，只能任他抱着。片子放到高潮部分，里面惊叫连连，她到底还是一个女人，对于这类影片，难免会受到影响，害怕地搂住了他。

万宗胥在心里暗暗乐了，一只手拍着她的后背，一边偷偷吃着豆腐。

叶汐颖瞪了他一眼，意思相当明确，让他注意行为，万宗胥一本正经地点点头，视线朝着电视看去。

第二天，恰逢是周六日，两人和胖子豪他们一起相约去烧烤。

地点是九沟泉，算是S市的一个著名旅游点，很多驴友经常会一块去。叶汐颖真没想到，胖子豪居然有这个雅兴，这与他的形象不符，像他这种出入夜场的浪子，也开始玩起文艺，的确令人吃惊。

万宗胥的车子停在高速入口，等待其他三辆车汇合，他时不时地亲她几口，惹得她猛擦脸。幸好他们来得也算及时，他才正正经经地开车，一时间四辆豪车出现在高速公路上，惹得别的车主人纷纷侧目。

为首的是胖子豪风骚的宝马车，后面跟着美人詹的蓝色保时捷，万宗胥是低调的白色奔驰，最后一位是银灰色的奥迪。车子在很多时候，是在彰显主人的品位。

到达目的地之后，几个男人去搭帐篷，女人则是在准备烧烤器具。叶汐颖低着头搭架子，可没有经验，怎么都弄不好，范春云笑眯眯地推开她，没几下就给弄好了，开始扔炭起火，一副熟练的样子，还让叶汐颖坐在旁边休息。

叶汐颖坐在一旁观察她，范春云穿着一件短 T 恤衫和牛仔短裤，看上去挺有朝气的，而且性格极为豪爽，顿时心生好感。她好像是美人詹的女朋友，一直以为美人詹喜好男色，没想到是喜欢这类女人，想想也是互补了。

坐在她旁边的陈雪之递了一瓶矿泉水过来，她笑盈盈地接过，“谢谢。”

陈雪之点点头，又转过头去，一头长发如瀑布，她的这身装扮就是时下流行的文艺女穿着，牛仔长裙配上棉麻宽松上衣，叶汐颖突然明白胖子豪今天的举动了，看来也是为这姑娘精心策划的，不得不说，胖子豪的品位真复杂，什么女人都想试试。

万宗胥搭好帐篷就朝着叶汐颖走过来，半炫耀半讨好，“你看我搭的，是不是最好看、最拉风。”

叶汐颖顺着他指的方向一看，忍不住扑哧一声笑出来，也不知道他打哪儿找到的奇葩帐篷，竟然是一只小黄鸭的造型，可左右一看，发现也不止他一个人怪异，还有愤怒的小鸟、僵尸以及蓝胖子，与之相比，万宗胥这个也就相对正常了。

一伙人坐在鹅卵石上吃着烧烤，前面是“一望无际”的大河，胖子豪一口口小心地喂着陈雪之，生怕她连咀嚼都不会，恨不得自己咬碎给她。范春云就爷们多了，没几下就吃了好几串，美人詹忍不住蹙眉，“少吃点，吃多了对身体不好。”

“哟，小詹詹可真怜香惜玉，看不出啊看不出。”胖子豪在一旁起哄，谭思冲在一旁笑了，他的女伴是一个妖艳的大美人，穿着性感的连衣裙。

美人詹瞅了一眼，意有所指：“还是老谭最闷骚。”

四个男人心领神会，谭思冲嘴角依旧挂着笑容，“我是正常的男人，自然喜欢娇滴滴的大美人，老大不也是这样？”

他一下子就把话抛给了万宗胥，朝着叶汐颖投了个善意的笑容。叶汐颖这才知道，原来那个男人是赫赫有名的谭思冲，富二代圈最接地气的男人，愣是放下几千万的身家不继承，跑到农村搞什么新科技农业，这几年颇有成效，并且前景可观，毕竟国内毒食品危害太大，的确是需要规范养殖和栽种。

“我可是一心一意只爱一个，跟你们不同。”万宗胥回得没皮没脸，叶汐颖感到目光齐刷刷都注视着她，顿时羞红了脸，他笑着将她抱进怀里，“不准欺负她，她胆小。”

这不说还好，一说胖子豪就来劲了，“啧啧啧，这是疼到心坎里去了。”

“你还说……”叶汐颖不满地捶捶他，万宗胥搂得更紧，甜言蜜语地哄着：“好好好，听你的。”

吃完烧烤后，几个人去抓鱼，万宗胥的运气最好，抓到了许多，其次就是谭思冲，美人詹和胖子豪半斤八两，简而言之就是屈指可数，叶汐颖心情也变得很好，脸上挂着难得的笑容。

晚上，几个人在帐篷前围成一个小圈子，胖子豪提议玩真心话大冒险，几个人毫无异议地同意。他拿出一个罗盘，转到谁谁就要遭殃了。第一轮开始，他按下键，大伙儿屏住呼吸看结果，胖子豪忍不住哀号，他是第一个遭殃的人，而另外一头指的是美人詹，他笑嘻嘻地说：“手下留情啊，小詹詹。”

美人詹轻快地说：“真心话还是大冒险？”

“大冒险吧。”胖子豪说完这句话，看了一眼身边的陈雪之。

美人詹想了一下说，“模仿脑白金广告，边唱边跳。”

胖子豪顿时无言以对，好不容易带女神出来，还期望美人詹能够说点增进感情的东西，没想到是在自损，他果然把他们想得太美好了，于是硬着头皮跳了一圈，几个人笑得前仰后合，胖子豪气闷地坐了下来。

又闹了几轮，差不多都受到了不公平待遇，直到转到了叶汐颖跟前，她忍不住傻了。运气这事果然是不靠谱的，刚幸灾乐祸她一次都没有，这会儿就轮到她了，而对面的则是谭思冲，忽然又安心了，看他这副样子，应该不会出太过分的。事实证明，她想得实在是太美好了，谭思冲悠悠地说：“跟你隔壁那位接吻五分钟。”

万宗胥顿时眉开眼笑，叶汐颖狠狠地瞪了谭思冲一眼，没想到他却故作没看见，万宗胥见她迟迟没动作，一口就亲了下去。

胖子豪看得羡慕极了，怎么这堆损人都没给他下这个指令。

万宗胥要去C市出差，那边的剧组出了些问题，张导火烧眉毛地请他过去。

临走之前，他在沙发上抱着叶汐颖亲了好一会，才恋恋不舍放不开她，顺道把家里的钥匙递给她。叶汐颖不明白他的意思，“你给我钥匙干什么？我又不去你家。”

“可能要去半个月，到时候家里门窗要通风什么的，你就帮忙打理一下。”万宗胥压根就舍不得离开，两个人感情慢慢升温了，正是关键时刻，如非事情紧急，他才不想过去，真想打包把她也带过去。

叶汐颖接过钥匙，不禁喃喃：“要半个多月啊，这么久……”

“我尽量早点回来，你要想我的话，我们晚上可以聊视频。”

万宗胥听到她的不舍，整颗心都揪成一团，心情却异常好，这阵子努力没有白费，这女人终于正视他的存在了。

“你还是早点走吧。”叶汐颖从他怀里挣扎出来，万宗胥见她有故态复萌，一把扯过，扑了上去，在她的脖子上狠狠地吸了一口，见到红红的痕迹了，才满意地放开，“我不在的时候，不准勾搭别的男人，我每天会给你打电话，晚上咱们就视频，好不好，不然，我还是带你一块走吧。”

“万宗胥你混蛋，我怎么见人啊。”叶汐颖不满地摸摸脖子，刚被他吸得这么用力，肯定要好几天才消下去，这大夏天的，她可怎么出门，想到这里，她在他手臂上用力咬了一口。

万宗胥自然是感到痛的，只是心底又是甜蜜的，看她傻头傻脑的样子，恨不得想把她揉进身体里，融入骨髓里，不让她这么乱跑乱跳，一颗心跟着上上下下。

第二章　说再见不再见

有时候，当你开始放弃了，又是转机的显现。

自打万宗胥这么一走，叶汐颖是有那么点不适应，心底里空空的，整个房子里都是两个人的回忆。她不想再重复那种得到又失去的痛，于是啪一下就把这种感觉抛出脑海。只是两个人经常凑在一起，忽然间走了一个，肯定是不适应的，哪有那么多的复杂思想，想到这里，心情豁然舒坦。

打理完家里的琐事，顺道去万宗胥家把门窗打开，发现他床头柜上有一个相框，上面是她和他的合影，那时候的她，还带着一些青涩，是三年前拍的。

她拿起来仔细看了一下，想了起来，三年前有一回，她和赵东耀闹情绪，忘记他是跟哪个姑娘闹绯闻，万宗胥恰巧知道这件事，带着她去湖边散心，在一旁劝导她，胖子豪在旁边偶然拍下的。

他居然留到现在，不知怎么的，眼睛辣辣的，一股子暖流溢出，万宗胥对她一直以来都是上心的，时时刻刻在呵护她。

晚上，叶汐颖洗漱完毕，躺在床上看了会儿书，随着手指不断翻页，影子跟着轮廓动，窗外景色醉人，在流光溢彩的灯光下，整个城市的夜生活即将拉开帷幕，她想到了赵东耀，那个曾经陪着她安静过日子的男人，最终还是选择了花花世界，投身其中，随波逐流。

手机铃声滴滴滴响起，她拉回思绪，拿起来一看，是万宗胥发来的微信视频。这不是之前把他拉黑了吗？怎么还能冒出来？摁下接收键，万宗胥的大头像就出现了，叶汐颖不禁笑了出来，不知道是男女审美的差异还是习惯，拿手机视频或者自拍的时候，女人倾向拿高四十五度角，而男人则是随随便便放在下面，显得整张脸特别怪异。

“笑什么呢，是不是看见我很开心？”万宗胥刚回到酒店，就忙不迭地给叶汐颖发视频过来。

叶汐颖把书本放回到柜子里，去厨房倒了一杯水进来，刚好看到他那边视频晃动到一个皮箱，“你刚回酒店？累了吧？先去洗洗？”

“不要，我要跟你再聊聊，我都想你一天了，你有没有想我？”万宗胥在那边耍赖地呢喃。

“油嘴滑舌，现在你跟胖子豪都不相上下了。”叶汐颖喝了一口水，险些没有被他的话给呛到。

万宗胥在那边哼了一声，“我是真爱，他是滥情，怎么可以相提并论。”

叶汐颖陪着他有一搭没一搭地聊着，不知不觉地过了一个多小时，她的眼皮开始打架，忍不住打了个哈欠，万宗胥在那边自然是看见了，“颖颖，你睡觉吧，我去洗澡了，视频别关了，我怕你睡觉害怕，你就这么放着。”

“去去去……”叶汐颖听到他冠冕堂皇的论调想反驳，可话到嘴边却凝固了，这个男人绝对会吧啦吧啦说一堆，还不如随他去，这样倒还好些。

万宗胥洗完澡，从卫生间走出来，围着一条大浴巾坐在床边，拿起手机一看，叶汐颖在那边已经沉沉睡去。他看到她那副讨人喜爱的小模样，心里一痒，就对着屏幕亲了下去。

叶汐颖扶着手推车在超市里买东西，今早一起来，发现家里的生活必需品都快用完了，于是就打了个出租车来到联华超市买东西。这边品种较多，而且价格也实惠些。她买了些生活用具，乘坐电梯去二楼的食品区，她来得不是时候，恰逢周末，来往的人相当多，挤挤攘攘。

她在蔬果区挑选番茄，背后被人拍了一下，转身一看，恍然如梦，赵东耀就站在面前，她打了个招呼："好巧，你来这里买东西啊？"

"你现在住哪儿？"赵东耀蹙眉瞅着她，发现她并没有过得很糟糕，脸色倒也红润了许多，心里不是滋味，可她要是过得不好，他可能会更不舒服，所以这是一种矛盾心理。

叶汐颖随意挑了几个番茄，急着去称重，然后迅速扔到手推车里，"有意思吗？我们都离婚了，何必问我住哪儿？你过好自己的日子不就行了？"

虽然超市里吵吵嚷嚷，赵东耀却听得异常清楚，"汐颖，我是在关心你，虽然我们离婚了，可我不会放任你过得不好。"

叶汐颖嘴角勾起一抹冷笑，觉得赵东耀这人是糊涂了，她难受了两年，他不管不顾，这会儿离婚了，却又冒出来充当好人，还冠冕堂皇地说这种话，气得她不知道怎么回答，转身急急付账。没想到赵东耀又跟上来了，她顿时冒火，"赵东耀，你有完没完！"

"汐颖，我想送送你。"赵东耀眼神真挚，一副痴情汉的样子。

倘若是之前，她也许会动摇，只是这两年的婚姻生活伤得太深，一度都不敢相信人与人之间的关系，他越是这样，令她越感到厌恶，"不用，我自己打车回去。"

她转身往另一个方向走，赵东耀瞄见她脖颈上淡淡的红印，停在原地两分钟，心里跟吃了黄连一样，连忙追了上去，扶住手推车，"汐颖，听胖子豪说你跟万宗胥在一起了？"

叶汐颖怒不可遏地说："我跟谁在一起，跟你有什么关系？"

前几日，赵东耀在晚掖饭庄有个局，S市的高干子弟和富甲名流均在场，大伙儿喝得晕晕乎乎，胖子豪整个人都站不稳了，搭着他的肩膀，口齿不清地说："赵总啊，我向来对你敬佩有加，你那魄力，你那胆识，在咱们这个圈子……也算得上是屈指可数，只是，你对你老婆怎么就这么无情呢？这么如花似玉的老婆都不知道珍惜，还在外面花得跟什么似的，你不知道你老婆多少人在惦记啊。"

赵东耀挡了很多酒，所以脑子还算清醒，抓起醉醺醺的胖子豪，"你说什么？你什么意思？给我说清楚点！"

胖子豪打了个酒嗝，整个人瘫在那里不省人事，赵东耀揪起他上衣，狠狠地摇晃，胖子豪被弄得像是浮在云霄，迷迷糊糊地说："我老大，也不是捡人吃剩的，只是他喜欢小颖颖这么多年了，就这么干巴巴地看着，你这小子忒不知福了。"

赵东耀的脸色铁青，迅速组织了他话里的意思，又想到叶汐颖搬家的事，暗想糟了，他这是干了什么混账事，明摆着把叶汐颖往万宗胥那边推。关于万宗胥喜欢叶汐颖，他一早就有所察觉，只是没想到，他到现在还不死心。

"汐颖，我早就跟你说过，万宗胥不是什么好归宿，你不要对他有期望。”这句话是气话，但也是实话，万宗胥在圈子里也是有名的花花大少，很多的女人都拜倒在他的脚下，然后被他无情地一脚踹开。

叶汐颖觉得好笑，“那你就是好归宿了？”

赵东耀愣在原地，叶汐颖见状立马推着车走出去，刚好门口停着一辆出租车，她将大袋小袋扔上去，连忙跟司机报了个地名。当他追出来的时候，她早已不见人影了，就在这个时候，他的手机响起，没好气地接起电话，“有什么事！”

张可欣在电话那头娇滴滴地说：“东耀，我想你了，什么时候来C市？”

“你不是在那儿拍戏吗？我去干什么？”赵东耀一想到叶汐颖和万宗胥的关系，心情相当糟糕。

张可欣委屈地说：“张导说我表现不好，脾气又大，可能要换角色了。”

“那不刚好，你演技这么差，非要演这种戏，被刷下来很正常。”赵东耀冷漠地回复，立马挂了电话。

万宗胥亲自到剧组探班，大伙儿相当认真地做着手头上的工作。他坐在一旁看会儿进度，比较满意，除了那个不着调的张可欣，经常拖拉进度，其他一干人等都是在全力以赴。他让秘书在附近酒店订了包厢，表示对大伙儿的嘉奖。

包厢里，张导在一旁说着客套话，大家纷纷敬酒，万宗胥要求换上果汁，他们可就不依了，万宗胥笑笑，“女朋友管得紧。”

张导也在旁边打圆场，“是的，万总的女朋友管得可严了，他要做点什么出格的事，就大闹特闹。”

大伙儿心领神会地笑笑，下意识地把万宗胥的女朋友想成是一只母老虎。张可欣坐在万宗胥旁边，见他喜爱吃糖醋里脊，就时不时夹一块过去，万宗胥朝她意味深长地笑笑。

张可欣不由得看痴了，顿时更为殷勤。他直夸她懂事，不经意间碰了她的小手，张可欣乐在心里，风情万千地妩媚一笑，悄悄地索要了他的手机号。万宗胥极为暧昧地凑在她耳边说："小姑娘家家这么主动可不好哦，男人会起坏心的。"

"人家就只对你这样。"张可欣娇羞地一嗔。

万宗胥迅速输入号码，脸上噙着笑，眼底却透着嘲讽和轻视。

晚饭后，万宗胥搭张导的车回去，一路上张导欲言又止，万宗胥自是知道他的意思："想问什么就直接问，你我之间还需要这么吞吞吐吐吗？"

张导看了他一眼，小心翼翼地说："万总，你觉得张可欣怎么样？"

"呵……不怎么样。"万宗胥望着窗外灯火阑珊，心里又挂念起叶汐颖，也不知道她吃了没，现在这个点在家干吗呢……

"那……"张导等着他的下文，万宗胥笑笑，"我们当然是以电影的利益为主，其他什么乱七八糟的，张导也就不必再想了，至于张可欣，我看了一下她的演技，的确糟糕至极，加上人气也不怎么样，不如换人吧，免得被观众吐槽，影响票房。"

"既然万总这么说了，那我知道了。"张导看饭局上的架势，以为张可欣已经搭上万宗胥了，可听刚刚那话，万宗胥对张可欣可是一点不满意，实在不明白万宗胥绕一圈，意欲为何。

万宗胥回到酒店，跟平时一样给叶汐颖发去视频，没想到那小妮子半天不接，于是他去洗了个澡出来，意外发现叶汐颖给他回了条微信："我刚才在洗头。"

他笑眯了眼，立马又发了过去，这会儿叶汐颖接了起来，“我后天就回来了，你在家乖乖等我。”

“这么快？不是说要半个月吗？”叶汐颖擦着湿漉漉的头发，这回的洗发水味道特别香，透着一股牛奶的香味，不由得令她又闻了闻。

“事情办好了，我就早点回来，我恨不得现在就回来。”

万宗胥着迷地看她的模样，觉得百看不厌。这次过来就是解决资金周转问题，虽然拉拢了一大批投资人，可投拍电影就是无底洞，各种开销，于是他过来撤走一批人，全部换上自己的人，严格把控，并且要求上报明细账。至于张可欣那点破事，实在是毛毛雨。

叶汐颖话锋一转，“宗胥，张可欣是不是也在你们剧组？”

万宗胥跑到C市了，原本不关注电影的叶汐颖，偶尔也会稍稍注意影视讯息，没想到就看到了张可欣的名字，顿时觉得世界可真小，这么兜兜转转，还是能知道有关她的消息。

“是啊！你别多想，长得那么难看，我都不想多看她一眼。”万宗胥立马抬起手发誓。

叶汐颖笑了，“胡说什么呢你，我不是这个意思，就是好奇，问问。”

“我懂得，你就是担心我被她拐走。”万宗胥恬不知耻地加一句。

叶汐颖顿时无言以对：“哼……”

经过昨晚那一顿饭，张可欣的气焰嚣张了不少，埋怨助理买的矿泉水太冰不说，又嫌弃其他女演员不配合。张导终于忍无可忍，爆发了，对她一顿臭骂，然后告知她可以走人了。张可欣不敢相信，她可是万宗胥钦点的女配角，背后又有赵东耀支持，怎么着也不可能到走人的地步，最多刷下来，换成别的角色。

于是，气恼地拨通了万宗胥的手机号码，听见万宗胥语气温和，并且都是站在她的立场上讲话，于是委屈地诉苦，颠倒黑白地乱讲一通，万宗胥大为生气，要为她找张导理论，让她来酒店具体讲讲情况。

张可欣心中一乐，立马打车去酒店，敲了敲房门。万宗胥裸着上半身出现，八块腹肌显而易见，一只手拿着毛巾擦拭头发。

她不禁吞咽了一下口水，万宗胥这个男人和赵东耀，两个人各具魅力，可他的脾气温和，并且家势庞大，有权有势，瞬间天平倾向这边。想到万宗胥干吗无缘无故非要选她当女二号，再加上昨天的反应，他肯定是一直对她有好感。

万宗胥让她坐着等等，他去卫生间吹头发，过了会，他走了出来，换上一件简单的 T 恤衫，张可欣羞涩地对他投了个媚眼，万宗胥淡淡笑了。这时，有人在猛地敲门，咚咚咚的非常响，万宗胥急忙起身去开门，只见几个警察站在门口，他请他们进来，指着张可欣说："就是她。"

警察将张可欣扣住，她不明状况，大叫："你们干什么！凭什么抓我！"

"这位先生举报酒店有卖淫女，小姐，你跟我们走一趟吧。"警察一脸鄙视地看着她。

张可欣这会儿算是明白了，她是中了万宗胥的套，面色苍白，抖着唇说："我跟你无冤无仇，你为什么要这么设计陷害我！"

万宗胥摆摆手，表示听不懂她的话，警察将她拽出房门口，趁着警察不留神之际，他在她耳边悄悄地说："叶汐颖是我媳妇。”

张可欣顿时双脚一软，瘫坐在地上，几个警察将她抬了出去，到了门口的时候，一群记者密密麻麻地堵在那里，闪光灯啪啪啪直响，张可欣连忙捂住脸，狼狈不堪，早已没了平时的骄傲，犹如丧家之犬。警察拨开人群，将张可欣拉到车上去，然后快速启动警车离去。万宗胥的秘书走了出来，一一回应记者们的提问。

当天下午，报纸杂志就出来一则大新闻，女演员张可欣赴酒店卖淫、解析演艺圈外围女之类的消息层出不穷，唯独没有爆出万宗胥的名字。大家的视线全部放在她卖淫这事上，对是谁举报的，一点都没兴趣。

一时间，网络上又是一场口水战，并且有人爆出张可欣的情人列表，足足有二十几个人，不禁令人为之惊讶，只能叹一句，贵圈真乱。

正所谓好事不出门，坏事传千里。张可欣虽不是什么知名演员，可在业界也算得上是有点小名声的，被这么一整，一石激起千层浪，网友们的活跃度也就两三天，在圈子里，算是被黑得彻底了，原本的几个广告代言，厂商纷纷要求解约。

张可欣在拘留所里待了十多天就被放出来了，外头早就风云变幻，演艺圈的淘汰法则，从来都是毫不留情的。

叶汐颖做美容的时候，美容师一边按摩她的脸部穴位，一边聊着明星八卦，聊着就聊到了关于张可欣卖淫的事。叶汐颖很少关注娱乐新闻，除非是偶然间点的，或者朋友圈大肆转发的，听到这个消息，不由得暗暗吃惊，这么个年轻的小姑娘，情史倒堪称丰富。

美容师赞美地说："叶小姐的皮肤真好，我做美容这么多年，没见过肤质这么细腻干净的。人的容颜会随着岁月衰退，这点可没在你脸上看见，我觉得你比那些明星还要漂亮。"

叶汐颖表面上不作声，淡然笑笑，内心还是小虚荣了一把。女人都是喜欢听好话的动物，于是想也没想又往卡里充了一万块钱，美容师顿时乐开花，恭恭敬敬地送她到门口，"叶小姐，听说晚上会来台风，要注意关好门窗。"

她点点头，看了一眼天色，天空一碧如洗，蓝得像一块巨大的玻璃，太阳高挂，发出强烈的光煎烤着大地。这般好天气，应该不大可能台风来袭，也就没有放在心上。

顺道逛了一圈时代广场，巨大的海报换上了新晋的明星，画着艳丽的妆容，穿着一件男士 T 恤衫，手指妩媚地指向左边。叶汐颖记得这之前是张可欣的海报，每逢路过总是低着头，想来是不愿再看见她。

张可欣脸上有颗痣，俗称美人痣。

叶汐颖第一次见到她的时候，是在赵东耀的公司，并没有多加关注，只是觉得这个小姑娘长得挺灵气的，听他们说是新找的广告代言人，心里也觉得适合。后来，她发现赵东耀经常和张可欣互发短信，甚至一天好几通电话，不由得起疑，可在赵东耀的解释下，又被掩盖过去，只当是工作上的事。

不过，那时候她跟赵东耀的关系好，打从心底就是相信他的，可没想到，在他的手机里发现了两个人接吻的照片，顿时才明白，原来自己一直被蒙在鼓里。她疯了一样四处查探关于两个人的事，这才得到消息，自打她进公司开始，就对赵东耀有所企图。

她从来没有想到赵东耀会背叛她，毕竟两个人在一起那么久，辛辛苦苦走到今天，实属不容易，可一旦惹起女人的疑心病，那就是可怕的，天天回家必看手机，仔细翻看衣物，想从中查到什么东西，日复一日，就像是一个精神病患者。她甚至低声下气求赵东耀，“我求求你不要折磨我！我一想到这样天天监视你，我就觉得好痛苦，我整个人像个疯子！疯子啊！”

两个人为此大吵一架，可赵东耀到底还是心向她的，道歉之后，保证两个人再无瓜葛。

原本以为事情就这样过去了，没有想到会被她撞见两个人暧昧接吻，整个人都要崩溃了，想到经营那么辛苦的感情就毁在这么一个女人身上，真的是不甘心啊。可又能怎么样？难道这样就会让他放弃张可欣吗？叶汐颖慌乱之下，只能求助万宗胥，两个人还差点走火。

这才引得赵东耀与之求婚，婚后生活，不值一提，不过只是越演越烈而已。其实婚前就是爱情的坟墓，只是她看不清而已，纯粹自己找虐。一旦这种折磨受多了，自然就心死淡然。

S 市的台风是在晚上十一点来袭的，之前没有一点征兆，雨势惊人，狂风猛烈地拍打窗门，大树在狂风中摇晃，一条条树枝仿佛是一根根在天空中疯狂抽打的皮鞭。

叶汐颖急急收起阳台上的衣服，然后关好门窗，轰隆一声，雷声作响，天空一道闪电划过云霄，瞬间四分五裂，仿佛将天分割成几块，她捂住耳朵，整个人蹲在地上，瑟瑟发抖，全身痉挛。

仿佛回到了十五岁的时候，她撑着一把伞，放学回到家，看见叶奶奶倒在地上，连忙去扶起，可是叶奶奶怎么都不动，吓得她连忙打急救电话。她在抢救室门前等待，没想到医生出来跟叶远说，做好后事，病人快不行了，她的世界瞬间崩塌，跪在病床前失声痛哭。外面雷电大作，狂风夹杂暴雨倾盆而下，从那之后，她就害怕这样的天气，总是回忆起这一幕，心如刀绞。

叶汐颖陷入臆想，手机不断地响起……

万宗胥提早一天回到S市，心想着可以给叶汐颖一个惊喜，没想到那小妮子却连电话都不接，于是急忙回家拿了备用钥匙过来，打开门一看，房子里乌漆墨黑，空荡荡毫无人气，心里有种不好的预感，连忙赶到卧室。黑暗之中，只见叶汐颖坐在地上发抖，嘴里喃喃地念着："奶奶不要走，不要抛弃我，求求你不要走！啊……"

他急忙上前把她搂进怀里，"颖颖，你怎么了？"

叶汐颖哭得泪眼婆娑，仍旧停留在以前，万宗胥拖着她的后脑勺，一口吻了上去，叶汐颖被吻得渐渐平缓下来，双手紧紧勾着他的脖子，两个人吻得火热。

万宗胥这才慢慢放开她，喘着粗气，温柔地吻着她，这才慢慢停了下来，将她的小脑袋紧紧搂在胸前。

"不要停。"叶汐颖闷闷的声音传了出来。

万宗胥以为听错了，不可置信地问："颖颖，你说什么？"

叶汐颖没有回答他的话，主动亲了上去，不耐烦地扯弄他的扣子，可怎么都解不开，气呼呼地咬了他一口。万宗胥不仅不恼，反倒被她这副傻乎乎的样子给逗笑了，主动解开上衣。

叶汐颖抚摩上去，万宗胥冷气一抽，"你这磨人的小妖精，今晚你就别想逃了。"

清晨，叶汐颖醒来，全身像是被卡车碾压过了，意识渐渐清醒，发现全身未着寸缕，万宗胥的手臂紧紧禁锢着她的腰，不由得脸色一红。

万宗胥早于她醒来，看着她纠结的小模样，心里痒痒的，“颖颖，你在想什么呢？你对你老公昨晚的表现还满意吗？”

叶汐颖小声地娇嗔：“不许胡说。”

“嘿嘿，我懂得，你害羞了。”万宗胥经过昨晚一战，自然心情特别舒畅。

叶汐颖满脸通红，连忙放柔声音，“我饿了，起来吃饭好不好。”

“好，你说什么就是什么。”

曾经，她以为她是世界上最幸福的人，出生在一个富裕的家庭，虽然有很多矛盾，但是她却找了个最好的男人，替她挡风遮雨，无论遇到什么事，都会陪在她的身边。这种幸福感却缥缈如沙，最终只会随风飞走，所谓的感觉，终究都是不靠谱的东西，导致她对人生表露出胆怯和恐惧。

“谁要说你不好，我跟谁没完。”

万宗胥的话，让叶汐颖欣慰不少，心底感觉暖暖的，他见她放松下来，才开始问：“你昨晚是怎么了？为什么会自言自语呢？”

他从来没有见过叶汐颖这样，也的确是被吓了一跳，像是中了某种魔咒，一个人在房间里自言自语。

叶汐颖垂下睫毛，眼角泛起水雾，“你知道我打小父母离异，虽然跟随爸爸，但是他全然不管我，都是奶奶养我长大的。在我十五岁的时候，奶奶在家猝死，不管我怎么扶，她就是不起来，送她到医院之后，医生就说奶奶去世了，也是在打雷的时候。所以打那之后，我就特别害怕这样的天气，无缘无故就会进入那种状态。”

万宗胥抱她在胸前，叶汐颖哭了出来，哽咽地说：“其实，我偷偷告诉你，前一天我说要吃小鸡炖蘑菇，所以第二天奶奶一早就买了一只鸡，可能就是杀鸡的时候，过于劳累，才会猝死的。她得的是心血管的病，平时就跟没事人一样，一旦发作就是急性的。你说我怎么就这么害人，非要吃小鸡炖蘑菇，如果不吃……如果……”

“颖颖乖，不哭……其实每个人都有命数，你想想奶奶虽然离你而去，但是她走得一点不痛苦，这比那些个在医院病了一年半载的人再离去，其实是幸福许多的。再说，她肯定是希望颖颖能够开心快乐，你要是把自己陷入这种境地，她在天上也不会安心的。”万宗胥安慰她，心有感慨，他这个小宝贝身上还藏了不少事，原本以为很了解她了，实际上只是表面而已。

叶汐颖哭得眼睛红通通的，“真的……”

“我从不骗你。”万宗胥在她眼睛上啄了一下，“奶奶虽然不在了，可她会在天上默默保佑你，你看她不就把我给指引到你身边了吗？”

叶汐颖破涕为笑，扑哧一声，“不要脸，这种话都说得出来。”

万宗胥在家缠了叶汐颖好一会儿，就是不肯去上班，念念叨叨什么终于体会那句“春宵苦短日高起，从此君王不早朝”。她认为他只是在为好色找借口，于是，他提议要她去万氏集团坐坐。

叶汐颖觉得不妥，这算什么啊，被人看见多不好，可经不起他无赖地催促，还是硬着头皮答应下来。

当万宗胥带着叶汐颖出现在万氏集团大楼里，大伙儿都忍不住多看叶汐颖几眼，因为关于万宗胥被女朋友管着不敢喝酒这事，已经传得沸沸扬扬，特别想知道究竟是个什么样的女人，能把桀骜不驯的万宗胥管成小绵羊。

到了他的办公室之后，叶汐颖惴惴不安地问："宗胥，他们怎么都看着我？"

"你长这么漂亮，他们当然要多看几眼了。"

万宗胥把帘子拉上去，一时间整个办公室被照得通亮，推开半扇窗户，顺手整理桌子上的文件，恰巧秘书进来，把三个重要文件给万宗胥签署，并商讨有关的计划。

叶汐颖坐在一旁上了会儿 QQ，忍不住回头看了眼万宗胥，一直以来，他都是以一种油嘴滑舌的形象出现，却没发现，他在公事上极为认真，决定事情相当果断，不由得让她刮目相看，不时频频回头。过了一会儿，秘书笑盈盈地瞅着她，她在秘书的眼眸中读出暧昧，这才明白刚刚行为不妥，有点太过头了。

"叶小姐也会跟我们一块儿去旅游的吧？"秘书一边笑着问一边打量她。

叶汐颖眨巴了一下眼睛，不明白秘书在说什么，万宗胥插了进来说："那肯定，她会一块儿去的。"

秘书夸了叶汐颖几句，都是一些陈芝麻烂谷子的客套话，才抱着几份文件出去。待秘书出去之后，她才傻乎乎地问万宗胥，"她说什么旅游啊？"

万宗胥给她倒了一杯酸奶，从柜子里拿出饼干，"我们公司一年会旅游一次嘉奖员工，这次去希腊的爱琴海。"

"为什么我也要去，我又不是公司的员工。"叶汐颖不大乐意地说，但是乖乖接过酸奶和饼干。她不喜欢出门，只喜欢安安静静地待在家里，这种状况大概是婚后形成的，只想一个人待在一个封闭的环境里。

万宗胥无赖一笑，“你是我媳妇，以后这也是你的公司啊，自然要让他们知道谁是老板娘，这样平时我做什么事，你也能得到一手消息。”

“少贫嘴。”叶汐颖虽然嘴巴上这么说，可心底是甜腻腻的。

万宗胥一把搂住叶汐颖，将她抱到办公桌上，一口就亲了上去，她拍打他的胸膛，含糊不清地说：“被……人……看见……怎么办，不要这样了！”

叶汐颖越是拒绝，万宗胥来得越是猛烈，她仿佛置身于惊涛骇浪中，这种感觉虽然刺激又惊险，却能让人上瘾。

过了一会儿，他才气喘吁吁地放开她。

“混蛋，你能正经点吗？”

他这个人看着蛮正经的，怎么脑子里都是一些黄色肥料。

万宗胥挑眉一笑，就在这个时候，办公室大门被打开，万黎芝兴冲冲地进来，看到眼前这一幕，像是被按了暂停键。

叶汐颖连忙推开万宗胥，一张脸越来越红，像番茄一样。

万宗胥瞄了一眼万黎芝，悠悠地帮这个小傻瓜扣上纽扣，然后亲了一下她的脸颊，“乖，你去里面休息室看会儿电视。”

她咬唇不安地盯着万黎芝，直到万宗胥催促，才慢慢地离去。

万黎芝面色凝重，走到万宗胥跟前，却又不知道怎么开口。他倒是表现得极为坦然，一点都没有被抓奸的窘色。

“小叔，你们……在一起了？”万黎芝故作轻快地问。

万宗胥点点头，“不就像是你看到的一样吗？我不管你们之前发生过什么，她以后可就是你未来的小婶婶，肯定免不了要见面的，别弄得太尴尬，场面话说到就好。”

万黎芝自是知道万宗胥对叶汐颖的感情，也有预料两个人会更进一步，只是没有想到会这么迅速，并且小叔居然打起娶她的念头，不知怎么的，她嫉妒起叶汐颖，曾经是赵东耀疼她，现在又是小叔万般宠爱，拿她当宝一样。

万宗胥办公室里间和外间的隔音效果并不大好，万黎芝只是随口说了几句话，就匆匆离去，而在里头的叶汐颖，听到这番对话，心里上上下下，不知是喜还是忧。

叶汐颖总觉得自个儿的反射弧比较慢，并且会胡思乱想，自打发生办公室事件之后，她好几天还沉浸在其中。

万宗胥当然也知道她的想法，却也不点破，堂而皇之地把洗漱用品、衣物都搬到叶汐颖家里，以一种容不得叶汐颖反抗的态度。不得不说，在两个人相处的过程中，他渐渐掌握了她的小脾气和小性格，而她则是被他搅得一头雾水。

他挺会照顾人的，各方面都安排得妥妥当当，并没有一丝不适感，引得叶汐颖总是在一种迷茫感中徘徊。

晚上，两个人吃完饭，叶汐颖抱着枕头看综艺节目，万宗胥见她一副懒懒散散的模样，上前去揉揉她的脑袋，她仍旧全神贯注在电视上。

叶汐颖坐起身子，万宗胥顺势把她抱进怀里，顺着她的发丝，轻轻地抚摩着，她舒服地蹭了蹭，“宗胥，我们这样下去真的好吗？”

“颖颖，我不喜欢你这么说话，我们在一起是理所应当的，又不触及哪条法律，也不杀人放火，凭什么不能在一起？”

万宗胥到底心里还是怕的，叶汐颖这个女人，爱赵东耀太深，被伤得太痛，对待他俩的感情总是磨磨唧唧，甚至是毫无信心可言。

有时候，他就在想，不就是迟了那么几年吗？

可那几年，足以让他付出惨重的代价，爱情本就是没有道理可循。

“嗯。”

叶汐颖轻轻应了一声，继续看着综艺节目，万宗胥眼眸漆黑如深水，不自觉叹了一口气，臂弯不断收紧。

晚上睡觉的时候，他手脚并用犹如水草缠绕着她的身体，她被弄得冒了一身汗，用手拨开，他又缠上，她嘀咕一句：“热，别这样。”

万宗胥起身打开空调，又开启电风扇，回到床上又搂住她，叶汐颖这才安心入眠。他在黑暗中，盯着她仔仔细细地看着，然后缓缓地在她额头上落下一个吻。

第三章　你我之间的可能性

你知道，我为了他颠倒了世界，而你则是在城市崩塌前，给我拥抱。

赵东耀的车子驶入万基住宅区，然后慢慢停了下来，打开窗户，抽了一根烟，约莫燃烧了一半，掐灭扔进垃圾桶，从车上走下来，朝着小区走去。

刚一打开门，就看见地上一片狼藉，尽是碎玻璃，张可欣泪流满面地坐在地上，拿着一片碎片，放在手腕附近，赵东耀一走进来，她就开始哭喊着："东耀，你终于来了，我就知道你不会不管我死活的。"

赵东耀若无其事地坐在沙发上，切了一个苹果，大口大口地吃着。张可欣猜不透他的心思，哽咽地说："东耀，我们在一起这么久了，我知道你是个外冷内热的人，以后我不能好好照顾你了，你要对自己好点。"

张可欣说完这句话，赵东耀笑了出来，"张可欣啊张可欣，我发现你一开机就卡带，一下来就是个戏子啊，演得活色生香，你想让我说什么？可怜你还是乞求你？要割腕早点割，割完我给你收尸。"

“赵东耀！我那么爱你，你怎么可以说这种话？”张可欣扔掉手中的碎片，气呼呼地走到赵东耀的身边。

赵东耀捏了捏她的脸蛋，重重地拍了下去，嘴角扬起一抹轻蔑的笑，“你看，这不就不想死了吗？”

“赵东耀，你还有没有良心。”张可欣委屈地嘟嘴，却坐到他的大腿上。

赵东耀粗鲁地撕开她的上衣，狠狠地亲上她的嘴唇。

过了一会儿，张可欣趴在他的胸膛上，气息不稳地说：“东耀，现在我都没工作了。”

她被万宗胥这么一弄，已经失去了生活来源，原本有赵东耀的资助，可今年他越发不上心，有时候好几个月才见一次，再加上遇到这事，不由得心慌，才想出自杀这事，引他过来见面。

“我有时候也觉得好奇，就长你这样的，是怎么混进娱乐圈的。”赵东耀说得狠毒，嫌她身上黏糊糊的，推开了她，坐起来抽了一根烟。

张可欣被他那么一说，自然是不好受，却又扑了上去，撒娇地坏笑，“可你不就喜欢我这样的吗？东耀，听说你跟你老婆离婚了？”

其实她跟叶汐颖之间，属于井水不犯河水，彼此都知道对方的存在，却互不干扰。有时候她挺佩服那个女人的，生得一副好容貌，又会忍气吞声，兢兢业业操持家里，简直是富家太太的典范，可这女人居然会离婚，而且还搞上了万宗胥，甚至回来报复她。

“张可欣，注意你的身份，你有什么资格说我们夫妻之间的事？”赵东耀拿起水果刀，在她的脸颊上滑动，嘴角勾起一抹深不可测的笑容。

张可欣被吓得嘴唇发白，“东耀，别这样，我只是……随便问问。哦……对了，上次万总说叶汐颖是她媳妇，所以才这样对付我，我也就这么好奇。”

赵东耀将水果刀放到了桌子上，满脸铁青地坐好，张可欣跟着抱了上来，“东耀，你刚刚可吓死我了，虽然是跟我闹着玩的，可是也不能这样。”

“万宗胥真这么说？”赵东耀闷闷地发出声。

张可欣半天才回神，故作委屈地说：“是啊，你可得给人家做主，肯定就是你老婆，不，前妻，让他这么做的。”

赵东耀沉默半晌，才缓缓开口，“你有什么好做主的，长得就一副欠整样。”

深夜，他辗转反侧睡不着，扒开缠在身上的女人，独自走到阳台上吹风。整个城市寂静无声，偶尔有几辆摩托车飞驰而过，时间过得可真快，一转眼都已经那么多年过去了。

大一的时候，他从农村来到这里，怀揣着一个梦想，只是现在想来却可笑，可唯有叶汐颖，真的有拿他的梦想当回事，每次总是跟别人炫耀，我男朋友怎么样怎么样，以后肯定会怎么样怎么样……

会怎么样呢？还不就这样。

“东耀，以后你一定会成为很有名的画家，而我就跟你吃香的喝辣的。”叶汐颖笑得傻乎乎的，露出洁白的牙齿，就如同她纯洁的想法，没有一丝污垢。

赵东耀骄傲地点点头，“好，我以后不会让你吃苦的，绝对不会！”

“那你有钱了之后，会不会看上别的姑娘。”叶汐颖晃悠着小脑袋说。

赵东耀轻轻地吻着她嘴唇说："怎么可能，我只爱你一个人，否则就让我死无葬身之地。"

叶汐颖连忙捂住他的嘴巴："不许胡说，哪怕我们不在彼此身边了，也要好好的。"

回首昨日，早已不堪，他觉得除了可笑还是可笑，他得到了很多,又失去了最重要的,忽然间,他很想叶汐颖,想见她一面，就这么看着她。

叶汐颖睡到半夜三更，手机不断在唱歌，下意识推了推万宗胥，"你手机响了，好烦，关掉！"

万宗胥迷迷糊糊起来一看，是她的手机响了，一看来电显示，瞬间清醒了，没想到竟然是赵东耀打来的，叶汐颖听到手机还在响，烦躁地说："你怎么还没关啊，还让不让人睡觉。"

他立马按下拒接，随即删了红红的消息记录，若无其事地回到床上，亲了亲叶汐颖，两个人又进入梦乡。

早上起来的时候，万宗胥心情不是很好，误把糖当成了盐，叶汐颖在吃的时候，被这古怪的味道雷到，只吃了一颗鸡蛋。

万宗胥吃好饭早早去上班，他开着车子在马路上行驶，想起赵东耀，心底还是担忧。他见识过两个人的难舍难分，以至于他对于赵东耀是一种不冷不热的态度，从认识到现在，一直是这样，都说女人善于妒忌，可男人又何尝不是呢？只是看对什么事而已。

叶汐颖在家整理床单，这时候，门铃响了，于是她放下手中的活，匆匆去开门，没想到是孟韦茹。她笑眯眯地提着一篮子水果进来，“哟，过得还挺滋润的，我看你这气色，可比婚后好多了，看来渣婚还是早离早好。”

她连忙招呼孟韦茹坐下，接过她的水果篮子，“你来就来，还带什么水果来。”

“昨天大伙儿一起去果园玩，那西瓜长得可好了。”孟韦茹坐到沙发上，拿起抱枕准备扔到身后，忽然发现底下有一条男士四角内裤。

叶汐颖瞄见，整张脸红得跟火球似的，连忙拿起内裤扔到洗衣机里。她暗忖估计是昨天他脱那儿的，难怪早上一直找不到，这下倒是让别人找到了。

“哟，我说呢，怎么越发水润，原来是有人照顾了。”孟韦茹笑得可暧昧了，足以让叶汐颖羞愧地找个地洞钻下去。

“我……他……哎呀，你就别笑我了。”叶汐颖一时之间也不知道怎么解释，结结巴巴地说不清，可着急了。

“不急不急，我有的是时间听，你慢慢说。”孟韦茹一副听不到八卦誓不罢休的模样。

叶汐颖只能娓娓将两个人发展的经过告诉她，孟韦茹一听完，猛地拍了一下她的后背，“行啊，你说你这跑个赵东耀，来个万宗胥，可真一点不亏！”

“胡说什么呢！”叶汐颖被说得不好意思。

孟韦茹靠在叶汐颖身上，“好了好了，不逗你了，看你这模样。”

“我不跟你说了。”叶汐颖把水果端到厨房去，孟韦茹坐在客厅里咯咯直笑。

叶汐颖和孟韦茹吃着水果聊了会，孟韦茹接了个电话要离开，临走之前又说了句，“有个这么好的男人撞上来，你愁什么，先好好过着呗，以后的事以后再说，哪有你这么多事，不然你该有多寂寞，你要知道，寂寞的女人是最容易衰老的。”

叶汐颖被堵得一句话也说不出，只有无言以对的份。

中午，万宗胥打电话过来，让她一块儿去公司附近吃午饭，叶汐颖不大想出门，也就拒绝了，倒是把孟韦茹这件事跟他说了，气呼呼地对他说：“你下次内裤不准乱扔，这回是被她看见，下回要是被别人看见，我还要不要做人。”

“你就说像你这么漂亮的女人，身边没个男人才不正常吗！别人都在夸你呢，摆明是在羡慕你。”万宗胥听到这事，心情大好，嘴里嘀嘀咕咕个没完没了。

“哼。”叶汐颖不高兴了，她反驳不了孟韦茹，连万宗胥的话也接不上，主要是他俩的脸皮太厚，跟铜墙铁壁似的。

万宗胥连忙哄道：“媳妇，我知道了，咱们不生气了，都听你的，你说什么就是什么，我毫无异议。”

“哼。”叶汐颖又来一声，情绪明显好转，万宗胥诱哄地说：“媳妇，我们不生气了好吧？不生气，不生气了。”

“好了好了，别烦了，就你最无赖。”叶汐颖笑着挂了电话。

万黎芝对阮翠莲越发上心，时不时就给送点东西过去，起先阮翠莲对她并无好感，心里仍旧挂念叶汐颖，甚至还以为前些日子的水果是叶汐颖送的，可后来才知道是她送的。虽然如此，老人还是耐不住她软磨硬泡，终究给了个好脸色，加上这姑娘脸蛋圆圆的，想必将来也是个有福之人。

虽然如此，可赵东耀却不允许她将怀孕之事告诉阮翠莲，否则后果自负。万黎芝觉得委屈，却也没有办法，毕竟是所爱的男人，又能怎么样?

万黎芝带着阮翠莲去足疗店泡脚，足疗师一看是万黎芝，顿时乐开花，毕竟她可是个有钱的主，态度特别好，一边陪着聊天，一边细心地按压。阮翠莲不喜欢这套，可在万黎芝的说服之下，也来尝试，没想到效果不错，通体舒畅，心情大好。

足疗师怕万黎芝无聊，拿了一叠报纸杂志过来。万黎芝随意拿起一本，翻翻觉得无味，又换了一本，看到封面的标题，整个人愣在那。赵氏集团总裁深夜密会女星张可欣，顺带附上了两人亲密出来的照片。

她忽然想起那天，赵东耀的手机一直在响，恰巧那时候他公司忙，也就没有放在心上。张可欣那个女人，简直是防不胜防，她以为两个人早已没了瓜葛，没想到还是纠缠不休，想到这里，她眼神中冒出一抹狠意，那个贱女人算什么东西，竟然还在想他，足疗师感到她的僵硬，不由得问了句，“万小姐，我是按得不舒服吗？”

“没有，你继续。”万黎芝冷漠地说。

从足浴店出来之后，她先是把阮翠莲送回家，随即打了个电话给赵东耀，却没有人接，心里一火，连续又打了七八个，仍旧只有嘟嘟声，一颗心沉到谷底。

华豪酒店里热热闹闹，一楼大厅里人满为患，今儿个是范春云的生日，美人詹邀请了一大堆宾客。

万宗胥一下班就把叶汐颖从家里接过来，本来叶汐颖还不想露面，可万宗胥也是一个打不死的小强，想要做到什么事，就绝对不会罢休，两个人差点就在阳台上擦枪走火，这才让叶汐颖答应，不然这一个晚上也就没完没了干着床上的大事了。

所以说，叶汐颖的很多倔强，到了万宗胥身上，可就没用了，她永远不知道他接下来会玩什么花招。

叶汐颖穿着一件保守的小礼服，根本不敢露胸露美背，全身上下尽是他落下的痕迹。美人詹早就瞧见他们过来，点点头微笑示意，搂着范春云去其他桌招呼。叶汐颖看见这俩人恩爱的那股劲，小声嘀咕着："看不出来美人詹会专一一个人。"

"这你就不知道了吧？他只是没有遇见对的人。"万宗胥咧嘴一笑，忙不迭地给自个儿戴高帽，"就跟我一样，遇见对的人了，就只会好好爱一个人。"

叶汐颖对于这些话习以为常，知道不与他辩解才是明智的，夹了个玉米酪放到他碗里，万宗胥心花怒放，谄媚地说："我就知道你心疼我。"

"哟哟哟，老大，你们这样是想亮瞎我的狗眼吗？"胖子豪对面那头发出啧啧啧的声音。

美人詹给他们兄弟几个安排在了一桌，所以大多都是熟人，叶汐颖真不知道万宗胥是怎么想的，很多人都知道她离婚了，他还这么大摇大摆地带她出来，这样真的好吗？

这桌子上的人，她也有个大概的了解，都是S市的富二代、高干子弟，除了老婆不换之外，女朋友换得跟翻书似的。就比如说胖子豪，上次还是文艺女陈雪之，今儿个就换成了一叛逆姑娘。

"既然都是狗眼了，干吗这么亮，做贼啊。"万宗胥痞痞地回了一句。

胖子豪被堵得连连叹气，一只手搭在那姑娘肩膀上，“哎，重色轻友啊重色轻友。”

叶汐颖没兴趣插话，只是径自吃着碗里的菜，万宗胥不时给她夹些，可她食量不是特别大，以至于食物快叠成小山了，她不由得瞪了他一眼，示意别再继续了。

可这在他的眼里解读就不一样了，以为她是在撒娇，美滋滋地又给她盛了一碗小汤圆，她伸手接过，然后放下，一只小手偷偷伸到桌子底下，狠狠地掐了他一把，他直痛得闷哼一声。

万宗胥反手将她的小手反握在手心，不断地揉捏着，叶汐颖被弄得冒了一身鸡皮疙瘩。

叶汐颖又瞪了他一眼，万宗胥咧嘴一笑，那模样可无辜了，她迅速站了起来，“我去一趟卫生间。”

“我刚好也要去，咱们一起。”

万宗胥也顺势站了起来，揽着叶汐颖一同离开。

叶汐颖没想到万宗胥这么胆大，大摇大摆地跟着她到了女厕，弄得她倒不知所措，恰巧这时候，发出咚咚咚的声音，有几个女人开门出来，她想也没想一把拉着他进了左边一间。

忽然，门外来了三个女人，正在说说笑笑，叶汐颖一下就清醒过来，全身紧绷，使出吃奶的劲，这才微微推开了万宗胥。他老大不高兴地哼了一声，她连忙捂住他的嘴巴，生怕被外面的人听到动静。

“对了，你说的隔壁桌那漂亮女人好像是赵东耀的前妻吧？”短发女人忽然想起，好像曾经有一次看到过她。

长发女人发出啧啧啧的声音，“睡个离婚少妇算什么，对他来说就是毛毛雨。”

“你们啊，就别在这儿唧唧歪歪了，走吧走吧，出去看看热闹。”从最里面出来个画着浓妆的女人，将这两个人拉走。

万宗胥额头冒汗，这三个女人都在胡说八道些什么，他明显感觉到叶汐颖的怒气，等到没了脚步声，她狠狠地用高跟鞋往他腿上一踢，他痛得抽了口气，伸手拉住她，“颖颖，你听我解释，她们是乱说的。”

“万宗胥，你放手。”叶汐颖拼命挣扎着。

万宗胥紧紧地禁锢住她，“你不能听别人瞎说。”

“放手！”

“不放！”

“放不放？”

“就不放！”

叶汐颖被万宗胥抱得挣脱不开，两个人你说一句，他应一句，就这样来来回回好几遍，她被这么一搞，也慢慢疲了，于是无力地说：“好好好，你先放开好不好，让人看见多不好。”

“我怕一放手你就跑了。”万宗胥略带心酸地说，“三年前，我一放手，你就嫁给别人了，现在你指不定又消失了。”

三年前，一个燥热的晚上，万宗胥在路上堵到了叶汐颖，她显然不愿意搭理他，情急之下，他也是这样从背后抱着她，嘴里喃喃地说着：“颖颖，赵东耀不可能给你幸福，一个男人一次出轨就会有第二次，你不要再执迷不悟了。”

“你放手！”叶汐颖冷冷地说。

万宗胥仍旧丝毫不动，叶汐颖抛出一句，“你不放手，我马上就嫁给赵东耀！”

“好好好，我放手，放手，你不要生气。”万宗胥紧张地说。他刚一放手，叶汐颖就跑得没影了。

女人心是两极的，要么狠得要死要活，要么软得跟块豆腐一样，万宗胥这句话打动了叶汐颖，她忍不住伸手回抱了他，“傻瓜，你都住到我隔壁了，我还能跑到哪里去？”

其实叶汐颖在意的不是三人大战那件事，关于万宗胥的风流韵事，她知道的也不少，再加上身处这个圈子，他又是天之骄子，这种事也是在所难免的，她只是不喜欢别人瞎定义两人关系，可仔细一想，他们两个人的水又清得到哪里去。

“你亲亲我，亲亲我就放开了。”

万宗胥借机吃豆腐，叶汐颖这回倒是乖乖地亲了他一口。

叶汐颖一坐到位置上，就看见隔壁桌的那几个女人。她们不时回头看看，她觉得被盯得不舒服，告知万宗胥要先行离开。他肯定不会让她独自走，于是跟美人詹等人说了一下，带着叶汐颖出了酒店大门。

万宗胥刚在酒店里喝了点啤酒，于是不准备开车回去，伸手招了一辆出租车，叶汐颖瞅着其实离家也不远，于是提议，“我们走路回去吧，吃了那么多，运动一下对身体也好。”

他点点头，让出租车司机开走，然后跟叶汐颖手牵手走在路上。她有些不好意思，几次三番扯开，他又握住，后来她索性就算了，他开始蹬鼻子上脸，揽住她的肩膀。

马路上，车辆飞驰而过，两旁均是绿林大道，树上霓虹灯闪耀，仿佛一颗颗小星星，他俩边走边聊，漫无边际瞎念叨。

“宗胥，你到底喜欢我什么？”叶汐颖至今也没搞懂这事，不知道是哪里吸引了万宗胥。

万宗胥笑笑，“我也不知道，你结婚的时候，我就在想，如果说让我眼睁睁地看着你嫁给别人，那为什么要遇见你，这命运岂不是太可笑了。你离婚之后，我就坦然了，有缘的人兜兜转转还是会在一起的。”

“所以，你是巴不得我离婚。”叶汐颖故作生气地说，嘴角却带着隐隐笑意。

“没有一个人会舍得喜欢的人陪在另一个男人身边，但是如果你幸福，我就甘愿放手了。”万宗胥说这话的时候，眼神闪闪发亮，叶汐颖这才察觉到万黎芝所说的画面，那是一种特别好看的光彩，温温热热。

赵东耀几番调查之下，才知晓叶汐颖的住处，立马驱车赶到公寓楼，在门口按了半天门铃，里面也没人出来开门，站了一会儿，走向窗边，俯视外面的景色，凉风袭来，透着丝丝沁凉。

手机不断响起，均是来自万黎芝的，他蹙眉叹气，随即将手机关机，不想理会。保洁阿姨路过，怪异地看了他一眼，坐着电梯往下走。

叶汐颖走到楼下，累得揉揉腿，虽然她常年穿高跟鞋，可毕竟路程不算短，所以还是感到吃力。万宗胥一把就抱起了她，她惊呼：“你干吗，赶紧放我下来。”

“你不是累吗，我抱你上去。”万宗胥在她胸前蹭蹭。

叶汐颖只是羞红脸，却也没抗拒，一双手绕在他脖子上，“那你小心点，不准摔着我。”

“遵命。”

万宗胥稳稳地抱着她进了电梯，只见电梯噔的一声，到达楼层，他顺势亲了她一口，叶汐颖不满地捶他，“你别这样，万一被人看见怎么办？”

他居然没了平时的油嘴滑舌，只是愣愣地看向前方，叶汐颖顺着他的视线望去，整个人也傻住了。赵东耀怎么会出现，她不是眼花了吧？不可置信地眨巴着大眼睛。万宗胥回过神来，将她抱到门口，轻轻朝着她耳边说："钥匙在我口袋里。"

叶汐颖傻愣了一下，不好意思地将手伸进万宗胥的口袋里，拿出钥匙开门，他将她抱到沙发上。

赵东耀站在门口，心里不是滋味，叶汐颖本来是她老婆，如今却在另一男人的怀抱里。原本他是不相信张可欣的说辞，私心仍旧认为叶汐颖还是他的，可如今撞见这画面，想当不知道也难，不禁双手握拳，冒出青筋，双腿不自觉地跟了进去。

万宗胥瞧见了赵东耀的身影，转身大方一笑，"不知道赵总这么迟来，是因为什么事？"

赵东耀没有理会万宗胥，眼神直直地看着叶汐颖，"我们可以单独聊聊吗？"

叶汐颖坐在沙发上，低头沉默，过了一会儿才开口，"宗胥，我想喝酸奶，能去楼下帮我买吗？"

万宗胥点点头，对着叶汐颖的脸颊亲了一口，然后一副良家妇男的模样说："我还是去附近超市买一箱回来吧，免得你这小馋猫天天喊着要，还有……你有事就给我打电话。"

赵东耀看着他们俩的互动，脸色黑得不能再黑。万宗胥抬起头，两人四目相对，他挑衅一笑，"我先走了，门就别关了，我就下楼一趟，带钥匙太麻烦了。"

等待万宗胥走后，赵东耀坐到了她旁边。叶汐颖感觉到沙发下陷，清了清喉咙说："你来找我有什么事吗？"

赵东耀脸色阴晴不定，也不知道从哪儿开口，是谴责她和万宗胥之间的关系吗？两个人已经离婚，他已经没有任何资格了，况且他出轨在先，又有什么好说的呢？只是，他真的不甘心，怎么他的汐颖，一下子就变成了万宗胥的女人，两个人还在他面前卿卿我我。“汐颖，你跟他在一起了？”

叶汐颖觉得好笑，“我跟他有没有在一起，这件事跟你没有任何关系吧？难道离婚夫妻之间，还需要报备个人隐私吗？”

“我是为了你好，万宗胥不是个可以依靠的男人。”赵东耀急急地说。

叶汐颖盯着赵东耀看了一会儿，“东耀，你是舍不得我？还是因为我跟宗胥在一起，你觉得自己的东西被人抢了，造成的不甘心？”

“我……”赵东耀一时之间回答不上来，“不管怎么样，我都是为了你着想。”

万宗胥以最快的速度，去附近超市买了一箱酸奶回来，然后站在电梯口抽了一根烟，也不知里面情况如何。

约莫过了十来分钟，赵东耀就从里面出来，犹如斗败的公鸡。他看了一眼万宗胥，一言不发地摁下电梯。万宗胥将烟头掐灭，悠悠开口，“虽然你是颖颖的前夫，我并没有什么权利阻止你们见面，可我还是希望你不要再出现在她面前。你带给她这么重的伤，她好不容易淡忘些，你又冒出来，这算什么？”

赵东耀冷笑，“你有什么资格说我，你就够清白吗？大家都一样黑，别没事就在那洗白。”

这时，电梯噔的一声响了，赵东耀进去按下楼层，缓缓关上门，万宗胥眼眸一敛，心里冒了一股无名火，咬牙切齿地说：“颖颖已经离开你了，这回我绝对不会放手了，不惜任何代价！”

叶汐颖正在卫生间里洗脸，熟练地在脸上打泡，忽然想起许久未做面膜，伸手从柜子里拿了一片出来，对着镜子小心翼翼地敷上，这时，听见开门声，万宗胥走了进来，瞧见她这模样，笑笑说："今天心情这么好？"

叶汐颖轻轻嗯了一声，从卫生间里走出来，躺在床上闭上眼，万宗胥若有所思地看了她一眼，但没有开口，拿了件睡衣去洗漱。夜里，万宗胥翻来覆去，叶汐颖睡意蒙蒙，被他那么一弄，清醒大半，问了一句，"你怎么了？"

万宗胥想了一会儿，才慢慢开口，"他今天来找你是为了什么事？"

"他闲着无聊，你别跟着无聊了。"叶汐颖打了个哈欠，继续入眠。

万宗胥叹了一口气，搂紧叶汐颖，心底里起起伏伏，也不知过了多久，这才睡着了。

第二天，万宗胥早早醒来，起床的动作比较大，吵醒了在一旁的叶汐颖。她眯起眼看了他一下，当下第一反应是他不高兴吗？可想想还是算了，有些事解释起来费事，随他去，毕竟胡思乱想这事，也就只能自个明白才行。

万宗胥吃得不多，就匆匆去上班，叶汐颖在家看了会儿电视，觉得实在没劲，近来老是萌生出去上班的想法。

这几年一直在家，都已经失去了战斗力，就快要与社会断层了，与赵东耀离婚分来的财产，足以一辈子无忧，但人不上班，实在挺浪费社会资源的，可她又能做些什么呢？这时门铃响了，心中暗忖究竟是谁来了，于是起身开门。

门口站着一个漂亮的小姑娘，穿着一双高跟鞋，嘴唇红艳艳的，叶汐颖觉得在哪儿见过她，可又想不起来，"你是？"

王思媛上下打量了一遍叶汐颖，嘴角带着一抹不屑，“你就是叶汐颖？我是万宗胥的女朋友。”

叶汐颖愣了一会儿，这才想起来，好像是在报刊和杂志上看到过她，“宗胥似乎已经分手了，你是他前女友吧？你找我什么事呢？”

“你……”王思媛哼了一声，“我早就听说你了，你老公不要你了，就过来抢别人的男朋友，像你这种狐狸精，我见得多了。宗胥也就玩玩你而已，玩腻了，自然会回到我身边，你说他会娶一个离婚妇女吗？你觉得有可能吗？万家家大业大，怎么可以容忍得了你的存在！”

“这位小姐，请注意你的口德。”叶汐颖被说得难受，只是反驳了一句。

叶汐颖这么一说，王思媛可就来劲了，“我就奇了怪了，我们处得好好的，他怎么就忽然要跟我分手，原来这一切都是你搞的鬼！长得漂亮又怎么样？还不是别人穿过的破鞋！要我看，他也就是换换口味而已。”

“王思媛，你胡说八道什么？”万宗胥气愤的一把抓住她的手，他到了公司之后，发现一份重要的文件没有拿，这一赶回来，就听到两个人说话的声音。他真是失策，没想到在这番警告之下，她居然还会出现。

王思媛被拽得生疼，喊了出来，“宗胥疼啊，你轻点。”

万宗胥不但没有松手，反倒是一把拉着她到电梯口，摁下电梯，然后把她拽了进去，两个人拉拉扯扯到了楼下，他这才放开她，“王思媛啊王思媛，你看着挺聪明，怎么脑子里是一堆糨糊，你还真不怕死。”

王思媛眼泪汪汪，“宗胥，我是爱你的，你只是一时被那个女人所迷惑，她都离婚了啊！你们家肯定不会允许她的存在的！”

王思媛本来对分手这事就很在意，毕竟万宗胥是一钻石王老五，S 市很多名媛都趋之若鹜，这么放弃肯定是不甘心，可把柄在他手上，又是无可奈何。她意外地从朋友那得知，万宗胥的新女友是个离了婚的女人，这才燃起一丝希望，她当是什么美若天仙的姑娘抢走他，今天一见，也就一般而已，不过是个略带风韵的女人而已。

“你管的真宽，哪怕不是她，也没有你说话的份。”万宗胥的脸冷得像一块冰。

王思媛咬唇狠狠地看着他，万宗胥一把捏住她的下巴，嘴角勾起一抹阴冷的笑，“可你要是不听话，也就别怪我不留情了，我会让你尝尝什么叫作生不如死。”

万宗胥的手劲可不小，王思媛感到一阵害怕，身子忍不住颤抖，空气仿佛凝滞了，他笑着拍了拍她的脸蛋，“害怕？这才想到害怕？那我是高看你了？”

“宗……胥，我是爱你的，我……”王思媛说到一半，就被万宗胥的举动一惊，整张脸瞬间发白。

万宗胥掏出手机，翻出相册，上面是她和一个男人亲密的照片。

王思媛没有看到这个视频的时候，还心存侥幸，觉得万宗胥不可能会做得这么狠，却没有想到，他已经拷贝到手机里了，“你……”

万宗胥笑了，“我早就留了一手，看来这下是用得上了。”

王思媛抖得更加厉害，也不知是被气的还是被惊的，反正整个人就像是树上摇摇欲坠的落叶，随风摆动，做着垂死的挣扎。

万宗胥解决完王思媛，就匆匆上楼，却发现房子里空空如也，叶汐颖早已消失不见，心里隐隐不安，迅速跑到卧室看衣柜，发现里面的衣服叠得整整齐齐，又舒了一口气，立马打了个电话给她，没想到却被她挂掉了。

他又继续拨打，却发现那边关机了，他再不明白也懂了，他家的宝贝疙瘩生气了，而且看来气得不轻。正当他焦急的时候，公司那边又打来电话，有事情必须要回去处理，他只能作罢，拿了文件回公司，心想晚上回来再解释。

叶汐颖一出家门，这才发现能去的地方实在是少之又少，于是打了个车，来到了孟韦茹的小别墅里。用人带她一进去，就看见孟韦茹正在做着小蛋糕，奶油打得挺好，一看就让人食欲大增，旁边的盘里盛满什锦水果。

孟韦茹一看到她来了，便笑盈盈放下手头上的东西，“哟，什么风把你给吹来了，怎么着，来我这儿做蛋糕吗？”

叶汐颖淡淡笑笑，孟韦茹是个明白人，对着用人挥挥手，拉着叶汐颖在一旁的沙发上坐下，两个人聊了一会儿别的事，孟韦茹旁敲侧击之下，这才从她嘴里套出话来，忍不住啧啧啧，“我当什么事呢，不就是那女人找上门来了吗？你不舒服个什么劲，万宗胥一颗心都挂在你身上，你该有女人的骄傲啊。”

“不是因为这个，我只是……只是……”

叶汐颖对万宗胥是复杂，她觉得这种关系前途无光，毕竟两个人差距太大，她是离过婚的，而他还是未婚的，虽说现在社会开放起来，也没那么多人在意，只是万家毕竟是豪门世家，怎么可以容忍二婚的女人。

退一步说，虽然两个人在一起是合拍的，可那又怎么样？万宗胥的过往可不比赵东耀少，她和赵东耀如此真心相爱，都演变成这样，更何况是一个更加不靠谱的人呢。

她是个有血有肉的人，两个人在一起一段时间，是有感情的，而且越来越深，所以只能像是缩头乌龟一样，避之不谈，而现在，又被别人掀开了，让人不得不正视。

“懂懂懂，你不就是觉得万宗胥不是个靠谱的男人嘛！”孟韦茹对于这些担忧早就听得耳朵生茧了。

“我……”叶汐颖叹了一口气。

“行了，我就先收留你吧，有句话怎么说的，男人不能惯，你先离家出走几天。”孟韦茹嘿嘿直笑。

叶汐颖倒也同意了孟韦茹的建议，的确是该出来清净一下，天天跟万宗胥窝在一起，不知不觉中，都觉得他是生活中必不可少的一部分了，这是个不好的想法，必须马上清除。失去是一种病态的痛，她不想再去承受了。

两个人把蛋糕做好了，然后就一块儿去超市买了些生活用品，由于叶汐颖出来的急，并没有带什么换洗衣物，于是又去附近的大厦买了几套衣服。

等到两个人回到家的时候，已经是晚上了，叶汐颖吃了晚饭之后，躺在床上看了会电视，回头看了下手机，这才发现里面居然有五十多通未接来电，动了点恻隐之心，回了一条短信：“我想在外面静一静，不必找我，想通了自然回来。”

万宗胥以为一回到家就能看见叶汐颖，没想到这女人居然没回来，这下可真急了，打电话也不接，准备从她朋友那打探消息，却发现没有联系方式。

他在家里急得像是热锅上的蚂蚁，直到手机里收到一条短信，这才稍稍安了心，安全方面肯定是没问题了，只是她一个人能住哪？她想通又是在什么时候呢？

他心底一股子怒气没办法发泄，于是给《时代周刊》的陈主编打了电话，随即挂下，然后上了邮箱，将手机里的照片导入，成功发送，这才消了点火。

扭头看见床铺空空的，心底一阵空虚。

叶汐颖这一晚睡得很不安，平时都是万宗胥搂着她睡，她是那种习惯成自然的人，忽然间改变就很难适应，所以一晚上都在做梦，各种古怪离奇，觉得很是害怕，有一种冲动想回家，可也就是想想。她起床开灯，躺回到床上，大眼睛瞅着灯光，拼命想让自己入睡，可还是没有睡意，拿起手机一看，里面已经进来四五条短信了，全都是万宗胥发来的，第一条："媳妇，我想你了。"接下来："媳妇，我真的想你了。"

叶汐颖忍不住笑了出来。

隔天一早，叶汐颖醒来去散步，她已经很久没有这样了，以前和赵东耀在一起的时候，他整日整夜不回家，她烦得睡不着觉，就会出来漫无目的地走，直到累了才倒下去昏昏入睡，这样睡眠质量才稍好。

叶汐颖大约走了两个小时，又绕回了小别墅，不远处停着一辆宝马车，她不自觉地看了一眼，扯了扯嘴角，尴尬地别开眼，车上老张搂着一妙龄姑娘。

车里的姑娘发现了叶汐颖，害羞地推推老张，老张扭头一看，发现叶汐颖站在车外，咳嗽了一声，虚笑了一下，叶汐颖睫毛一垂，低着头匆匆离去。

叶汐颖一回来，就看见孟韦茹敷着面膜吃早餐。孟韦茹连忙让她坐下来一块吃，叶汐颖喝了一口薏米粥，拿起一个杂粮包放在嘴里咀嚼，暗暗打量孟韦茹，也不知道她是知道呢，还是不知道，老张还这么光明正大的在家门口干这种事。

吃到一半，孟韦茹掀掉面膜，让用人拿下去，这才敢大口喝粥，她整张脸白净透亮，水润有光泽，不得不说，孟韦茹的保养功夫不错，再加上注意饮食，一点都不输给那些小姑娘，可哪怕这样，老张还是在出轨，所以倒也真应了张爱玲的话，女人的保质期可真短。

下午，她俩一起去逛街，已经是夏末，商场里均在打折，实惠点的四五折，有些七八折。叶汐颖肤质较白，服务员推荐了几款亮色系秋装，穿上之后明亮照人，尤其是那一件黄色针织衫，显得极为漂亮。

服务员在旁边连连称赞，“你的皮肤好白，穿什么都好看，要不要再选一些打底衫，我们也进了好多，我拿给你看看？”

叶汐颖原想拒绝，她并不是个特别爱好买衣服的人，只是年年会添几件新的而已，在一旁的孟韦茹搭腔，“你就试试呗，女人就要对自己好点，打扮得花枝招展，这才是王道。你们多给她试几件，这可是大富婆。”

叶汐颖只是笑笑，却没有试穿。

孟韦茹心情大好，买了五件秋装，两件夏装，以及一条牛仔裤，叶汐颖没她那么会挑，只是挑了三件秋装而已。付钱的时候，服务员乐开了花，又是端茶又是送吃的，照顾得无微不至，所谓一分价钱一份服务，也就是这个道理。

两个人各自提着一袋袋衣服，从服装店出来，又进了一家鞋店，叶汐颖看中了一双鱼嘴鞋，服务员立马拿下来给她试，孟韦茹出去打了个电话，回来的时候，就看见叶汐颖已经买了两双鞋，嘴角勾起一抹笑："看来你是偏好鞋子的人。"

"还好，不是特别喜欢，只是刚好看见合适的。"

因为叶汐颖的脚特别小，都是穿三十五码的，而这些商场里卖的都是欧洲进口的牌子，所以说相对来说，都是偏大的，今天难得看见两双适合的，也就买下了。

两个女人逛商场是挺会折腾的，连续逛了五个多小时也不喊累，逛完这栋换那栋。等到有所察觉的时候，叶汐颖的小腿已经微微发麻，不禁用手揉揉，孟韦茹和她一起到附近的咖啡店休息。

孟韦茹点了一杯卡布奇诺，开始四处张望，叶汐颖不解，却也没问。没过一会儿，来了个清秀的小男生，有点像《那些年我们一起追的女孩》里面的柯景腾，有着活灵活现的眼睛，高高的鼻梁和俊朗深邃的侧脸。

叶汐颖傻呆呆地盯着他看了一眼，那个男生对着她笑笑，然后坐到了孟韦茹的身边。

她刚想问一句"这个是不是你亲戚家的小孩"，还没问出口，孟韦茹就大方地介绍："这是我的男朋友陈俊生。"

她被轰一下就炸愣了，勉强维持笑容，"你好，我叫叶汐颖。"

人真的是最深不可测的动物，永远不知道下一秒会发生什么事，叶汐颖也就傻乎乎地看着两个人卿卿我我，你喂我一口，我喂你一口。

她忽然觉得好笑，夫妻之间过到这种地步，究竟还有什么意义维持婚姻呢？不过都是在逢场作戏罢了。

陈俊生提着孟韦茹的大袋小袋，三个人一块儿回到家，叶汐颖的心底打了个突，心想孟韦茹不会让他在这里过夜吧？这会不会太乱了？

叶汐颖回到房间里，将衣服摘掉吊牌，然后一件件挂好，一转身，就看见孟韦茹站在门口，笑眯眯地坐到了床上，眼底泛着淡淡的不安，“汐颖，你是不是不屑我这样做？”

“这是你的权力。”叶汐颖口气平平，其实很多事，只要不发生在自个身上，哪怕多么离奇，都是可以被接受的。

孟韦茹深深看了她一眼，忽然笑了，“也是，我只是在选择自己的生活方式而已。老张可以出轨，凭什么我不能，凭什么我就一辈子守活寡，如果不是因为企业联姻，没有办法离婚，我才不想受这窝囊气。”

叶汐颖嘴角扯了扯，也不知该说什么，孟韦茹念叨了几句之后，就离开了。

万黎芝穿着一双平底鞋，戴着一副墨镜，急急忙忙走到星光影视文化公司，啪一把推开董事长办公室的门。姚董微微一愣，放下手中的钢笔，让秘书泡了两杯咖啡进来，然后让她坐在沙发上，笑眯眯地说：“万大小姐，好久不见，怎么忽然想起我了？”

“老姚，我也就不跟你绕弯子了，你们公司是不是有个女演员叫张可欣？”

万黎芝和姚董是旧识，他是高她一届的学长，读书时代就非常照顾她，后来才得知，姚董是万老爷子的资助对象，所以他对万家还是心存感激的。

“是有，难不成她惹了你？”姚董喝了一口咖啡，早先就听闻万黎芝和赵东耀那些个事，现在看来也的确八九不离十。

万黎芝冷哼一声，“我愿意不惜一切代价在这个圈子里抹掉她。”

姚董摇摇头，“这可不行，虽然她不红，可是却能制造大大小小的话题，就这么抹掉，对我们损失很大呀。”

“那你说……”万黎芝还没说完，秘书着急忙慌地进来，偷偷在他耳边说了几句。

姚董沉默地点点头，然后挥走秘书，慢慢坐了下来，“嗯，张可欣在作风上也确实过分了些，只不过我们公司没那么实力在业内抹掉她，倒是可以雪藏一阵。不过，不管她事业怎么样，跟私人交际都没什么关系，尤其是赵总那边，男人不会在乎一个情人的事业，因为压根不需要依靠。”

“那是我的事。”万黎芝应了一句，姚董欲言又止，想想也就作罢。

张可欣就在不知情的情况下，被星光影视公司雪藏了，不论她再怎么气愤，这个圈子就是这么残酷。几番打探之下，她才知道是万黎芝搞的鬼，打着鱼死网破的心态，公然在微博上跟万黎芝叫嚣，却发现第二天头条是《时代周刊》曝光名媛王思媛的香艳照片，大伙儿的吸引力都集中在了那边。

万宗胥这几天的心情一直不大好，叶汐颖除了第一条回复了个消息后，再也没有任何回复，打电话不接，发短信不回，心急如焚却又无能为力，弄得他真想拿一根绳子把她绑在身边，免得这么提心吊胆。

谭思冲推开办公室大门，看见万宗胥脸色不大好，不由得笑笑，“那女人没伺候好你？”

万宗胥冷哼一声，“你就别拿我开涮了，我敢让她伺候我吗？我伺候她都来不及，这下好了，她还就不让我伺候了。”

“听你这口气，那女人跑了？”谭思冲啧啧啧发出声音，“看不出，万总会为了一个女人这样，最近太阳怎么也不打从西边出来？”

“有完没完。”万宗胥气急败坏地让秘书赶紧拿合同过来，谭思冲在上面沙沙签上名字，然后说了一句，“看来我是鸡婆了，本来还想告诉你关于她的下落，现在算了，反正你也不是很急。”

砰的一声，万宗胥站了起来，椅子因受力过猛而翻倒，“她在哪里？”

谭思冲淡淡一笑，这男人果然也是受感情支配的动物，看他这副模样，一点都不像是雷厉风行的万宗胥，女人可真是祸水。“张总的老婆叫孟韦茹，前几天我和老张吃饭的时候，他刚好提起这件事。她们俩关系可不错，你女人住在他家，不过，即使你过去，我想她也是不会跟你回来的。”

万宗胥正欲赶过去，谭思冲一把拉住他，“都跟你说了，依你女人的性格，肯定不会就这样跟你回来的。”

“那……”万宗胥瞄了他一眼。

谭思冲意味深长地笑笑，“我准备开发一个农业新项目，这不资金还缺一些，不知道万总有没有兴趣投资？”

“如果你能帮我把她弄回来，别说一个项目了，十个项目都没问题。”万宗胥斩钉截铁地说。

谭思冲的嘴角弧度上扬，“好，果然是个爽快人。”

叶汐颖觉得孟韦茹夫妻间的相处模式挺有趣，平日里各玩各的，情人相好什么的是家常便饭，可一到所谓的大场面，就装成恩爱夫妻，羡煞旁人，一点都不含糊。

她觉得这样挺累，每个人的生活方式不一样，倘若她能够这样过日子，或许也就不会跟赵东耀离婚了，得过且过一天就一天。

这天，孟韦茹夫妻在华亭酒店有个局，邀请了圈子里的好友过来参加，特意为了庆祝两个人结婚八周年纪念日。这个是表面上的，更深层意思也不外乎打好关系，方便做事罢了。所以这年头大多数饭局也就是做着挂羊头卖狗肉的事。

一共设了三十来桌，特意找了个主持人来活络气氛，叶汐颖坐在最前排，一整桌都是些不认识的人，所以她就是埋头吃饭。孟韦茹和老张两个人亲亲密密地互搂，表现得简直像一对模范夫妻。

大约过了十分钟，她身边的空位被人挪动，万宗胥坐了下来，叶汐颖整个人就愣住了，他怎么会来这里，而且还刚好坐在她隔壁坐。

叶汐颖的心底惴惴不安，万宗胥只是对她微微一笑，然后与桌上其他几个人打了招呼。这时，有个男人问："万总的女朋友怎么没来，听他们说是个大美人呢，也要带出来给我们看看呀，藏在家里算什么。"

万宗胥夹了一块秋葵到碗里，然后叹了口气，瞄了一眼叶汐颖，"我家那个，她在跟我闹脾气，一时半会儿是哄不好了，所以只能一个人来了。"

他的话里是抱怨，语气透着丝丝宠溺，这让桌子上的姑娘纷纷羡慕，"像万总这么有魅力的男人，你一回家，她肯定就原谅你了。"

“是啊是啊，女人嘛，都是嘴硬心软，说几句好话哄哄，很快就好了。”

这时，万宗胥旁边座位的姑娘笑得跟一朵花似的，一只手挑逗地摸了一下他的手臂，“万总，你女朋友不要你，这不还有我吗，你要找我随时都可以。”

桌子上一阵躁动，大伙儿纷纷发出八卦的言论，万宗胥只是笑笑，“林大美人这样的，我是高攀不起了，我比较喜欢吃清粥小菜，像旁边这位就挺好。”

万宗胥盯着叶汐颖看，一下子众人的目光刷刷刷向她望去，叶汐颖感到一阵头皮发麻，幸好也就那么几秒而已，对面桌的人早就换了话题，他们也就谈论别的事情了。

叶汐颖不想继续吃下去，不知道万宗胥接下来会说出什么话，她不喜欢在一群人面前展现什么，会觉得害怕、不安，也许是这几年一直在家里待着，所以才这样的，于是找了个借口，跟孟韦茹夫妻说了一下，就先行离开。

叶汐颖摁下电梯，然后缓缓走进去，当电梯门关上的时候，万宗胥突然冲了进来。

她顿时一惊，“你怎么也出来了？”

万宗胥面无表情地看着她，叶汐颖被看得心慌，“喂，我跟你说话呢……你……”

叶汐颖还没说完，万宗胥就一把托住她的后脑勺，狠狠地亲了上去。

两个人亲得浑然忘我，直到电梯噔一下停了下来，叶汐颖连忙推开了他。万宗胥带着叶汐颖回家，然后两人一夜无眠。

万宗胥把她抱得紧紧的，不留一丝缝隙，时不时醒来亲亲她的脸蛋、脖子，生怕一眨眼她就不见了，叶汐颖想翻个身子都难，动弹不得。

叶汐颖醒来的时候，有种恍如隔世的感觉，万宗胥压在她身上，牢牢地搂着，她用手推推，“宗胥，我要去卫生间，放开一下好不好？”

万宗胥转醒，却闭着眼睛，手臂微微一松，叶汐颖立马起身去卫生间，洗脸的时候，特意用了冷水，不停地拍打脸颊，想起昨晚的疯狂，忍不住叹了口气。

叶汐颖从卫生间走出来，万宗胥已经坐了起来，裸着上半身，露出性感的八块腹肌，嘴角上扬，“怎么不多睡会，昨晚多累啊。”

“……哼。”叶汐颖被说得无言以对，万宗胥总是能这样，能憋得她一句话都说不出来。

他从卫生间出来的时候，叶汐颖正坐在床上，好像在想些什么东西，神情很是严肃，他立马警觉进来，走到她的身边，“你在想什么呢？”

“宗胥，我忽然觉得好累，想不通为什么身边的人事物都这么混乱，男女之间的关系，实在是太复杂。”叶汐颖有点害怕这个圈子里的乱来，虽说是想躲在孟韦茹身边想个明白，可现在看来，是越来越混乱，很多事情，都想不大明白了。

“我跟你保证，自从跟你在一起之后，我就再也没有跟王思媛有任何瓜葛，也不知道她那天怎么会来这里，真的！你要相信我！”万宗胥连忙解释，就怕叶汐颖这个小脑袋又想不开。

叶汐颖转眸看了他一眼，又是一阵叹气，“我又没有怀疑过你。”

万宗胥小心翼翼地问：“那你为什么忽然要走？是在怪我

吗？怪我之前太花心？”

叶汐颖想说，又不知道从哪儿开口，横在两个人中间的，不是爱情，而是现实，是所谓的社会舆论。可是她也不知道究竟想要什么，若要两个人有个结果，倒也不是，这刚刚从婚姻里跳出来，一时间再跳进去，恐怕还是心有余悸，又觉得这样混在一起算什么，顶多是浪费时间而已，分开又舍不得，“说了你也不会懂。”

“我不懂什么啊，只要是关于你的事，我哪件是不上心的。”万宗胥凑近她。

叶汐颖觉得他真好意思说，这还没正名呢，就非得搞得跟真的一样，索性转移话题，“宗胥，我想去上班了。”

“上班啊……怎么会想去上班呢？”万宗胥想了一下，咧嘴一笑，“也行，你来给我当秘书吧。”

叶汐颖没好气地瞪了他一眼，“不行，给你当秘书算什么，旁人知道了不知道会怎么说。我就是觉得待在家里跟外界都断绝了，发生什么事也不知道，接触面变得好小，有时候你去上班了，我会变得很压抑很压抑，常常都在发呆和乱想。”

万宗胥对于这个倒是很明白，一个人窝在家里久了，就会封闭起来，对于任何东西的想法就会很多，或者让她去上班，杂念少了，就不会动不动要离开了。只是，让她去别的地方可不成，她长这么漂亮，多危险，“我记得你之前做的是进出口贸易的财务，美人詹刚好有家公司也是做这个的，他女人好像也在里面上班，你过去刚好有个伴，你觉得怎么样？”

“美人詹啊……”叶汐颖想着倒也觉得妥当，于是便应予了。万宗胥立马给美人詹打了个电话，让他那边安排好这件事，然后乐呵呵地搂着叶汐颖，两个人缠绵了一会儿，他才起床去上班。

赵东耀老早就知道张可欣的事，也想着要按万黎芝的性格，肯定是容不下她的，不过想归想，他也懒得去插手，女人间的斗争，就随他们去吧，他可不想自讨没趣。

所以当张可欣找他哭诉时，赵东耀也就随便打发几句，可没想到她越哭越厉害，一把鼻涕一把眼泪地不让他下车。他扯了扯嘴角，捏住她的下颚，笑着说："你是斗不过万黎芝的，她家有钱到让你羞愧，何必跟她较劲，当没事人一样，不就得了。"

"可是她毁了我的前途啊！东耀，我是因为爱你才留在你身边的，我不求别的。"张可欣哭得梨花带雨。

赵东耀冷冷地说："那好啊，你把我投给你的钱都拿过来，你该知足了，我待你也不错，一点没亏待你。当年，我老婆跟我一起吃苦过来的，没享受半点好，这不，都让你享用去了吗，你还有什么不知足？"

"可……"张可欣准备继续说，赵东耀接了个电话，随即拉下脸说："我要上去开会了，你只是暂时被雪藏而已，又不是断粮了，哭个什么劲，再说了，你之前不就没多红吗，激动个什么？"

赵东耀撂下这句话打开车门就走了，张可欣拿出镜子照照眼睛，用手轻轻一捏，然后对司机说："看什么看，还不回去！"

张可欣的自我感觉良好，虽然赵东耀每次都是以毒舌之话对她，可她在他身边是最久的，他旁边的花花草草没有一个人能够抵得过，她甚至还想过，如果没有万黎芝，没准他就会娶她了，毕竟两个人是有感情的。

赵东耀一回到办公室，就看到万黎芝气呼呼地坐在总裁椅上，一看到他进来，马上站了起来，"东耀，你刚刚去见谁了？"

“跟你有什么关系？你不好好养胎跑来这里做什么？”赵东耀冷眼瞧着她。

万黎芝砰的一声，把玻璃杯砸到了地上，“是不是去见张可欣那个贱女人了？她怎么就阴魂不散，难道非要我把她弄死，才能消停吗？”

赵东耀笑了，“随你。”

“赵东耀！你还要不要脸，我都怀孕了，你还背着我找别的女人，你这样算什么！”万黎芝忍不住大骂。

赵东耀悠悠地冒出一句，“你不也是小三吗，何必说她呢？大家都一样，没必要说得谁品德高尚，何必自取其辱呢？”

万黎芝气得手发抖，“好好好，我不会放过她的。”

“那是你的事。”赵东耀一副无所谓的样子，万黎芝气得匆匆跑了出去，他走近玻璃窗，看着上面的影子，感到一股子腐烂的气息，全身上下都是。他不喜欢现在的自己，像一具行尸走肉。

他想起叶汐颖，当年，她发现了他出轨后，声泪俱下，揪着他的衣服问：“你到底跟她发展到哪一步了？告诉我好不好！不要让我像个疯子一样！”

“汐颖……你别冲动！”赵东耀愧疚地看着她，“不是你想的那样！”

“不是那样是哪样？你跟她睡过了对不对？对不对！你的诺言呢！你的承诺呢！你说过一辈子只陪我一个人的！你现在又在跟她乱搞，你对得起我吗？”叶汐颖哭成一个泪人。

赵东耀紧紧地抱着她，“对不起，对不起，对不起！”

“那就是真的了！赵东耀，你让我觉得恶心！”叶汐颖一把甩开了他，全身上下冒出一阵鸡皮疙瘩。

除了叶汐颖，其他女人让他毫无愧疚，有时候他就在想，这一切，怎么就会变成这样，两个人在大学时代相恋就好像在昨天，而今天却已是面目全非了。结婚之后，没觉得她多重要，只是想她肯定会在身边，直到离婚后，才发现自己其实很想她，很想听她说说话，哪怕一句也好。

叶汐颖一早就去美人詹的公司报道，秘书知道她是万宗胥介绍来的，态度立马来了个一百八十度大转弯，她和范春云是在一个办公室，而财务室则是在隔壁，其实说白了，她和范春云只是个闲职，偶尔打个文件，拿个报告而已，平时也就上QQ、淘宝什么的，虽然是不起眼的大事，可总比蹲在家里好些。

范春云嘴里啃着沙琪玛，一手按着鼠标，瞄见一件好看的衣服，立马喊来叶汐颖，“你过来看看，这件衣服怎么样？”

叶汐颖对衣服其实没多大概念，她的穿衣理念就是舒服，淡笑，“还可以。”

范春云羡慕地看了她一眼，“长得漂亮，穿什么都好看，你当然不用愁了，我穿什么，那个人渣都说很难看。”

“他逗你的。”叶汐颖笑笑，范春云和美人詹的相处模式有点意思，总而言之就是女汉子和挑剔男，一个豪气冲天，一个鸡婆碎碎念，果真是一个萝卜一个坑。

两个人在办公室里聊聊天也就过了一天，隔壁财务室里的王姐，偶尔会给她们送点吃的东西过来。这家公司几乎都知道范春云是美人詹的女朋友，自然平时就优待得多，叶汐颖则是刚来，虽然不大了解，却也知道后台很硬。本来这家公司就是业内数一数二的，一般人很难进来，能进来还那么清闲的，自然是关系户。

叶汐颖咬了一口旺旺雪饼，王姐笑眯眯地问："汐颖啊，你今年几岁啊？"

"28了。"叶汐颖笑笑，王姐又开始说："哦，28了，那有男朋友了吗？你长这么漂亮，肯定有一堆人追着你跑吧？"

叶汐颖瞄了一眼范春云，"没有人追我跑呢，你说笑了。"

王姐理解错误，以为她承认没有男朋友，自顾自地说着："那真是可惜了，回头我帮你物色物色。"

范春云咳嗽了一声，王姐仍旧没有领悟，还准备说点什么，这会儿范春云就开始嚷嚷了，"王姐，我好像听见隔壁有人叫你了。"

"是吗，我回去看看。"王姐这才离开。范春云叹了口气，"王姐这人就是喜欢乱点鸳鸯谱，你别介意，过一阵就好了。"

晚上，万宗胥搂着叶汐颖东问西问，她被他给弄笑了，"你这么着急干什么？只是一个闲职而已，什么都没干，一整天都在瞎混，你说能出什么事？"

"你还年轻，不懂，这做人总归是多留个心眼好，不过美人詹安排的职位是不会差到哪里去。跟她女人窝在一起，你可别学的那么粗鲁，那女人力气比牛还大，你可别以为你也跟她一样。"

"好了好了，我知道了，你别背后人身攻击，范春云这个人挺好的。"叶汐颖捂住了万宗胥碎碎念的嘴巴。

"好好好，我不说她了。对了，你们公司应该没未婚男人吧？"万宗胥又问了一句。

叶汐颖忍不住翻了个白眼，"你说美人詹会这么傻，整个未婚男人在范春云身边吗？这不是没事找事吗？"

万宗胥给她一个响响的吻，“还是你聪明，这样最好。”

叶汐颖忍不住小声嘀咕，“你还真当我是十八岁少女啊，人人喜欢，这都几岁了，再过几年就老了。”

“你太妄自菲薄了。”万宗胥迷恋地看着她。

就在两个人亲热之际，他的手机响了，万宗胥看了一眼来电显示，转眸看了一眼叶汐颖，然后轻笑了一下，“公司有事，我去接个电话。”

叶汐颖轻轻嗯了一声，心情不是特别好，她明明看见是万黎芝打来的，不知两个人在商量什么，站起来去卫生间洗澡。有些事还是不理会比较好，免得伤着自个儿。

“宗胥，刚刚公司里找你什么事？”叶汐颖故作不经心地问。

万宗胥笑笑，“也没什么事，不就是剧组那边的鸡毛蒜皮的小事吗，要不以后让你管？也好让我省省心。”

“油嘴滑舌。”叶汐颖在他的大腿上掐了一下。

万宗胥闷哼一声，一把将叶汐颖压在身下，在她脸颊边喷着热气，“就这么爱掐你老公？看我今晚不好好收拾你！”

隔天，叶汐颖坐在办公椅上东扭西扭，腰酸背痛，范春云手上拿着一个包子，随即又递了一个给叶汐颖，她摇摇头，全身上下都难受，纵欲过度不是一件好事，而某人还乐此不疲地做着这件事。

“叶姐，万总昨晚是不是虐待你了，怎么你今天整个人精神状态都不好。”范春云问出心中的疑惑。

叶汐颖小脸蹭地冒出一片红晕，“没……没有，就脊椎有点不舒服。”

美人詹在这个时候进来了，瞅了叶汐颖一眼，嘴角上扬，暧昧地笑笑，他走到范春云的身边，不顾叶汐颖在场，搂着她往门口带，然后脑袋又钻了进来，“锁骨旁边的吻痕遮遮比较好，别带坏我家小云云。”

叶汐颖急忙从包里掏出小镜子一照，恨得牙痒痒。都已经跟万宗胥说了，千万别在显眼的位置留下痕迹，没想到他不但留了，而且还挺深，早上一门心思都在腰酸背痛上，也就没仔细看，由于她穿的是T恤衫，只要稍有动作，就可以看见一道深深的吻痕。

于是，她从包里掏出一个止血贴黏上，顺便从柜子里找到一条丝巾系上，虽说是有点掩耳盗铃，不过有总胜过没有。

办公室门口站着一个年轻小伙子，火烧眉毛地四处张望，叶汐颖看了一会儿，这才出去问：“怎么了？发生什么事？”

“叶姐，我是隔壁财务室的小李，不知道詹总去哪儿了，我这儿有份文件急着上报，他办公室里也没有人。”

叶汐颖想起，他就是刚来不久的李傅名，听王姐说过他，说他动作勤快又有上进心，学习态度又好，不禁态度也就好了几分，“你在这儿等等，我去叫你们詹总出来。”

李傅名连连道谢，“那就谢谢叶姐了。”

叶汐颖起了个坏心，走向范春云的休息室，猛敲门，没过一会儿，美人詹气急败坏地走出来，“叶汐颖你有完没完，我这刚跟小云云亲热一下，就被你搅了。”

叶汐颖说得理直气壮：“詹总，财务小张找你有事呢！精虫冲脑也不是在这个时候。”

美人詹冷哼一声，“算你狠。”

叶汐颖笑了笑，“彼此彼此。”

美人詹虽然心不甘情不愿，但还是以公司的事为重，让小张带着文件到办公室，两个人研究了一个小时，这才出来。

在食堂吃午饭的时候，李傅名多点了几个菜，端到叶汐颖那一桌，跟她们一块吃，几个人聊着各自八卦，倒也和乐融融。李傅名就坐在叶汐颖旁边，再加上刚刚她的帮忙，李傅名虽然小她三岁，可很多方面的想法倒是比较成熟的，两个人说话也算得上是投机，自然话就多了点。

“我跟你们说，隔壁办公室的小雅啊，今年刚刚结婚，听说老公是个外国人。”张姐神秘兮兮地说。

“啧啧啧……不过，她嫁得挺快，这才进公司没多久吧？”吴姐在一旁感叹着。

王姐瞅了一眼叶汐颖，笑眯眯地说：“汐颖长这么漂亮都还没男朋友呢，你们几个都给四处看看，这么个好姑娘，哪能没个人家。”

范春云差点被汤呛住了，不停地咳嗽着，叶汐颖默不作声地吃饭，觉得这事还是别瞎接嘴，免得越弄越糟。李傅名听到之后，不禁瞄了一眼叶汐颖，嘴角微微上扬，眼神中泛着一抹光亮。

晚上，王姐正巧看见叶汐颖要回家，问了一下她家住址，一听是顺道的，索性就拉着她上了自个儿的小现代车。叶汐颖再拒绝就显得有些矫情了，于是也就在车上连连道谢，两个人东聊西扯。

“汐颖啊，平时看你都是打车回去，多浪费钱，怎么不买辆车开？”王姐手握方向盘笑盈盈地问。

叶汐颖瞄了王姐一眼，平日里范春云搭美人詹的车回去，她偶尔蹭一下，为数不多，毕竟他俩现在属于热恋中，动不动就擦枪走火，她在旁边瞅着多尴尬，再者，公司的路段比较好打车，不过都是特意走远点才打的，不想让公司的人知道太多，没想到还是被王姐发现了。

“嗯啊，想报名学。”叶汐颖虚笑了一下，她对学车这事兴趣缺乏，可能是性格问题，胆子比较小，所以一直都没去报名。以前家里有司机也就没去，现在开始上班了，倒是一个问题，毕竟天天打车也不是个事。

“是的，自己开车总归是方便些，我认识一所驾校不错，教练是我家亲戚，改天可以给你介绍介绍。不过你可别当我是搞推销的，我就是那么顺口一说。”王姐念叨着。

叶汐颖淡笑，“怎么会呢！”

王姐忽然一问：“汐颖啊，听说你是万总介绍过来的？你是他亲戚吗？”

叶汐颖只是轻轻嗯了一声，没否认也没承认，就立刻转移话题了。她不想在这件事上打转，公司人多嘴杂，乱说话不知道会被传成什么样。

她不是个热络的人，也就是王姐问一句，她回一句而已。王姐开车属于比较快的，不一会儿她就到家了，下车关车门，然后朝着她挥挥手。

王姐瞅了叶汐颖的小区，心底暗暗想，想必这姑娘的靠山比较硬，一般人怎么会住这种豪华小区呢？再加上天天打车，万总家可是富三代了，他家的亲戚，必定是背景不凡，于是对叶汐颖的态度也就更加谄媚了，“汐颖啊，反正我顺道，以后天天送你？”

叶汐颖一听，连忙拒绝，“不用了，不需要这么麻烦。”

“怎么会麻烦呢？顺路的事，就这么说定了。”王姐热情地说完就关上车窗，然后一踩油门，扬尘而去。

叶汐颖尴尬一笑，慢吞吞地乘坐电梯上楼，刚一拿出钥匙，就被一个人抱住了，她顿时一惊，连忙挣扎开，那人舔上她的耳垂，轻笑出声。

“你吓死我了。”叶汐颖一听到万宗胥的声音，这才安心下来。

万宗胥亲了亲她的脸颊，“我听你的，咱先吃饭。”

她拿着锅铲正在炒一个青椒炒肉丝，锅里煮着一个清蒸鲈鱼，万宗胥贴着她的后背，“对了，刚刚你坐谁的车回来的？”

“你看见了？”叶汐颖一愣，手中的动作停顿了一下，也就那么几秒，然后继续，“你看见了还问，反正又不是别的男人。”

“就好奇地问问，要是别的男人，我不得废了他！”

叶汐颖手肘猛地往后一顶，如愿听到一声痛喊声：“你脑子都乱七八糟的想些什么呢？不过是公司里的大姐热心送我下班，还男人？我们公司都是一群中年妇女，哪来的男人？”

万宗胥忍着痛，痴痴地笑了。

叶汐颖今早一上班，就看见桌子上放着热腾腾的早餐，一份豆浆、一笼锅贴以及一大碗薏仁粥。范春云走了进来，叶汐颖笑着问：“你给我带的早饭？”

范春云用力地吸了口气，像是一只小馋虫，“好香啊，不是我买的，我都还没吃呢。今天老詹出差了，完全不管我死活，他说我胖，该减肥了，饿一饿是应该的。”

“不是你？”叶汐颖不禁在心底嘀咕，那会是谁呢？公司里与她关系好的人，并不是很多，加上她并不怎么说话，一时间也想不出是谁，“我早上吃过了，给你吃吧！”

范春云接过早餐，一副感激涕零的模样，“叶姐，你可真是好人。”

叶汐颖笑笑，坐在位置上整理资料。范春云拿着早餐，在一旁吧唧吧唧地吃起来，她胃口向来不小，三下两下就解决了，满足地摸着肚子，舒服地感叹，“热腾腾的早饭一入肚，整个人都精神不少。”

下班的时候，公司里的人陆陆续续地离开，叶汐颖在办公室坐了一会儿，等他们走得差不多了，这才整理包包准备离开。其实她主要还是为了避开王姐，她习惯不欠别人的人情。这时，李傅名走了进来，瞅了一眼叶汐颖，笑眯眯地问：“这家早餐还符合你的口味吗？”

“是你送的？”叶汐颖吃惊地问。她本来以为是王姐，趁着空档去问，没想到她说不是，她早饭也都是在家里解决的。

李傅名点点头，“是啊，我比较爱吃这家的早餐，所以也就给你多带了一份。”

“多谢你了，我早餐一般都是在家里吃的。”叶汐颖笑笑，拿起包准备离开。

李傅名连忙说：“晚饭一起吃吧。上次你帮了我的忙，我理应请你吃顿饭。”

叶汐颖摇摇头，想到她要在外面吃晚饭，家里那个指定不高兴，他对这种事一向都是小鼻子小眼睛。“不用了，我一向都是回家吃的。”

李傅名失望地说：“那明天我请你？你总该给我个感谢你

的机会吧！”

在李傅名的再三邀请之下，叶汐颖答应明天午饭两个人一起出去吃。她觉得这小伙子挺知恩图报的，两个人在办公室聊了一会儿，一看六点半了，这才离开。

李傅名提议要送她回家，叶汐颖想了一下，也就答应了。路上两个人聊起星座，惊奇地发现居然都是处女座的，难怪共同爱好会这么多，又谈起网上总黑处女座，其实这是个好星座啊。

叶汐颖回到家后，发现万宗胥还没回来，拿起手机一看，他发来一条短信，说是晚饭在外面吃，九点之前会回家，她自己随意煮了些清水面条，草草果腹。

万宗胥临近下班前夕，接到了万宗锭的电话，说是万黎芝在家一哭二闹三上吊，谁都劝不动她，想到她平时最听小叔的话，让他立马赶回来，赶紧给劝劝。万宗胥回到宅子里的时候，就看见万黎芝房门口一堆碎玻璃、碎瓷器、破衣服等等，这场面要说有多混乱，就有多混乱。

万宗胥蹙眉地问：“她这是怎么了？怎么忽然间就这样了？”

万宗锭站在房间门口叹气，“我这不省心的女儿，今天一回来就说自己怀孕了，非要嫁给赵东耀。我们肯定是不同意了，说了几句就争执起来，她这个倔脾气，非要以死相逼。”

吕妮担忧地说：“这孩子怀着身孕，情绪这么激动，会不会伤着。”

万宗胥是难得看见大哥这副模样，他平时无论做什么事都是气定神闲的，万事讲求稳稳当当，不急不躁，唯独对这个掌上明珠头疼。

他推开万黎芝的房门，只见她低着头大声哭泣，眼睛肿得跟核桃似的，满地尽是碎片，床单都被她撕了一半。他忍不住叹了一口气，他的侄女打小就娇生惯养，脾气自然也就大了点，可也没看过她哪次这么激动。“你又怎么了？”

“我想嫁给赵东耀本来就是一件难事，本想着跟家里人说说，他们会帮忙出谋划策，没想到爸爸不仅不帮我，还骂我不要脸，呜呜呜……”万黎芝又哭了起来，“你不是说会帮我的吗？你跟汐颖在一起之后，理都不理我了。”

“我是说帮你，只是你看看你做得都是什么事，沉不住气去打击张可欣，要不是我打电话给姚董，你能这么容易把她雪藏吗？你太看得起我们万家了，还是太低估姚董了？”

万黎芝这才知道，为什么姚董忽然会同意，原来都是小叔在暗地里帮她。她哽咽地说：“那小叔，你就好人做到底，上次打电话我就跟你说了，他同意生下孩子，可就是不愿意娶我，无论我怎么软硬兼施，他就是不肯。你看我都怀孕五个月了，再这样下去，肚子就显出来了！”

万宗胥觉得头大，自个儿的侄女太能折腾，成天就是没事找事，而家里那个又太沉默了，遇到什么事都不想说，两个极端都挺让人头疼的。他不禁揉揉太阳穴，“我上次让你去陪赵东耀的妈妈，你去了吗？”

“去了啊，那老太太起先不喜欢我，但是我送了她一堆东西之后，也就对我改观了。可这又有什么用呢？他妈不是还得听他的吗？”万黎芝陪了他妈妈一阵之后，又把心思放回到赵东耀身上，没想到尽是吃醋。赵东耀可不是吃素的，她就怕再握不住的话，他真的就跟别人在一起了。

万宗胥抽了一张纸巾给万黎芝擦去眼泪，“这样不就行了吗？赵东耀是个孝子，既然你把他妈都搞定了，那么你就跟她说你怀孕了，要求结婚，赵东耀哪怕不愿意，也会听进去一些，至于你爸妈这边，你再发个几天脾气，很快就会妥协的。只是，我还是不愿意你嫁给赵东耀，你一定会后悔的，现在把孩子打掉还来得及。”

“小叔，我爱他那么多年了，就是为了有天他能够娶我，哪怕……哪怕……他并不爱我。”万黎芝说得斩钉截铁。

万宗胥叹了一口气，“你啊，真的是被父母宠坏了，如果你一意孤行，我也没办法，又不可能绑住你的脚，只是我丑话说在前头，还是那句老话，同样身为男人，我太了解了，一个连共患难的妻子都可以抛弃的人，他哪还有半点真心！”

万黎芝到底还是没听进去，她只是为了一个渺茫的希望，而愿意赌上一生。万宗胥从万黎芝的房间里出来，万宗锭急忙上前询问：“怎么样了，她怎么说？”

“情绪是安定下来了，至于这件事，你们好好斟酌，我不想说什么意见，毕竟关于她一辈子的幸福。你们几个坐下来好好谈谈，黎芝性子烈，最好不要那么激进，免得她做出什么失去理智的事。”万宗胥觉得挺累，一点都不想插手这件事。

吕妮慎重地点点头，“好的，我们知道了。”

万宗锭也是一阵叹气，打小就惯着这个女儿，现在看来是错误的，这不知不觉地让她走上了一条什么路！

李傅名对叶汐颖可上心了，自打那一次送早饭之后，他仍旧锲而不舍地送着，叶汐颖一口也没吃，全落在了范春云的肚子里。下午，李傅名请叶汐颖吃饭，她为了避嫌就带上了范春云。

一顿饭下来，李傅名殷勤备至，不过全都是对叶汐颖的，连范春云这个感情细胞不是特别敏锐的人都察觉了。李傅名念念叨叨地聊到了家里的事情，从小出生在离异家庭，父母不和，后来父亲炒股致富，成了暴发户，可父子俩的关系却越来越冷淡。

范春云吧唧吧唧嘴巴，“你爸爸是？”

“建豪木材运输有限公司。”李傅名撇了撇嘴，有点不屑。

叶汐颖颇有感受，似乎听到了一个近似自己过往的故事，喝了一口果汁，陷入长长的沉思之中。

美人詹刚好来找范春云，看见三个人聚在一起，嘴角勾起一抹冷笑，特别是看到范春云傻头傻脑地靠近李傅名，还给他夹了一块鸡翅，眼底的冷意越发浓重，“哟，范春云，你的胆子越来越大了，吃饭都不跟我一起吃了？”

范春云一转头看见美人詹，不由得抖了一下，“……你回来了？不是在出差吗？”

美人詹哼了一声，“我老早就发短信给你了，说我下午就回来，要不是财务室的人说你在这儿，我还以为你被谁拐跑了。”

他说完这句话，眼神扫了一眼李傅名，有着十万伏特的电力。范春云这回是弄懂了他的意思，连忙上前牵住他的手，讨好地说：“大大的误会啊！我是来蹭饭的！跟我完全没关系！”

李傅名尴尬地一笑，“是误会，我只是谢谢汐颖的帮忙而已。”

“而已——”美人詹拉长尾音，随即又看了一眼叶汐颖，了然地笑笑，“好吧，吃好了吧？吃好就跟我回去，看我不好好教训教训你。”

美人詹一把就把范春云给拖走了，范春云还恋恋不舍地看着桌子上的烤猪蹄。饭后，叶汐颖和李傅名两人慢吞吞地散步回公司，李傅名问：“我和几个朋友周六日要去景山玩，你要不要一起来？”

叶汐颖想也没想就拒绝了，李傅名有些失望，“汐颖，你为什么老是拒人于千里之外？”

“不是的，我不太喜欢出去玩。”叶汐颖笑着解释，一点没有察觉到李傅名对她称谓的改变。“你别误会，我平时都喜欢待在家里，都习惯了，出去玩也不会尽兴。”

李傅名深深地看了她一眼，欲言又止，想想也点点头，“也是，你看起来就安安静静的。”

接下来连续几天，李傅名频频献好，导致公司里一时间流言四起，都是关于叶汐颖和李傅名的。隔壁财务室都快把他们说成是一对的了，甚至连李傅名本人也不否认，所以让王姐她们想入非非，越传越过火。

美人詹自然也知道了，再加上撞见吃饭那件事，同样身为男人，也就心里有底了，暗自琢磨了一下，万一李傅名真想追叶汐颖，老大不得疯了？他肯定会被殃及池鱼，想想还是应该趁早管管，免得后患无穷，于是摁下内线电话，让李傅名来办公室一趟。

李傅名不明白美人詹怎么会忽然找他，最近公司没什么大事，推开了总裁办公室，“詹总，你找我？”

正在看文件的美人詹，抬起头来，嘴角噙着一抹笑，“过来坐。”

李傅名惴惴不安地坐下，“不知道詹总找我什么事？”

“也没什么大事，你是李总的儿子，李总又是我的好友，我理应关心照顾你。”美人詹淡淡一笑。

李傅名一头雾水，却也笑笑，“谢谢詹总。”

美人詹不动声色地东问问、西聊聊，从家里情况一直说到大学时代的事，反正就是一些不着边的事儿，见情况差不多了，这才话锋一转，“傅名，你也有二十五岁了吧？有女朋友了吗？”

李傅名不是个傻子，这才明白他的深意，咧嘴一笑，“就快有了，我有喜欢的人了，而且她也挺喜欢我。”

“那挺好，不知是哪一位？”美人詹嘴角一扯，脸色不是很好看。

李傅名没有发觉美人詹的表情，继续说：“詹总也是认识的，就是叶汐颖。”

美人詹故作恍然，“哦，是叶汐颖啊，她不是有男朋友了吗？”

“詹总，你开玩笑的吧，公司的人都不知道她有男朋友，包括她本人也承认是单身。”李傅名连忙纠正美人詹。

美人詹只是笑笑，却不作声，两个人聊了些别的话题，大约过了十分钟，美人詹就让他出去了。等到李傅名关上办公室大门的时候，美人詹忍不住叹了一口气，拿起电话拨了万宗胥的手机号码。

万宗胥这时正在会议室开会，一看到来电，对着副总交代了一下就走出来，接起美人詹的电话，“喂，有什么事吗？不会是颖颖怎么了吧？”

美人詹当下觉得万宗胥第六感挺灵，想着要用缓和的话语表示，“也不是什么大事，就是我们公司有个职员叫李傅名，好像在追叶汐颖，我刚刚把他喊来一聊，他说他们是彼此相爱，我就想问问，你们应该还好吧？”

“这叫不是什么大事！”万宗胥怒吼，面色铁青。

“老大，也就是他那么一说，叶汐颖也还没表示，这……”美人詹握着电话的手抖了一下。

万宗胥沉默了一会儿，美人詹在那头有些不安，发出声音，“老大，那……”

“那个李傅名是什么来路？追她有多久了？”万宗胥真没

想到，千防万防还是出了纰漏，家里那宝贝疙瘩可真不省心。

美人詹老老实实地把李傅名的资料说了一遍，万宗胥嘴角勾起一抹冷笑，“是李总的儿子啊，眼光挺好的啊，居然妄想我的女人。”

叶汐颖倒是个镇定的人，觉得这些八卦是无稽之谈，只是一笑了之。而范春云则是觉得，应该让她多注意点。“叶姐，你看你俩是不是要避嫌？况且我感觉他对你真的有好感，这种东西不可不防，而且万总又那么爱吃醋，万一让他知道了，指不定要误会到哪里去了。”

正在敲打键盘的叶汐颖愣了一下，不禁失笑，“怎么可能，我比他大那么多，他怎么会对我有好感，你想太多了。”

“才三岁就算多了？叶姐，你长得那么漂亮，压根就看不出那点年龄，再说了，他怎么就请你吃饭，不请我吃饭，给你送早餐，也不给其他人送呢？这摆明是有意思嘛！”范春云嘀嘀咕咕地说了这一堆。

叶汐颖这才回过神，她觉得范春云说得有些道理，只是一想到那个小伙子，在她眼里都还是个孩子啊，不禁摇摇头，“我知道了，是该避嫌。”

到了下班的点，李傅名特意跑到叶汐颖的办公室，却发现里面空空如也，那表情可失望了，范春云正在整理包里的东西，李傅名问了一句，“汐颖呢？她去哪了？”

“她早就下班了。”范春云嘴里啃着一面包。

李傅名点点头，然后离开。范春云偷偷敲了敲休息室的门，打开一条缝说：“叶姐，他走了，你出来吧。我就料到这小子的那套了，下班了肯定找你，你看我说的没错吧。”

叶汐颖若有所思地点点头，觉得这事会不会太离谱了，真不知道现在的年轻人是怎么想的，她整理了一下办公桌，然后才回家。

晚上,万宗胥亲了亲叶汐颖的额头,“最近你在公司怎么样?有没有来新的野男人追你啊？”

万宗胥明显感觉到叶汐颖的身子一僵，叶汐颖虚笑了一下：“没有啊，怎么会突然问这个？宗胥，你真的没有必要担心这个，我不都待在你身边了吗，你还怕什么呢？”

万宗胥应了一声,心情不是很好,一手托住叶汐颖的后脑勺,猛地亲了上去。

半夜，他穿上睡衣，一个人走到阳台上，天色有些凉，微风阵阵袭来，树叶沙沙作响。他倒了一杯开水出来，顺道点燃了一根烟，烟圈袅袅上升，脑子里都是叶汐颖的身影。

不知怎么的，就想到了她结婚那一天，他在家喝得大醉，疯狂地喊着她的名字，直到失去知觉，到醒来的时候，整个人恍恍然，才发现她变成了别人妻子。一想到这里，他顿时心如刀绞，眼睛一眯，这个错误只会发生一次，没有第二次了！绝对没有!

万宗胥掐灭黑暗中的一点红，嘴角勾起一抹冷笑。

第二天一大早，万宗胥和叶汐颖吃完早饭，他就破天荒地要开车送叶汐颖上班,并且不像平时那样听话,这回是强势要求。之前他也要求过，只是她没同意，也就作罢，反正她都是打车，也是方便的，而这回却一反常态，叶汐颖自知反驳无效，也就随他了，免得他废话又一大堆。

在快到公司大门口的时候，叶汐颖扯了扯万宗胥的衣角，“就在这里下吧，我不想引起她们的闲言碎语。”

万宗胥当作没听见，油门一踩，恰逢是绿灯，直接就到达了公司门口，然后亲了亲满脸恼怒的叶汐颖，“别生气了，我是舍不得你走路。再说了，也不差那么点路，有心的人肯定会看见的，无所谓的人自然也就看不见，不生气了，不生气啊。”

叶汐颖是个心软的人，大多时候，只要万宗胥几句好话一哄，立马也就消火了，只叹了一口气，“好了，我下车了，上班该迟到了。”

“你在生气吗？”万宗胥扯着叶汐颖，不让她下车。

叶汐颖摸摸万宗胥的脸颊，“没生气，乖，我要下车了。”

万宗胥还是不肯放手，侧着脸说：“亲亲我，亲我就表示你不生气了。”

叶汐颖被逗笑了，在他的脸上落下一个吻，这才让万宗胥满意地放开手。她迅速下车，小心地四处张望，由于来得比较早，还没什么人，这才稍稍安心，提着包走进公司。

张可欣先是被万宗胥打击得一蹶不振，险些断送演艺生涯，可好险也不是什么大明星，所以大家淡忘得比较快，刚有点机会了，却被万黎芝整得彻底消失，不仅没有厂商找她，而且还被其他女星排挤，正可谓是虎落平阳被犬欺，之前虽然不是红人，可业内的人士看在赵东耀的份上，还是忌惮她几分，哪能跟现在一样。

找赵东耀诉苦，却毫无效果，他压根就不想管这件事，于是，她现在成了彻底的凉拌菜，只供饭后茶余。可她不甘心啊，她那么费尽心思往上爬，却落到这样的下场，所以，业内唯一的好友杜可人就帮她想了个办法，现在最主要是找一个大树靠，常言道，有棵大树好乘凉。

杜可人介绍的是一个香港富商，大概五十多岁，头发秃顶，油光满面，反正怎么看怎么没食欲。张可欣虽然心有不满，却也愿意了，清白这件事在前途上，那就什么都不算了，更何况她也没有清白过。

有范春云的点拨，叶汐颖自然就对李傅名忌惮了许多，但凡他有意无意过来聊天，或者邀请吃饭之类的，全部推掉甚至不加理会，李傅名心底不是很舒服，立马明白叶汐颖这是在拒绝他，但不明白自己究竟做错了什么。

所以，趁着下班的点，他在大门口拦住了叶汐颖，叶汐颖不断地四处张望着，就怕被万宗胥给撞见。他最近也不知道抽什么风，上班下班都来接送，这要是被碰见了，那可真是有理说不清。

李傅名见叶汐颖心不在焉，拉住了她的手说："汐颖，你为什么最近都避开我，是我做了什么让你讨厌的事情吗？"

叶汐颖挣扎了一下，可是弄不开，他的手劲太大，她慌乱地说："你别这样，被人看见了多不好，我什么时候避开你了，别胡说。"

"看见又有什么，我们两个男未婚女未嫁，别人能说什么！"李傅名看见叶汐颖这模样，又捏得更加紧了。

"哦？男未婚女未嫁！"万宗胥冷冷的声音插了进来。

叶汐颖暗忖糟糕，到底还是被万宗胥看见了，趁着李傅名不注意，立马把手给甩开了。万宗胥大手一捞就把她揽进怀里，李傅名见状，连忙说：“你是谁，凭什么抱着汐颖！”

万宗胥面色铁青，“凭我是她老公，你又是哪根葱，居然敢摸她的手，你简直是不想活了。”

“少胡说了！她连男朋友都没有，怎么会有老公！”李傅名压根不相信万宗胥的说辞，又看了一眼叶汐颖，见她没有反抗，想了一下才说：“汐颖，我知道了，你是故意找这个人过来充当路人甲的！我是真心喜欢你的，你……”

万宗胥瞬间被激火了，作势要打上去，居然敢这么光明正大打他的女人的主意，不给他点教训，他还就不知道天高地厚了。叶汐颖吓得连忙拦住，“你还不快走！有什么事明天再说，傻待着干什么啊！”

“汐颖，你……”李傅名顿时傻眼了，叶汐颖忍不住骂了出来：“快走啊！怎么就跟你说不明白了！”

“好好好，我走！”李傅名匆匆走开，不时回头看看叶汐颖，最后一鼓作气跑得不见人影。

万宗胥黑着脸回到家，坐在沙发上一声不吭。叶汐颖不安地看了他一眼，去厨房剥豆子。忽然间，他站了起来，把茶几上的东西全扫到了地上，然后将房门口的大花瓶狠狠砸碎，叶汐颖听到劈劈啪啪的声音，连忙赶出来。

看到眼前这一幕，她不禁大叫：“别砸了！你这是砸什么呢！”

万宗胥在怒火中烧当中，哪听得进叶汐颖的话，将所有的杯子、茶具全部扔到地上，叶汐颖上前阻止，却不慎被一个玻璃瓶砸到额头，捂住额头蹲在地上抽泣。他听到了她的哭声，这才惊觉自己做了什么事，心疼得一抽一抽的。

万宗胥蹲下，眼眶红红的，沙哑地说：“对不起，我刚刚一时冲动才……我看看伤着了没！”

叶汐颖将小脑袋越埋越深，就是不给他看，万宗胥将她抱到了沙发上，轻轻地拨开她的手臂，没想到叶汐颖猛地抬起头，泪眼婆娑地说：“万宗胥！你火什么火！我跟他又没什么！你觉得难受，我还觉得委屈呢！”

万宗胥也不管三七二十一，连忙赔不是，顺势搂了上去，轻声细语地哄着：“我错了，你别生我的气。”

叶汐颖这性格，平时也挺好说话，可一旦钻起牛角尖，也挺愁人的，无论他怎么说，她就是不理他，弄得万宗胥不知所措起来，心急如焚地求着：“你打我骂我都可以，就是不要不理我。”

叶汐颖哭过一阵，脑子也清醒了许多，一双大眼睛红红的，盈满泪珠，额头上那块明显红红的，这可把万宗胥心疼死了，内疚地搂着她，亲了亲她的额头，“不要哭了，你哭得我也想哭了，乖，咱不哭了。”

叶汐颖拿了张纸巾擦泪，没好气地说：“谁让你无缘无故发火的！”

“我的错！都是我的错！我没事砸什么东西啊，还砸到你，给我看看，很疼吧？”万宗胥小心翼翼地碰了一下，被叶汐颖一掌拍下，哼哼唧唧地嚷着：“好痛，你别再弄了！”

“好……我不动，你别生气。”万宗胥不舍地看着她的额头，心里揪成一团，忽然想到冰箱里有些冰块，于是去弄了一些过来，给叶汐颖敷上。

叶汐颖给冰块那么一敷，也就好了些许，但脸色仍不是太好看。万宗胥连忙搂着又亲又哄，当个宝一样，一点都不含糊，她扯开他的手，他马上就搂上，又扯开，又搂上，觉得很烦，像一只猫一样，不高兴地问：“谁让你怀疑我的！”

“我……”万宗胥想了一下，找到一个妥当的用词：“我这不是在意你吗？你就别生气了，好不好？就原谅我这一回吧！”

万宗胥这么一说，叶汐颖也就心软了，她也就是个纸老虎，生气也是一时的，于是点点头。他见到她松动了，如释重负，轻呼一口气，吧唧吧唧在她脸上亲了好几口，“还是你最好，舍不得老公难过。”

到了临睡的点，叶汐颖却把万宗胥赶回了家，意思也很明确，无缘无故把家里给砸了，什么时候把东西买回来，什么时候再回来，不然休想进门。万宗胥鉴于已经惹恼了叶汐颖一次，也就不敢造次，乖乖回家搂着棉被睡觉。

由于平时都是搂着叶汐颖睡觉的，这会儿一下子就变成了孤家寡人，确实难以入眠，翻来覆去折腾了好久，愣是没有睡着，脑子里都是叶汐颖的身影，烦躁不堪地坐起身，拨了个电话给美人詹。

美人詹刚好在卫生间洗澡，正在床上啃薯片的范春云见手机响个不停，于是接了起来，“喂，万总，他在洗澡呢，十分钟之后再打回来。”

万宗胥没吭声，就挂了电话，那头范春云不禁小声嘀咕着，“有没有礼貌，亏得我还帮你让叶姐注意点，就这态度……”

美人詹拿着浴巾走了出来，看到范春云手里的薯片，蹙眉大声说：“谁让你把薯片带到床上来的，万一掉一点点，蟑螂、老鼠肯定要爬进来。”

范春云没想到他这么快就出来了，嘿嘿直笑，手心冒汗，连忙说："万总打电话给你了，你赶紧回一个吧，肯定是找你有事！"

美人詹拿过手机，又看了范春云一眼，范春云连忙说："我马上拿出去！绝对不留一点点！你放心，赶紧回电话！"

美人詹回打了个电话给万宗胥，万宗胥的语气不是特别好，抛出一句："立马让李傅名辞职走人！"

"老大，这不大好吧，李总跟我们也是有业务上的往来的，这么一弄，把两家关系弄僵了可不好！"美人詹连忙说。

万宗胥这会儿可听不进去这些，他只要一想到叶汐颖身边有那么大的威胁，心里顿时像埋了炸药一样，"我说让他立马走人，你照做就是了！"

美人詹叹了一口气，果真是红颜祸水，也不知道叶汐颖待在万宗胥身边，究竟是不是好事。

他挂了电话，回到房间里，看见范春云鬼头鬼脑地溜出去，又探头探脑地进来，还是自个儿家的好，除了能吃点，其他各方面都挺让人安心，哪像叶汐颖那个女人，除了折腾还是折腾，一个赵东耀不够，连老大都要撞上去。

叶汐颖来公司上班的时候，听到了一个爆炸性的消息——李傅名被解雇了。她立马就知道是万宗胥搞的鬼，这人怎么这么小心眼，昨晚砸东西还不够，今天又来这么一手，不过，想归想，她也没真去找万宗胥质问，对他的脾气，她还是了解的，现在顶多是解雇，万一她有什么动作，他指不定干出什么事。

她趁着美人詹开完会，偷偷敲了敲他办公室的门，美人詹一看到是叶汐颖，忍不住嘴角一抽，这一对可真不是吃素的，他咧嘴一笑，"你看我忙的，都忘记喊你来办公室喝茶了，前些日子老大给了些好茶，我给你尝尝。”

美人詹起身去摆弄茶具，叶汐颖帮忙将杯子摆好，然后看着他熟练地煮茶，清洗杯子，正琢磨着怎么开口，美人詹倒是先说了，“你来是问李傅名的事吧？”

叶汐颖轻轻嗯了一声，“我只是觉得对他太不公平了。”

美人詹笑笑，不接话，继续倒腾着茶水，直到弄好了一杯，递给叶汐颖。她对喝茶没什么研究，一口就下肚了，除了点苦味，也没感觉出什么。美人詹有模有样地喝了一小口，这才慢慢说：“什么是公平，这世界还有什么公平的事吗？何必担心那些个有的没的，李傅名只是被解雇了一个微不足道的职位而已，他家底多厚实，能出什么事。我劝你别继续担心他了，否则老大生气起来，不知道会做出什么失去理智的事。”

叶汐颖脱口而出：“他能做出什么事！”

美人詹一饮而尽，笑得邪魅，“老大曾说要收购建豪木材运输有限公司，被我拦了下来，你也知道，这种损人不利己的事，也就是被感情冲昏脑子的人才会做。”

“他……”叶汐颖不可置信，瞪大眼睛。

“所以我说，女人就是祸水，你还是老实点，免得老大又做出什么失去理智的事。”美人詹这话带着点威胁的意味，他又来了句，“真不知道老大是看上你哪儿了，这么念念不忘，还当个宝一样捧在手心，倘若三年前如此，还算可以理解，而现在……所以说公平二字，很难啊，尤其是对你。”

叶汐颖又喝了一杯，心底什么味道都有了，五味俱全。

叶汐颖从美人詹的办公室出来，由于刚刚水喝多了，去了一趟厕所，用冷水冲了好一会儿手，这才出来，恰巧碰见范春云，两个人也就一起回办公室了。

范春云瞅了一眼叶汐颖，清了清喉咙说：“叶姐，你也别想太多，这事没准还是他的福气，这么一走吧，回去自个儿公司，可能有更大的作为。”

叶汐颖蹙眉想了一会，这才缓和点儿，淡淡一笑，“或许你说的是对的。”

她说完这句话，范春云整个人发愣地看向前方，她也朝着那方向看去，只见李傅名抱着一个箱子，神情很是落寞。他抬起头看到叶汐颖的时候，表情略带嘲讽。

叶汐颖一时也不知道说些什么，两个人就这么擦肩而过，末了，李傅名抛出一句冷冷的话，“有老公有情人的女人，还装得跟处女似的，这世道实在是可笑，幸好发现得早，不然就被你骗了！”

叶汐颖没想到李傅名会说出这样的话，有种被挨了一棍子的感觉，气得浑身发抖。范春云愤愤不平地转身骂：“谁骗你了！谁骗你了！叶姐从来就没接受过你，哪里算骗你了，是你自己非要贴上来的。”

李傅名冷笑，“可她也没承认是有男朋友的啊。”

他觉得心有不甘，好不容易喜欢上一个女人，没想到是这种情况。昨天，他爸打了个电话给他，不断地骂他脑子是不是有毛病，怎么找上这样的女人，叶汐颖最初可是赵东耀的老婆，离婚之后又跟万宗胥搞在一起，无论她将来跟哪个人在一起，两边都是惹不起的。

他这才知道，叶汐颖不仅有男朋友，连带老公也有过，他的心里寒冷如冰，暗想自己怎么会看上这样的女人。

他们说话声大了些，公司里的八卦人士就出来看热闹，对此还窃窃私语。叶汐颖觉得丢人，连忙扯了扯范春云，小声地说：“别说了！”

范春云看情况不对劲，也就停了下来。叶汐颖快步走回办公室，然后将门用力一关，傻呆呆地看着电脑屏幕，心里很是难受。

范春云小心翼翼地推门而入，看见她这模样，偷偷地溜回到自己的办公桌上，“叶姐，我觉得这不是你的问题……”

“好了，你让我清净一下！”叶汐颖难得大声讲话，看起来是气得不轻。

赵东耀刚在会议室开完下半年的产品会议，各股东对公司的发展还是很有信心的，所以相对于往年，这次会议才是比较成功的。正准备回到办公室，秘书匆匆赶来，在他耳畔小声嘀咕了几句，他听完之后，加快了步伐。

一推开门，就看见阮翠莲坐在沙发上，赵东耀笑着说：“妈，来之前怎么也不先说一声，我让司机去接你也好。”

“我这不是买完菜顺道就过来看看吗，不必那么费事！”阮翠莲笑眯眯地说，指了指扔在茶几上的几袋菜。

赵东耀不动声色地笑笑，城南菜市场离这儿有半个多小时的车程，这话怎么说都很难让人信服，不过既然是阮翠莲说的，那也就是不容置疑的了。他吩咐秘书去倒一杯蜂蜜水和一杯咖啡进来，然后坐到了阮翠莲的身边，两个人唠着家常话。

过了一阵，秘书推门而入，将蜂蜜水和咖啡端了进来，还配了一小盘饼干，赵东耀将蜂蜜水递给阮翠莲，自个儿啃了一块饼干，入口即化，应该是楼下新开的咖啡厅做的。

“东耀啊，妈觉得黎芝这姑娘挺好的，你怎么就迟迟没动静呢？你也老大不小了，既然跟汐颖没有缘分，是不是该重新找一个？”阮翠莲问得小心，注意着赵东耀的脸色。其实她也不想掺和这事，儿孙自有儿孙福，只是万黎芝都怀孕了，她也就不能坐视不管，眼睁睁看着孙子没名分。

赵东耀嘴角勾起一抹冷笑，“哦？是她找上你了？说她怀了我的孩子对吗？”

“是……不是……”阮翠莲也不知道自个儿的儿子是个什么意思，一时半会儿也不知道怎么回答他的话。

“妈，你就放心吧，这事我会处理好的。”赵东耀给阮翠莲递了一块饼干，“挺好吃的，楼下刚出炉的饼干，你吃吃看。”

阮翠莲忐忑不安地咬了一小口，“东耀，黎芝是个好孩子，她是爱你的，既然你们都有孩子了，那不也应该有个结果吗？等以后她生了孩子，我也可以帮忙带带。”

“嗯，我知道了。”赵东耀依旧笑脸盈盈。

阮翠莲心有不安，他现在越来越难以捉摸了，有时候，她都不知道他在想些什么，“东耀，你是不是不想娶黎芝？还是……”

“妈，你就不必担心这些了，我当然不会让自己的孩子流落在外的。”赵东耀给了阮翠莲一个保证，阮翠莲这才安心地点点头。

阮翠莲见赵东耀承诺一定会处理好这件事，大约坐了十分钟，也就离开了，赵东耀让秘书送她下楼，又打了个电话让司机候着。

阮翠莲离开之后，赵东耀一个人站在电脑桌旁边，拿起一支钢笔放在手上转。他老早就知道万黎芝讨好阮翠莲是有所意图，只是没有想到是为了这种无聊至极的事，他最烦的就是有心计的女人，总以为自己是最聪明的，可以玩转所有人，既然她这么迫不及待，那他就让她如愿一次，只是……赵东耀的嘴角勾起一抹冷意。

这会儿，他又想起叶汐颖了，那个只会付出，不求回报的傻瓜，从来都不想要什么，也不奢求什么，已经好久没有看见她了，也不知道她过得好不好。上次她认为他是不甘心，他回来以后，也在想这个问题，现在发现并不是，他是真的后悔了，居然把她拱手相让。

曾经，叶汐颖骂过他，说是只有凭着回忆，才能感觉到两个人是相爱的，而现在，这句话给他很是受用，也就只能凭着回忆，才能想起两个人的甜蜜过往。她走得干脆，而他随着时间的流逝，越来越想她，甚至一发不可收拾。

叶汐颖带着这种负面情绪下班，整理包的时候，不小心把刚买的玻璃水杯给摔裂了，乒乓一声，神经像是被某种利刃切断，晃神之后，整个人清醒了许多。范春云连忙过来看情况，叶汐颖站起身子去拿了扫帚过来，将一地碎片扫入垃圾桶内，然后像个没事人一样，对范春云笑笑。

范春云有些担心，但想想回家有万宗胥照顾着，那肯定是没什么问题，也就不便多说。叶汐颖坐上出租车后，司机瞅了她一眼，笑眯眯地说："小姑娘脾气挺大，是不是跟男朋友闹别扭了？"

叶汐颖看了他一眼，扭头看向窗外，司机叹了一口气，"现在的年轻人，动不动就闹别扭，今天这毛病，明天那毛病，哪像我们那时候，只顾得上赚钱，哪来的心思吵架。"

司机大叔剃了一个小平头，隐约可见几根发白的头发，法令纹挺重，却不显严肃，这跟叶汐颖自己的老头大相径庭。正想着他呢，没想到他的电话就打过来了，叶汐颖不知该接还是不接，眼看铃声就要停止的时候，摁下接听键。

“我到S市了，出来吃顿饭吧，在中山路必胜客楼上那家广东餐厅。”叶远的声音不怒而威。

叶汐颖应了几句，老头的性格一点没变，还是这么霸道固执，认准了人人都会服从他，说话的语气还是这么强势。想虽这么想，可她也照做了，给万宗胥发了个短信，对司机说：“去商业大厦。”

叶汐颖和叶远的关系向来不好，这大概是因为两个人从小就没有生活在一起的缘故。叶汐颖从小是被叶奶奶带大的，叶远和沈融芬忙于工作，也就顾不上她了，等到有钱了之后，两个人也就离婚了，各自过上自己的小日子了。

直到她十五岁的时候，叶奶奶去世之后，叶汐颖才回到了叶家，只是那时候，父女间早已如履薄冰，源头很多，结果越来越糟糕，直到跟赵东耀结婚之后，她是拼着断绝关系这誓言，才搬出家门的。打那之后，他们便再无联系，没有想到叶远居然会主动找上她，确实是意外。

恰巧是下班的点，路上堵了车，原本是十几分钟的路程，愣是开了半个多小时，到餐厅的时候，叶远已经喝了两杯茶水了，却没有半点狂躁，不似当年。

叶汐颖坐了下来，瞄了他一眼，觉得他老了好多，脸上暗淡无光，眼神早已没有了当年的锐利，有些浑浊，头发却依旧很黑，看上去像是染过。

叶远背靠在沙发上，拿起菜单，跟服务员报了几个菜名，然后问她：“听说这家的潮汕砂锅粥做得不错，要不要尝尝？”

叶汐颖傻愣愣地点点头，有些受宠若惊，然后她添了几个小菜，服务员恭敬地离去。叶远给叶汐颖倒了一杯茶，又给自己加满，语气沉沉地说：“你跟赵东耀离婚了？”

叶汐颖低着头，猛地点点头，其实无疑就是扇了自己一巴掌，当初信誓旦旦，如今却落得这下场，这不恰恰证明了叶远比较有先见之明吗？“所以很多事，不能只看表面，还得深入看看，爸是过来人，自然比你看得通透。”

“爸，如果你是来跟我说教的，那么不需要。”叶汐颖的火噌一下就上来。

叶远深深地看了叶汐颖一眼，欲言又止，父女俩一顿饭下来，也没说过几句话，又或者说，他们之间一直都不多话。叶汐颖觉得奇怪，叶远怎么无缘无故会来找她，看起来他也不像是来看笑话的，但是这话没问出口，可能是两个人之间的隔阂太大，一时之间，两个人都是无言以对。

饭后，叶远开车送叶汐颖回家，一路上，她拘束地握着安全带，眼神飘向远方。叶远受不了这种气氛，打开音乐，流泻出一首轻音乐。车子开到叶汐颖家楼下，叶远仔仔细细地看了一眼叶汐颖，“汐颖啊，好好照顾自己，爸爸很惭愧，过去很多事，是我对你疏远了，将来……没有，你过得好就好，爸明天就回去了，看到你过得还好，我就放心了。”

叶汐颖心中一动，轻轻嗯了一声，打开门下车，然后坐上电梯，心里酸酸的。

其实，她对叶远很矛盾，一方面觉得他不容易，另一方面又恨得他牙痒痒。他曾经说过许许多多的愧疚，只是都是嘴巴上说说，哪有一次做到了，只不过是哄哄她而已，而这种哄，只会让人有希望，然后变成失望而已。

十五岁的时候，她回到了叶家，进门第一天，那是个大晴天，太阳晒得她睁不开眼。

周倩倩准备了一大桌子的饭菜，满脸笑意地迎接叶汐颖，没想到她面无表情地坐下，一声不吭地吃饭。叶远是个特爱面子的人，说白了就是死要面子活受罪，当时就斥责叶汐颖："你怎么这么没礼貌，你奶奶就是这么教你的吗？"

叶汐颖耸了耸肩，故作无所谓地拿起水杯喝水，只是灌入口中的时候，嘴角下弯了许多。叶远气得讲了一句，叶汐颖就当作没听见一样，自顾自地吃饭，等到碗里的饭粒吃得干干净净，这才站起身子去厕所，完全无视叶远的存在。

她在厕所的镜子面前偷偷哭泣，她没有那个勇气反驳叶远，所以只能躲在这里哭。她想说，如果奶奶教育得不好，你凭什么把她扔在那里，不管不顾那么些年，然后现在又装得跟什么似的，你以为你是谁啊！

哭过一阵之后，她擦干眼泪，等到眼睛看上去不那么红肿了，这才从厕所里走出来。

一直以来，叶汐颖都是个敏感的人，或许小时候缺乏父爱和母爱，导致很多性格上的缺失，她生性内向，不愿与人吐露，所以只能自己消化，咽下去。

万豪商务会所里灯红酒绿，胖子豪一首《我相信》，唱得声嘶力竭，整个地板都微微颤动，边唱边晃动着小手，仿佛一只滚圆的招财猫，唱完之后，还帅气地鞠躬。

万宗胥坐在沙发上，无聊地打着俄罗斯方块。在收到叶汐颖的短信之后，他觉得有些纳闷，叶老爷子和叶汐颖两人势同水火，怎么一下子又和好了。想归想，他可没傻到去问，他家的这个小性子很别扭，得迂回婉转，刚好晚上胖子豪要请客唱歌，原本想带她一块来的，这会儿就他一个人在这儿打游戏了。

过了一会儿，来了个浓妆艳抹的姑娘，薄薄的布料遮挡不了呼之欲出的胸脯，她坐到他的旁边，给他倒了一杯酒，然后拿出几颗骰子。万宗胥摇摇头，站起身子去厕所洗了把脸，不知叶汐颖有没有回家，于是打了个电话过去，“回家了吗？”

“嗯，在家。”叶汐颖刚洗完澡躺在床上看书，就接到了万宗胥的电话。

“我半个小时后到家。”

万宗胥立马挂了电话，七拐八弯地准备回包厢，却在走廊里碰见了熟人。

赵东耀喝得醉醺醺的，正把一个妖艳的女人压在墙上，两个人正在调笑，那姑娘欲拒还迎，羞答答地不断抚摩他的胸膛。

万宗胥嘴角勾起一抹冷笑，走到他身边的时候说了句，“幸好颖颖跟你离婚了，不然看到这场面不得伤心死。赵东耀你还有良心吗，你非要你身边的女人都被你气走吗？”

“良心值几个钱！”赵东耀明显一顿，笑得大声，“想不到像万总这样的生意人，居然会在意良心这种东西。万总要真有良心，万氏企业不早倒闭了！你跟我谈良心，不免有点搞笑吧？”

万宗胥冷哼一声，“那就祝赵氏集团蒸蒸日上。”

“彼此彼此。”赵东耀回了一句，“如果万总真有良心，也就不会在我和汐颖刚离婚的时候，立马就屁颠屁颠地上位了。”

“你自己尽干些下三烂的事。颖颖也够傻的，待在你身边这么久。”万宗胥回了一句，眼神很是不屑。

赵东耀喝了一口红酒，然后亲上那个姑娘，两个人吻得热情似火。万宗胥觉得赵东耀这个人不可理喻，眼不见为净，大步离开，走向包厢，重重推开门。

赵东耀一把推开了那个姑娘，那姑娘正被吻得如火，一下子被扔到了墙边，有些反应不过来。他走到厕所，用冷水扑脸，看见镜子面前的那个人，他都快认不出是谁了，金玉其外败絮其中，腐朽得连心都没了，想到叶汐颖已经是别人的了，心疼地一抽一抽。

万宗胥回到家的时候，叶汐颖已经入睡了，他轻手轻脚地拿了件睡衣，然后到卫生间里洗漱完毕，上床抱着叶汐颖入睡。她像是一只小动物，在他怀里找了个舒服的位置，然后沉沉睡去。

半夜，叶汐颖做了一个噩梦，一波一波的潮水涌来，她在海上欲浮欲沉，然后忽然间一个海浪打来，整个人跌入海底，一下子就被惊醒了，吓得浑身哆嗦。万宗胥迷迷糊糊地醒来，搂着叶汐颖问：“怎么了？”

“没什么，做噩梦了。”叶汐颖躺下，眼睛也跟着闭上，脑子里却充斥着梦境。

万宗胥轻轻地拍拍叶汐颖的肩膀，“别怕，我在你身边，你还怕什么，有事咱们一起扛！”

叶汐颖嗯了一声，然后搂着万宗的腰，试图入眠，却相当清醒，脑子里乱哄哄一片，想到了很多人，有叶远、周倩倩，还有她的亲生母亲沈融芬，以及赵东耀，这几个人像万花筒一样，不断地旋转，过往一幕幕出现、消失，心里隐隐有种感觉，像是要发生什么事。

叶汐颖一夜未眠，导致眼圈黑黑的，万宗胥看得有些心疼，误以为是因为李傅名这件事，八成是他让美人詹把这小子辞了，导致她心生愧疚。

吃饭的时候，他不停地给叶汐颖夹榨菜和霉干菜，仔细地看着她的表情，叶汐颖睡得不好，所以口气有些躁："不要夹太多，吃不完浪费。"

"那个……你心情不好？"万宗胥问得小心翼翼，生怕触怒她。

叶汐颖点点头，"昨天晚上没睡着，老是做梦。"

"那个男人还有没有找你啊？"

叶汐颖将粥喝了小半碗，就没了食欲，上面堆着满满的霉干菜，看上去乌压压一片，"你以为人人都像你，把我当个宝啊？他知道我离过婚，又跟你在一起，早就没影了。"

万宗胥顿时心情大好，却又要装作一副正经模样。

叶汐颖坐在出租车上，发了条短信给范春云："可能会迟到，堵车。"

S 市的堵车尤为严重，跟近几年发展迅速有些关系，都想着买车买房，却发现道路才那么点大，哪容得下那么多的车子，从而导致上下班的点，道路全都塞得满满的。

这个司机有点急躁，直摁喇叭，叶汐颖发完短信之后，倒没有这么急了，于是说了一句："不用那么急，可以等……"

哪知话还没说完，司机一下子就急踩油门，车子迅速往前驶去。叶汐颖觉得真是危险，简直就是见缝插针，没开几下，又被堵住了，而且后面前面全部都是车，司机瞅见左侧有个空位，想开过去，没想到后面也有一辆车子开过来，一时间，两辆车相撞了。

幸好情况不是特别严重，只是彼此擦了一下，那边的奔驰车主人下车，走了过来，叶汐颖很想装作没看见，她没有想到会在这种情况下见到赵东耀。

赵东耀原本想坐在车上，等待司机和出租车争论完，没想到那辆车子上坐的是叶汐颖，想也没想就推开车门，走了下去，打开出租车门，“汐颖，能聊聊吗？”

两个争论的司机只顾争执，顾不上看车里的情况，叶汐颖硬着头皮点点头，两个人走到不远处的小公园里，几个老太太带着小朋友在玩耍，三个小不点跑得气喘吁吁，叶汐颖觉得有趣，下意识地勾起一抹浅笑。

赵东耀顺着视线望去，清了清喉咙，想说点什么，却又半晌说不出来，犹豫半天，这才说：“汐颖，我们还能回去吗？我想和你在一起，像以前一样。”

叶汐颖以为听错了，转眸看了赵东耀一眼，直到看到他认真的表情，这才确定刚刚那话是存在的，骤然之间，甜的酸的苦的辣的，通通凝聚在心头，胸口如翻江倒海，嘲讽一笑，“我们还有过去吗？我们的过去是什么？是你不断地出轨，还是我像疯子一样地找你？”

“汐颖，以前是我不对，我知道错了，我……”赵东耀被叶汐颖直视得不敢看她，她的目光太清澈，带着丝丝审判的意味，而他像是一个求饶的犯人。

叶汐颖不想跟赵东耀继续说下去，只是徒增伤感。他一把拉住她的手腕，用乞求的目光看着她。她笑了，“我已经爬上万宗胥的床了，就这样的关系，你还能接受我吗？东耀，别再自欺欺人了，你不是爱我，你只是不甘心对方是万宗胥而已。我们的爱情，早就死在婚前了！”

赵东耀呆呆地看着叶汐颖，她不想再跟他废话，连忙抓紧包，朝着出租车的方向跑去，因速度太快，可以感到高跟鞋的根部在不断地摇晃着，匆忙坐上车子，也不管究竟是谁的过错，她拿出一沓钞票私了了。

赵东耀眼眶红红的，哪怕亲眼看见叶汐颖和万宗胥在一起，他仍旧不想承认两个人之间的关系。或许跟叶汐颖在一起太久了，一直认为她是他的，从未改变，而今她却否认的斩钉截铁，一点机会都不留给他。

这时，一个小男孩跑得太快，控制不好力道，直接扑倒在赵东耀的身上。他木愣地蹲下，扶起他，小男孩眨巴着眼睛，声音软软糯糯，“叔叔，你哭了？是不是被我撞痛了？”

赵东耀这才发觉，眼角处有点湿润，“乖，叔叔是被沙子吹到眼睛里了。”

“那我给你吹吹吧。”小男孩轻轻地吹了一口气，赵东耀揉了揉他的小脑袋。小男孩见赵东耀笑了，这才放心地跟其他小伙伴一起玩。

如果叶汐颖的孩子生下来，或许他们也不会分道扬镳了，可世界上哪有那么多如果。现在的赵东耀尽是悔恨，以为所有的东西都牢牢把握在手上，却没有想到，任何东西都偏离了正轨，连最爱的人，也把握不住。

叶汐颖回办公室的时候，索性将手机调成静音，然后起身去厕所，等她回来的时候，就看见美人詹紧张兮兮地站在她办公桌旁，“我的小姑奶奶，你这是去哪儿了，你要再不出现，我就要把你报成失踪人口了。”

“我就去了个厕所，这才几分钟，你太夸张了吧。”叶汐颖笑笑，这美人詹什么时候也开始神神道道的了。

“又不是我夸张，是老大夸张……你也知道，他精神病发作的时候，一般不能用普通人的思维去考虑。”

美人詹没好气地说了一句，“你下次去厕所还是带上手机吧，免得他找不到你，就找我的麻烦。”

叶汐颖忍不住黑了脸。

美人詹给万宗胥打了个电话，“老大，她回来了，她不就是去个厕所吗，用得着这么担心吗，你放心，一个大活人跑不掉的。”

美人詹应了几句，把电话给叶汐颖，“老大找你讲话……”

叶汐颖接过手机，万宗胥肉麻死人的声音传出：“你这一下子就不见了，吓死我了，下回可不许这么顽皮。”

叶汐颖真不想接嘴，可在众目睽睽之下，只能轻轻嗯了一声，万宗胥接着说：“我帮你买好机票了，也跟美人詹请假了，晚上准备一下，咱们十一点的飞机！”

“什么！”叶汐颖晃神，万宗胥这又是唱哪出戏，压低声音说：“我们这是要去哪儿啊！”

“希腊爱琴海啊，上次跟你说过的，公司的人一块去的。”

万宗胥这么一说，叶汐颖倒是想起来了，只是都没什么心理准备，一下子就要出远门了，叶汐颖真的有种想掐死他的冲动，这人怎么这样，问都不问就把事情决定了，“你总要提前跟我说一下吧……”

“我问了啊。”万宗胥回答得理直气壮。

“什么时候！”难不成她得失忆症了。

万宗胥轻声笑了出来：“刚刚在微信上问你了。”

叶汐颖顿时觉得已经无法跟他好好沟通了，直接挂了电话，把手机还给美人詹，“他都跟你说好了？”

美人詹正经地说：“你就好好去吧，你看老大最近精神病这么发作，应该好好安慰他一下。”

叶汐颖直接拿起包走了，反正在这儿也没什么事，她向来都是那种，如果要做一件事，就要做得面面俱到，万宗胥这么一下子打来电话，弄得她有些措手不及，想赶紧回家把行李整理一下，免得到了那儿缺这缺那的。

万宗胥因为公司有事，所以忙到很晚才下班，一看时间，就直接打车去机场了。叶汐颖早已在机场等候，忍不住念念叨叨：“早跟你说要做好准备，临时的事情那么多，你哪能一件件都算得准。”

他美滋滋地听着叶汐颖讲话，觉得她说这些家常事的时候特别漂亮，散发出一股子贤惠，心中一动，在她脸颊上亲了一口，“我这不是有个你吗，你都会帮我打理好的。”

叶汐颖不安地四处看看，她不习惯在人多的场合有亲密的行为，见旁边的人都没有看过来，这才稍稍安心，用小拳头撞了下他的胸膛，“不许贫嘴。”

秘书帮公司的高层安排了头等舱，而其他的员工则是一般普通经济舱。万宗胥和叶汐颖两个人靠在位置上，旁边的熟人不是很多，还空了好几个位置。其实，大伙儿都是明天出发的，但是万宗胥不大喜欢太吵闹的环境，所以特意提早一天出发。

叶汐颖在飞机上做了一个梦，梦中回到了叶奶奶的老房子里，墙壁上爬满了蔓藤，慢慢变成一条条不断延伸的小蛇，然后张开血盆大口，吓得人心惊胆战。叶奶奶头发花白，正乐呵呵地瞅着她笑，她想跑过去，须臾之间，叶奶奶就消失了，变成一大团雾气。

就在这个时候，出现了叶远的身影，他慢慢转过身子，严肃地看着她，“汐颖，奶奶已经去世了，你以后就跟着我住！”

叶汐颖猛地醒来，整个身子为之一抖，一股子恐惧感冒出来，眨巴了几下眼睛，这才发现还在飞机上，刚刚的只是梦境，看了下显示屏上的时间，还有两个小时就要降落了，不禁搂紧身边的男人，继续入睡，可这会儿是怎么都睡不着了。

她摁下按钮让空姐送来一杯果汁，小口小口地喝着。万宗胥正睡得安稳，叶汐颖觉得他的侧脸特别好看，可能是鼻子较为挺拔，所以显得深邃，眼角冒出几条纹路，不知是干纹还是皱纹，忍不住伸出手摸了摸。

飞机在雅典降落，叶汐颖和万宗胥推着行李箱走出来，有三个人过来接机，将他们接到了希尔顿酒店。叶汐颖累得倒在席梦思大床上，万宗胥笑笑将行李箱拖到一个角落，然后扑了上来，两个人耳鬓厮磨一阵。

叶汐颖推了推万宗胥，“去洗洗，累了一天了。”

万宗胥嘴角染上一抹春色，笑得很是奸诈：“一起洗吗？”

叶汐颖白了万宗胥一眼，他很自觉地从行李箱里拿出浴巾和睡衣，走到卫生间里。叶汐颖拿起手机一看，中国时间是下午四点钟，手机显示电量不足，她连忙在床头找了一个插座，然后从包里拿出转换插头。

万宗胥知道叶汐颖是认床的，一直翻来覆去睡不着。他顺手就把她给搂住了，还特别紧，叶汐颖推了推，他只是微微地松了一点点。

雅典这座城市本身并不是很大，没有 S 市的拥挤。

万宗胥照顾到叶汐颖不喜欢人多，所以，单请了一个导游介绍景点，那是个笑容爽朗的小伙子，带领他们先是游览了奥运会的主场和宙斯神庙。

叶汐颖也就在历史书上看到过宙斯神庙的插图，如今一见，却是没多大感觉，对于她这个门外汉来说，这儿也就是几根柱子残留下来的古迹。虽然如此，丝毫不影响游客们的兴致，恰巧又是旅游旺季，所以相对平时人更多。

万宗胥在路上碰见了公司的几个高层，大伙儿打了个招呼，为首的中年秃头男看见叶汐颖，谄媚地笑笑："这就是传说中的叶小姐吧？"

"嗯，今天一看果然漂亮，万总的眼光可真好。"另一个人答话。

万宗胥一手搭在叶汐颖的肩膀上，足以可见占有欲的强烈，"上次她有来公司，可惜你们都不在，本来早就该介绍给你们认识了。"

叶汐颖想到上次的窘况，暗暗踩了万宗胥一脚，这么丢人的事，还能拿出来说，她都想直接忘记这件事。

中年秃头男叫作沈聪，是万氏集团的老股东，也是持有股份较多的人，他招呼大伙儿去附近的一家中餐馆吃午饭。叶汐颖本来不想去的，可又不想扫了大伙的兴，也就笑着点头答应了。

要说国外的中餐馆，虽然是地地道道的中国菜，可毕竟在异国扎根了十几年，味道也就跟着当地人口味改变了。叶汐颖挺喜欢吃虾片的，觉得脆脆的很好吃，可万宗胥没多让她吃，在她耳边轻声说："吃多了会上火，你不是怕长痘吗？"

叶汐颖刚拿起筷子，然后就悻悻地放下，不满地哼了一声。万宗胥淡淡一笑，夹了一块牛肉片给她，"多吃点这个，这是为你好。"

万宗胥是小声说的，叶汐颖听完这句话，乖乖将他夹的东西都吃了，免得他再说出什么惊人之语。

"万总对叶小姐可真好啊。"沈聪在一旁说着客套话。

"就是就是，没见过万总对哪个女人这么上心，叶小姐真的好福气。"

"啧啧啧，越看越登对。"

沈聪说了一句捧人的话，其他人也就跟着叽叽喳喳地说着，叶汐颖被说得不好意思，万宗胥倒是很受用，"不对她好点，万一她跟别人跑了怎么办，我找谁去要人。"

万宗胥这话说得半真半假，听得叶汐颖一阵触动，桌上的几个人附和地说着。

下午休息两个小时，叶汐颖和万宗胥准备回酒店，恰巧看见附近有一家超市，她算着大姨妈快来了，就拉着万宗胥进去了。两个人推着小推车，拿了一堆东西，大多都是吃的，叶汐颖拿出几个，觉得吃不完也是浪费。

结账的时候，叶汐颖一个人在排队，过了一会儿，万宗胥也过来了，往推车里扔了几盒杜蕾斯，看得叶汐颖耳根一红。

万宗胥一手提着几袋子东西，一手揽住叶汐颖的腰，回到了酒店，没想到在大厅里撞见了张可欣。她穿着紧身 T 恤衫，旁边站着个脑满肠肥的老男人，笑盈盈地摸了一把她的屁股。

叶汐颖有些震惊，没有想到张可欣又跟别人在一起了。张可欣自然也看到叶汐颖了，有些害怕地瞄了一眼万宗胥，低着头，拉着富商的大手，两个人急急地离开。

原以为就这么匆匆一睹也就算了，没想到又在电梯里碰见，叶汐颖觉得气氛压抑得难受，张可欣在一旁没什么表情，心里却跟吃了黄连一样。

回到酒店房间后，叶汐颖忍不住说了句："你说这世界怎么就那么小，居然还会再看见她，不知怎么的，看见她就觉得很难过。"

叶汐颖对张可欣从来都是看不顺眼的，却也没有表现出来，大概是因为性格所致。她一想到跟赵东耀是如此相爱，却毁在这么个女人手里，已经不是难过可以形容的了，后来想开了许多，或许不是因为张可欣，而是两个人真的淡了，可让她承认这件事，真的好难。

到现在，叶汐颖都还清晰地记得那一天，她回到家里，看到床上裸着缠绵的两个人，她整个人都快站不住了，觉得讽刺、好笑、荒谬。

在这之前，她就怀疑两个人有什么了，发短信实在是太频繁了，而赵东耀一直坚称是公事关系，所以她就相信了，可相信又有什么用，他不还是出轨了，所谓的真爱，真是一点都站不住脚，男人的誓言不可信。

"她长那么丑，有什么好看的，你没事多看看自己，心情就会变好了。"万宗胥拿了一小盒维生素C泡腾片，扔到水里，顷刻间就化成了泡泡水，然后递了一杯给叶汐颖，又从袋子里拿了一袋饼干出来。

叶汐颖被万宗胥的话给逗笑了，“你又不是我，你不懂。”

万宗胥听到这句话就不乐意了，一把将叶汐颖拉到自己腿上。

“别闹……”叶汐颖拉住万宗胥的大手。

叶汐颖静静地靠在万宗胥身上，两个人享受着亲昵，她忽然问：“宗胥啊，你想要孩子吗？”

万宗胥听到这话眉开眼笑，觉得叶汐颖这话问得很有觉悟，“当然想了，我想要一个跟你一样漂亮的女儿，如果还有个聪明的儿子，那就更好了。”

叶汐颖低头沉默了一会，“也许，我们不该在一起。”

万宗胥的脸瞬间僵硬了，笑容凝固了，刚刚还说得甜蜜蜜的，怎么她这会儿就冒出这句话了，“你想什么呢？”

叶汐颖摇摇头，然后靠在万宗胥身上一言不发，她摆明了不想回答，万宗胥叹了一口气，搞不清她脑子里究竟在想什么，摸摸她柔软的发丝，“没事，我们还年轻，现在不急着生，过几年吧，只要你在我身边，我就知足了。”

叶汐颖闷闷地发出一声嗯。

万黎芝从医院里走出来，医生告知胎儿一切正常，让她安心养胎，她开心地摸了摸肚子。前些日子，由于心情不大好，所以孩子的分量不足，经过一段时间的调理，又恢复到正常指标了。她打了个电话给赵东耀，那边接起，口气不是很好。

“东耀，刚刚医生说孩子一切正常，可真吓死我了。”万黎芝在电话这头撒娇，拦了一辆出租车上去。

“嗯，我知道了，还有别的事吗？”赵东耀冷冷地说。

万黎芝小声地问："今天回来吃饭吗？我让用人去买了几个你爱吃的菜。"

"不了，应酬，你好好吃吧。"赵东耀依旧平平淡淡。

万黎芝失望地挂了电话，自打她怀孕了之后，两个人更是离多聚少，她不知道他怎么会这么忙，居然比离婚前还忙。不过，幸好赵东耀含糊地表示会跟她结婚，这才让她稍稍安心，要等孩子生下来，按照他的说法是这样，他才刚离婚，马上又结婚，这样做不大好，毕竟也是公众人物。

赵东耀打完电话，回到包厢里，一桌子人吃吃笑笑，氛围相当不错。今天是大学同学会，留在S市的同学差不多都到齐了，他脸上也露出了少有的笑意。大头看他回来了，赶忙给他倒上酒，"哥们发达了就是不一样，可得多罩着小弟我啊！"

"你真说笑了，你家都是高官，我应该让你照顾照顾我。"赵东耀一口灌下。

"好，哥们就是爽快。"大头在旁边拍手说，然后也跟着一饮而尽。

同学之间的关系是非常微妙的，读书的时候没多大感觉，一旦毕业，就开始怀念学生时代的事，出了社会之后，只要是同一个学校毕业的，哪怕隔得很远，也会容易办成事，这大概就是所谓的中国式关系。所以，大多毕业聚会，也就是找人脉和晒成功，虽然如此，但仍旧是大伙所喜爱的，这些就是见证一个人发展的过程。

赵东耀喝得挺多，去了趟洗手间，摁冲水的时候，发现头晕得厉害，隐约之间，听见门外传来说话声。

"叶汐颖可是咱们学校的女神级人物，没想到嫁给赵东耀会落得这步田地。"一个男生轻笑出来，"唉……所以说女人将来好坏，大多得看嫁给什么男人。”

“她也够惨，听说赵东耀跟她离婚后，早就勾搭上别的女人了，你以为呢？男人有钱就变坏……”

“说得也是，男人有钱就变坏，可现在的女人，动不动就说要找成功人士，有房有钱有车，你说说，这下场也就不过如此。你跟叶汐颖又不熟，没准是她自己那么作，才弄成这下场，眼光别那么高，兴许现在还在吃香的喝辣的。”

几个男人笑笑就走出了洗手间，赵东耀站在里头，心里不是滋味，成功人士？

赵东耀起初只想成为一个画家，可后来才发现，画画压根赚不了几个钱，也保护不了所爱的人，他不甘心让叶汐颖受人嘲笑，找了一个不会赚钱的男朋友，不想她那么辛苦。她为了他跟家里断绝关系，他不能坐视不管，于是不断尝试各种工作，发誓让她过上好日子。

这轨道不知是在什么地方偏离了，钱多了之后，连人心都变得黑了，现在有钱了，却发现早已找不到最初的东西了。

他只是想让叶汐颖能够过上让别人羡慕的日子，不想让她吃苦受累，被别人嘲笑，仅此而已。

叶汐颖昨晚没睡好，老是做着同一个梦，还是上次的幻境，每次一醒来，总陷入无法自拔的恐惧之中，难道是因为忽然间倒了时差，一时不适应？

她下床从箱子里拿出平板电脑，又怕吵到万宗胥，只能可怜兮兮地坐在马桶盖上玩，这一玩就是一宿。

直到凌晨四点，万宗胥起来上厕所，才把她给逮回去。

第四章　你是我心底最深的挂念

“念念不忘，必有回响。”我知道你信这句话，所以你必须要信我。

叶汐颖睡得迷迷糊糊，万宗胥将她抱到了前往圣托里尼的游船上。叶汐颖事后发现，觉得万宗胥真的是铁打的脸皮，居然能干出这种偶像剧才会出现的无聊事，而她更扯，竟然一点都没有知觉，今天跟平时大不相同，船上大多是公司的人员，她有一种羞得出不了门的感觉。

从雅典到圣托里尼岛要八个多小时，途径三个岛屿，叶汐颖在船上欣赏着沿途风景，湛蓝的天空下，是一望无际的海面，此时风平浪静，海水顺着游船的行驶方向，荡漾出有规律的波纹。

“你看我一眼呗，我都被你冷落好久了。”万宗胥忙不迭地给她递桃子茶，忽然想起这东西上火，连忙让服务员换成了柠檬茶，“我跟你说啊，这个会比那个好，口感有着淡淡的涩味，也没那么甜。”

叶汐颖喝了一口，确实是这样，她比较爱好甜味的东西，刚尝的时候，铁定入口不是那么好，可多喝几口发现，这个其实比桃子茶更容易上瘾。

叶汐颖嫌里面太闷，一个人走到甲板上，海风吹乱了她的发丝，随风起舞，她站在栏杆上，目所能及之处，都是一片蓝色的汪洋大海。闭上眼睛感受着舒心的一刻，空气是极好的，一股子阳光混合海水的味道，如此美景，仿佛一切烦恼都不复存在，那些是是非非，好像跟着海风越吹越远。

突然，叶汐颖的肩膀被人拍了一下，她意外地转过身子，发现一个金发碧眼的男人，正笑眯眯地看着她，然后递给她一张纸条。她疑惑地打开一看，上面写着歪歪扭扭的中文："我可以跟你交朋友吗？"

叶汐颖忍不住扯了扯嘴角，这是搭讪吗？然后那个男人把纸张转过来，背面写着他的手机号和名字，画了一个很好看的涂鸦。她礼貌地笑笑，然后拒绝，不得不说，这个人很具有绘画天赋，就那么几笔，完全将一个表情显现得淋漓尽致。

那人失望地嘀嘀咕咕半天，说的不是英文，好像是希腊文，叶汐颖直接无视，那人也就作罢离开，很有礼貌地告别，叶汐颖回了个淡淡的微笑。

其实，她是个不解风情的人，总是抗拒去了解任何事，只想封闭在自我的空间里，倘若真的仔细算起来，是有那么一次，不顾一切去尝试，那就是和赵东耀谈恋爱，结果很惨，所以她更加封闭，总的来说，就是个胆小鬼。

海风轻抚她的脸颊，穿过她的发梢，一寸寸占有她的肌肤，金色的阳光洒在她身上，暖和却不觉得太热，她沉浸在其中，早已忘记了置身何处，任时光流逝。

"叶小姐，原来你在甲板上啊，万总正在里面找你呢。"

秘书站在叶汐颖的身后，终于找到叶汐颖了，老总都快把里面翻个遍了。

叶汐颖这才想起，出来的时候，忘记跟万宗胥说了，看他刚刚和公司里的人讨论事，她就悄悄溜出来了，于是赶紧跟秘书进去。

游船终于到达了著名的火山岛——圣托里尼，一伙人乘坐公司大巴，浩浩荡荡地来到了预定的酒店，公司人员均下车安排住所去了，叶汐颖和万宗胥住的地方在隔壁，是个颇具特色的酒店。

叶汐颖觉得蛮有意思，希腊自次贷危机之后，经济一直萧条，没想到还有这样一个地方。所以说，这个世界上，从来都不是以偏概全的，哪怕在非洲，也会有豪华住宅区，其奢华程度，同样令人叹为观止。

酒店一共分为二十层，每一层都是不同的风格，比如一楼是浓郁的中非风，而三楼则是简洁大方的南美风，其中售价最为高的，就是十六层的中国风，越是稀少，越是贵，从古至今道理不变，每一层只有六个房间，设施精良，面朝大海。

叶汐颖坐在沙发上，将双腿翘在茶几上，电视上正播放着听不懂的语言，叽叽喳喳很是头晕，好不容易找到一个中文台，是凤凰卫视，播放的是一部很老的港台片。

第二天，一行人在导游的带领下，跑到伊亚去看日落，由于这边的路况不大好，司机都不敢开得太快。

这里是号称最美的爱琴海夕阳，附近有很多小店、特色咖啡店、教堂等等，万宗胥甜腻腻地牵着叶汐颖的小手，两个人一边走一边欣赏美景，很多人都在拍照片，摆出各式各样的姿势，万宗胥和叶汐颖两人则相反，都不大喜欢拍照，就这点来说，两个人难得的一致。

看完这边的景色之后，又赶到了另外一边山头，叶汐颖难得的表现出期待的神情，万宗胥一见到她开心了，自然也就跟着心情好。

夕阳缓缓往下，映红了一大片的天空，眼看就要落到海平线的那一瞬间，情侣们纷纷互相接吻，掌声雷动。

万宗胥迅速抱住了她，吻了上去。这会儿，叶汐颖也不再害羞了，小手摸啊摸就摸到他的脖颈处，轻柔地环上。

这种感觉无与伦比，好似天地间都在见证着这份关系，当两个人分开的时候，叶汐颖感动得眼眶湿润了，想起网上广为流传的那么一句“带上这个世界上你最爱的人，与他牵手，去看世界上最美的落日”。

万宗胥轻笑说：“傻瓜，你要喜欢，年年带你来。”

“你这人，要年年来就不会有这种感觉了。”

很多时候，男性和女性的思维是不一样的，男的大多都在理性思考，而女人则是感性思考，只是凭着感觉来行动，感觉有了，就是对了，反之，感觉没了，那再好，也没什么用处，可这东西要跟男人去说清楚，简直难比登天。

天色渐渐暗下来，一群人在导游的带领下，前往早已预订好的饭店就餐。这幢房子颇具当地特色，圆形的屋顶，白蓝色的墙壁，仿佛置身于童话之中。

叶汐颖把牛排切成一块块后，才用叉子小口地往嘴里放，秘书坐在她的对面，笑脸盈盈地看着她，叶汐颖被看得有些不好意思，摸了摸脸颊，“我……脸上有沾什么东西吗？”

“没，我就是觉得叶小姐长得那么漂亮，难怪万总当宝一样疼着。”秘书说完之后，特意指了指她的脖子，然后从包里掏出一面镜子，递给叶汐颖。

叶汐颖拿过镜子，整张脸通红，脖子上居然有个大草莓，她还这么大摇大摆地四处走着。她用小手捂着脖子，愤愤不平地瞄着万宗胥所在的方向，他怎么都不告诉她一声，这多丢人啊……

秘书贴心地拿出一个止血贴递给她，“要不要用这个？”

叶汐颖尴尬一笑，迅速拿过，小心地贴了上去，咳嗽一声，“这个……”

“这有什么，老板和老板娘恩爱，这本就是好事啊，大家都会乐见其成的。”秘书说得不卑不亢。

这难道算万宗胥管理有方？叶汐颖觉得，万氏集团除了万宗胥是个不着调的人之外，其他的人全部训练有素，很清楚什么东西该管什么东西无视，她这一下午，居然没有半个人盯着她看，或者投来暧昧的眼神……

第三天是自由活动，大伙儿一早就组队去附近的景点游玩，万宗胥打着腰酸背痛的名头，非要拽着叶汐颖在房间里，叶汐颖可不乖乖就范，提议给他按按。

他没几下就把衣服剥得差不多没了，叶汐颖忍不住黑了脸，“你这是干吗？不就是按摩吗，有必要脱成这样吗？”

“你这就不懂了，现在按摩都这样。”万宗胥说得理直气壮。

叶汐颖哼了一声，在他背上一掐，“想必你经常去吧？”

“……”万宗胥这才发现口误了，连忙纠正：“没有啊，天大的冤枉，我才不去那种地方呢，都是胖子豪他们去的，回来告诉我的。”

叶汐颖摆明不相信他的措辞，随意弄了几下就草草了事了，万宗胥还意犹未尽，“你再弄弄嘛，我这里还痛。”

“你出不出去？你不出去，我自己一个人去了。”叶汐颖下床，穿好衣服，一副正要离开的模样。万宗胥嗖的一下就下床了，“咱们一起去！”

两个人先去了黑沙滩，然后碰见了公司的几个人，在那儿吃了一顿，饭后，就迅速前往南部的红沙滩，最后又去了岛中间。叶汐颖在海滩上捡着石头，万宗胥看到这一幕，心中一醉，嘴角染上淡淡的笑容。

在圣托尼力岛玩得差不多，导游就带着他们到下一个景点米克诺斯岛。叶汐颖一坐上快艇，就吐得一塌糊涂，这可把万宗胥给着急坏了，急急忙忙地找各种药，没想到她越吐越厉害，这种情况在到达目的地才消停，叶汐颖吐得面色惨白，早已没心情欣赏景色。

万宗胥连忙带着她去酒店休息，等到她稍微好点，这才前往小威尼斯海滨。叶汐颖被呕吐弄得精神憔悴，可一看到大风车、渔人码头、风情小店这种东西，一下子精神就好了起来，兴趣盎然地四处摸摸看看，万宗胥陪着她买了一大堆的东西。

晚上，两个人回到酒店，叶汐颖将一件件小玩意放进箱子，把衣服摊在床上，一件件慢慢看，万宗胥笑着搂着她的腰，“长得好看，穿什么都好。”

叶汐颖觉得万宗胥这话特狗腿，嘴角却也染上了笑意，“你啊，老是这么油嘴滑舌。”

万宗胥摸摸嘴巴，“不油啊，你最清楚了。”

“色狼！”叶汐颖笑骂了一句。

这人，就会在她面前耍流氓。她让他去洗澡，然后自个儿继续整理，除了自己的衣服之外，还买了一大堆他的东西，叶汐颖拿起一盒阿玛尼的内裤，有种羞死的感觉。

上次因为太过于匆忙，所以只带了几条，到了这里就不够用了，万宗胥见状，特别无耻地说：“你给我买吧，你要不给我买，其实不穿也没事。”

结果，叶汐颖硬着头皮去买，万宗胥还要求挺多，他不要CK的，不要DG的，非要阿玛尼的，叶汐颖找了一圈，才找到阿玛尼的专卖店，进去拿了一盒男士内裤，顺道拿了一件短T恤衫，匆匆在收银台结账，付完钱之后，她又问了下导购：“可以拿出来看看吗？我看下大小。”

导购热情地打开盒子，叶汐颖拿出一件比对大小，没想到这时候，就看见万氏集团三个女员工正笑眯眯地向她走来，“叶小姐，好巧啊。”

她们看到了她手上拿着的内裤，其中有一个就说：“帮万总买内裤啊，叶小姐可真贴心。”

叶汐颖一下子脸蛋就红了，“嗯……嗯……”

“原来万总穿这个号啊！”

她只能在心底里安慰，帮他买也没什么，反正公司里的人不都知道他们的关系吗，虽然是这么想，但还是有点心虚。其实她是个保守的人，觉得买贴身衣物是夫妻间才干的事，她买了也就算了，还被人撞见，这都是什么运气……她迅速将内裤塞到盒子里，扔到袋子里就拿走了。

万宗胥洗好澡，只穿着一条内裤出来，叶汐颖扭头继续整理，就在这个时候，叶汐颖的手机响起，她正在忙活手头上的事，于是让看电视的万宗胥去接，“你帮我接下电话吧。”

万宗胥拿起手机一看，来电显示是中国的号码，不由得在心里嘀咕，大伙儿都知道他们来度假，这是谁打来的，“喂，你好。”

那边一下子没了声，过了一会儿，沈倩倩才怯怯地问：“我没打错电话吧？汐颖她在吗？”

万宗胥将手机递给了叶汐颖，她停下，拿起手机问：“你好，你是谁？”

“汐颖……”沈倩倩的声音有些哽咽。

叶汐颖没有想到是她打来的电话，两个人平时素无交集，最大的关系，也就是沈倩倩嫁给了叶远，从而成为她法定上的小妈，不过叶汐颖最多也就是叫她一句阿姨而已，再加上沈倩倩不是个善于交际的女人，所以两个人也就这么不冷不热。

万宗胥倒了一杯茶回来，发现叶汐颖一边讲电话一边流泪，连忙来到她身边，将她搂到怀里，叶汐颖挂了电话，靠在他的胸膛上哭了会儿，万宗胥有些急：“怎么了？这是出什么事了吗？不哭啊不哭……”

叶汐颖哭了一会儿后，这才抬起头，双眼肿得跟核桃似的，哽咽地说：“我爸爸去世了。”

叶汐颖从来没有想过，叶远有一天会离开她，这不可能啊，哪怕她最厌恶他的时候，虽然嘴巴说得很毒，老死不相往来等等，可从来都是希望他过得好，怎么会发生这种事。

原来在 S 市的那次见面是最后一次，那时候他已经得了胃癌晚期，只是想过来看看她而已，看她过得好不好，而她还这么顶撞他。

“汐颖啊，好好照顾自己，爸爸很惭愧，过去很多事，是我对你疏远了，将来……没有，你过得好就好，爸明天就回去了，看到你过得还好，我就放心了。”

这句话在耳边回响起，人生实在是变幻莫测，那一次分别，就成了永别。

叶汐颖和万宗胥迅速乘坐最早的一班飞机到达 A 市，叶汐颖在飞机上时不时就流出眼泪，弄得万宗胥心疼死了，这姑娘就是招人担心，却也了解她的心情，不断开导她，不过成效不大，她整个人状态都特别差。

两个人在 A 市找了家酒店住下，这才一天的工夫，叶汐颖就被弄得不成人样，嘴唇发白、干涩起皮，头发凌乱不堪，眼睛肿肿的，万宗胥煮了热水，小心翼翼地端给她，“喝一口润润嗓子。”

叶汐颖点点头，接过杯子，吹了吹热气，然后喝了一小口，靠在万宗胥的身上，一言不发，过了会儿，她才说了句，“宗胥，明天我要回家住。”

这个时候，叶汐颖说什么万宗胥都觉得好，“明天我就陪你回家。”

“你……我一个人回去吧。”叶汐颖看了万宗胥一眼，“家里三姑六婆太多，你这一过去，我怕又被她们几个念死。”

万宗胥嘴角一抽，敢情这是要抛弃他，他好歹也是个钻石王老五，在她面前怎么就这么一文不值。他叹了一口气，“我舍不得你一个人，我会乖乖的，不会成为你的困扰。”

虽然万宗胥百般讨好，可叶汐颖还是不答应让他去，毕竟两个人现在这种关系，不适合出现在家里人面前，特别还是在这种危急时刻。万宗胥虽然心里不高兴，却也答应了叶汐颖，现在万事都要以她为重，这宝贝疙瘩要真的恼火了，后果更惨。

叶汐颖一早就来到了叶家，有种恍如隔世之感，十五岁的时候，她是带着抗拒的心态，不情愿地来到这里。二十三岁的时候，她为了爱情离家，总觉得叶家像鸡肋，可有可无。

可如今，她爸爸走了，忽然间，这一切都不一样了，哪怕不爱这里的回忆，却也有留恋。

叶远生前笃信佛教，所以一切后事，都是按照佛教的方式举行。

叶远的遗体放在一楼，沈倩倩一边烧纸一边哭，旁边站着大叔、二姑，还有一些从小看着她长大的亲戚。二姑一看到叶汐颖，立马就上前抱着她哭，两个人窝成一团，一阵之后，二姑擦擦她的眼泪："不哭了，我带你去看看你爸。"

叶汐颖点点头，二姑牵着她的手来到遗体面前，叶远穿着寿衣，上面盖着一床被子，连头都盖住了，叶汐颖越是走近，越是不敢置信，他怎么就忽然离开了，他前些日子不还好好的跟她说话吗？

直到二姑将被子掀开，露出叶远的脑袋，蜡黄的面色、紧闭的双眼以及发白的嘴唇，整个人看上去毫无声息，她猛地跪在了他床前，号啕大哭，两个人的矛盾存在了这么多年，到现在才发现，那些什么都不是！以后将天人永隔，再不相见了。

叶汐颖在叶远的床前哭成一个泪人，实在想不到人生可以挥霍的时间如此之短，晃眼之间，什么东西都变得不一样了。

叶汐颖哭了好久，这才站起身子来，浑然无力地走到沈倩倩的面前，找了个小凳子，一起烧纸钱。她将纸张折成三角状，一张一张往里面放，烧至灰烬。沈倩倩抓了几个金元宝扔进去，叶汐颖瞅了她一眼，不作声。

印象里的沈倩倩是个极为温婉的女人，不多话，也不爱管闲事，两个人关系很一般，大多原因是沈倩倩不热络，不会讨好她，只是本本分分做好自己的事，有时候，面对叶汐颖，她会有些紧张，总而言之，她是个没有威胁的老实人。

这与叶汐颖的亲生母亲沈融芬不一样，做事情永远风风火火，喜欢把任何事物掌控在手中，甚至连点鸡毛蒜皮的事都要管。

以前叶远还没发达的时候，沈融芬就已经是A大法学院的知名教授，很多电视栏目都找她，所以自然而然对叶远有些不屑，哪怕到后来，也没多少看得起，觉得他是个庸俗的商人。

所以，对于叶汐颖来说，她是矛盾的，一来觉得沈倩倩是个外人，不喜欢她，却又打从心底认为，沈融芬更为不适合。但因为是亲生母亲，所以带着一丝遐想，不过这些都是青春期的臆想。

“爸爸有没有留下什么话？”叶汐颖哭得哽咽，才说出一句完整的话。

沈倩倩抽了一张纸巾递给叶汐颖，然而自个儿又拿了一张擦眼泪，喉咙沙哑：“你爸爸对你很愧疚，觉得没有好好照顾你……其实他一直很关心你，只是你们之间没有好好的沟通。去世之前，他最担心的就是你，但是又怕你不理他，原本以为还有机会多看看你，可没想到突然恶化……”

“他……”叶汐颖眼泪又冒了出来。

“你爸爸临终前，希望你能从上一段婚姻里走出来，重新找一个男人嫁了，他认为你的婚姻不幸，大半跟他没有好好对你有关系，汐颖……你爸说这都是他的错，却因为拉不下面子，所以一直都没对你说。”

当沈倩倩说完这句话之后，叶汐颖的情绪彻底控制不住了，泪如雨下。

平日里，父女俩关系僵硬，大多就是因为脾气倔强，谁都不愿意退后一步，又爱面子，哪怕心底里再关心，都不会表现出来，现在后悔又有什么用呢？

叶汐颖和沈倩倩以及几个亲戚轮流守夜，叶汐颖睡不着，经常三更半夜转醒，然后来到叶远跟前，看着看着就哭了。在她的内心深处，依旧没有办法相信这是事实。

沈倩倩总会陪着叶汐颖一起，叶汐颖的身体不大好，经常体力不支，也因为沈倩倩的执着和尽心尽力，叶汐颖渐渐对她产生了好感。

万宗胥在宾馆待得心急如焚，每次看见叶汐颖那憔悴的模样，就心疼得挠心挠肺，找人炖了一堆补品给她，可他家的傻姑娘，一句没胃口就给打发了，将他的好心付之东流。不过他也明白她的心情，这件事的确对她打击太大。

“我今天让人炖了冰糖燕窝，你尝尝？”万宗胥谄媚地端到叶汐颖面前。

叶汐颖摆了摆手，眼睛因为哭过而红肿，“不想吃，我还是回去待着吧，不知道有没有需要我帮忙的。”

“你这样一直不吃东西是不行的，饿晕了，大伙儿还要照顾你！”万宗胥喂到她的嘴边，不舍地摸了摸她的脸颊，一下子就瘦了这么多，不管不顾自个儿的身体。

叶汐颖想了一下，觉得挺有道理，于是小口吞咽下去，喝了整整一小碗。她其实没什么胃口，也就是拼命喝下去的，万宗胥见她喝完了，这才放心地亲了亲她，“真乖，睡一会儿吧，晚上再去守夜，不然你这副样子，也是吃不消的。”

叶汐颖轻轻嗯了一声，靠在万宗胥的肩膀上，他反手把她抱到床上。叶汐颖一沾床，立马就睡着了，像是一只小仓鼠，不时蹭蹭他的手臂，万宗胥忍不住亲了亲她的太阳穴，连睡觉的模样都那么销魂。

就在这个时候，万宗胥的手机响了，他迅速将声音按掉，看到来电显示，悄悄地抽走手臂，叶汐颖不满地揪着不放，万宗胥轻哄着：“我去接个电话，马上就回来。”

叶汐颖好像真的听懂了，嘀咕一声，也就松手了。万宗胥走到大厅里，一手摸着玻璃杯，一边接起电话：“喂，什么事？”

“万总，你要我查的沈融芬教授，乘坐今晚十一点的飞机到达 A 市。”秘书在那头恭敬地说。

万宗胥眼睛眯了眯，回了一句，“行，我知道了。”

沈融芬是个厉害的女人，作为他未来的岳母大人，他必须得格外用心。叶远总的来说，只是个运气很好的商人，外加做人比较圆滑，在商场上博得了好名声，而他前妻就不一样了，有强大的野心和抱负，对事业有着强烈的需求，以至于后期夫妻俩过着名存实亡的生活，各自有了情人，只是挂名的恩爱夫妻而已。

叶汐颖这一觉睡得格外好，脑子里没有胡思乱想，也没有大段的回忆，一片空白，只是疲倦而已，醒来之后，精神也好了很多。万宗胥又给她喂了一些小米粥，叶汐颖起初哼哼唧唧不想吃，在万宗胥各种说服、哄骗之下，又被塞得肚子鼓鼓的，她忍不住说：“不要了不要了！”

“最后一口，不然我就跟你一块儿回去了……”万宗胥特别无耻地说着。

叶汐颖蹙眉吞咽下去，然后用纸巾擦擦嘴角，“这下行了吧？”

万宗胥将小碗放在桌子上，叹了一口气，“你们家就这么不待见我啊，我好歹也是人中龙凤，你们家不能这么对我，连门都不让我跨进去！”

“不要脸！”叶汐颖轻轻拍了拍他的脸颊，这个男人真是什么话都说得出口。

叶汐颖在万宗胥那儿心情变得好些，看看时间差不多了，于是就独自打车走了，没想到路上接到了沈融芬的电话，“囡囡，妈妈坐晚上的飞机到 A 市，你别太难过了。”

叶汐颖只是应了一声，就挂了电话，没由来的一阵心冷。

小时候，她住在叶奶奶家，总对父母报以各种期望，认为他们一定会是世界上最好的人，因为太忙，所以才没有照顾她。她一直都是那么认为的，等啊等，每年只见礼物，却很少看见人，再过几年，他们就离婚了。其实这对于年幼的她来说，无关痛痒，毕竟他们从未照顾过自己，自己也不懂得离婚对一个家庭会造成多大的伤害。

直到十五岁回到叶家，她才真的懂事，明白她的家并不是一个完整的地方，有时候甚至觉得，躲在外面都比在家里舒服。

沈融芬是个过于聪明的母亲，总认为自个儿是对的，用各种要求对待叶汐颖，每回见面总是问她学习成绩，礼貌教育当然也不能少，倘若有一样没有让她满意，就会斥责叶远教女无方，而叶远回家又会训责她，于是乎，她两个人都讨厌，非常厌恶。

青春期的时候，她在日记本上写过一句话：“我什么都没错，却什么都是我的错！难道软弱的人，就活该被人欺负吗？”

这种无处发泄的痛苦，也唯有藏在心底，说到底，她本质上就是一个软弱的人，所以才能写出这种句子，这本就是一种映射而已，无法在生活上嚣张，也就只能在纸上乱画。

叶远的尸体已经从家里运到了殡仪馆，叶汐颖在出租车上看着窗外的景物，微微发愣。司机相当有技术地爬坡，A市的殡仪馆是在山上，开上去的坡度有些险，本来万宗胥不放心，非要他自个儿开，叶汐颖不让，最终找了个有经验的司机，这才放心。

叶汐颖到了殡仪馆，看到四周满满的花圈，仿佛置身于梦中。想来确实也巧，这间是1118号，叶奶奶去世的时候，也在这里，她就一直在这个位置哭啊哭，不知道哭了多久，所以这里是她的梦魇，没想到兜兜转转，又是这一间。

想到这里，原本肿得不行的眼睛又湿润了，由于情绪过于激动，没有想到背后站着个一个人。

“汐颖，擦擦吧……”赵东耀悄悄地递给叶汐颖一张纸巾。

叶汐颖听到了熟悉的声音，不可置信地转过身子，瞪大眼睛，吃惊地看着赵东耀，一滴豆大的眼珠滚落下来，“你怎么来了？”

赵东耀轻轻替她拭去眼泪，没有回答叶汐颖的话，而是哄着：“乖，你可别哭了，再哭就看不见了，看你眼睛肿的。”

叶汐颖傻愣愣地看着赵东耀，“你……”

“我来看看爸，哪怕他生前不待见我，可这不表示我不尊敬他。我努力了那么多年，不也就是为了征得他一个满意吗？”赵东耀扯出一个无奈的笑容。

叶汐颖低头沉默，他说得没有错，叶远生前不喜欢他，他在这件事上吃了很多苦头，只是尽管如此，他也没有抱怨过一句，只是想尽力做到让叶远满意而已。

其实，很多东西都是相辅相成的，他虽然做了很多让她伤心的事，但是在孝顺这件事上，他已经超越她很多了。

既然是有心，叶汐颖也不好拒之于千里之外，于是带着他去烧了一些纸钱给叶远。

赵东耀让人送了一堆吃的东西过来，让大伙儿都要好好照顾身体，然后在附近的一家饭店里订了盒饭，这样也就省去了一个烧饭大妈，他还办理了一些杂七杂八的事，打点明细。在这种时候，男人的行动力和判断力比女人强，叶汐颖和沈倩倩毕竟是一介女流，也没经历过这些事，什么都不懂，常常被弄得焦头烂额，而赵东耀这一来，的确是大大减压。

原本对赵东耀不满的三姑六婆，看着他这么忙前忙后，倒也大大改观了，甚至觉得两个人应该复婚，俩人其实是挺适合的一对。所以，几个女人叽叽喳喳研究着，觉得赵东耀很是妥当，于是找了沈倩倩商量。

沈倩倩平时话就不多，再加上叶远去世，就更是闷不吭声，听她们几个念念叨叨半天，也就说了一句："这个，我不能做主，汐颖不会听我的，你们还是直接找她吧。具体情况，我也不大了解，你们也知道，她都好些年不联系家里人了，为什么会离婚，也要问她本人才清楚。"

她这么一句话，就把她们都给打发了。众人见沈倩倩这边没效果，于是也就转战目标，由二姑出面，问赵东耀是个什么心思。

正是晚饭时间，叶汐颖下山买白鞋子，二姑拿了两个饭盒，走到里间，赵东耀正在烧金元宝，二姑递了一个给他，"歇歇吧，先吃饭。”

赵东耀接过饭盒，将元宝放回袋子里。二姑一边吃着饭，一边瞧着赵东耀，他笑笑：“二姑是不是有什么事要问我？大家都是一家人，说出来，没事的。”

“既然你都这么说了……”二姑虚笑一声，“我是看你这段时间对汐颖各种照顾，想必对她还是有情的，不然也不会这样鞍前马后，可怎么就离婚了呢？”

“……是我的错，我对不起她。结婚之后，我都没有好好珍惜过她，要是一般人，肯定早就选择离婚了，可汐颖一忍再忍，但我还是不知道悔改，所以，是在自食恶果。”赵东耀苦笑了一下。

二姑沉吟了一会儿，“其实我是觉得，你和汐颖离婚之后，彼此都没有再找新的对象，况且两个人是有感情基础的，就这么分开也不大好。你也知道，一个女人离婚之后，就跌价了。你也是，老婆都是原配的好，能恢复到以前，自然是最好。”

赵东耀这下明白了，二姑是过来代替她们当说客的。叶汐颖曾经跟他说过，叶家的女人相当多，叶家一共有五个女儿，只有叶远一个儿子，加上女人强势，所以，乱糟糟一片尽是八卦，什么狗血的事都会发生，比如说各种攀比，大学要攀比，读书成绩要攀比，连找个老公家世也是要攀比的，叶远不满意他，大部分原因还在这里，三姑六婆口舌多，你一句我一句，句句都致命。

“唉……只怕汐颖不愿意。”赵东耀来了这么一句。想必她们还不知道万宗胥的存在，他也不会傻到去透露，要是能让二姑去找汐颖谈谈，没准还是有机会的。“二姑，也不知道汐颖会不会再接受我了。”

二姑顺势就来了句，“那我去帮你问问？”

这正中赵东耀下怀，他想了一会儿，故作犹豫地说：“这样会不会不好？别搞得她不高兴。”

“这有什么，一切包在二姑的身上了！”二姑笑脸盈盈地打包票。

万宗胥陪着叶汐颖买来了白鞋子，两个人回到酒店里，万宗胥让她躺在床上，点上缓解压力的香薰精油，然后给她揉着肩膀，“舒服吗？”

叶汐颖轻声哼了一声，万宗胥加大手劲，只听她发出一声，“嗯……好舒服，就是这个力度……”

万宗胥笑笑，叶汐颖感到通体舒畅。他给她盖上被子，然后顺势钻了进去，一只手搂着她的腰，“我什么时候才能去看看咱爸？”

叶汐颖觉得这人实在无赖，这还没怎么样呢，就变成了“咱爸”，“出殡那天你再来吧，我怕招人怀疑，落人话柄。”

“你们家果然是看不上我。”万宗胥说得特别委屈。

叶汐颖忍不住笑了出来，“胡说什么呢，真的是怕别人八卦，没有别的意思。”

万宗胥不满地哼了一声，随即摸到叶汐颖的大腿内侧，掐了一把，以示惩罚。叶汐颖吃痛地叫了一声，“混蛋！很疼你知道吗？”

叶汐颖眯了一会儿，手机闹铃响起，她一下子就被惊醒了。万宗胥迷迷糊糊地把铃声按掉，叶汐颖连忙拿过手机一看，已经九点半了，对万宗胥说：“我要去飞机场接我妈，她今天回来。”

“我们一起去吧。”万宗胥小心翼翼地把衣服递给她，随即自己也起床换衣服。

叶汐颖看了万宗胥一眼，“这……我……”

“你可不能这么对我，不让我见咱爸就算了，因为人言可畏，可咱妈就一个人回来，你怎么也不让你老公接呢？这样对老公可不公平，老公也是因为爱你，才会这样的。”

万宗胥失望地垂着头，连连叹气，“反正你也不把我当一回事，我就是见不得人的。”

“不是这样的……”叶汐颖觉得万宗胥的嘴巴真是会胡搅蛮缠。

“不是这样是哪样，反正你就是不把我当一回事，觉得我见不得人。”

叶汐颖见万宗胥越说越离谱，瞄到他垂头丧气的模样，一下子就心软答应了，反正沈融芬只是一个人回来而已，应该不会出什么事。

万宗胥见叶汐颖同意了，咧嘴一笑，吧唧一下在她的脸颊上亲了一口，“还是你通情达理。”

为什么她有种掉到坑里的感觉……

一路上，叶汐颖就跟万宗胥念念叨叨，再三提到沈融芬是个要求极高的女人，对待任何事物都极为挑剔，而且有很强的洁癖，所以出门之前，特意让万宗胥洗了个澡，换上熨平的白衬衫和牛仔裤。

万宗胥这会儿忽然明白，叶汐颖的洁癖究竟来自哪儿了，星座只是一方面，更为强大的是遗传。

由于路上堵车，叶汐颖和万宗胥来晚了，沈融芬在附近的星巴克里喝咖啡，手上拿着一台平板电脑，不断地用手指滑动着，叶汐颖一走进，就看见沈融芬的身影，喊了一声：“妈……”

沈融芬戴着一副黑框眼镜，画了个淡妆，头发利索地梳成一个发髻，穿着一身米黄色的职业套装，身材和皮肤保养得很好，看上去不像是五十岁的女人，顶多也就是三十多而已。她看人的目光带着审视，尤其是看到叶汐颖身边的万宗胥，更是从上到下仔细打量了一番。

万宗胥咧嘴一笑，热情地喊：“阿姨，我已经帮您在酒店开好房了。”

沈融芬语气平平，扭头不看他，盯着叶汐颖说：“不用，我自己已经订好房了，待会儿把行李放下，就直接去殡仪馆。”

万宗胥仍旧维持着笑意，可带着一丝僵硬，他是含着金汤匙长大的，哪受到过这种待遇，他不冷眼别人都算好了，没办法，谁让她是颖颖的母亲，再不甘愿，也没辙，“阿姨，那我送您过去。”

语毕，他殷勤地接过她手上的行李箱，屁颠屁颠地放到后备厢。沈融芬本想说什么，想想又算了。等叶汐颖和沈融芬都上车了，万宗胥这才踩下油门，考虑到沈融芬坐飞机辛苦，刻意减慢速度，一切以舒服为重。

车上，万宗胥望了一眼内后视镜，瞄到了沈融芬，谄媚地笑笑：“纽约到A市的飞机时间可长了，阿姨一路上辛苦了吧？”

“嗯。”沈融芬冷冷地回了个单字。

万宗胥尴尬地虚笑一下，这个沈教授可真难伺候，百闻不如一见。叶汐颖瞅了眼两人，本想插一句，想想还是算了，自个儿母亲的脾气，她也没摸准，这会儿撞上去不是在找死吗。

沈融芬余光瞄了一眼叶汐颖，“囡囡，你住哪儿？是家里还是……”

“我住酒店。”叶汐颖回答得简洁，跟万宗胥比起来，好像他才是亲生的似的，而她更像是路人甲。

沈融芬语气缓和许多，跟刚刚的冷淡成反比，柔和地说：“你过来跟妈一起住，两个人也好有个照应。”

万宗胥一个急刹车，车身迅速向前倾，沈融芬和叶汐颖因惯性往前靠去，幸好两个人都扶着前座椅，只是虚惊一场而已。他笑笑，“突然红灯了，安全第一。”

没过几秒，绿灯就亮了起来，万宗胥平缓地往前开，搭了一句，“阿姨，颖颖住那个酒店习惯了，不知道忽然换地方会不会睡不着，毕竟她的睡眠质量不是很好，不然我给您也在那个酒店开个房，你们刚好有个照应。”

沈融芬睨了眼万宗胥，嘴角勾起一抹冷笑，略带嘲讽：“哦？听你的语气，是不想我家囡囡和我一起住了，而是给我们一人开一间？”

“我这不是担心你们俩嘛，绝对没有那个意思！”万宗胥恨得牙痒痒，却表现出一副绝对为她们着想的模样，“您看我也是老实人，不大会说话，不会表达心里的意思，可我都是从你们的角度出发的，要是意思表达不清，也请阿姨见谅，面对阿姨我太紧张了，一时间都不知道该说什么了，您大人有大量，千万别放在心上。”

叶汐颖嘴角一扯，想笑又不敢笑，很少看见万宗胥吃瘪的样子，特别是那句“老实人”，差点雷得她外焦里嫩，她微微将头侧向一旁，故作看着窗外的景物。

沈融芬不做任何表态，索性也对万宗胥不加理会了。万宗胥挫败地开车，叶汐颖有些看不过去，扯了扯沈融芬的衣袖，替他求情的意思很明显，“妈……”

沈融芬这才缓缓开口，“嗯，这点小事我不会放在心上。”

万宗胥立刻眉开眼笑，果真是给点阳光就灿烂，笑眯眯地说：“阿姨，以后有什么事，尽管交代我去做，颖颖的妈，也就是我妈，大家都是一家人！”

“……”沈融芬脸色一沉。

叶汐颖适时地咳嗽一声，从后座上拿了一瓶矿泉水递给沈融芬，“妈，喝口水润润嗓子。”

沈融芬将行李放到酒店里，换上一套素雅的衣服，就和叶汐颖两个人前往殡仪馆，而万宗胥则是被嫌弃地赶回酒店了，美名曰：“你也忙活这么久了，该回去休息了。”

万宗胥讨好地说：“又没做什么事，我不累。”

说完这句话，沈融芬一道寒光扫来，意思很明显。叶汐颖看不下去，连忙拉着万宗胥的手，轻声说：“你就先回去，待会儿我们电话联系。”

万宗胥心不甘情不愿地喊了一声，“好吧，我回去了，你待会儿回来给我发个短信。”

叶汐颖嗯了一声，就把万宗胥给打发走了，虽然沈融芬没给他什么好脸色看，不过万宗胥还是很有礼貌地跟她说：“阿姨，我先走了，有事的话，就打我电话。”

等万宗胥走了之后，叶汐颖和沈融芬打了一辆出租车，司机是个挺爱念叨的大叔，一路上径自说个没完，哪怕遇见沈融芬这种冰山女人，也说得很高兴，叶汐颖微笑，敷衍应声。

已是晚上十二点整了，冷风透过车窗的缝隙灌进来，叶汐颖觉得有些凉，连忙摇上车窗，沈融芬抛出一句淡淡的话：“那个男人是有名的花花公子，你们怎么会在一起？”

叶汐颖对于沈融芬不喜欢万宗胥这件事，没有感到任何的意外，但凡是她挑的男人，沈融芬都是报以小孩子不懂事，不会挑男人这种心态，以前赵东耀是这样，现在万宗胥也是如此，“妈跟张教授感情怎么样，快结婚了吗？”

“我这是在说你的问题，你不要转移到我的头上。”

沈融芬和叶远离婚之后，换男朋友也挺勤快的，也就是这两年才安定下来，选择了同一所大学的金融管理系张教授，两个人虽然没有轰轰烈烈的爱情，却也算稳定，在沈融芬的要求里，一直都是金钱和文采兼顾的男人，这会儿算是捞到一个了。

“我没什么问题啊！”叶汐颖笑笑，摊开双手，摆明就是不想继续这个话题。

沈融芬定定地看了叶汐颖一眼，语重心长地说：“妈都是为了你好。”

“谢谢妈！”叶汐颖干脆地回了一句，靠在车窗上，闭着眼睛假寐，沈融芬自知说不通，也就不再发言了。

其实相比起来，叶汐颖对叶远的感情比较深，而对沈融芬，并没有那么多的回忆。小时候，她觉得沈融芬是个漂亮的妈妈，除此之外，别无其他。长大之后，她开始慢慢讨厌，主要是因为沈融芬的爱都是建立在骄傲上的，让她有面子的事就是对的。

沈融芬在叶远的棺木前拜了，然后走到里间给他烧了些纸钱，刚好是做法事的时间，叶汐颖、沈倩倩等一干亲属都在外面。她一个人在里面坐了一会儿，看着火焰慢慢燃起、熄灭，就好似生命的开始、终结，再无情的人，见到此情此景，也是会落泪的，更何况是两个相濡以沫好些年的人，沈融芬擦擦眼角的泪水。

“妈，你来了啊。”赵东耀刚好进来拿东西，看见沈融芬坐在小凳子上，正不断地烧着纸钱。

沈融芬用纸巾擦了擦鼻子，又瞅了一眼赵东耀，其实，她一过来就看见他的身影了，一个赵东耀，一个万宗胥，看来她家的宝贝女儿桃花开得正旺。沈融芬对他的态度，比万宗胥好多了，“嗯，坐晚上十一点的飞机回来的。”

“一路上辛苦了。”赵东耀笑笑，也拿了个小凳子陪着她一起烧。外面传来法师念经的声音，一群人穿着丧服绕圈圈，里面的灰烬不断地在空中飞舞着。

沈融芬倒没有叶远那么讨厌他，只是略觉得这小伙子家境不大好，以后囡囡跟着他会吃苦而已，没想到他也算争气，事业上有所成就，这倒是让她放心了，却没想到这阵子又离婚了。

她前阵子打电话给叶汐颖询问情况，没想到叶汐颖回了一句：“妈，我的事你别管，我自然会处理好的。”

这话听得她有些火大，却也不能斥责，对于她来说，从小没有养过叶汐颖，已是一种愧疚了，自然不会在言语上有太多苛责，说多了，只会招来她的厌恶，更多时候，是让叶远去好好教育。

今儿个回来一看，身边有个万宗胥，她自然也就想歪了，可仔细一琢磨，叶汐颖也不是那种人，她对待感情绝对是本分的，只是不管怎么样，她对万宗胥都没有个好印象。

赵东耀和沈融芬在聊着家常话，叶汐颖做完法事后回来一看，嘴角一抽，心中暗忖，如果让万宗胥看见这个场景，不得气疯了。

沈倩倩回来瞧见沈融芬坐着，脸上闪过一抹紧张，维持住一个微笑，朝着沈融芬点点头。

沈融芬也不冷不热地回了个笑脸，两个人的相处模式还行，不会僵持到某种地步，但也不会好成什么样。

沈倩倩面对沈融芬的时候，经常说不出话来，其实是被她那种与生俱来的压迫感给震到了。

沈融芬则不一样，毕竟是见过风雨的人，找了个话题插入，跟沈倩倩随意聊了几句，“你也别太难过，好好照顾自己。”

“嗯，我知道。”沈倩倩扯出个僵笑。

说了几句之后，沈融芬和叶汐颖下山了，让沈倩倩和姑姑们守夜。由于没有人下山，这个时间出租车也不好叫，赵东耀自告奋勇送她们俩下山。一路上，沈融芬和赵东耀有说有笑，叶汐颖觉得这事挺离谱，索性装睡。

万宗胥躺在酒店的床上，翻来覆去就是睡不着，心情不是很好，发了几条短信给叶汐颖，均没有收到回复，直到熬到四点钟，她才回了句：“我刚回酒店。”

万宗胥收到这条短信之后，一下子就坐了起来，打了个电话过去，待那边接听了之后，脱口而出“你不在我身边都想死你了。”

叶汐颖为了接万宗胥的电话，特意拿着睡衣跑到厕所来，伪装成是在洗澡，将喷头打开，然后将水龙头开到最大，坐在马桶上，小心地压低声音说：“你怎么还不睡觉呢？都这么晚了。”

“想你想的都睡不着了。”万宗胥在那边说得可委屈了，“岳母大人这一来，就把你给带走了，你说这日子可怎么过啊！你说你想不想我……”

叶汐颖笑出声，发现声音有点大，连忙捂住嘴巴，小声说：

“你这人说话就没个正经，睡不着也要忍忍，我妈还要待很久呢，在此期间，你可不能轻举妄动，你今天已经见识到我妈的脾气了，乖……等她走了就好了。”

“颖颖……”万宗胥开始撒娇，“我就是想你想到睡不着，你不能对我不管不顾啊！”

“那你要我怎么办啊，你看你在我妈面前表现得多正人君子，到我这里，就成无赖了。”叶汐颖见时间很晚了，于是匆匆挂断电话，果真狠心。

第二天，叶汐颖一醒来，就收到万宗胥发来的三条消息，第一个表情是大哭，第二个是委屈，第三个则是戳手埋怨……

心中不禁暗自嘀咕，这男人可真不知足。

沈融芬刚从卫生间里出来，瞄见叶汐颖正在看手机，将头凑过去看，叶汐颖吓了一跳，连忙把手机放在兜里，“妈，你洗得好快。”

沈融芬看叶汐颖这副心虚的样子，她就知道肯定是在跟万宗胥聊天。经过昨天的交流，知道女儿肯定是不会听她的，心里不是滋味。两个人洗漱完毕，穿好衣服之后，就前往殡仪馆帮忙了，算算时间，已经很紧了。

到了出殡这天，殡仪馆大厅里站着满满的人，大伙儿低着头，穿着深色的衣服，时而低声窃语，时而发出一声感叹。曾经有人说过，一个人这一辈子活得成功与否，看有多少人来送丧，显然，叶远在这点上是相当成功的，大概有个三千人。

叶汐颖站在中间念着追悼稿，说到动情之处，潸然泪下，整个人的情绪抑制不住，差点都念不下去了，幸好赵东耀到她身边扶了一把，给叶汐颖递了一瓶水，轻声说：“你爸爸就你一个女儿，你要让他走得安心。”

叶汐颖点点头，哽咽了一下，一鼓作气，这才把稿子念完，然后站在沈倩倩的旁边。大伙儿一个个过来慰问她们，叶汐颖麻木地一个个握手，大脑一片空白，也不知道是第几个人走过，只感到一阵熟悉，抬头一看，正是万宗胥。

万宗胥递了一包纸巾给叶汐颖，“乖，不哭了。”

叶汐颖轻轻嗯了一声，等到所有人都慰问完之后，已经是中午十二点，来了四个人把叶远的尸体抬走火葬。叶汐颖和沈倩倩看到叶远的尸体被人抬走之后，仿佛疯了一样，拼命地拦住，二姑见状，赶紧把沈倩倩抱住，赵东耀立马上前揽住叶汐颖，轻哄着：“你要让你爸爸好好地走，乖啊……不要哭了……”

四个人顺势将叶远抬走了，叶汐颖看着叶远的尸体越来越远，在赵东耀的怀里大哭不止，“爸爸还没走！爸爸……”

赵东耀越搂越紧，看着叶汐颖痛苦的样子，心里像是被砍了一刀，疼得发颤，“不哭，不哭，汐颖是最勇敢的人。”

叶汐颖靠在赵东耀身上哭着，把他的衬衫都弄湿了，而万宗胥此时就站在不远处，一方面心疼着叶汐颖，另一方面咬牙切齿地盯着赵东耀的手。

倘若不是怕给叶汐颖造成困扰，他真想一把将赵东耀推开，离婚前不好好珍惜，三番五次出轨，弄得叶汐颖痛苦不堪，这离婚后怎么就跟狗皮膏药一样，非要黏上来。现在叶汐颖都是他的女人了，这不是在找揍吗？

他的眼眸里泛着一丝丝冷意，拳头越捏越紧，冒出青筋，嘴角勾起一抹笑，他的女人，谁都不准妄想。他拿起手机，给万黎芝发了个短信，又给胖子豪发了条消息，如果赵东耀想把这锅粥搅烂，那么他一定奉陪。

叶汐颖脑子浑浑噩噩的，仿佛一抹幽魂，不知身在何处，等到稍微清醒点，已是午后了，大伙儿将骨灰送到公墓。

按照过往的习俗是送往出生地，在那里弄一个墓地，而近些年国家并不倡导丧礼过于隆重以及大力兴建墓地，叶远生前是个老实本分的生意人，所以自然是跟着国家有关规定走，不会刻意搞出很多花样。

一路上，赵东耀都紧紧陪在叶汐颖身边，时不时地给她递去纸巾和矿泉水，嘘寒问暖，二姑瞄了一眼，满意地点点头，觉得这次应该是有戏了。万宗胥跟在后头，一双眼眸冒出火焰来，因过于气愤，不自觉踩到了前面人的鞋子。

沈融芬的白布鞋脱了半截，停下步伐，冷飕飕地往后一看，瞄到是万宗胥，脸色就更为不好看了。

万宗胥太过于专注前方发生的情况，没有料想到沈融芬什么时候到他前面去了，刚刚不是还在很后面吗？“阿姨，不好意思啊……刚刚没看清……”

沈融芬蹲下身子将鞋子穿好，沉着脸说：“怎么走路毛毛躁躁的，前面有人看不见吗？”

“阿姨，我真不是故意的，我刚刚走得有些急了，您大人有大量，千万别跟我计较。”万宗胥扯出一个大大的笑脸讨好着，顺手将沈融芬身上的三个大袋子提过来，“阿姨，还有些路，我帮你提着吧，不要累着了。”

俗话说得好，伸手不打笑脸人，哪怕沈融芬再不满意万宗胥，可他这股殷勤劲，她倒是也受用，一语不发的慢悠悠的在前面走着，万宗胥则是屁颠屁颠跟在后面。

沈融芬喝了一口矿泉水说：“我老实跟你说吧，我对你不满意，我可不能让囡囡找个花花公子，以后有她吃苦的。男人本来就花心，这花心的男人，嫁过去还不是找罪受吗？”

“阿姨，我知道你不喜欢我，我又不是瞎子，连你的态度都看不出，可我是真喜欢颖颖的。我以前曾经花心过，那只是以前不懂事犯下的错，我跟颖颖在一起之后，就没和别的女人有瓜葛了，虽然你现在还不相信我，但是时间一定会证明的，有了她，我也就不想再要别人了。”万宗胥说得信誓旦旦，眼神中闪烁着光芒。

“那就看你的表现了。”沈融芬故作冷漠地笑了一下，听惯了男人的花言巧语，觉得说这种话的人挺多，但说得这么诚恳的却少见，只是这年头骗子太多，单凭嘴上功夫，实在是不靠谱，就如他所说，让时间见证一切。话又说回来，要不是囡囡不听她的话，她早就把这个男人赶走了，哪还轮得着他在这里发誓，想到这里就有股子闷气，女儿根本不受她管束。

万宗胥见沈融芬态度有所缓和，咧嘴一笑，死乞白赖地凑上去，“我懂的，阿姨就是刀子嘴豆腐心，像阿姨这么漂亮又聪明的女人，也实在是少见，颖颖就是随了您，难怪我被她吃得死死的。”

他这句话说得巧，一下子夸了三个人，沈融芬依旧面无表情，扔下一句，“果然是个善于哄女人的男人，我得提醒囡囡，别被你的花言巧语给欺骗了。”

万宗胥当即石化，笑容僵在脸，沈融芬真是个挑剔的主，夸她也不行，损她就是找死，忍不住叹了一口气，无可奈何地跟了上去。

把叶远的骨灰送到公墓里之后，又举行了一个仪式，然后大伙儿才离开。叶汐颖有些不舍，呆呆地站在墓碑前，看着上面潦草的名字，脑子里都是过往的回忆。赵东耀拉了拉她，“汐颖，别伤心了，人死不能复生，我们活着的人，不能让走了的人担心。”

叶汐颖点点头，随着赵东耀一块回到饭店里，早上忙活了很久，他们特意在恒隆饭店里订了八十三桌犒劳大家。大伙儿早就饿得饥肠辘辘，各自在位置上吃着，叶汐颖一家人坐一桌，不似其他桌上那么热闹，依旧沉浸在哀伤的情绪当中。

“囡囡，你不是最喜欢吃糖醋排骨吗？来，这家的做得很好吃。”沈融芬见场面有些冷，连忙出来热场，夹了一块给叶汐颖。

叶汐颖扯出一个不是很好看的笑容，然后夹到嘴里，已吃不出什么味道，如同嚼蜡。她的情绪低落，不想带给桌上的人，免得扫兴，于是站起身说：“我去下厕所。”

“我也去厕所。”赵东耀看出叶汐颖的不正常，连忙扔下一句，然后跟了上去。

二姑见他们是一块走的，倒是心情不错，招呼着大家：“来来来，都别愣着，多吃点，动筷子啊，这都是这家店的招牌菜。”

叶汐颖一个人靠在厕所门口，低着头不出声，赵东耀赶了上来，慢慢地靠近她，正欲开口，她幽幽地问：“我是不是很不孝顺？为什么他活着的时候我不退一步，要是退一步，也不至于现在会这么后悔……这么……”

“哪有那么多可以后悔的事，我们不能预知将来，所以只能过好当下。”赵东耀目光炯炯地看着叶汐颖，他知道她是非常难过的，她跟叶远的矛盾实在是太多，性子同样倔强，这会导致很多遗憾的事。

叶汐颖闷不吭声，赵东耀上前抱住她，“不要难过了，我们要好好活着，这样你爸在天上才能够安心。”

万宗胥担心叶汐颖怎么半天不出来，桌子上的人吵吵嚷嚷，嬉笑喝酒，他不时瞄瞄，依旧没有看见有人走出来，这下他就坐不住了，也赶到厕所，没想到却撞见了这一幕，当下恨不得上去揍赵东耀一拳，轻呼了好几口气，这才憋住。缓缓走出厕所时，他收到万黎芝发来的消息，勾起一抹诡谲的笑容。

叶汐颖这才发觉赵东耀抱着她，忙不迭地推开，往旁边跨了一步，隔出距离，赵东耀眼神中闪过一抹失望，“汐颖，你爱上万宗胥了吗？”

叶汐颖的心底咯噔一下，她刚刚行为有些过了，以前巴不得天天和赵东耀在一起，彼此永远不分开，而现在被他抱着都嫌难受，甚至有种罪恶感，觉得对不起万宗胥，她什么时候把万宗胥这么牢牢地刻在心底了。“东耀，这是我的私事，你也会有你的家庭，而我也会找到一个男人结婚，这不是必然的吗？”

赵东耀听到这句话，真不是滋味。叶汐颖以前是他的啊，是他的老婆，是他的女人，现在两个人不只要分道扬镳，还要各自组成新的家庭，一想到她将来会跟别的男人结婚，他心就痛得无法自持。

“汐颖……”赵东耀带着乞求的目光看着她，“为什么我们会走到今天这一步，我们在大学的时候，是那么相爱的。”

叶汐颖觉得好笑，“东耀，那只是过去。相爱的时候，恨不得天天在一起，而结婚之后呢？恨不得彼此都看不见。过去的，就过去吧。”

有时候，时间是最残酷的东西，叶汐颖在离婚前，不止一遍地问自己，为什么会变成这样，以前的赵东耀去哪儿了？他为什么会从一个一心一意的男人，变成现在滥情的人？她不知道，想多了会头疼，不想了又会心疼，后来也就拿小时候喜欢吃油炸食品，而长大之后不喜欢来解释了。

在离婚之后，她也就渐渐释怀了，原本难以放下的东西，一旦放下了，却是如此轻松。

两个人一块回到桌子上，叶汐颖的心情比刚刚稍好，眼睛浮肿，看得出来是哭过的。赵东耀见她的橙汁见底了，给她又满上了。

“东耀，你来送伯父，怎么都不跟我说一声？我好陪你一起啊。”万黎芝挺着一个大肚子，站在他们的身后，笑盈盈地瞅着两个人。

叶汐颖浑身一僵，转过头，万黎芝的肚子已经很大了，穿着一件宽松的浅绿色孕妇装，原本就圆润的脸蛋，此时出现了双下巴。她觉得有些刺眼，不知是因为圆滚滚的肚子，还是因为万黎芝的手在赵东耀肩膀上，似在宣告所属的领地。

赵东耀的脸色极差，隐隐散发着一股怒气，被强硬地抑制住，“你不好好安心在家养胎，跑来这里做什么？”

“你好几天不接人家电话，人家这不是担心你吗。”万黎芝娇滴滴地埋怨着，以迅雷不及掩耳之势坐到赵东耀的大腿上，一下子，大伙儿发出抽气声和惊叹声。

沈融芬是第一个反应过来的，皮笑肉不笑地问：“东耀，你是和黎芝在一起了吗？”

沈融芬自然是认识万黎芝的，这俩姑娘的关系非常好，经常串门子，她也是乐见其成的。万黎芝家里也富裕，又是个识大体的姑娘，多多交往，自然是不会差到哪里去的，可今儿个一看，这显然是不对劲。

赵东耀还没开口，万黎芝接上去，“伯母啊，我和东耀是真心相爱的。”

沈融芬的火蹭一下就提上来了，而且足以燎原，指着赵东耀的鼻尖说：“好啊，我还觉得奇怪，你们俩怎么突然就离婚了，原来是跟万黎芝搞上了。赵东耀啊，你可真行，当初囡囡为了你什么都不要了，如今你发达了，就是这么对她的？”

她在原地来回踱步，气得都要冒烟了，“现在把别人肚子搞大了，又跑回来跟我们示好，你这算什么！当我们家囡囡好欺负是吧？”

“妈别说了！”叶汐颖迅速站了起来，拉过沈融芬轻轻地说：“你这是干什么？嫌我们丢人丢得不够大吗？让这么多人看笑话。”

沈融芬这才消停下来，脸色很是难看，这边停了，那边又开始了，二姑接茬，“我真没想到，赵东耀你个狼心狗肺的，居然会干出这种事！”

叶汐颖见场面控制不下来，大伙儿你一句我一句，说赵东耀不是个东西，骂到他头臭，她索性起身离去。

赵东耀坐在位置上一言不发，受着她们的指责，一句不吭，可万黎芝就耐不住了，站了起来，挺起大肚子，双手叉腰，一副吵架的样子：“你们别这么说他，不许这么说他！”

叶汐颖一个人跑了出去，在公园里瞎转，万宗胥小心翼翼地跟在她的身后。她忽然停了下来，万宗胥连忙刹住步伐，叶汐颖发出声音，平静得犹如湖面，“宗胥，黎芝是你叫来的吧？”

万宗胥知道被她发现了，连忙笑眯眯地搂着叶汐颖，“你在说什么呢！这事我也是刚刚才知道的，你是不是不开心啊？没事的，我待会儿就去说说她，怎么可以在这种场合闹呢？”

叶汐颖嘴角露出一抹嘲讽的笑，将他的指头一个个掰开，万宗胥连忙扒上，她毫不留情地打掉，大吼：“万宗胥，你为什么这么幼稚？难道你就不能站在我的角度看待问题吗？”

万宗胥刚刚就被赵东耀激得怒火中烧，这会儿又被叶汐颖骂，就跟浇了一桶油似的，声音提高：“站在你的角度看问题？是看你和赵东耀的感情，还是跟李傅名的？”

“无耻！”叶汐颖难得骂人。

万宗胥也火了，凉凉地说：“我无耻？他赵东耀频频出轨，回来找你就不无耻了？就我无耻对吧？他们都是好人！我是坏人一个！看来我平时是太惯着你了，才让你这么无法无天！”

叶汐颖气得浑身发抖，眼眶迅速变红，眼泪啪啪啪地往下掉。她不想示弱，可因为早先就已经哭过，所以眼泪来得非常快。万宗胥差点忍不住伸手去擦掉她的泪水，拼命忍住将双手放在身后交握，冷声说：“你是不是该好好反思一下，哪怕黎芝是我叫来的，那又怎么样？”

叶汐颖低着头，长发遮住脸庞，肩膀抖了几下，公园里吹来一阵凉风，万宗胥冒过一阵鸡皮疙瘩，叶汐颖一言不发，沉着一张脸转头就走。

万宗胥看着她走，也没去拦，默默告诉自个儿，让她回去反思一下，不然这小姑奶奶就要爬到天上去了。虽然是这么想，但她的背影消失的时候，他心里立马就慌了，不由自主地拨打她的手机号，没想到那边直接挂掉。万宗胥啪一下挂掉电话，怒气也跟着上来了，算了算了，越宠脾气越差，该治治了！

万黎芝亦步亦趋地跟着赵东耀，两个人从饭店里走出来，刚刚在里面的时候，沈融芬和一干亲戚把他骂得狗血淋头，他没有一句辩解，只是静静地听完，然后低头道歉。

坐上车子之后，万黎芝不安地看了他一眼，低头小声地说：“东耀，你生气了吗？”

赵东耀脸色黑得像炭，手握方向盘一言不发，烦躁地从旁边抽出一根烟，点燃，刚抽了一小口，想到身边的万黎芝还怀着身孕，掐灭烟头，扔到车窗外，沉默很久，这才说：“是万宗胥让你过来的吧？”

“我……”万黎芝支支吾吾说不出话来，双手不断地交握、放开。

赵东耀嗤笑了一下，转过头看着她，目光炯炯，仿佛可以穿透人心，“你是想解释呢，还是不想解释？”

万黎芝眼眸中闪过一抹慌乱，连忙说：“东耀，我也是为了我们，为了孩子着想，我不想眼睁睁看着孩子的爸爸离开，那样他出生之后，会不幸福的。”

“哦？”赵东耀摸了摸万黎芝的脸蛋，“我跟你在一起的时候，汐颖也怀着身孕，怎么她那时候就没有跟你一样呢？”

“东耀……”万黎芝紧张地握住赵东耀的手，“我就是太爱你了，太在乎你了，所以才会这样的。”

“急什么？我一句责怪你的话都没说，你这么急干吗？放心，就像是你说的，我不会让自个儿的小孩不幸福的，只不过……”赵东耀说到这里顿了顿，放慢语速，“孩子生下来之后，你过你的日子，我过我的生活，彼此互不干涉。”

万黎芝整张脸惨白，抖着声问：“你是不要我了吗？”

“我怎么会让孩子没有妈妈呢？这个婚，我是会跟你结的，只是婚后，你我互不相管！”赵东耀说这话的时候，一点都没心慈手软，完全无视她的情绪。

这会儿赵东耀真有种有气无处发的感觉，早先在厕所门口，他就已经看见万宗胥了，就是故意让万宗胥看见这一幕，误会两个人感情好了，没想到却被万宗胥倒打一耙。

叶远去世之后，律师着手办理家产问题，很多时候，金钱可以衡量出一个人是否具有贪念，要说得更深层点，没准还能分出意识里的善恶，当然也就是个人臆测而已。

沈倩倩没有特别的要求，对金钱的企图心几乎为零，就如她老实温厚的性格一样，律师说多少就是多少，而叶汐颖从赵东耀那儿就分了很多，也就是无所谓钱这个事了，这件事办得相当和谐。

沈融芬陪着叶汐颖从律师事务所走出，两个人到附近的商场去逛，沈融芬这才出国交流没三个月，就发现熟悉的街道开始施工装修，原本路口转角的咖啡店，早已变成了服装店，虽然 A 市的生活节奏没有 S 市那么快，可相比起国外，那就是飞速的。

两个人一起走进童装店，服务员热情洋溢地上前招呼，沈融芬左挑右选看中一件红色小开衫，觉得很是满意，让服务员找了号，比对了一下大小，也就刷卡买单了。这衣服是买给二姑家的小女儿，说来这事也挺有趣，二姑到了四十岁再度怀孕，没想到居然心血来潮想生下来，于是现在年近五十一的她，身边还带着一个九岁的小女儿，因是老来得女，所以特别宠爱。

叶汐颖看着琳琅满目的童装，觉得特别可爱，今年的设计都很独到，这家店走得是韩风，生意相当红火，沈融芬付完账后，见叶汐颖拿着一件小裤子，不禁笑笑说："看你这么喜欢小孩子的东西，就该早点结婚定下来生个孩子。"

叶汐颖的眸光一暗，将小裤子放回柜台，然后挽着沈融芬的手臂，两个人往下一家逛着。沈融芬清了清喉咙说：“唉……没想到赵东耀真不是个好东西，这些年委屈你了，你怎么不早点离婚呢？”

叶汐颖尴尬一笑，不想继续这个话题，许是这些年习惯了一个人承受，忽然被关爱，心理上是不适应的。

沈融芬见叶汐颖不回应，原应该是不再说了，可又耐不住。她和叶汐颖比起来，耐力显得不足，大多母女就是如此，越是在乎的人，越是碎碎念，“囡囡，虽然说赵东耀不是个东西，但那万宗胥也不是吃素的，你……是不是要多加考虑，一次婚姻失败，在现在是很普通的，要两次的话……这……”

说到底沈融芬还是对万宗胥没信心，她以为赵东耀是个靠谱的男人，没想到看走眼了，这万宗胥本来就是个花心滥情之人，这要将来在一起，日子可怎么过？

叶汐颖和沈融芬走进电梯，摁下三楼的按钮，然后回头笑笑说：“你说的我都懂，不必担心我的事，我会处理好的。”

“你会处理好？你会处理好怎么会闹到以离婚收场？”沈融芬的声音提高了许多，她不喜欢叶汐颖把她当成一个外人一样看待，什么事都在说客套话，并没有说出实情，遮遮掩掩，各种隐瞒。

电梯咚一下，停在五楼，来了三个女人，嘴里叽叽喳喳聊着，叶汐颖朝沈融芬走进几步，两个人一时无言，直到走出电梯之后，叶汐颖这才说了句，“妈，有些事，只会越弄越乱，倒不如顺其自然，反正船到桥头自然直，倘若过于强求什么，其实是没必要的。我和东耀自然是不可能了，至于宗胥，我说不好，要把这事想得太美好，没准期望太大失望也大，要想得太残酷，实际也就是给自己找烦恼，真没必要。”

这就比如她和万宗胥的关系，已是够混乱了，她不愿去理清，怕进一步，也怕退一步，得到与失去，都不想拥有，所以，两个人彼此静静，互不联系，倒也是个办法，起码可以让内心安静许多。

沈融芬被说得一句话哽在喉咙说不出口，看了叶汐颖一会儿，叹了一口气，“唉，你说的也有道理，但是你也不能坐以待毙，要多找几个男人，四处看看，四处比比。”

叶汐颖笑了，“妈，你当是买菜啊。”

万宗胥自打和叶汐颖不联系了之后，时时刻刻都瞅着手机，想得心痒痒，恨得牙痒痒，这小妮子可真耐得住，就是不找他。胖子豪可真看不下去了，真想拿桌子上煮好的滚烫开水泼他，老大喜欢小颖颖都变得没自尊了，好的时候蹦蹦跳跳很正常，不好的时候就跟抽风似的，魂不守舍。

“老大，要我说啊，你就别管她一阵子，她想你了，自然就会跑回来找你。女人嘛，都是怀旧的，小颖颖的反射弧比较慢，所以可能要持续个几天，等她想通了，就会回来找你的，不然按你这么宠下去，只怕就爬到你头上去了。”胖子豪让服务员过来煮茶。

两人在八匹马茶楼里聊天，说得好听点叫兄弟聚会，实则就是万宗胥没了叶汐颖之后，整得跟游魂一样，胖子豪实在看不下去，特意拉来开导的。万宗胥听着有些烦，道理他全懂，只是在行动力上不足，“我和她的感情，你不懂。”

“……”胖子豪嘴角一抽，“老大，这是什么话啊，什么叫我不懂，我比你懂多了，你看你自打和她在一起之后，整个人跟被驴踢过了一样，半点荤腥不沾，屁颠屁颠凑过去，这不，她还矫情了不是？所以女人不能惯，越惯越来劲。”

“行了行了，就这样吧。”万宗胥不想跟胖子豪废话下去，站起身来准备离去，没想到胖子豪拉住了他，“老大，别这样啊，你得让她有威胁感，这样她才知道你的重要性。”

“威胁感？我有威胁她的份？她不威胁我，就算是谢天谢地了。”万宗胥眉毛一挑，他家的宝贝疙瘩就是个不省心的，今天招这个，明天招那个，让他有种完全不能掌握的感觉，可该死的，他对这种感觉还上瘾了，真跟吸了毒一样。

胖子豪也跟着站起来，“对啊，你嫂子不是积极给你介绍姑娘吗？带上一个去遛遛，没准她就知道你的重要性了。你要知道，女人间的嫉妒心是有多强啊，那玩意比原子弹可强多了。”

万宗胥冷哼一声，“馊主意！万一她一气之下跑了呢？我可就犯了死罪了，现在还好是冷战，等下就跟我闹分手了。”

胖子豪双手一摊，笑得奸诈：“这就跟投股票一样，肯定有赚有亏，老大，主要是你这样才能测出她有多爱你吗！你不是一直很想知道她爱不爱你吗？”

多爱我？是的，万宗胥一直不知道叶汐颖的心意，甚至感觉都是他在纠缠她，她一点都不爱他。万宗胥被说得哑口无言，沉默了一会儿，轻声说：“算了，哪怕她不爱我，我也不想这么做，我不想让她不开心。”

胖子豪有些动容，幽幽地说：“老大，你喜欢她什么？小颖颖虽然漂亮，可也不至于让你这么喜欢吧……”

“谁说我是看上她长得漂亮了？”万宗胥瞟了胖子豪一眼，话锋一转，“不过她的确长得很漂亮，但这是其次，我喜欢的是她那种感觉。”

万宗胥第一次见到叶汐颖的时候，那是一个燥热的夏天，本来鲜少回家的他，突然被万宗锭喊回来，说是公司有要事，让他回来一块商量。在万家宅子里，两个人一聊就是一个下午，等到他出来的时候，看见万黎芝和一个清清秀秀的小姑娘在一起有说有笑。

“小叔，你回来啦！”万黎芝惊喜地大喊，蹦蹦跳跳地跑到他跟前。

“还是这么冒冒失失的，这都几岁了。”万宗胥笑笑，摸了摸万黎芝的发丝，虽是苛责的话，却说得无比温柔。

万黎芝笑得没心没肺，然后，像是忽然想到了什么似的，拉着那个小姑娘过来，“小叔！小叔！她就是叶汐颖，我跟你经常说的。”

叶汐颖只是淡淡一笑，一双灵动的眼眸，具有魔力一般，万宗胥没由来的心跳加速，仿佛回到了十八岁那个看见女孩子都会脸红的时代，然后迅速别开了眼，向万黎芝笑笑，语气略微紧张，“经常听你提起她，却从来没见过，今儿个是头一回吧？”

“是的，头一回。”叶汐颖的声音很好听，犹如黄莺出谷，软软腻腻的。

万宗胥控制不住，下意识又看了她一眼，瞬间被她吸引住了，典型的瓜子脸、高挺的鼻梁、皓齿唇白，小嘴一张一合，简直是要把他的魂都给勾走了，直到万黎芝说：“小叔，我们好饿，先去吃点心了，你要一起吗？”

“好……好……”万宗胥心不在焉地回答，一双眼眸紧紧地锁住叶汐颖。

叶汐颖被看得不好意思，害羞地低下头，连忙勾住万黎芝的手臂，两个人匆匆离去。万宗胥像是着魔一样，加快步伐跟了上去，心里像是划过一根羽毛酥酥痒痒的。

有时候，他经常问自己，是叶汐颖很漂亮，所以才会如此迷恋她?

不是的，比她漂亮的女人太多了，更何况是他这种地位的，扑上来的女人一抓一大把。是一种怦然心动的感觉，起初就是因为这个。

而后来，是因为她和赵东耀的感情，他才慢慢深入地了解她，越是接近，越爱不释手，这种奇异的感觉，连他自己都觉得不可思议，他竟然会为一个女人神魂颠倒。

胖子豪拍了拍万宗胥的肩膀，感叹地说："我们这群人啊，花心起来不是人，真爱一个人，更不是人，一个你，一个美人詹，你俩算是壮烈牺牲了。"

他原本就以为是老大一个人昏头就算了，还连带性地加上美人詹，天天跟范春云腻歪来腻歪去，视旁人为无物，看来这东西会传染，比感冒病毒更加恐怖。

万宗胥瞄了胖子豪一眼，不作声，将杯子里的茶水一饮而尽，"上次短信你的事，都办好了吧？"

"放心老大，这点小事，绝对不成问题。"胖子豪拍着胸脯保证。

隔天，叶汐颖和沈融芬一同去看望二姑，二姑是叶家事业上、家庭上都做得颇为成功的女人，遇到什么事都找她做代表，也算得上是主持大局的人，现在叶远去世之后，要维系跟叶家的感情，还要靠二姑。

车上，沈融芬手握方向盘，市里的交通极为拥堵，车辆较多，红绿灯时间又短，弄得沈融芬开一下停一下。叶汐颖放了张 CD 进去，沈融芬看了她一眼问：“想不想考个驾照？以后出门就不用打车了。虽然你现在有的是钱，不过有辆车总归是方便很多。”

“车子啊……”叶汐颖看着窗外的景色，陷入回忆中。

在她十八岁的时候，还真报过驾考，那时候还没现在这么严格，考试相对比较简单，她很顺利地就过了科目一。可她真不是个反应敏锐的人，练习上路的时候，一条直直的线，都可以开得歪七扭八，恰巧教练是个女人，而且是凶巴巴的老女人，每次上车后，她都紧张得手心冒汗，以至于越慌越乱。

大概学到第三天之后，其他人都学得差不多了，就她经常开飘起来，飘啊飘就飘到别人的线里面去了，女教练又是一顿臭骂，“你反应怎么慢半拍啊，跟块木头一样，你看你看，你都跑到别人的线里去了，我看你啊，还是别车了，学出来之后，很容易造成交通事故的！”

情急之下，她将油门当刹车踩，教练光顾着骂人，没看清楚前方的车子急转弯，砰一下就撞上了别人的车子，她大脑一片煞白，握着方向盘的手都在颤抖，眼眶聚满泪水，教练也慌神了，对方是由司机出来解决的，车主一直在车里没露面，看起来非富即贵，由于撞得不是很严重，这事就算是私了，赔钱了事。

自打发生这件事后，她就再也不敢考车了，哪怕再考，也不挑这个教练，人本来就笨了，越骂越慌。

“不想考？”沈融芬觉得奇怪。

沈融芬肯定是不知道叶汐颖发生的这件事，她胆子特别小，都没敢跟叶远说，更何况是沈融芬，只是憋在心里而已。叶汐颖虚笑了一下：“不是不想考，是比较笨，就怕教练骂。”

“我倒是认识个不错的教练，改天带你去报名。”沈融芬说到这里顿了顿，“再过两个月，就是你的生日了，妈想送一辆车给你。”

“……”叶汐颖尴尬一笑，“妈，不用了。”

“跟我客气什么……你再拒绝就是把妈当外人了。”后面这句话才是沈融芬一直想说的，女儿跟她一直不亲，比路人甲还路人甲，那种隔阂感像是一道门，她心里很不是滋味。

叶汐颖顿时无言以对，沈融芬绕出市区，踩下油门加速，过了一会儿，叶汐颖才硬着头皮点点头，轻应了两声。沈融芬满意地笑笑，“妈都是为了你好，你说妈就你一个女儿，不为你着想，为谁着想。”

二姑家是在山上的一栋小别墅，A市有名的景山别墅，据说这个地段空气极好，而且道路修建得特别方便，加上地产商善于宣传其优势，一时间吸引了大量有钱人纷纷购买。叶汐颖和沈融芬刚到，用人就招呼他们进门，笑盈盈地说：“太太在花厅里招待客人。”

叶汐颖跟着沈融芬走进花厅，里面有说有笑的，看起来十分热闹，沈融芬笑着走进去说：“哟，二姐这里好热闹，我们也来坐坐。”

二姑看到她们，眉开眼笑地站了起来，热情地招呼她们俩坐下，吩咐用人赶忙倒茶、添水果。沙发上坐着三个女人，两个年龄较长，衣着端庄，一个相对来说年轻，画着淡妆，一双圆溜溜的大眼睛。叶汐颖不自觉别开眼，心中暗忖，这姑娘不就是老张的小情人，孟韦茹的死对头吗，怎么会来这里。

很显然，那姑娘也认出了叶汐颖，先是一愣，随即回神过来，大方地笑笑，叶汐颖也回了个浅浅的笑容，然后跟着沈融芬坐了下来，聊了一阵后，这才发现，原来那两个女人是二姑夫的表妹，而那个姑娘则是其中一个人的女儿，就是沙发最右边的卷发女人。

叶汐颖觉得果真是无巧不成书，兜兜转转又能遇见，几个女人聊着家常，叶汐颖声称要去看看小堂妹，二姑连忙让用人带她过去。叶汐颖站起来，意味深长地看了眼那姑娘，然后笑笑离开，那姑娘瞅见叶汐颖走了，这才稍稍松口气。

叶汐颖提着一小袋衣服来到沈钰房门口，轻轻推门而入，沈钰正认认真真地写作业，听到身后有动静，转头一看，瞅见是叶汐颖，顿时乐开花，兴奋地跑了过来，“姐姐，你什么时候来的？”

“刚刚。”叶汐颖嘴角噙着笑，将手上的小纸袋递给沈钰。

沈钰接过袋子，拿出来一看，是一件小开衫，恰好又是她喜欢的款式，脸上的愉悦不容言表，“谢谢姐姐，这衣服真好看。”

“我妈送你的。”叶汐颖将沈钰抱了抱，笑着说：“小钰长大了好多，以前还是这么小小一只。”

其实，叶汐颖挺喜欢这个小堂妹的，极为聪明，又不骄傲，脾气挺好，唯一的缺点，就是她的小指有缺陷，那一块骨头是不会长大的。当年，二姑是高龄产妇，在各方面都极为注意，可哪怕是这样，还是防不胜防，生下来之后，指标全部正常，也就放心了，没想到之后检查出小指先天性坏死，那个地方是不会长大的，永远都会是那样。

沈钰将叶汐颖拉到床上坐下，神秘兮兮地问：“姐姐，听说你和东耀哥哥离婚了？”

叶汐颖为之一愣，没想到这孩子会问这么成熟的问题，摸了摸她的小脑袋，“嗯，觉得在一起不适合，就离婚了。”

沈钰嘟嘴叹气，一副很烦恼的模样：“我还挺喜欢东耀哥哥的，姐姐为什么要跟他离婚啊？”

现在小孩子的问题都这么犀利吗？叶汐颖一时半会儿没想到怎么回答，立马转移话题，“等你长大就懂了，你还小，好好念书才是最重要的。”

沈钰很轻易就被叶汐颖带入另一个话题，连忙说：“我每次都考全班第一。”

“真棒。”叶汐颖也是骄傲一笑，竖起大拇指，忽然想起自个儿念书的事。她从来不是个聪明的人，一般别人一遍就能记住的东西，她要看个好几遍才行，所以，她必须比别人更加勤奋，才能把学习成绩提上去。

起初她还是懒懒散散的，直到回到叶家之后，她不想被爸爸看轻，每次提到她的成绩，总是连连叹气，甚至为了面子，经常在外人面前指责她，搞得她极为尴尬，只能暗暗下决心奋发向上。

现在想来，倘若没有叶远这种“鼓励”，她根本不可能考上 F 大学，更不会认识赵东耀和万黎芝，或许也就没有现在和万宗胥的关系了。命运真的很奇妙，会将身边很多东西连成一条线。

叶汐颖想到万宗胥，心口微微一紧，他都好几天没联系她了，说不想他，那是假话，只是她不愿意表现出来而已。对待感情，她早已失去了最起码的争取，像是一株漂泊的浮萍，任由水的流向决定去处。

“姐姐，那你……还喜欢东耀哥哥吗？”沈钰绕啊绕啊又绕回来了，眨巴着大眼睛。在她的心目中，叶汐颖和赵东耀就是金童玉女，该是在一起的一对，听到他们离婚的事，就像是看了湖南台热播的电视剧，反正就是《回家的诱惑》那种感觉。

沈钰才九岁啊，就能问这么深层的话题，看来现在的小孩是早熟很多，脑子里想得太多了。叶汐颖笑笑，“离婚之后的两个人啊，就是两条平行线，你学过平行线吗？就是永远不交叉，所以，不存在你所说的喜欢不喜欢。”

叶汐颖不知道沈钰能不能听懂，想用这最浅显的方式让她明白，沈钰似懂非懂地点点头，老成地来了句：“大人的世界真混乱。”

叶汐颖忍不住笑了出来，捏了捏沈钰肉肉的小肩膀，刮了一下她的小鼻子，“你个调皮鬼。”

她们母女俩在晚饭之前跟二姑告别，那三个女人早已离开了，沈钰缠着叶汐颖就是不想让她走，这好不容易来一趟就要离开，心里舍不得，叶汐颖轻声哄着：“下周我带你去游乐园好不好？”

沈钰一听游乐园，立马眼睛就亮了，一下子松开手，“姐姐，那下次再见咯！”

二姑连忙说：“你这孩子，有没有礼貌！”

沈钰小嘴一瘪，不满地哼了一声，叶汐颖赶忙解围，“小钰其实很懂事的。”

沈钰嘴角微微上扬，理直气壮地说：“妈，你看姐姐都夸我，是你搞不清楚状况。”

这句话一出，大伙儿都被逗乐了，二姑送她们俩离去，沈融芬先去地下室将车子开出来，二姑和叶汐颖站在门口等。二姑咳嗽一声说：“汐颖啊，我不知道赵东耀是这样的人，原本还想撮合你们和好，觉得好好的夫妻不该离婚，没想到啊……”

“二姑，你快别这么说了，我都被你说得不好意思了，你不也没做什么吗，其实我觉得，这些都是两个人的事，你们都是好心，我可以理解。”汐颖连忙说。

二姑笑笑，她差点就要做这个媒人了，好险还没出手，不然老脸都不知道丢哪里去了，“你是个好孩子，是赵东耀那个人不知道珍惜。”

叶汐颖笑笑，不想回答什么。

叶汐颖回酒店的时候，才发现手机一直落在床上，里面有两个未接电话，是万宗胥打来的，心中一动，不自觉的嘴角勾起一抹笑，心底暖洋洋的。

自打上次之后，就再也没见过他了，中间胖子豪打来个电话，颇有试探的口吻，也就东拉西扯，顺道把万宗胥的行踪报上来，说万宗胥回 S 市了，公司里还有很多事要忙，所以不能一直待在 A 市。听到这个消息，她心底隐隐有些失落，这会儿看到未接来电，心情又特别好。

女人就是善变的动物，她心情好归好，却又很别扭，把手机按回桌面状态，然后扔到床上。沈融芬从厕所里走出来，她带上一个小包，两个人一起去酒店用餐。

在吃饭的时候，沈融芬感觉到叶汐颖心情好了很多，前几天像是被人欺负了一样，闷不吭声，晚上就不一样了，不仅吃的比平时多了一倍，就连话也多了些，“妈，这家的烤面包味道不错，外皮爽脆可口，里面绵软，入口即化。”

沈融芬嘴角一抽，她们不是从前天就开始点烤面包了吗？“囡囡，你的心情好像特别好。”

“没有啊？”叶汐颖抬起头，喃喃自语：“有吗？”

“心情好就好……”沈融芬连忙说。

万宗胥真的是憋不住了，胖子豪不仅没把他给说通，反倒是越来越想叶汐颖，就跟中邪了似的，秘书送上来几份文件，压根看不进去，时不时就翻开手机，想念两个人在一起的日子，烦躁地在办公室里走来走去，最后叹了一口气，索性拿起手机打了个电话给她，结果没人接……

嘟嘟嘟嘟的声音听得他很是烦躁，草草按掉，然后再打了一个，还是没人接，这下他真的慌了，这宝贝疙瘩不会是跟他杠上了吧？

想着想着就开始不安起来，她的脾气倔强，没准真的是，这个不省心的女人啊，简直是要了他的命。

秘书推门而入，匆匆进来，万宗胥面色铁青，口气不好地问：“什么事？”

秘书见万宗胥这副表情，整个人都呈现出紧张的状态，不知是犯了什么错，胆战心惊地说：“万总，张导那边打来电话，说是剧组那边有些细节找你商量……”

万宗胥一听，嘴角上扬，形成一个很好看的弧度，沉声说：“这样啊，那我马上去A市，剧组那边的事可是大事。”

秘书被弄得一头雾水，却也不敢多问，老总满意就好，可她哪句话说对了？

万宗胥急忙整理了一下办公桌上的资料，签署了几个重要文件，忙不迭地提着公务包前往A市。

A市和S市隔得不是太远，车程也就两个多小时而已，公司里的司机家里临时有事，所以就由万宗胥自个儿开车。他戴上蓝牙耳机，然后又打叶汐颖的手机，那边还是没有人接，他心浮气躁地踩下油门，车子迅速超过前面那辆红色宝马车，万宗胥瞄了一眼开车的人，是个女司机，看起来有点眼熟，不知是在哪里见过，一时想不起来。

孟韦茹刚被一辆奔驰给超车了，而且那人就跟吃了火药一样，噌一下就过来了，忍不住暗自咒骂："乱超什么，又不是赛车比赛，赶着去投胎啊！"

她愤愤不平地插上耳麦，给叶汐颖打了个电话，过了几分钟，那边一直没人接，正想挂断，就传来了叶汐颖的声音，"喂？"

"小姑奶奶，我还以为你失踪了，我不找你，你也就不来找我了是吧？"孟韦茹一肚子火，老张的事弄得她原本就躁，刚又被一神经病发作的人超车，今年就没一件事顺心的，尽是一些糟心的事。

叶汐颖刚和沈融芬两个人吃完晚饭回来，手机一直在床上震动，看是孟韦茹打来的，连忙接起来，"哪里的话，最近家里发生了一些事，所以才……"

"好了，我是跟你开玩笑的，你可别往心里去，你爸的事，我也感到很难过，这么年轻就……"孟韦茹听闻这个消息的时候，她正在澳大利亚游玩，整个人都傻了，可因为签证问题，实在赶不回来，连忙让人送了个大花圈过去，顺道塞了一笔慰问金，以表敬意。

"没事的，这都是命。"叶汐颖叹了一口气。

孟韦茹轻声应了一声，然后说："我晚上到A市，明晚一块儿出来玩吧，你可不能憋在家里了，越憋越闷。"

叶汐颖看了一眼正在做面膜的沈融芬，只是轻轻嗯了两下，两个人说了几句无关痛痒的话，也就挂了电话。

万宗胥一到 A 市，就开车到了叶汐颖所在的酒店门口，傻呆呆地看着手机屏幕，上面显示已经是晚上十二点，她应该早就入睡了，可他好想见她，哪怕是一眼都好，于是下车，到前台开了个房间，刚好是叶汐颖房间的隔壁。

万宗胥躺在床上翻来覆去睡不着，脑子里全是叶汐颖的一颦一笑，一下子坐起身子，然后拿着手机，像是泄恨一样，啪啪啪打上几个字，摁下发送，“你睡了吗？”发完之后，将手机扔到床上，裹住棉被盖住头，他这是发疯的前兆吧？

叶汐颖一醒来就收到万宗胥发来的短信，心里美滋滋的，正准备回复，沈融芬就凑过来了，“你对着手机傻笑什么呢？”

叶汐颖连忙按掉，略微紧张地说：“没有啊……就是看到一则有趣的新闻而已。”

沈融芬挑眉，摆明不相信，虽然两个人相处时间不长，不过自个儿女儿的性格，她还是了解一二的，叶汐颖掩饰的一笑，“妈，我们去楼下吃早餐，我都饿死了。”

晚上，孟韦茹让她去雷迪呱呱，叶汐颖犹豫了一下，最后还是打了车过去。一到门口，音乐声震耳欲聋，两个年轻帅气的小伙子迎了上来，穿着紧身牛仔裤，染着红色的头发，这要走在马路上，显得极为突兀，可到了这儿就不一样了。

叶汐颖在他们的带领下，穿过挤挤攘攘的人群，推开包厢大门，就瞅见孟韦茹坐在一旁和一年轻男子在喝酒，一个长发女人拿着话筒唱得撕心裂肺，一个男人在旁边端茶送水，态度极为谄媚，还有三个女人坐在一旁玩骰子。叶汐颖除了孟韦茹之外，其他的一概都不认识。

孟韦茹招呼叶汐颖坐下，随即让一旁的男人出去了。叶汐颖不大喜欢这种场合，她本就讨厌男人去这种场合，更何况是女人来消遣的地方呢？

没过几秒，那年轻男人就带来一肌肉男，一个人陪孟韦茹聊天去了，而肌肉男则是靠到了叶汐颖这边来，叶汐颖迅速隔开距离，脸上的表情不是很好看，肌肉男凑近一笑："姐，我陪你玩骰子吧。"

"……"叶汐颖冷着一张脸说："不用了，你陪她们去吧。"

叶汐颖并不是很喜欢这种男人，脂粉味太重，缺少一股男人该有的骨气，原本以为孟韦茹只是让她过来等一会儿，两个人就立马离开，现在看来，孟韦茹和年轻男子有说有笑，一点没有要离开的意思。

肌肉男看见叶汐颖的脸色这么差，低眉顺眼地给她倒了一杯酒，端到她嘴边，"姐，喝一杯吧。心情不是很好吗？"

"不用了。"叶汐颖忙拒绝，没想到肌肉男的手又靠近几分，颇有撒娇意味地说："姐，你就喝一口嘛，一小口就好。"

叶汐颖瞪了肌肉男一眼，微微抿了一小口，"好了吧？"

"姐，你别僵着嘛……"

叶汐颖浑身冒起鸡皮疙瘩，猛地站起来，瞄了一眼玩得正高兴的孟韦茹，一时气结，"我先走了，你待会儿去跟孟韦茹说一下。"

叶汐颖抛下这句话之后，迅速起身离开，肌肉男见状，急匆匆地跟了上去。叶汐颖走到包厢门口，肌肉男抓住她的手臂，"姐，你别这样，是不是我做错了什么？"

叶汐颖将肌肉男的手甩开，"没有，你按照我这话跟她说就是了。”

就在这个时候，在她们俩背后传来万宗胥气急败坏的声音，“你是不是该给我解释一下，你在这里干什么。”

他不是回A市了吗，怎么会出现在这里？叶汐颖背脊一僵，尴尬地转过身子，只见万宗胥怒不可遏地冲上来，眼神里泛着一股暴戾之气，抬手就给了肌肉男狠狠一拳，恶狠狠地说：“你抱着我的女人做什么？连我的女人都敢碰！”

万宗胥一大早起来，就跟张导去剧组了，那边杂七杂八的事一弄好，晚上大伙儿就来这儿消遣。雷迪呱呱是个男女通吃的会所，不仅有佳丽，还有少爷，西门是佳丽迎接，东门是少爷迎接，楼上楼下两个大厅，分开男女厅，不过包厢是混合的。

万宗胥原本不想来，但抵不过热情邀请，准备过个场就走了，没想到出来上个厕所的工夫，就看见一熟悉的人，他都不敢相信自己看到的，他家颖颖怎么会来这种地方？

叶汐颖愣了一下，那男人没有抱她啊，只是拉了一下而已，忽然想到万宗胥所在的位置，很有可能造成视觉误差。

肌肉男被打得脸上肿了一块，明明气得要死，却不敢还手。叶汐颖拉住万宗胥，“别打了，他没有抱我，是你看错了！”

万宗胥瞪了叶汐颖一眼，脸上尽是阴霾，压根不相信叶汐颖的说辞，怒火越烧越旺，反手又是一拳，正中肌肉男的胸口。这一拳可不轻，肌肉男蹲在地上猛烈地咳嗽，叶汐颖看不过去了，对着肌肉男喊：“你还不快走！”

肌肉男狼狈地看了叶汐颖一眼，准备离开，没想到万宗胥手臂一拦，根本没有让他走的意思，叶汐颖快速将万宗胥的手臂扭了回来，对着肌肉男喊：“快走！”

肌肉男见状，迅速溜之大吉，这钱赚得可真辛苦，这年头什么人都有。叶汐颖看他跑远了，舒了一口气，这男人火起来是非不分，不问清缘由就乱打人。万宗胥以迅雷不及掩耳之势，一把抱起叶汐颖，扛在背上就走了。

万宗胥将叶汐颖扔到副驾驶坐上，随即迅速坐上车，锁上车门，狂踩油门，车子迅速飙了上去。叶汐颖眼见速度越来越快，害怕地说："宗胥，别开这么快！"

万宗胥置若罔闻，这会儿他正在火头上，什么都听不进去，眯着眼睛不断加速，仿佛要将怒气撒在车上。

叶汐颖心惊胆战，前方有一辆大卡车开来，万宗胥也不避让，眼见就要撞上了，叶汐颖急得眼泪汪汪，"宗胥，别这样，有事好好说，不要这样了……"

万宗胥方向盘一转，大卡车也就绕过去了，他最见不得叶汐颖流眼泪了，看她急了，刚刚的怒气被浇下了大半，只是余怒未消，车速渐渐放慢，叶汐颖这才稍稍安心，刚刚被吓得不轻，差点以为两个人小命都要送掉了。

万宗胥将车子停在酒店楼下，拽着叶汐颖上楼，她不明所以，怎么会来到这里？

他将房门迅速打开，把叶汐颖扯了进去，狠狠地关上房门，叶汐颖被摁在门板上，他目不转睛地盯着她看。

叶汐颖被看得发毛，他眼睛一眯，一股怒火涌现，一拳打了过去，叶汐颖下意识地闭上眼睛。

须臾，发现没有感到痛，却听到了砰的一声，睁开眼睛一看，万宗胥打到了门上，叶汐颖咬唇，从来没有见过这样的他，像是吃了炸药一样。

万宗胥狂烈地吻上叶汐颖的嘴唇，仿佛要吸光她的气息，直到亲到她脸上咸咸的眼泪，这才松开她，轻咬她的耳垂，无力地说："我该拿你怎么办？你要我怎么办？"

叶汐颖听到这句话，没由来的心头一疼，柔柔地抱住万宗胥，软腻腻地说："宗胥，我想你了，你都不想我……"

万宗胥顿时激动了，全身的血液都在沸腾着，这宝贝媳妇刚刚给他浇了一盆冷水，这会儿又是一桶热水，完全忘记刚刚是怎么来气的，放低声音，轻哄道："你个小坏蛋，你成心折腾死我是不是？你想我了？打电话给你也不接，发短信也不回，你这样叫想我了，你哪儿想我了？"

叶汐颖被逗笑了，眼眸水润润的，软绵绵地说："那你不会来找我吗？你到现在才来，肯定是不想我，那我走了，免得碍着你的眼。"

叶汐颖作势要离开，万宗胥哪能让她走，将她抱到了床上，整个人压了上去……

一阵云雨之后，万宗胥抱着叶汐颖说："你以后可不能这么吓我，胆都被你吓没了，你跟那小白脸抱在一起的时候，我就差没拿刀砍他了，不行，回头我还得找他，他有什么资格抱你！"

"……你什么眼神啊，谁抱在一起了，他只是拉了一下我，要不是孟韦茹喊我去，我可不会去，去了一会儿，我就马上出来了，这不，就被你撞见了，还拿刀砍，你以为你有钱就可以无法无天了？"叶汐颖说到这里的时候，还踹了他一脚。

"孟韦茹……那女人没个正经，以后少跟她接触，免得把你给带坏了。"万宗胥想不到是那个女人带她去的，不过仔细想想也是，按照叶汐颖保守的性格来说，根本不会去那种地方。

叶汐颖没好气地瞟了万宗胥一眼，"不许背后说她坏话，要不是她老公出轨，她能一步步走成这样吗？这都是你们男人花心，还不是你们害的。”

万宗胥不敢苟同，阴阳怪气地说：“那你怎么就没出轨啊，还死撑到离婚后，你要有她那顿悟的精神，咱们早就在一起了，说到底，这跟人还是有关系的，不是人人都跟她似的。”

“……你再说，再说我回我妈那儿了。”叶汐颖辩不过，开始耍无赖了。

万宗胥这回脑子转得挺快，知道不能在别人的事情上较真，为了这点鸡毛蒜皮的事，惹恼了她可不值得，立马就说：“不说了，孟韦茹爱找谁就找谁，跟咱们有什么关系，又不是跟她过一辈子，再说了，她也有她的自由不是？”

叶汐颖哼了一声，万宗胥咧嘴一笑，“好了好了，不提她了，咱们睡觉，睡觉……”

清晨，一道阳光照到富庭酒店六楼603号房，两个人都忘记拉上窗帘。叶汐颖是一点都受不了亮的，她的睡眠很浅，任何动静都能转醒，往万宗胥身上蹭了蹭，然后迷迷糊糊地坐起来，她这一动，万宗胥就跟着坐了起来。

“起那么早？”万宗胥的声音略带沙哑，看到叶汐颖白皙的脸蛋，忍不住亲了一口，心中暗暗感叹，她怎么就跟二十岁出头似的，还是这么漂亮。

叶汐颖软绵绵地靠在万宗胥身上，好似将全身的重量都交给他了，腻歪在他身上，两个人享受着耳鬓厮磨的这一刻，这时，手机响起，叶汐颖一愣，谁大清早打来电话？拿起手机一看，上面显示：“妈。”

这才想起昨晚都没回酒店，沈融芬肯定担心，急急忙忙接起电话："喂，妈……"

"囡囡，你昨晚是在孟韦茹家过夜的？"沈融芬语气还好，倒没有叶汐颖想象中那么紧张，继续说："我昨天打你电话打不通，然后打给孟韦茹，她说你手机在充电，晚上就在她那里休息了。"

叶汐颖本来还不知道扯什么谎，她本身也不大会瞎说，好险孟韦茹替她圆了过去，这倒也省去了麻烦，"嗯，是啊……"

就在这个时候，万宗胥凑过来，脸上露出一抹笑意，在叶汐颖的耳垂上咬了一口，她没有防备，差点叫出来，好险声音不是很大，沈融芬那边没有察觉，叶汐颖搪塞了几句，匆匆挂下电话，瞪了一眼万宗胥："被我妈发现怎么办？"

"你妈什么时候回美国，她那个交流不是还没完吗？咱们什么时候才能回家啊？话又说回来，我们得让咱妈接受我，她老这么不待见我，也不是个事啊。"万宗胥说得可怜兮兮，一双手不安分地摸着叶汐颖的脖子，用指腹不断上下摩挲着。

叶汐颖笑睨万宗胥说："你个大尾巴狼，天天装无辜，这会儿我妈火眼金睛把你识别了，我觉得还是好事呢？看你还装不装老实人……"

"要不是她是你妈……"万宗胥哼了一声，叶汐颖瞟了他一眼，"怎么着？你还不乐意了是吧？"

万宗胥见叶汐颖脸色有变，立马笑着改口，"乐意，你家的事，我什么都乐意，哪怕她要我上刀山、下油锅，我都会笑着去的！"

"你待会儿不是要去剧组吗？"叶汐颖问。

……

万宗胥整个人都显得神清气爽，一张俊脸一整天都笑眯眯的，这与昨天的苦大仇深大相径庭。张导见他心情不错，谈起事情来，自然也就好多了，想来应该是感情问题处理得较好。

“万总，不知道是什么样的女人，让你这么神魂颠倒，改天也得让我见见。”张导给万宗胥泡了一杯咖啡，不加糖，放了些奶精，这是他喝咖啡的习惯。

万宗胥在一旁随意拿起一本娱乐周刊看，嘴角勾起玩味的笑，意味深长地说了句，“眼光挺犀利的，这都被你看出来了。”

“万总这话说得，谁没谈过恋爱啊，不都是这副德行吗。”张导不禁笑着摇摇头，问了句，“这里的事也差不多了，万总打算什么时候回去呢？”

万宗胥喝了一口咖啡，缓缓地将杯子放下，深深叹了一口气，无力地靠在沙发上，“未来的岳母大人不同意，她又是个死心眼，不知道要拖到什么时候，总要把她一块带回去吧，自己的女人肯定是要在身边的。”

“那……”张导略带好奇地问，“的确是两难，不都说丈母娘看女婿越看越喜欢吗？像万总这身价的，应该是捧着来，怎么会这样？”

“谁知道！”万宗胥烦躁地抽起一根烟。他就搞不清了，沈融芬怎么就那么讨厌他，完全不把他放在眼里，整的他好像就是一无是处的人似的。

这时，万宗胥的手机响了，他立马接起来，声音变得柔情似水，跟刚刚完全不一样，“我就在楼上，你让秘书带你上来就成了，对，是张导这里，她们都知道的。”

张导眉毛一挑，要不是亲眼所见，真不敢相信万宗胥还有这么一面。万宗胥迅速掐灭烟头，扔到垃圾桶里，然后将窗户打开，这几个动作一气呵成，转身对张导笑笑，“她最讨厌别人抽烟了。”

叶汐颖推开办公室大门，就见万宗胥迎了上来，嘴角噙着笑说：“你来了啊，你看也不难找吧？逛街逛累了吗？坐下来休息一下。”

万宗胥连忙让叶汐颖坐到沙发上，顺势坐到了她的旁边，殷勤地送上饼干，是她最喜欢的巧克力口味，叶汐颖摇摇手不要。

“堂妹，好久不见啊，没想到……”张导有些诧异，没想到万宗胥的女朋友居然是自家的表妹，有一种不可思议的感觉。

叶汐颖圆溜溜的大眼睛眨巴了两下，“大哥，你怎么……”

叶汐颖忽然想起，大姑曾经在众人面前炫耀儿子是当导演的，只是，她一直都不关心这些事，也就没有去想这些事，没想到竟然会在这里见面，想想都有八年的时间了，打从她到S市上大学之后，就一直没碰面。

万宗胥一手搭在叶汐颖的肩膀上，笑着说：“原来都是自家亲戚，果然是缘分。”

叶汐颖淡淡一笑，两个人聊了些家常话，也就是一些场面上的客套话，虽然是亲戚，但是并不熟络，也就是每逢过年过节聚餐的时候，会说上几句而已，再加上叶汐颖本身就是冷体质，所以交流非常少。

过了一会儿，叶汐颖接到了孟韦茹的电话，让她晚上去吃饭，万宗胥一看是孟韦茹的来电，整张脸黑得跟包黑炭一样，有点不大高兴，“那女人成天没什么好事，你跟她会学坏的。”

叶汐颖低着脑袋，轻轻地嗯了一声，万宗胥扭头一看，于心不忍，知道这小妮子肯定不高兴了，他脑门一抽，连忙说：“早点回来，那些不三不四的地方就别去了。”

“我还是送你过去吧。”万宗胥自说自话，然后拿起叶汐颖的包，揽着她的肩，带着她一块儿离开。

张导在一旁看得傻愣愣的，这还是他认识的万宗胥吗？

万宗胥将车子开到简约咖啡厅楼下，他在S市生活居多，对A市的道路不了解，一下子就开错了方向，掉了个头才回来，原本十几分钟的路程，愣是开了半个来小时。

叶汐颖坐在车上假寐，直到车子停下之后，才缓缓睁开眼睛，正欲打开车门，万宗胥连忙从后车座拿出一件墨绿色针织开衫，递给叶汐颖，“正是变天的时候，带一件吧，着凉就不好了，还有啊，晚上回酒店的时候，给我发个短信，要你妈不在的话，就来我房间里，反正我待会儿也没什么事，会直接回酒店。”

“宗胥啊……”叶汐颖轻轻喊了一声。

万宗胥笑眯了眼，嘴里念念叨叨：“你现在年纪还小，要注意做好保暖工作，将来才不会有这个病那个病的。”

“知道了。”叶汐颖点了两下头。

这会儿就不打断万宗胥了，不知是不是年龄问题，她觉得万宗胥是越来越唠叨了，很多事都开始讲究养生之道了。比如说吃东西，以前都是纵容她随意吃，甚至会买来一些她爱吃的，而现在，不仅不给吃，甚至还让她吃一些有营养的东西，炸的烤的就别妄想了，煮的偏多。

早上她想吃油条，就被严令制止了，非要换上小馄饨，清清淡淡的，就当是换换口味了。

万宗胥在她的白嫩的脸颊上亲了一口，“早点回来。”

叶汐颖好笑地看了万宗胥一眼，这男人成天这样，都不会感到腻歪吗？不是说激情这东西，很快就会消磨完的吗？

叶汐颖一推开咖啡店大门，就看见孟韦茹坐在显眼的圆桌旁，喝着咖啡，手里拿着手机，不断滑动屏幕，服务员连忙迎上来，热情地问：“是一个人吗？”

叶汐颖挥挥手，走向孟韦茹的方向，“有朋友。”

服务员点点头恭敬地离开，叶汐颖走过去坐了下来，孟韦茹抬起头瞄了她一眼，将手机摁掉，放在桌子上，笑着说：“你来了啊，要喝些什么吗？”

叶汐颖点了一杯柳橙汁，打了个哈欠，眼袋有些严重。

孟韦茹笑盈盈地说：“你俩打算接下来怎么办？”

“怎么办？”叶汐颖忽然一阵茫然，自己没有想过这个问题，垂下睫毛，低低地说：“如果我说，从来没有想过这个问题，你会不会觉得我很不负责？”

孟韦茹叹了一口气，吃了一小块甜点，竟然意外发现了惊喜，表皮层是白色一坨，吃了一勺之后，发现里面是彩色的面包，一层层叠加起来，可漂亮了，用小勺子搅拌那里面的一层，“倒不是负责不负责的事，你总该为将来考虑一下，毕竟你再过两年就三十岁了，应该不需要两年了，我记得你再过一个多月就二十九岁生日了吧？这女人一旦过了三十岁，那可就噌噌噌贬值了，哪怕你再不愿意。”

“我懂，只是……”叶汐颖有些烦躁地喝了一口柳橙汁，进一步很难，退一步更难，两个人处在这种不尴不尬的情况下，她真不敢想将来的事，“结婚都结怕了，就怕结婚后啊，这世界就变得不一样了。你看我和赵东耀，越弄越糟糕，还不如什么都没有来得好，以前觉得是个归宿，现在真的没有想过婚姻会带给我什么。”

“看来我们俩，都差不多的迷茫。”孟韦茹不禁摇摇头，“我在婚姻里，把婚姻搞得乱七八糟，你离婚了，倒也清静了许多，却又有了新的问题，所以这人啊，果然没有十全十美的，总有一件事梗着不顺心。”

叶汐颖淡淡一笑，默不作声，孟韦茹的话，她是听进去了，想到过两年就要步入三字开头了，心里就不是很舒服，毕竟没有一个女人会喜欢变老的。

两个人在咖啡店坐了一会儿，又去附近的公园逛了一小圈，发觉没什么去处，这才决定要各自回家了。孟韦茹先把叶汐颖送回酒店，路上，她有些走神，幸亏叶汐颖提醒，不然她一直在飘着，“汐颖啊，你说我这婚，还有继续的价值吗？”

“……倘若你不想继续，没人能勉强你。”

叶汐颖中肯地建议，只是她知道孟韦茹这婚挺难离，两家是企业联姻，自然是难分割，这中间牵涉诸多利益关系。换句话来说，如果孟韦茹离婚是为了找那些个小白脸，那么这个婚还不如不离，毕竟和老张是多年夫妻，还有情分在，他不会亏待她，而那些男人就不一样了。

孟韦茹嘴角勾起一抹苦笑，思绪飞得老远。

叶汐颖刚一回酒店，就看见沈融芬满脸怒火地挂了手机，头靠在床边，很不耐烦的样子，双眉紧蹙，她走上前去。小声地问：“妈，你怎么了？”

沈融芬被气得不轻，有气无力地说：“没事，妈先睡一会儿，你一个人下去吃晚饭吧。”

叶汐颖担忧地问：“真的没事吗？”

“没事，你先下去吃饭吧。”沈融芬扯出一个笑容，然后躺下盖上被子，头朝另一边闭目。

叶汐颖悄悄地走出去，将门合上，随即偷偷地敲了敲隔壁的房门，没过一会儿，万宗胥就出来开门，看见门口站着叶汐颖，顿时嘴角上扬，笑眯眯地说："咱妈肯放过你了？"

叶汐颖忙不迭地进门，生怕被沈融芬发现，万宗胥笑着将门关上，跟在叶汐颖的身后。房间里正在播放着杧果台的综艺节目，被子绕成一团，看起来万宗胥刚刚在床上，他一点都不像是会看这种节目的人啊，不禁好奇地问："你也看这个？"

万宗胥热气呼到她的脸颊上，语调沉沉："你当我不看电视的啊，刚好按到的。"

叶汐颖哼了一声说："宗胥，我们出去吃饭吧，我都饿死了，晚饭还没吃呢！"

其实，叶汐颖的饮食习惯很不好，自打叶奶奶去世了之后，她回到叶家，就养成了不吃早饭，晚饭胡吃乱塞的习惯，在叶远说了几次无效之后，叶汐颖反倒呈现越演越烈的情况，他也只能无可奈何，索性胃没出什么大毛病，这些年也就那么混过来了。

叶汐颖偷偷地从酒店里溜出，当她经过沈融芬房间门口的时候，心底冒过一阵心虚，走路都有点打飘，好像一个做错事的小孩。万宗胥自是知道她的，明知道她那么紧张，还故意趁机搂住她揩油。

叶汐颖甩开万宗胥的手，轻声说："你想吓死我啊……"

万宗胥咧嘴一笑，透着一股子无赖的气息，"你这是自己吓自己，你真当你妈什么都不知道啊，没准她都清楚，是刻意让咱们相聚的。"

叶汐颖迅速加快步伐，万宗胥失笑地摇摇头，赶忙追上去，顺手摸了她头发一把，才一阵不见，就过肩了，长得挺快的。

出了酒店大门，绕过一条街，就是一家家小吃店，叶汐颖原想找一家看起来还算干净的地儿，可没曾想，万宗胥不仅不满意，还一直念念叨叨个没完没了，“这里不干净，你没看新闻报道吗？尽是一些地沟油和老鼠肉之类的，我吃也就算了，你这么娇弱，吃这些不得进医院啊。”

叶汐颖刚想反驳一句，可一听到万宗胥后面那句话，嘴角荡漾出一抹笑意，大眼睛扑闪扑闪的，“尽胡说，我之前经常吃，也没出什么事，怎么到你嘴里，就成了灌肠毒药了呢？”

万宗胥眉毛一挑，故作吃惊地说：“你体力好？”

叶汐颖停顿了一下，明白了他的深意，掐了一把他的后背。

万宗胥面不改色，轻柔了一下，随即一把将叶汐颖搂在怀里。

两个人去了附近一家小餐厅，楼上楼下两层，里面环境还算干净素雅。叶汐颖觉得在吃这个事情上，万宗胥显然比她更计较，非要找什么所谓看上去吃得放心的店，心想这年头，出来吃就不要找干净，叶汐颖这话没说出口，就怕他再挠她。

晚饭是喝粥，配上几样小菜，这刚好也合了叶汐颖的心意，毕竟吃得太过，的确是对身体不大好。两个人吃完饭之后，看时间才六点多，于是决定到附近的林子里散步。

A 市四面环山，处于一个凹点之处，倒是一个冬暖夏凉的好地儿，叶汐颖熟门熟路地左拐又弯，两个人漫步在树荫之下。刚好是夏秋交汇之时，天气有些善变，刚刚还暖洋洋的，这会儿倒有些冷，两个人都没带衣服，万宗胥直接把叶汐颖往怀里带。

这条路，曾经叶汐颖和赵东耀来过，那时，两个人还是相爱的。

叶汐颖第一回带赵东耀回家，没想到碰了一鼻子灰，叶远将他赶了出去，叶汐颖负气也跟着出来，两个人在林子里绕着，叶汐颖心里很难过，眼泪哗哗哗就下来了，“为什么爸爸不认可你，凭什么就要你有这个那个，你会努力啊，会奋斗啊，将来我们什么都会有的。”

赵东耀轻轻地搂住叶汐颖，哪怕心里再难过，却也安慰地说：“是我不够好，所以你爸才会反对我们的，我将来一定会让他看到我的成就。”

“我相信你。”叶汐颖吸了吸鼻子，毅然决然地说：“你一定会很成功的，到时候，他们就会知道，今天这么对你是错误的。”

这些画面历历在目，仿佛就是昨天发生的，叶汐颖有些晃神，万宗胥有所察觉，亲了亲她的额头问：“怎么忽然傻乎乎的了？脑子里在想些什么？”

“没什么。”叶汐颖笑着摇摇头，叹了一口气说：“对了，我妈今天好奇怪，接了一个电话，好像很生气的样子，也不知道发生了什么事。”

万宗胥愣了一会儿，像是想到了什么，笑得像一只偷腥的猫，“可能岳母大人感情不顺吧。”

万宗胥让秘书彻查了沈融芬，却一无所获，毕竟她是个做事相对严谨的人，倒是查不出什么，没想到今天张导倒是给了他一条线索，据说沈融芬和张教授两人正在闹矛盾，所以才迟迟不回美国的。

“我妈？”叶汐颖略带惊讶，“她不是感情一向很顺的吗？再说这个人也是不错的。”

万宗胥拍了拍她的小脑袋，“你就别多想了，静观其变，反正咱们这些个小辈，也不能说些什么，你说对不对？他们肯定会处理好的。”

叶汐颖看了看万宗胥，他很臭屁地来了一句，“怎样，是不是觉得我很帅？”

叶汐颖白了他一眼，“刚想说你分析得很有道理，你又来这么一句，原形毕露。”

万宗胥笑得鬼鬼祟祟，一把就把叶汐颖抱了起来，叶汐颖一声惊呼，连忙喊：“东耀，你快把我放下来，不要这样吓我。”

万宗胥浑身一僵，像是触电了一样，脸色很是难看，却也小心翼翼地把她放了下来。

叶汐颖一出口就后悔了，想必刚刚还沉浸在过去，没有回神过来，这才喊错了名字，叶汐颖自责地说：“宗胥……对不起……我不是故意的。”

“没事，谁都有过去。”万宗胥扯出一个不是很好看的笑容。

谁都有过去，他最怕她还想念，赵东耀是他心里的一个魔障，他生怕叶汐颖还有旧情，毕竟八年的感情，哪怕是石头，也会留有记忆。

回去的路上，万宗胥走得特别快，看起来心事重重，叶汐颖都有点赶不上，用小跑的姿势，这才跟在万宗胥身边，拉过他的手，急急地问：“你是不是在意了？我……真的不是成心的，我也不知道怎么会喊错，我……”

叶汐颖越是紧张，越是解释得乱七八糟，到最后她也不知道该怎么说，反正横着也是错，竖着还是错，索性软声求饶：“宗胥，我真的错了，你让我做什么，我都答应，好不好？”

万宗胥原本还在气头上，听到这句话，眼睛瞬间发亮了，亲了亲叶汐颖的嘴角说："我让你做什么，你就做什么？"

叶汐颖这会儿点头如捣蒜，以前不会那么在意他的感受，而现在，看到他一点点不高兴，心里都挺不是滋味的。

赵东耀在福田商务会所里应酬，这次的合作商是个温州人，个头不是很大，却一股子精明劲，特别是那能说会道的嘴，看得出确实是个生意精。大家都喝得晕晕乎乎的合作商端着一杯酒，走到他的身边坐下，"听闻赵老板好酒量，今日一见，果然是名不虚传，来，咱们把这杯酒干了。"

赵东耀晚上没吃多少东西，加上喝了太多的酒，整个胃里在翻江倒海，极不舒服，可这回的合作对象不容怠慢，笑眯眯地拿起酒杯，一饮而尽。

合作商拍手叫好："好，果然是海量，赵老板果然是个爽快人，我就喜欢和爽快人打交道。"

赵东耀维持着微笑说："我先失陪，去下厕所。"

赵东耀一来到洗手间，冲着洗手台就猛吐，好像要将肚子里的东西全部吐出来，到最后吐不出来，还在不断地干呕着，大脑有些恍惚，不知身在何处，靠在墙壁上，大口大口地喘气。

这些年，为了生意上的事，没少酗酒，搞得身体变得很差。早些时候，叶汐颖会天天在家等他，看到他这副模样，悄悄地落泪，心疼他的付出。后来，两个人吵架了，自然也就不会等他，不过，还是会吩咐张嫂，每天熬一些补汤给他喝。而现在，什么都没了，什么都空了，她再也不会关心他了。

赵东耀想到这里，心里一阵酸楚，以前不懂得珍惜，直到现在失去了，才发现她的重要性。手机响起，他迅速拿起一看，是万黎芝打来的，迅速挂掉，没有一丝犹豫。

就在这个时候，胖子豪过来上厕所，看见靠在墙边的赵东耀，打了个招呼，“好久不见，赵老板今天在这儿玩啊？”

赵东耀整了整衣服，又洗了一遍手，恢复了平日里的冷静，沉着声说：“嗯，你今天也有空来这儿？”

“嘿嘿，有点应酬，不过比不上赵老板的大应酬，我都是小打小闹，小孩子过家家的。”胖子豪笑笑，然后进门上厕所。

赵东耀回到包厢里，却发现里面的人少了大半，全都是小姐在唱歌，心里嘀咕着，这人怎么说走就走了？随便拉住一个浓妆艳抹的女人问：“陈老板他们去哪儿了？”

那女人搔首弄姿一笑，娇滴滴地说：“刚刚来了个男人，他们出去聊了几句，然后他就走了，具体情况，我也不大清楚。”

赵东耀眯了眯眼睛，脑子里闪过胖子豪的身影，难道是他？“是不是有点胖，但是年纪还不是很大的男人，身高大概有个一米六八？”

“一米六八？差不多吧，反正不是很高，看上去有点胖。”那女人想了一会儿，这才回了一句，“穿着一件红色T恤衫，下面是一件牛仔裤。”

赵东耀暗想糟糕，迅速走出包厢，拿起手机拨打陈老板的电话，没想到那边居然挂掉了，接着再打过去，那边传来忙音。他心急如焚地跑到厕所，一间间门打开，都没有胖子豪的身影，气愤地猛捶了下墙壁，没想到居然会被胖子豪摆了一道，他早该想到，胖子豪说的话中有话，看似在奉承，实际是在讽刺他。

隔天一早，叶汐颖陪着沈融芬吃完早饭，沈融芬就说要出门办事，让叶汐颖一个人待在酒店里，这让她不禁纳闷，怎么会那么巧，这两天有事的频率实在是过高啊，有点令人丈二和尚摸不着头脑。虽是这么想，不过叶汐颖倒也没深问，沈融芬的脾气，她还是知道的，想说自然就会说。

看着沈融芬的身影消失在酒店门口，叶汐颖这才悄悄溜到隔壁房间门口，敲门的手微抖，大概是两个房间隔得太近，总有一种不自在的感觉。

万宗胥围着一条浴巾就出来开门了，一把就将叶汐颖搂了进去，迅速将门合上，整个动作一气呵成。

叶汐颖瞧见搁在桌子上的早餐，又瞄了一眼万宗胥乱糟糟的被褥，敢情他才刚刚醒来啊？“你还没吃呢？先把早饭吃了吧。”

万宗胥拉着叶汐颖叠坐在椅子上，下颚抵在她的肩膀上，深深呼了一口气，两个人在打闹纠缠了一会儿后，就准备洗漱出门逛逛。万宗胥是很少来 A 市的，所以对 A 市也不是很了解，叶汐颖从小就在这里长大，所以很自然就当起了导游。

出门前，万宗胥公司打来一个电话，临时有事情，他忙着打开电脑开了个视频会议，叶汐颖坐在一旁补妆，不停地夹着睫毛，瞬间变得卷而翘。她的毛发都属于柔软型的，所以打理起来还是相当方便的，大概过了半个小时，万宗胥才开完会议，搂着叶汐颖出发。

万宗胥将大门轻轻带上，叶汐颖确认房卡在包里，这才安心地转身，没想到身后就站着沈融芬，她的脸色冷得像是在冰窖里一样，一双眼眸直直地瞪着万宗胥。

“妈……”叶汐颖吃惊地大叫，虚笑了一下问：“你怎么回来了？”

沈融芬的目光一直注视着万宗胥，瞟了一眼叶汐颖，“还好妈早点回来了，不然还不知道你们俩这样呢！你们两个都给我进来！”

“阿姨……我们……”万宗胥还没说完话，沈融芬一道寒光扫来，声音提高许多分贝：“你们俩都给我进来，还废什么话？”

叶汐颖胸口扑通扑通跳个不停，万宗胥是知道她紧张的，每当她紧张，一双手都会不由自主地发抖。他捏了捏她的手心，对她笑了笑，叶汐颖的嘴角也扯出一个苦笑。沈融芬蓦地转身，就看见两人在眉来眼去，觉得很是心烦，怎么胆子就这么大，还在眼皮底下就敢乱来。

“囡囡，你是不是有东西落在隔壁了？要不要回去看看？”沈融芬忽然冒出这句话。

叶汐颖愣了一会儿，顿时明白了沈融芬是想支开她，单独和万宗胥聊聊，不安地看了万宗胥一眼。万宗胥给了她一个没事的笑容，她这才放心地点点头，“好像是，我去找找。”

沈融芬见叶汐颖关上门，这才缓缓地坐到沙发上，让万宗胥在另一边落座，随即切了一个苹果，手劲有些大，看得出来是有些火气，万宗胥连忙说：“还是我来吧，万一割伤阿姨的手也不好。”

万宗胥特别殷勤地拿过苹果，削完皮之后，小心地切成小块。沈融芬拿过一块，“我姑且相信你现在是爱囡囡的，那你的爱能持续多久？你又能照顾得了她多久？”

“阿姨，我知道我以前的事让你不放心，可你也不能磨灭现在的我啊。我说过时间能证明一切，希望阿姨能给我这个机会。说到照顾，我可以承诺，只要她在我身边一天，我一定不会辜负她的。”万宗胥头皮发麻，每次遇见沈融芬，都要被审查，像是犯人一样，只是又有什么办法？谁让她是他家宝贝的妈，不但如此，还要带着笑脸。

“据我所知，你可是S市的钻石王老五，哪怕再怎么样，都是有女人追着你跑的。囡囡可跟你不一样，女人贬值的速度快，她要跟你有个结果，再离婚什么的，那可就真的无人问津了，哪怕钱再多，又有什么用？一个女人最终不都得找个好归宿吗？”说到底，沈融芬还是不大相信万宗胥的承诺。

哪有人这么不看好女儿的婚事的？万宗胥咬牙切齿地笑笑，“阿姨，颖颖还是很漂亮的，我担心她都来不及，哪还顾得上别人。再说了，感情这事，真的没个准，就按你说的，我既然有那么好的身价，干吗要找颖颖呢？随便找个女人不就得了吗？这事不是这么来定义的，阿姨也是过来人，自然懂得这个道理，感情讲究一个缘分。”

沈融芬沉默了一会儿，咀嚼苹果的速度变慢了，脑子里在权衡各种事。前阵子看两人分开好久了，她以为就这么断了，正在琢磨给叶汐颖找新的人选，没想到万宗胥又这么突然冒出来，令她措手不及。

“你和囡囡的年龄也不是很适合……”沈融芬冒出这么一句话来。

万宗胥的笑容僵在脸上，“就差七岁，也不是很大。不是有那么一句话吗？年龄大的男人比较疼老婆。”

“同理可鉴，囡囡本来就单纯，经不起你的诱骗，还不是你说什么就是什么。”沈融芬冷冷地说。

“……”万宗胥顿时无言以为，这未来的岳母大人怎么能胡乱猜测呢？他和叶汐颖的相处模式，那绝对是他处于食物链底端的。

这个世界上有一条铁的规律，看你顺眼的时候，哪怕做得再错，都是可以被原谅的，反之，做得再好，都是看哪都是问题，整个就是麻烦携带者。

叶汐颖在隔壁房间忐忑不安，不断地走来走去，然后又坐到床上，就这样不断地循环着。过了一会儿，万宗胥打开房门，叶汐颖急急走上前去，紧张地询问："我妈都说了什么？是不是说了一些很难听的话？"

万宗胥在岳母大人那边吃了瘪，可见到叶汐颖如此关心，心中一暖，"你果然还是站在我这边的。"

"哼，胡说什么呢！"叶汐颖红着脸狡辩，"我妈究竟怎么说的？你快告诉我啊！"

万宗胥笑着搂着她的腰说："晚上和你妈一块吃个饭，到时候再说。"

"小气。"叶汐颖捏了捏万宗胥的脸颊。

万宗胥贼笑地凑近叶汐颖，开始耍流氓。

"……"叶汐颖不依地咬了下他的下颚。

万宗胥被咬得很销魂，一副享受的模样，"下流……"叶汐颖不断地用小拳头敲打他的胸膛。

万宗胥绕在她腰上的手分开，两个人隔出一个距离，叶汐颖正想这人抽风了吗？没想到余光瞄到了沈融芬，刚万宗胥进来的太急了，没关好门，是虚掩的，恰好外面的人可以看到里面。

万宗胥笑眯了眼，对着沈融芬亲切地喊着："阿姨，您这是要出去吗？还是？"

沈融芬不是瞎子，看见两个人抱在一起的画面，整张脸都黑了，哼了一声，"出门办点事，晚上再联系。"

万宗胥殷勤地走到沈融芬的跟前，满面笑容地说："阿姨，您喜欢吃什么口味的菜？我先去预定。"

“随便。”沈融芬回了这么一句，然后头也不回地就离开了。

万宗胥虽然心底是火了，可又不能表现出来，这人怎么比自家的女人还难伺候，怎么说好话都没用，还真是一山更比一山高。叶汐颖轻轻地在万宗胥耳边说：“我妈喜欢吃素菜，也有点小洁癖。”

万宗胥亲了一口叶汐颖，“颖颖对我真好。”

万宗胥在福清餐厅订了一桌，这家店在A市也算得上是赫赫有名，尤其素菜做得是一绝，很多人都是慕名过来品尝的，据说也有很多大明星来。老板是个极具商业头脑的人，特意拍了一堆合影贴到墙上去，以此来吸引客人。

沈融芬出去了就一直没回来，直万宗胥打电话给她，她才说会直接过去。万宗胥连忙带着叶汐颖出门了，可不能后到，怠慢了岳母大人，老一辈的人，还是比较在意这些礼数问题的。

路上，万宗胥开着车，叶汐颖坐在副驾驶座位上，两个人在讨论着待会儿要点什么菜，全部都得上沈融芬喜欢吃的。恰巧在这个时候，万宗胥的手机响起，他的手机放在叶汐颖的包里，而且开车也不便接电话，于是就说：“你帮我接？”

叶汐颖那边还是没动静，万宗胥侧过脸一看，上面显示是万黎芝的来电，顿时暗叫糟糕，怎么会是她打来的！

叶汐颖看到万黎芝的名字，恍如隔世，这阵子跟万宗胥两个人过着小日子，都快把之前的事给忘记了。这一看到，忽然什么事都给回笼了，那种压抑感瞬间回来了，她摁下接听键，“喂，他在开车，有什么事吗？”

万黎芝听到是叶汐颖的声音，顿时一愣，怯怯地回了句：“哦，那我待会儿再打给他。”

叶汐颖没说一句话，迅速挂了电话，面色阴晴不定，心里有股子闷气。万黎芝是万宗胥的侄女，他们俩怎么着都会有联系的，打从一开始在一起，她就知道了，她究竟是在气什么呢？

“你生气了？”万宗胥手握方向盘，频频侧目看叶汐颖。

叶汐颖发出闷闷的声音，“没有，挺好的。”

明显就是在赌气，万宗胥叹了一口气，放柔声音说：“黎芝是我的侄女，我总不能不跟她联系吧？你也知道，她是大哥的掌上明珠，全家人都娇惯她，所以……”

“嗯。”叶汐颖轻轻应了一声，“我没有生气，就是有点不舒服而已。是她导致我和赵东耀离婚的，哪怕现在我和赵东耀是不可能的了，但心里还是有不甘心和怨气，这种感觉你懂吗？我没有刻意去讨厌她，只是……只是……不舒服而已。”

万宗胥直视前方，看着来来往往的车子，川流不息地朝着各自的方向驶去，正如同一条条人生轨迹一般，也许会交叉，但是最终都会驶向不同的地方。“黎芝只是我的侄女而已，她不会介入什么的，我们将来过我们的，跟他们也不会有太大的牵扯，所以，不要不舒服了……你不舒服，我也会跟着不舒服……”

“嗯，我尽量。”叶汐颖扯出一个笑容，却有点僵。

正是餐厅最繁忙的时候，楼下坐得满当当的，服务生来来往往，各自忙着手头上的活。万宗胥带着叶汐颖上到二楼，服务生早已在门口等着了，看见他俩过来了，恭敬地打开门，沈融芬正悠闲地坐在里面喝茶。

叶汐颖在沈融芬旁边落座，万宗胥则是坐到叶汐颖身边，服务生迅速拿上菜单，万宗胥连忙笑着说：“阿姨，您喜欢吃什么？”

沈融芬对着服务生点了四个小菜，然后让叶汐颖也点了两个，万宗胥又点了一个干锅地三鲜，沈融芬见万宗胥那么有条理地安排，倒是比较满意。喝了一口茶，万宗胥笑着说：“难怪阿姨皮肤保养得好，原来是在饮食上有所讲究的。”

“讲究倒是不敢当，就是随意吃吃，不能吃得太荤腥油腻。现在不是以前了，总归要讲究养生之道的，病从口入也就是这个道理。”沈融芬这会儿心情倒还不错，居然能跟万宗胥讲起这个。

万宗胥会意一笑，“阿姨说得对。”随即瞄了一眼叶汐颖，似笑非笑地看着她，意思很明显。叶汐颖偷偷在桌底下踢了他一脚。

这顿饭吃得还算和谐，叶汐颖悄悄地舒了一口气，沈融芬并没有给万宗胥脸色看，两个人聊得还算是不错的。就在吃得差不多的时候，来了一个意外的人，沈融芬显然没有料到。张教授怎么会来这里？

万宗胥看了张教授一眼，上衣穿着衬衫，下身则是宽大的黑裤子，戴着一副考究的眼镜，一看就是做学问的人。他问了沈融芬一句，“阿姨，要不要我和颖颖出去逛逛？”

沈融芬的注意力全在张教授身上，随意地应了万宗胥一句，“嗯，你们俩都出去逛逛吧，待会儿再联系。”

万宗胥迅速带着叶汐颖离开，叶汐颖对这个事有点摸不清，张教授她见过几次面，但没有深谈过，怎么会出现在这里呢？根据万宗胥上次所说，他们俩不是闹矛盾了吗？

叶汐颖跟着万宗胥来到附近的小公园里，万宗胥牵着叶汐颖的小手，嘴角勾起一抹笑，看起来心情很好，“你这小脑袋瓜里想什么呢？”

“你不是知道吗，还问我？他俩到底是怎么样一个情况？”叶汐颖走到公园的长椅上坐下，然后靠在万宗胥的身上。

万宗胥笑了笑，揉了揉叶汐颖的头发，说了一句不着边的话：“你的头发长得好快，这才没多久，就这么长了，还好比较软，不然肯定刺刺的。”

万宗胥倒腾着叶汐颖的头发，她不满地挥开他的手，小声嚷嚷：“哎呀，你别弄了，快告诉我好不好？”

见叶汐颖这么着急，万宗胥没由来的出了个坏心思，磨磨蹭蹭就是不告诉她，特意卖了个关子，凑近她，笑得特别具有深意，“你亲我一口，我就告诉你。”

叶汐颖闭着眼睛亲了他一口，离开的时候，还特意咬了一下，以示惩罚，万宗胥只是笑笑，“你妈和张教授不是在闹矛盾吗，我这是在帮他们解决问题。”

叶汐颖瞪大眼睛看着他，“你是说……”

“你妈比较……强势，而张教授则是听话那一类的人。据说这次是因为张教授受不了你妈事事都帮他做决定，好像跟两个人买房有关系。你妈倾向于复式楼，而张教授更喜欢普通的楼层，可你妈早就付了定金，两个人就为了这事吵起来。这不，你妈一直跟你住酒店，也不回去住，主要还是这个问题，她就不想让张教授找到她。”万宗胥耐心地给叶汐颖解释。

叶汐颖顿时一愣：“就为这事吵架？这俩人真……”

难怪沈融芬回来的时候，并没有选择住家里。她早先就已经在 A 市有三套房子了，租出去两套，还有一套是空的，叶汐颖琢磨着，毕竟出国那么久了，屋子肯定是有些脏了，再加上在A市的时间不是很长，马上又要去美国了，所以才选择住酒店的，这样比较方便，没想到是因为两个人吵架了。

“你以为所有人都跟我们一样恩爱吗？两个人在一起久了，总会吵吵闹闹，这是肯定的事。”

叶汐颖：“……”

其实，把这事说开了也就好了，张教授是个会妥协的人，只不过是心里憋着那口气而已，而沈融芬虽然表面上显得难说话，实际跟她女儿一样，都是个口硬心软的人，不然也不会天天去学校里逛逛，看张教授的近况。

这事一解决，沈融芬连带看万宗胥也就顺眼多了，特别是知道是他喊来的张教授，瞬间也就没那么多挑剔了。沈融芬处理好这件事，就准备和张教授一块回美国了，万宗胥听到这个消息，简直是高兴坏了，终于不用跟叶汐颖这么偷偷摸摸的了。

飞机场内，叶汐颖和万宗胥过来送沈融芬。沈融芬穿着一件卡其色T恤衫和一件牛仔裤，显得年轻了不少，而张教授则是一身黑，两个人在一起挺配的。

叶汐颖抱了一下沈融芬，“妈，去美国以后，要好好照顾自己。”

沈融芬摸了摸叶汐颖的小脸蛋，“妈知道了，你也是，好好照顾自己。对了，车还是一定要学的，过一个月，妈直接让人送过来。”

叶汐颖脸一黑，“妈……”

张教授在旁边笑着说：“你妈也是为了你好，好了，再不走时间就要来不及了。”

万宗胥插了一句，“阿姨，你就放心好了，我一定会好好照顾颖颖的。”

沈融芬瞄了一眼万宗胥，嘴角勾起淡淡的笑容，“她脾气有点娇，你费心了。”

万宗胥咧嘴一笑,搂着叶汐颖的肩膀,“阿姨,你就放心好了,我肯定会好好照顾她的。”

沈融芬满意地点点头，然后两人一同前去安检。叶汐颖略带感伤，不是很喜欢这种场景，每次跟亲人分离，总感觉自个儿是孤零零一个人。这会儿，万宗胥紧紧地抱住她，“傻瓜，我会好好照顾你的。”

万宗胥一回就酒店，就跟改革春风吹满地，农民翻身做地主一样，乐得都快要找不到北了，直接进到原本完全不敢进的房间里，对着叶汐颖又亲又抱。

万宗胥在叶汐颖身上耍流氓，“什么时候跟我回 A 市，免得被你天天说不务正业，我也是要赚钱养你的，你得跟我早点回去。”

“对了，我答应要带堂妹出去玩的，还有我小妈那边，总要去看看她吧，也不知道她现在过得怎么样。我妈在的时候，我不敢去，现在倒是可以去处理一下。不然你先回去吧，我过两天就回来。”叶汐颖想了想，好像在 A 市还是有很多事的。

万宗胥一听这话，连忙说：“那我等你一起，不差这两天，公司也不可能在两天内倒闭的，咱们要一块回去。”

叶汐颖被逗得心情很好，开起玩笑来，“那可不一定，不是有一夜破产的吗？”

“冰冻三尺非一日之寒，那样的肯定是早就出问题了，咱们公司向来运作正常，怎么会出那种纰漏呢？我要破产了，你肯定就不理我了，我怎么会出这种问题呢？”

“你要破产……”叶汐颖幻想着他破产的模样，可无奈怎么样都想不出来，这人生来就是含着金汤匙长大的，实在难以想象，于是笑笑，“那我养你吧？”

万宗胥浑身一震，激动地搂住她，深情款款地说：“哪怕你是骗我的，我也心甘情愿。”

最初叶汐颖接近他，完全是为了赵东耀的事业，他装作全然不知，在默默地帮助她，所以他对这点很担忧，倘若他有一天没钱了，叶汐颖还会跟他在一起吗？

那肯定是不会的，只是，他会没钱吗？答案还是不会，所以他也就不想因这些有的没的而烦恼，今天从叶汐颖的嘴里说出来这样的话，他还是兴奋得不得了。

“傻瓜……”叶汐颖笑着摸了摸他的头发。

由于两个人还要在这儿住两天，于是退掉了原来沈融芬订的房间，两个人住到一间去了。万宗胥真有种熬出头的感觉，自家女人终于又回来了，而且岳母大人对他也大大地改观。叶汐颖抱着一小堆衣服去厕所洗，万宗胥则是大摇大摆地在看电视。

叶汐颖的手机亮了一下，万宗胥匆匆一睹，原本是不想看的，可又想看看究竟是谁发来的，于是拿起看了一眼，这一瞄，瞬间心里不是滋味，脸上青一阵白一阵的。赵东耀发来一句：“睡了吗？可以聊聊吗？”

万宗胥脑子里想着，两个人没有在一起的日子，赵东耀有没有经常这么做？

迅速查看了叶汐颖的微信、短信、QQ，甚至连许久不上的微博，都上去瞄了一眼，没有看见赵东耀的痕迹，这才放心一点。

其实叶汐颖的生活圈子很窄，微信这些基本都没怎么聊过天，就是偶然间有几个电话而已。看到这里，才稍稍缓和一点，但也有可能是她每天都删掉了，不过想到叶汐颖那脾气，应该不会干这种事。

叶汐颖洗好澡从厕所里出来，看见万宗胥拿着自个儿的手机呆呆地看着，悄悄走到他的身边，捂住他的眼睛，“看什么呢？居然拿我的手机看！”

万宗胥没有像平时一样开玩笑，神色很严肃，叶汐颖凑近看了看手机，是赵东耀发来的一条短信，瞬间明白了，清了清喉咙问：“宗胥，你很在意吗？”

万宗胥沉默良久，忽然像是爆发了一样，站了起来，冲着叶汐颖大喊：“是，我很在意，为什么你永远和赵东耀分不开啊？你现在是我的女人，凭什么还要跟他有联系？我真不懂了，他有什么好的，值得你们俩这么藕断丝连！”

“对不起……”叶汐颖低下头，拿过手机，摁下删除键，却没有任何对这件事的解释。

万宗胥整张脸都气得不轻，好像遭到了背叛一样，抖着声说：“你还删掉，难道你就不跟我解释一下吗？你和他到底还有没有关系？为什么他老发短信给你！”

“解释你也不会相信的。”叶汐颖淡淡地说。

打小父母的遭遇告诉她，倘若一个人有心怀疑你，那么你说的话，他都会认为是狡辩。如果他相信你，那么不用你解释，他也会相信，所以，真的没有必要再说些无谓的话。

万宗胥暴跳如雷，气地走来走去，在房间里打转，走了一阵，才绕回到床上，语气没有刚刚那么狂躁了，缓和地说：“那你就想办法让我相信啊，你怎么都不为了我努力一下，只要关于你的事，我哪件不上心？而你对我的事，完全就是无视，甚至一点都不在乎。”

“宗胥……”叶汐颖正在抹身体乳，这味道恰好是她喜欢的玫瑰花香，她将瓶子递给了万宗胥，“后背抹不到，你帮我抹抹。”

万宗胥顿时好气又好笑地看着她，这女人已经把他吃得死死的，憋着闷气，接过瓶子，随意倒了一些到手上，在她身上捣鼓着。万宗胥的指腹上有老茧，一触及那丝滑的皮肤，整个人的心魂都被吸引住了。

“宗胥，滑吗？”叶汐颖问得略带诱惑，颇有风情地投了一个媚眼。

万宗胥吞咽了一下口水，这小女人分明就是在故意挑逗，原本早就想扑上去了，但他很有骨气地不受勾引，别开眼说：“你这是变相跟我示好吗？不行，这事你得解释，而且保证下次再也不犯……”

他这话还没说完，叶汐颖就亲了上去。

深夜，叶汐颖早就累得深深入睡，万宗胥翻来覆去睡不着，惊醒了身边的女人，叶汐颖蹭了蹭万宗胥的手臂，慵懒地打了个哈欠，“大半夜的，你在乱翻什么呢？”

万宗胥觉得有些委屈，但还是亲了亲叶汐颖的脸蛋，“对不起，我刚刚一时被气昏了。”

他一碰到叶汐颖，脑子就有点发昏，这会儿清醒了之后，才想起来，要是叶汐颖真和赵东耀有什么，她早就复合了，哪还等到现在。换句话说，这只是赵东耀单方面的想法而已，不然也不会发这样的短信过来。

叶汐颖嘀咕了一声，轻轻回搂住万宗胥，活到现在，她越来越不明白感情的意义，只是想很简单地陪在一个人身边，不要吵闹，不要纷争，也不要怀疑，就这么安安静静地走下去，她不知道万宗胥会不会懂，可她希望他能懂。

叶汐颖一大早就起来了，化了个淡妆，梳头发的时候，发现掉了好多，暗自在心里想，果然是老了好多，居然频频掉头发。

这会儿，她开始羡慕起二十岁的自己，却又想不出来那究竟是什么样的。

万宗胥说她头发长得快，实则不然，那是他认为的，那时候，长得才叫迅速，而现在只能说会长，但是不快。

万宗胥一睁开眼就看见叶汐颖在倒腾着头发，“大清早弄得这么漂亮去哪呀？”

“回家看小妈，还有带沈钰去玩，你不是想让我早点回去吗？我得赶紧把这些事办好。”叶汐颖边说边穿上一双深灰色的夏靴，她原本就腿长，身材又纤细，这么一穿之后，显得整个人颇有风情。

万宗胥一直盯着她看，自个儿的女人是挺美的，尤其是那水嫩嫩的皮肤，一掐就跟果冻似的，可她平时穿得保守，都显不出特点，配上这鞋子就不一样了，简直漂亮得让他别不开眼。“也没见你穿这么好看给我看！我现在的地位啊，连路人甲都不如。”

“胡扯什么呢？”

叶汐颖准备好之后，拎着小挎包出门，万宗胥从床上起来，从背后抱住她，“我陪你一起吧。”

叶汐颖淡淡一笑，“不行啊！你还是乖乖等我处理完事，再回来找你吧。”

万宗胥脸色一沉，哼了一声：“你又不待见我了，连你妈都同意我了，你小妈怎么可能不满意我呢？再说了，我有这么见不得人吗？”

“你生气了？”叶汐颖小心翼翼地问，她不是不想让万宗胥去，而是怕太麻烦了，这种麻烦，连她自己都不知道怎么解释，只是纯粹不想这么做而已。

万宗胥紧紧地搂着叶汐颖，嘴里却说得阴阳怪气，“反正你又不待见我，我生气有什么用？再生气也没用！弄得跟地下情人一样，反正我就是见不得人。”

“不是……”叶汐颖慌了，连忙解释，“我不是这个意思，好啦，咱们一起去，不要生气了。”

万宗胥变脸变得可真快，一下子就换上了大大的笑脸，亲热得蹭蹭叶汐颖的脸蛋，“我这就去换衣服，很快的。”

叶汐颖这才知道，她是被万宗胥摆了一道。她坐在沙发上等着，看着他走进厕所，暗自翻弄手机，发现微信和通讯录上的他名称显示为“老公”，顿时诧异，这男人手脚真快，昨晚手机不都拿回来了吗？他是什么时候改的？

没过十分钟，万宗胥就已经洗漱完毕，男人的速度就是和女人不一样，她早上花了一个小时才整理好，他却只要那么几分钟。

叶汐颖打开大门，就看见秘书站在门口，正欲拿起手机打电话。

叶汐颖微微傻了一下，随即冲秘书笑笑，“你来找宗胥吗？”

万宗胥在后面发出声来，略感惊讶地说：“来得这么快，我还以为你晚上才能过来呢！”

秘书笑笑，将合同递给万宗胥，“厂商那边着急，他们晚上就要回温州了，所以我这才赶紧过来给您签了。”

万宗胥接过合同看了秘书一眼，严肃地点点头，转身搂了搂叶汐颖，柔声地哄着：“你先去吧，到时候我电话联系你。”

叶汐颖瞬间变得尴尬起来，都不敢直视秘书了，乖巧地点了下头，抓紧包就离开了。

万宗胥笑眯眯地看着叶汐颖离开，这会儿脸色一百八十度大转弯，恢复到了往日的冷峻，“去楼下咖啡厅细聊。”

叶汐颖来到了叶家大门口，这里已经没了往日的生气勃勃，看上去死气沉沉的，院子里的花草都好一阵没整理过了，杂草丛生。

这里已经不是原来意义上的叶家了，而是分给了沈倩倩。叶汐颖之所以没有要这套房子，是因为都是一些不想触及的回忆，而对于沈倩倩来说，这里是美好的过往。

沈倩倩早已在院子里等她了，看上去比之前还要消瘦，黑眼圈相当浓重，一头长发也没了光泽。叶汐颖走上前去，“小妈，怎么站在这里？我们进去吧。”

沈倩倩点点头，两个人一同进了屋子，发现里面空荡荡的，除了几个用人之外，真的毫无声气。有时候，只走一个人，就会发生巨大的变化。

叶汐颖在沙发上坐下，用人连忙端上泡好的茶水，沈倩倩端出了自个儿烤的饼干，两个人各自拿了一片，久久没有说话，沈倩倩这才冒出声来，“汐颖，你跟我上来看个东西。”

两个人走到二楼的卧室里，摆设并没有太大的改变，沈倩倩从床底下拉出一个大盒子，上面全都是一家三口的照片，从叶远和沈融芬的结婚照、生活照，到叶汐颖出生的照片，以及长大之后的，叶汐颖一张张看，眼泪不禁滑落下来，“这些……”

“汐颖，你爸临走之前，最怕你还讨厌他。他这一辈子，有太多的无可奈何了，他的心里一直有你和你妈妈，只是没有表达出来而已，有时候，他就呆呆地看着这些照片，回忆以前的事。他生病的那段时间，几乎是天天拿出来看，然后就会跟我说，真的很想念过去。”沈倩倩说得泪流满面，不停地擦着眼泪。

叶汐颖抱着照片，心里尽是酸楚，因为她的偏执，究竟错过了多少东西？

很多东西是等不得的，一旦等待，结果可能都是一场空。

叶汐颖一个人在卧室里坐了一会儿，窗外阳光普照，暖洋洋的，院子里的柳树长得相当好，长长的枝条垂下，仿佛少女的长发飘飘，她想起曾经和叶远在院子里种小树苗。

“这树苗种下去，得悉心呵护，经常打理，你看你冒冒失失的。”叶远蹲在地上细心地拨弄着泥土。

叶汐颖原本兴致勃勃，被那么一说，像是头上浇了一盆冷水一样，“噢……反正我也不是种东西这块料，别找我了。”

“你这孩子，说你一句都不行了？”叶远忍不住连连叹气。

叶汐颖觉得委屈，瘪了瘪嘴巴就走开了，让叶远一个人去种。原本叶远是培养她这方面的爱好，这下不仅没成，还发生了口角。其实一早有矛盾的话，无论什么事，都会发生摩擦。

这些年，父女间的隔阂很大，虽也在改善，只是效果颇微，后来又发生了大矛盾，离家出走断绝关系等等，所以说越来越远。

叶汐颖最终没有拿走那些照片，又放回到床下，有些东西，就让它埋藏着吧。她跟沈倩倩告别，顺道说了回A市的事，沈倩倩送她出门。叶汐颖独自离开，转头看了眼沈倩倩，她就像是一片摇摇欲坠的落叶，自打叶远去世之后，变得毫无生气。

叶汐颖走到拐角处，就看见万宗胥的车子停在那儿，打开车门，坐了上去，万宗胥瞅了一眼叶汐颖，“你怎么闷闷不乐的？”

“没什么，就是有点难过，你事情都办完了？”叶汐颖说完，又是一阵叹气。

“办完了，我什么效率啊，做事情都是分分钟就解决的，什么大事到我手上，都是轻而易举的。”万宗胥又在自吹自擂，“那我们现在去二姑家？我要不要去买点什么？”

叶汐颖低着头点点，“不然去买些水果吧，其实二姑也不讲究这些，你意思意思就可以了，用不着买很多。”

万宗胥在前面的水果店前停了下来，叶汐颖左看右挑，没有瞧见合心意的。万宗胥跟老板在那里讨论送人要什么水果，老板立马眼睛一亮，“你看我们新到的车厘子，个大又甜，你要送人可是最好的，而且我们的包装精美，你看这盒子，一看就上档次。”

叶汐颖走过来一看，老板殷勤地塞了两个给她，“你尝尝，是不是很好吃？”

叶汐颖咬了一口，果真是挺甜的，拉了拉万宗胥的袖子，递给他一个，“你吃吃看，味道是挺不错的。”

老板笑眯眯地说：“对吧，我说的没错吧？我们家的车厘子那是最甜的。你看你老婆都说好吃，买几箱吧？”

叶汐颖连忙挥挥手，“几箱是不用了，太多了。”

万宗胥一听老婆这词，立刻眉开眼笑，觉得这老板眼光挺好，心情大好，“那就先来四箱！”

叶汐颖呆若木鸡……

就消费欲来说，男人呈现的是理性，而女人则是感性，这只是通俗的说法，更多原因得看是否合胃口，遇上合乎心意的，男人的消费欲可一点都不比女人差。

万宗胥买了满满一后备厢的水果，叶汐颖忍不住小声嘀咕："你真是钱多得没处花，要按照你这种挥霍的程度，没准过几年咱们就要喝粥了。"

万宗胥眉毛一挑，不置可否地笑笑，"你这是关心我吗？我要倒闭了，就靠你养了，你会养我的吧？"

叶汐颖嘴角勾起一抹笑，"唉……既然你这么说了，那我就勉为其难养你好了。"

"……"万宗手握方向盘，侧过脸委屈地说："你怎么说得这么勉强，前几天还说得很好，今天就变了，女人就是翻脸比翻书还快。"

叶汐颖扑哧一声笑了出来，万宗胥咬咬牙，猛踩油门，车子迅速插到前面。万宗胥这个人，遇到什么气闷的事，就专门拿车子出气，幸好也没酿成什么重大车祸，他明知道叶汐颖是开玩笑的，可怎么就较真了呢？

万宗胥不是很熟悉路，叶汐颖也没开过车，对这些更是茫然，两个人停下车子，弄上手机导航之后，这才又出发了。

两个人走入二姑的别墅，刚好二姑出去打麻将了，沈钰在二楼练习毛笔字，叶汐颖让用人将水果搬进去，随即去楼上。

沈钰正在专心致志的一笔一画地写着，叶汐颖蹑手蹑脚地靠近，沈钰猛地转身，就看见叶汐颖定在身后，样子可滑稽了，忍不住笑了出来，"姐姐，你是准备吓我吗？"

"是啊，可你太聪明了。"叶汐颖揉了揉沈钰的小脑袋。

沈钰原本想回一句，却被站在门口的万宗胥看愣了，他正朝着她们走进来，她好奇地问：“姐姐，那个叔叔是谁啊？”

“叔叔？”叶汐颖笑了出来，声音有点大，而万宗胥的脸黑黑的，阴沉得像是即将打雷下雨，沈钰不明所以地看着两个人，越发得好奇。

万宗胥一把搂过叶汐颖，那只手紧紧地禁锢住她的肩膀，略带占有欲地说：“我是你姐夫。”

“……”沈钰眼睛眨巴了几下，没作声。

叶汐颖推了推万宗胥，觉得跟一个小孩子较真实在是没必要，然后拉着沈钰的小手说：“他这个人就是看着凶了点，其实很好说话的。”

万宗胥开车带着两个人去附近的游乐场，叶汐颖和沈钰坐在后面。今天天气还是不错的，阳光普照，一派生机勃勃之象，但也不会太热，正是个适合出游的好日子。沈钰跟叶汐颖说着话，时不时转头偷看万宗胥。

叶汐颖以为沈钰害怕，毕竟万宗胥严肃起来，也挺吓人的，于是搂了搂沈钰，小声地在她耳边说：“他说话可搞笑了，你待会儿跟他说说就知道了。”

“姐姐，她真是你……男朋友吗？”沈钰凑到叶汐颖耳畔轻声说，生怕万宗胥会听见，还不时瞄瞄他那个方向。

叶汐颖点点头，摸了摸她的小辫子，顺手解开，用手捣鼓了几下，编出了一个蜈蚣辫，细心地夹上蝴蝶结发夹。沈钰拿着镜子看了一下，开心地说：“真好看，跟我们舞蹈老师的一样。”

“你的刘海还太短，不然全部弄上去更好看。”叶汐颖笑着说。

万宗胥透过后视镜，听到这俩人的对话，嘴角上扬，心情变得非常好，想着叶汐颖对小孩还蛮好的，将来肯定会对他们的孩子好，只是……他瞄了瞄她的肚子，他都这么卖力了，怎么她的肚子就一点反应都没有。

这个游乐园在郊区，也算是附近小有名气的，全名叫作景胜动物游乐园，简而言之就是动物园和游乐园二合一。近年来，随着生活水平的不断提高，顾客的需求也是蒸蒸日上，弄得商家巴不得将全部的特色全部弄在一起。

他们首先乘坐过山车，穿越重重假山，到达动物园，沈钰兴奋地拉着叶汐颖去看狮子，万宗胥则是跟在她们的后头。沈钰这丫头，天天被二姑压着读书，上各种补习班，连喘气的时间都没有，这会儿像是脱离苦海一样，让叶汐颖不断地给她拍照，摆出不同的动作。

沈钰东跑西跑，玩得不亦乐乎，头上都是汗，叶汐颖去附近的小店买矿泉水和纸巾，沈钰和万宗胥在看猴子。沈钰见叶汐颖走了，又开始不安起来，整个人像是挨了一记闷棍，傻傻地站着不说话。

万宗胥凑近沈钰，看了这个小闷葫芦一眼，“我就这么可怕？你姐一走，你就直接变成哑巴了？”

“不是……”沈钰闷闷地说：“不习惯，以前都是东耀哥哥陪着的，你……我又不是很熟。”

沈钰可喜欢赵东耀了，风趣幽默，对她又好，这会儿换了万宗胥，总是有种奇怪的感觉，像是世界都不一样了。怎么姐姐就跟他在一起了呢？万宗胥弹了一下她的脑门，“小孩子家家，不熟等下就熟了，这有什么。你东耀哥哥可以做的，我也可以。”

“那……我总不能喊你哥哥吧，你都这么大年纪了！”沈钰摸了摸额头，不满地说着。

万宗胥有种被人嫌弃的感觉，他那么大年纪？这才多大，不过就三十五岁，这算很老吗？他虽然生的不算太老成，但是叶汐颖长得过于嫩，导致两个人看上去还是有点落差，只是还没到她说的这个份上吧？

万宗胥尴尬了一下，随即脸色恢复正常，“随便你，爱叫什么叫什么,反正怎么叫，我都是你姐夫。”

“那可不一定。”沈钰小声嘀咕。

万宗胥的耳朵可灵了，一下子就听见了，眼神一转，“你嘀嘀咕咕说什么呢？”

沈钰捂住自个儿的嘴巴，“唔……我什么都没说。”

叶汐颖回来了，拿了一小袋零食，还递给沈钰一瓶水，然后又拿了一包薯条给她。沈钰咔哧咔哧地吃起来，眼睛眯成一条缝，“姐姐，我妈妈都不让我吃这些的，我今天太幸福了。”

万宗胥喝了一口水，看着这小丫头这么高兴，心里哪怕有怨言，也烟消云散了。小孩子就是具有这种神奇的魔力，叶汐颖捏了捏万宗胥的手心，轻声在他耳旁说：“看你这副凶巴巴的样子，你们刚刚在说什么呢？”

万宗胥捏了捏自个儿的脸，心中暗忖，“有这么夸张吗？”

叶汐颖笑着递了一包黄瓜口味的薯片给他，万宗胥不满地推了推，他一贯不吃这些垃圾食品，都是陪着叶汐颖吃的。

沈钰活力十足，看了动物园之后，又去游乐园，里面有很多大型的游乐项目，他们俩大人都不敢上去，可沈钰却全都玩了一遍，直到她累得不想玩了，这才罢休。

叶汐颖光看着沈钰玩就心惊胆战的，知道结束了，这才松了一口气，万宗胥在一旁抱着她说，“这算什么，我小时候经常玩！”

“……那你怎么不敢上去！”叶汐颖哼了一声。

万宗胥故作惊奇地说：“有吗？我是怕你害怕……”

晚上，三个人到附近的农家乐吃饭，沈钰点了许多爱吃的菜，都是略带甜味的，比较偏向上海那边的口味。

万宗胥点了几道蔬菜，沈钰碰也没碰，叶汐颖倒是吃了一些，“这家的苦瓜做的没有苦味，真的挺不错的。”

叶汐颖说完，就顺手给沈钰夹了一些，沈钰嫌弃地看了一眼，又不好意思挑出来，于是趁着叶汐颖去上厕所的时候，偷偷地从碗里弄出来，扔到窗户外面去，万宗胥凉凉的来了句：“你老师教你爱惜粮食，怎么就随意乱扔呢？”

沈钰看了万宗胥一眼，原本以为他会装作没看见，没想到居然还说出来，于是鼓足勇气凑了过来，像是下定了什么决心似的，“不然……我喊你一声姐夫，你不要告诉姐姐？万一她告诉我妈妈，那我就惨了。”

万宗胥挑眉，“喊声试试？”

沈钰双手合十，低着头说：“姐夫，你就行行好，别告诉姐姐了。”

“嗯……可以。”万宗胥满意地点点头，“那么这回我就当作不知道了，可是下不为例啊！”

沈钰这回倒是点点头，“那你记得千万别告诉姐姐！”

叶汐颖刚好推门而入，听到了这句话，“什么事不能告诉我？”

沈钰飞快地扑到了叶汐颖的怀里，着急忙慌地说：“姐夫说下次还带我出去玩！”

这说话的语速，紧张的姿态，以及讨好的笑容，一听就像是在说谎，叶汐颖不自觉地瞄了万宗胥一下，轻悠悠地问了句：“是吗？”

万宗胥闷哼了一声，不承认，也不否认。这小丫头简直没一点说谎细胞，看她这么紧张，他都捏了一把汗，难怪就这么傻乎乎地投靠到他这边来了，原来是这个原因。

叶汐颖在两个人之间回视，露出一个笑容，“好了，快去吃饭，你妈妈打电话来催了，你要早些回去了。”

沈钰一听，满脸失望地加快速度。结账的时候，老板特意打了个八折，叶汐颖心情不错，女人就是喜欢计较这些小恩小惠。将沈钰送到二姑家门口的时候，沈钰偷偷地在叶汐颖耳边说：“姐姐，我感觉姐夫还是蛮好的！”

叶汐颖笑了，“那刚开始感觉不好？”

沈钰摇摇头，“也不是，反正就是一种感觉！”

叶汐颖拉长尾音，“哦……一种感觉，你都知道感觉了？”

沈钰被说得不好意思，连忙说：“不准笑我了。”

叶汐颖总算是把 A 市的事情都整好了，万宗胥带着她离开的时候，心里有点刺痛，特别是在退房的那一霎，有种恍如隔世的感觉。这里有着她童年的回忆，如今叶远一走，以后怕是也不会再回来几次了，叶汐颖不是个时常会四处溜达的人，哪怕是有，也不会来 A 市。

恰巧是工作日，高速不是特别堵，万宗胥是以最快的速度到达 S 市的，直接开到楼门口，两个人坐着电梯上楼，叶汐颖一推开房门，不禁愣了，怎么里面都不一样了？

房子里全都换上了新的家具，目所能及之处，窗帘、沙发、墙壁、甚至是地板，都是乳白色色系的，倒也符合她的审美，转头好奇地问："怎么换了？"

万宗胥把行李扔到沙发上，叶汐颖连忙阻止，"弄脏了可怎么办。"她小心地打开箱子，将里面的衣服拿出来，明明是一件叶汐颖习惯的事，可万宗胥却觉得这感觉真好，油然升起媳妇在家万事足的兴奋。

因为好久没有回家了，房子里满是灰尘，叶汐颖连忙去拖地，吩咐万宗胥将衣服叠好放进衣柜。本来万宗胥想着明天找个小时工，一块儿做了不就得了，还需要这么辛苦？但想想叶汐颖肯定是不会同意的，必须要亲力亲为，她在酒店里洗个衣服，都是很仔细的，一点不含糊。

万宗胥先整理叶汐颖的衣服，从里面拿出一堆，发现都是素色，越看越觉得这衣服的颜色跟她的性格是一样的，不过内衣就是包罗万象了，有紫色、蓝色、米黄色、白色、黑色，还有他上次非要她买的大红色。叶汐颖一进来，就看见万宗胥拿着她的内衣欣赏，顿时不自然地说："你干什么呢？"

万宗胥此时正拿着那一件红色内衣，笑嘻嘻地凑了过来："我的眼光是不是特别好？就这么一件，都可以抵得过全部了。"

"不正经。"叶汐颖扯了扯嘴角，故作严肃："赶紧整理好，待会儿要吃饭了。"

叶汐颖的手机掉到了床上，不断地唱着歌，万宗胥低头一看，又是那刺眼的人名，心里一怒，沉着声接起，"喂？"

赵东耀站在盛豪 KTV 的拐角处，听到那边接起来，吃惊了一下，没想到是万宗胥接起来的，"汐颖呢？"

"在做饭。"万宗胥停顿了一下，冷冷地说："你能不骚扰颖颖吗？她现在是我的女人，跟你一点关系都没有了，别有事没事就跳出来烦人。"

赵东耀捏着手机的手微微发抖，被气得但仍不轻，故作镇静地说：“呵，你们俩又没结婚，凭什么我就不能打电话给她了？再说了，哪怕你们结婚了，我还是他前夫！”

万宗胥啪一下就把手机挂掉，一张脸气得铁青。

赵东耀被挂掉电话之后，憋着一股闷气回到包厢里，里面依旧歌舞升平，三个画着大浓妆的女人妖娆地在跳舞，陈氏集团的公子搂住其中一个，跳起了贴身热舞。

他坐到了沙发上，公主低眉顺眼地倒上酒，他喝了一口，微微咳嗽了一下，这酒可真是浓烈，想必酒精度数极高，摇晃着酒杯，里面的液体跟着晃悠，思绪飞得老远。

打从上次叶汐颖拒绝他后，他总想起以前的事，想起两个人曾经共度的快乐时光，经常梦到一大的时候，她梳着一条马尾辫，站在阳光下的样子。对于现在，他没有多少记忆，日复一日不知道在过些什么，他想回到过去，似乎也是不可能的事了。

他心里仍旧想她，哪怕只听到她的声音也好，发短信没有回，好不容易鼓足勇气打电话，却是万宗胥接的，这婚一离，果然彼此是路人，想说一句话也是难事。

陈老板找了个佳丽坐到赵东耀的身边，他淡淡地又喝了一口酒，抽起一根烟，那女人用身体不断地挤压着他的胸膛，他笑了一下，捏了下她艳丽的脸蛋，手上尽是粉底，嫌恶地抽了一张纸巾擦掉，“走吧，出去透透气。”

赵东耀大步向门外走，这个酒局，他本来是不想来的，可失去了那笔大生意，总归是要补个漏洞，所以才接下这单。陈老板是个狠角色，做事比较狡诈，付款又很慢，所以是不得已才接下的。

女人跟在赵东耀身后走着，他进便利店买了两罐咖啡，递了一罐给那个女人。两个人坐在公园的长椅上，赵东耀打开咖啡喝了一口，忍不住苦笑了一下，以前穷的时候，会坐在这里，不甘心现状，却又无可奈何，而现在……

“赵老板，难道你是想在这里？”女人不安地四处瞅着。

赵东耀看了她一眼，不作声，女人以为他是默认了，咬了咬牙，柔软的身子缠了上来，小嘴亲上了他的嘴巴。赵东耀一把推开了，透着丝丝寒气，薄唇一字一句地说：“你给我滚！”

女人觉得莫名其妙，“不是你带我出来的吗？”

赵东耀勾起她的下巴，语气冷冽，“不要让我再说一次了！你立马给我滚！”

女人被骂的无辜，气愤地站起来，扭动了下腰肢，轻哼了一句：“神经病。”

赵东耀看着她离去的身影，猛地将咖啡灌了下去，紧紧地握着瓶子，朝着垃圾桶方向一扔，砰的一声，瓶子撞到了垃圾箱，被反弹到树丛里。

晚上，万宗胥搂着叶汐颖闷不吭声，他既然不说，她也就不问了。天气有些转凉了，风吹进来有些冷，叶汐颖起身去关了窗户，回来的时候，发现万宗胥坐起来了。叶汐颖打了个哈欠，躺到床上去，故作不知情地扯了扯他，“睡觉。”

万宗胥待了一会儿，这才躺了下来，叶汐颖紧闭双眸，睫毛翘翘，他忍不住摸了摸她的脸蛋。有了上次的经验，他这回就不会轻易把事摆出来说了，反正她还是这副，你愿意相信就相信，不愿意相信也罢了的态度，再怀疑就显得没有任何意义了。

他接完电话之后，立马删除了通话记录，可能是某种嫉妒心在作祟，虽然叶汐颖一再表示不会跟赵东耀有什么，只是……

他还是不放心，他该拿这个女人怎么办？

忽然，叶汐颖睁开眼睛，万宗胥微微一愣，她笑眯眯地凑了过来，主动地抱住了他，语气软绵绵地问：“对了，我这么久都没去上班，美人詹会不会把我给开除了？”

万宗胥失笑，摸了摸她的小脑袋，“他敢！”

“为什么不敢啊？你又不是老板！他才是老板，再说了，我这么久没去上班，实在是有些过分，要是他真的不高兴，也是可以理解的。”

叶汐颖算了算时间，也快两个月了，这么久不去，要是在一般的公司，的确是死刑，立马卷铺盖走人。万宗胥亲了下她的嘴巴，“那公司我也有股份的，又不是只有他一个老板，你怕什么，他还能把老板娘赶走啊？”

“……”叶汐颖呆了几秒。

万宗胥龇牙咧嘴地一笑，一双手不安分地游走，“是不是觉得我很厉害？”

“好啊！原来还是在你手下工作，你是成心的！”叶汐颖扯下他的手。

万宗胥不满地又摸了上去，动作更为惹火，弄得叶汐颖气喘吁吁，脸蛋绯红，“都说你年纪小不懂事，出去肯定会被别人欺负的，在我的公司多好，一方面是锻炼自己，另一方面则是熟悉业务啊。”

熟悉业务！他还真能扯，压根什么事都没做，天天和范春云淘宝，偶尔帮忙印一下文件，这算是哪门子地锻炼自己？难怪美人詹都不敢让她做事，敢情万宗胥也是有股份的，所以怎么着都会睁一只眼闭一只眼。

“就你会胡扯，明明是当花瓶去了。”叶汐颖不满地嘟嘴。

叶汐颖起了个大早，在镜子面前倒腾了一会，涂了一层BB霜，画了个眉毛，整个人顿时显得精神了许多，换了一套干净素雅的衣服，准备去上班。万宗胥瞄了她一眼，谄媚地笑笑："我送你去上班吧？"

"你早上不是还有个会吗？"叶汐颖替他整了整领带，调整了一下位置。

万宗胥顺手就搂着叶汐颖往楼下走，"你最重要，当然是事事以你为先。"

当万宗胥带着叶汐颖出现在美人詹公司的时候，范春云正在办公室里啃饼干，一看到这么一幕，像是被摁下了暂停键。美人詹拿了一盒巧克力进来，看到这一对冒出来，嘴角勾起淡淡的笑容，"老大，今天什么风把你吹来了？"

万宗胥低头，温柔地对叶汐颖说："乖，待会儿下班我来接你。"然后转头拍了拍美人詹的肩膀，"顺道送她过来上班。"

万宗胥离开的时候，刻意地在公司绕了一圈，这才走了。叶汐颖虚笑了一下，坐到了自己的位置上，他可真是故意的，非要弄得大伙儿都知道，刚刚在楼下，她不想让他上来，没想到万宗胥找了一个特别理直气壮的理由，他的公司，偶尔来看看也不为过，这话让叶汐颖无力反驳。

美人詹只是笑笑，临出门的时候，冒了一句，"老大可真顺路，一个南一个北，南辕北辙吗？"

叶汐颖哼了声，"看不惯别人恩爱啊！"

"跟老大在一起，越发牙尖嘴利了。"美人詹挑眉，说完这句话，从空中飞来个小袋子，他迅速接住，却不小心撞到了门上，叶汐颖扑哧一声笑出来，而范春云则是大笑，"哎呀，身手不行啊，要去健身房多练练！”

美人詹抓着东西狼狈地站起来，“偷袭算什么本事！”

叶汐颖好笑地说：“谁偷袭，送你的礼物，不对，应该是贿赂上司的礼物，免得说我翘班这么久，都没点心意！敢收吗？”

“这有什么不敢的！”美人詹挺起腰板离去，另一只手握紧拳头，可见撞得不轻。

范春云是个没心没肺的姑娘，说起话做起事都是大大咧咧的，天生就是个乐天派，天塌下来也不管不顾的，反正有美人詹扛着，她也就没什么顾虑，可打从叶汐颖回来，她就看上去不是很开心，眉宇间还有些淡淡的忧愁。

叶汐颖自是发现了，只是不知该问不该问，想着她的性格本来就豪爽，应该是不会藏着掖着，也就放心大胆地问了句：“春云，你是不是有什么事？看你心事重重的。”

范春云咬唇，思来想去，这才匆匆跑到叶汐颖的耳畔，轻声地说：“我可能怀孕了，大姨妈都两个月没来了。”

叶汐颖一愣，随即嘴角荡漾开笑容，又是欣喜又是羡慕，“那可真是好事，待会儿午休的时候，我陪你去买验孕棒，你先查查看，等确认了，你再去医院查，这样比较保险。”

“可……我怕……”范春云犹豫不决，“万一有了，那可怎么办呐？”

“不急，先查查，等确认了再想怎么办，等结果出来了，你再和美人詹合计一下，他肯定不会让你一个人烦恼这事的。”叶汐颖笑着说。

两个人出来吃完午饭，叶汐颖陪着范春云买了验孕棒，就让她去公司的卫生间了。叶汐颖一个人在门口等着，这种心情她是懂的，又是焦急又是兴奋，不知道她这辈子还有可能怀孕吗？

她摸了摸小腹，失去那个孩子之后，医生告诉她，以后怀孕的可能性微乎其微。她和赵东耀在一起那么多年，却只怀过一次孩子，她本身体质就很难受孕，再加上遭遇车祸流产之后，就更难怀上孩子了。

一想到这里，她有些心痛，不能当妈妈的女人，真的是不完整的，以前她不懂这些，而现在，每当看到别人怀孕了，或者有了小宝宝，总是很羡慕。

范春云惊慌失措地走出来，脸上带着一点母性的光辉，满是喜悦，语气却又是急躁的："怎么办？两条线！我真的怀孕了！"

"这也是好事啊！这样你和美人詹也能早些结婚。"叶汐颖连忙安慰。

范春云摇头，"他妈妈见过我，特别不喜欢我，他为了我从家里搬出来了，闹得很僵，我不想这样一直给他添麻烦，我真的不想在这个节骨眼上弄这些事，我怕他会扛不住。"

"你小看美人詹的抗压力了！你要相信他，我想你不会舍得不要这个孩子吧？"

范春云低着头，茫然地说："我很乱……"

下午上班的时候，叶汐颖有些不安地瞅着范春云，生怕她会想不开。在她眼里这都不是什么大事，他们彼此相爱就好了，至于美人詹的家里，既然都已经怀孕了，哪怕现在不会接受，生下孩子之后，肯定也会慢慢接受。可范春云显然不是乐观的，还让她保证千万不能把这事告诉美人詹。

胖子豪知道万宗胥回到S市了，忙不迭到跑到他公司来，先是报告了这半年的公司财政，又将下半年的计划都讨论了一遍，这一研究，就是三个小时。

他们三个是三剑客，旗下所有的产业，都有连带性的关系，是统一由万宗胥来决策的，因为他很小就做生意了，对这块游刃有余，让其他两个人不得不佩服，胖子豪和美人詹则是分管各自的产业。

秘书又进来添了两杯咖啡，匆匆出去，小心翼翼地关上门。万宗胥揉了揉太阳穴，胖子豪这才放下手中的笔，喝了一口咖啡，“老大，我们以低价从赵东耀手上抢来的这笔生意，是杀敌一万自损八千，其实没必要这么做的，摆明就是阻了赵氏的财路。”

万宗胥沉默了一下，胖子豪看了他一眼，“是因为小颖颖才故意这样……”

“赵氏集团是一匹黑马，不得不防，随着他越来越壮大，将来势必也会对我们造成影响，倒不如先阻了他的路，防止将来措手不及。要说是故意的，我也不否认，他和颖颖离婚也就算了，可现在还要百般纠缠，他真的以为我是空气吗？”

“老大……”胖子豪对于万宗胥是百分之百信赖的，而现在，他却为了叶汐颖干出这样的事，简直是昏了头，那个女人真的值得他这么做吗？

“好了，我知道你想说什么，都别说了，这事就这样了。”万宗胥的语气带着不容置疑。

胖子豪叹了一口气，“女人都是祸水，前阵子美人詹就跟家里大闹了一场，为了那个范春云，现在还僵着呢，你又被叶汐颖迷得神魂颠倒，唉……”

万宗胥心烦意乱，没有听进去胖子豪的碎碎念，脑子里理不出个所以然，拿着文件仔细阅览。胖子豪像是忽然想到了什么似的，“老大，你要这么担心他们俩复婚，你手脚要快点，让小颖颖怀孕了，她不就是你的了吗？而且女人怀孕了，就不一样了，一门心思都扑在孩子身上，也就不愿意会理会别的事了。”

“我早就在试了……”万宗胥想到这里就气闷，怎么着她的肚子也该有个消息了，可她的月事这才刚走没两天，前面的成果肯定是泡汤了。

胖子豪的脑细胞丰富过头了，对这句话进行仔细地解剖，得出一个结论，“老大，咳咳咳……是不是你早些年玩得太疯导致的……”

“你这话什么意思！”万宗胥咬牙问道。

胖子豪咧嘴一笑，“我那儿有些补品，吃了保管精气神都不错。”

“……”万宗胥炸开了，“你说什么呢！我正常得很！”

叶汐颖觉得范春云是在庸人自扰，怀孕本来就是一件好事，何必搞得心事重重，虽是这么想，不过她怀孕那会儿，也是愁眉不展，心情低落到谷底。晚上回家，万宗胥公司有事加班，她熬了些小米粥喝，配上了一些小菜。

她端到客厅里，打开电视看节目，这个点倒没什么有意思的，尽是一些报道，她迅速吃完，准备去洗澡，手机唱起歌来，是沈融芬打来的。叶汐颖似乎料到了是什么事，连忙接起，

“喂，妈。”

“囡囡啊，妈妈送了一辆宝马 X5 给你，你明天让万宗胥去 4S 店开回来。”沈融芬在那边说着，叶汐颖应了两声，沈融芬顺道把客户经理的手机号报给她，一切事情跟他联系就是了。

叶汐颖挂了电话之后，坐在沙发上发了会儿呆，时间过得好快，就这么一晃，她即将步入二十九岁，已是一个女人青春的尽头了，到了一个尴尬的年纪，人生感悟是有点，却又不是很多。

十一点的时候，万宗胥喝得醉醺醺的回来，叶汐颖连忙扶他上床，脱掉鞋子、外套，去卫生间里打湿毛巾，轻轻擦拭万宗胥的脸，小声喃喃：“怎么喝这么多？”

万宗胥一把搂住叶汐颖，贴着她的脸颊，笑嘻嘻地说：“我的好媳妇，给老公抱抱，老公想死你了。”

叶汐颖又是好气又是好笑，万宗胥像个孩子一样。

“宗胥，我帮你擦擦身子吧？这样睡觉不舒服的。”叶汐颖好声劝着。

万宗胥嘀咕了一声，顺从地放开她，似乎是听懂了。

叶汐颖擦完之后，准备起身去卫生间，万宗胥一把抱住了她，紧紧贴着她的背后说：“给我生个孩子吧，一个像你也像我的孩子。”

叶汐颖浑身一僵，全当他是醉话，敷衍地说：“你乖乖躺下，好不好？”

“我有这么差吗？还是你觉得我不能给你安定的生活？”万宗胥继续说。

叶汐颖一下扯开了他的手，匆匆向卫生间跑去，万宗胥留在原地，脸上尽是阴霾，丝毫没有刚刚的醉意，手捏成一个拳头，青筋直暴。

叶汐颖一个人躲在卫生间很想哭，这种无力感像是一把利刃，狠狠地插入心脏。她打开水龙头，看着里面的水流，缓缓地靠在门板上，然后蹲了下来，整个脑袋陷入双膝中。好不容易从一段婚姻里走出，开始慢慢喜欢上另一个人，却是一个没有结果的感情，谁都不愿意娶一个不会生孩子的女人吧？哪怕他愿意，她也不想害他。

万宗胥躺在床上睡着了，叶汐颖这才从卫生间里走出来，悄悄地在旁边躺下，他一下子就翻了个身子抱住她，弄得叶汐颖动弹不得，她轻轻地拍了拍他的肩膀，又怕吵醒他。

第五章　我爱你，永远为期

如果爱，且爱且珍惜。

万宗胥也就那晚说了怀孕的事，醒来之后，完全没有提，甚至都不知道发生了什么，还一个劲地问叶汐颖，有没有发酒疯，叶汐颖也就松了一口气。这事要真的摆在台面上说，她自然不会欺瞒于他，肯定是一五一十地抖出来，只是之后，或许就没有将来了，大概也就是到此为止了。

上班的时候，范春云显得更加焦虑了，连平时最爱的淘宝都视若无睹，整个人傻呆呆地坐在那。美人詹本来是天天来她们办公室送些吃的，这几天好像也消失了，跟人间蒸发了似的，在食堂也看不见人影。叶汐颖问了财务室的小李，“詹总最近是去开会了吗？”

“没有啊！一直在公司里，可能最近报表有些多。”小李也觉得奇怪，不过不敢议论上司的八卦，有些话叶汐颖可以说，可是她不能说，毕竟叶汐颖的靠山也是很硬的。

叶汐颖想了想，还是不再继续深入了，本来就是他们两个人的事，万一她这么一弄，越来越乱可怎么办，还是走一步算一步吧，她自个儿都头大了，对于将来一头雾水，不知究竟该怎么办。

叶汐颖下班之后，去了附近大超市买生活用品，看到今天海鲜在做促销，忍不住多买了些，等到付了钱之后，才感到一阵后悔。早些年她不在意这些，后来自个儿生活了，发现什么都挺贵，于是就尽量少买，哪怕手上有银子，也不想多花，现在看到减价俩字，顿时就心动，这也是步入妇女大妈的趋势吗？

提着战利品准备回家，却在楼下看见了熟悉的人影。赵东耀穿着一件灰色衬衫，下身穿着一条牛仔裤，手里拿着一根烟，不停地来回走动。他一转头，就看见叶汐颖了，连忙走了过来。

叶汐颖不知道该说些什么，赵东耀就开口了，“汐颖，你……最近过得还好吗？”

“挺好的。”叶汐颖点点头，不知道赵东耀葫芦里卖的什么药。

赵东耀刚才走得急，忘记叶汐颖并不喜欢烟味，立马将烟头扔到地上，一脚踩灭，“汐颖，后天就是你生日了……”

叶汐颖点点头：“嗯……”

“虽然我们俩离婚了，可我还是想……”赵东耀说到一半，就被叶汐颖打断了，“有什么好想的呢？黎芝最近还好吗？”

赵东耀知道她想撇干净，可叶汐颖越是这样，他越是不甘心，曾经是这么亲密的两个人，却到了这种地步。“汐颖，你能不能别这样？像是一只刺猬，我说什么你都刺我！”

叶汐颖低头沉默，这才缓缓开口，“东耀，你我已经离婚了，我不想再干涉你的生活，你也不要再来打扰我的生活好吗？这样不都挺好的吗？各过各的，为什么你还要一次次出现！”

“妈生病了！”赵东耀忽然开口，“她很想见见你。汐颖，我知道我不是人，做了很多对不起你的事，可我妈她都是向着你的，直到现在她还会说。以前汐颖喜欢吃糖醋排骨，汐颖喜欢白色……”

叶汐颖整个人愣住了，“怎么会这样？”

“以前的老毛病，是心肌梗死，在家门口突然晕厥，幸好发现得早，被邻居送到了医院，晚了就没命了。这种病就是一下子的事。”赵东耀嘴角露出个苦笑，“也是我不好，平时不好好照顾妈，才会导致今天的局面。”

叶汐颖知道阮翠莲有这种病，平时都要按时吃药，避免发作，就像赵东耀所说的，这种病就是一下子的事。前一阵，她大姑的表姨就是因为这种病而中风，发现得早及时送到医院，可能还有机会，要是迟那么一个小时，那就是瘫痪中风，更迟发现则是连小命都没了。

“我跟你去看看妈。”叶汐颖下了决心说道。阮翠莲对她向来不错，事事都为她着想，于情于理也要去看看。

赵东耀迅速去开车，叶汐颖跟着坐上车，两个人往市医院走去，刚好碰到堵车，他卡在红绿灯前停了下来。叶汐颖望向窗外，附近是一所大学，门口一排尽是小吃。

赵东耀手握方向盘说：“我记得你读书的时候，喜欢吃云吞面，一口气可以吃两碗。”

叶汐颖忍不住笑了，“可是那时候我们很穷，吃不起，每次都是你攒着钱给我吃，我都怕吃穷你。”

赵东耀感叹：“很多夫妻可以共患难，却不能共享福。”

“也许吧。”叶汐颖发出一声微乎其微的叹息声。

赵东耀带着叶汐颖来到602病房，阮翠莲正在里面喝汤，一瞅见叶汐颖来了，连忙放下手中的碗，“汐颖啊，你来了啊，快到这边来坐。”

叶汐颖在阮翠莲的病榻前坐了下来，心里酸酸的，打从两个人离婚后，她就再也没有看望过阮翠莲，怎么一下就苍老了这么多。叶远的辞世带给她很大的打击，真的觉得时间不等人，不过数月，早已面目全非。“妈，怎么样了？好些了吗？”

“好多了，都是些老毛病。”阮翠莲满脸笑意地说，“妈就是想见见你，这么久了，都没看见你，也不知道你过得好不好。”

“我挺好的。”叶汐颖感动地说，“你也要好好照顾自己，让东耀给你请个保姆，也能安全许多。”

叶汐颖和阮翠莲聊了一阵，护士进来给她打针，叶汐颖见时间有些迟了，也就先行告别。赵东耀送她到门口，叶汐颖这才问：“东耀，你告诉我，妈的病是不是不乐观？”

她觉得不对劲，如果是小病小痛怎么会想见她，除非……

赵东耀凝重地点点头，“放心，没你想象中的严重，不过情况不乐观，医生说要是再次发生类似的晕厥事件，很有可能送命，必须要小心。可这种事是很难预料的，只能吃药避免，只是你也知道，只是避免不能防止，好在这几天度过了危险期。她后天就要出院了，汐颖，你明天还能来看看妈吗？她总是说，这辈子做得最后悔的事，就是没有阻止我们离婚。”

叶汐颖心里一阵难过，点了点头。

叶汐颖回到家，发现家里没有人，万宗胥还没回来，这倒是让她放心了，万一被他问起来，又是没完没了地讯问，而她就像是接受审理的犯人。

大约过了十几分钟，叶汐颖听到了开门声，万宗胥笑盈盈地走进来，将公文包放在鞋柜上，脱了鞋子后，走到叶汐颖的身边抱住她。

“吃了没？”叶汐颖帮着他脱了外套。

万宗胥咧嘴一笑，“吃了。”

万宗胥漫不经心地问：“你晚上是在外面吃的？”

叶汐颖虚笑了一下，“是啊，你不在家，我就出去吃了。”

“这样啊，明天咱们一起去胖子豪家吃饭吧，他们都在。再过几天就是你生日了，我到时候再回请他们一起过来。”万宗胥亲了亲叶汐颖的脸蛋，不断地抚弄她的发丝。

“明天……”叶汐颖蹙眉，“明天可能不行，我已经和孟韦茹约好吃饭了。”

万宗胥的眸子暗了下来，“约好了啊……”

“对啊！不然到时候吃完还早的话，我再过去好吗？”叶汐颖在万宗胥身上蹭蹭，颇有撒娇的意味。

万宗胥摸了摸叶汐颖，“好吧，那到时候再跟你联系。”

叶汐颖很少说谎骗人，也有可能是大学念完之后，就一直待在家里，社会经验不足，人与人之间的交际也少，所以导致每次骗人总是很紧张，幸好万宗胥也没多问什么，这才让她放心了，不然再多问上几句，铁定是会露馅的。

叶汐颖下班之后，打了车就往市医院去了，顺道买了一堆补品，也算是尽了心意。她流产的时候，阮翠莲一直都在照顾着她，所以不管怎么说，也该回报她一些，哪怕是微不足道的。

没想到在病房门口看见了万黎芝，肚子滚圆滚圆的，正在尽心尽力地给阮翠莲捶背。叶汐颖傻了一会儿，默默地往后退了几步，撞上了赵东耀，叶汐颖连忙朝他做了个嘘的手势。

两个人一起走到楼下，叶汐颖将补品递给了赵东耀，笑着说：“麻烦你帮我把这些拿给妈，我就不进去了。”

赵东耀盯着她看了几秒，这才开口说："汐颖，我不知道黎芝会突然过来……"

"这跟我无关吧？黎芝肚子也很大了，你要好好照顾她，这毕竟是你们俩的孩子。"叶汐颖说这话的时候，有些沉重，说是嫉妒也好，犯了红眼病也罢，她确实不喜欢万黎芝大着肚子的模样，像是在她脸上狠狠扇了一巴掌。

"汐颖……"赵东耀喊了她一声。

叶汐颖还没回应，身后一个女声倒是替她回应了，"叶小姐，原来你在这里，万总都找了你好一阵了，赶紧上车吧。"

叶汐颖真没想到万宗胥会来这里，心虚地低头上车。秘书冲她微微一笑，她冒了一身冷汗。

赵东耀虽不愿看着叶汐颖走，不过病房里场面实在太乱，留下的话，可能会乱成一锅粥，只是看见万宗胥在车子上，心里就不是滋味。

叶汐颖关上车门，万宗胥便开口了："跟旧情人相会得还不错？"

"胡说什么……"叶汐颖自知理亏，也就不敢大声了。她怎么都没想到，万宗胥就这么突然出现了，他不是去胖子豪家吃饭了吗？

万宗胥凉凉地来了句，"我又不是眼瞎了，你跟他眉来眼去的，看起来感情还不错！"

叶汐颖委屈地低头不语，她哪里有他说得那样，不过就是塞了一些补品给赵东耀，何必这么说呢！车子上还有秘书和司机，她不想在外人面前闹笑话。

秘书适时地开口了，"万总，还去金霞山庄就餐吗？"

万宗胥一双眼眸盯着叶汐颖直直地看，"不去，回家！"

车子一到公寓楼下，万宗胥就一把搂着叶汐颖上去，那力道可不小，拽得她生疼。一打开房门，万宗胥就气愤地坐到了沙发上，叶汐颖咬唇瞅着他，就是不说话。

“你倒是说话啊！解释啊！”万宗胥耐不住这样的沉默，气得站起来。

叶汐颖揉了揉肩膀，“东耀的妈生病了，想见见我，我去医院是看她的，顺道买一些补品给她，不是你想的那样。如果我要和他旧情复燃，怎么会挑在医院里。”

“他妈生病了，跟你有什么关系！你去尽什么孝心！你们都离婚了，怎么杂七杂八的事还找你！你就非要这么贴上去吗？他都伤害你多少次了！你还把他当成是一个宝，事事为他着想！你脑子秀逗了吧？”万宗胥这会儿可真生气了，说得越发难听。

叶汐颖心里难受，却也不甘示弱，“对啊，我就是贱，我就是非要贴上去，你满意了吗？”

“你……”万宗胥面色铁青，被这小妮子气得不轻，一脚踹翻茶几。

叶汐颖有些害怕，面露惊慌之色，迅速站起来朝着房间走去，想着让两个人能静下来，别又把家具给砸坏了。万宗胥将她拦了下来，压根不让她走，一把就将她扔到了沙发上，力气可大了，一点都没留情，万宗胥扑了上来，捏住她的下颚。

“你究竟当不当我是你男人，一而再再而三地跟他有瓜葛，你凭什么觉得我能忍！”万宗胥的声音很大，后面几个字像是喊出来的。

叶汐颖本能地往后退，想趁机逃开，没想到万宗胥不给她机会，手劲越来越大。她第一次见到发了疯的他，忍不住眼泪落了下来。

万宗胥原本的火意，全部被这泪水给浇熄了，这才惊觉做了什么事，慢慢地松开手，叶汐颖的脸颊上出现了红红的指印。他用力搂住叶汐颖，“你让我怎么办？怎么办啊！老公就是爱惨你了，受不了你跟别的男人有一点点瓜葛，你非要这么折磨我吗？”

“宗胥……”叶汐颖小声地发出声音，缓缓地推开他，定定地看着他：“我们……分手吧。”

万宗胥脑子轰一下，像是被原子弹炸过了似的，一片空白，连呼吸都觉得困难。他家的宝贝居然要说分手？他们只是吵架啊！吵架算什么！凭什么要分手！他不可置信地说：“你开玩笑的吧？怎么会想跟我分手呢？”

“我没有开玩笑，我们分手，好不好？”

叶汐颖溜出万宗胥的怀里，两个人隔出一道空隙。她不想这样，明明两个人不会有结果，还要彼此拖着，倒不如趁机分手，免得徒增伤感，可当她说出那两个字的时候，心如刀绞，痛得不行。

万宗胥不顾叶汐颖的反对，狠狠地抱住她，像要将她嵌入身体里一样，双目通红，发疯地喊着：“我不同意！你是我的，我不允许你分手，绝对不能！我不跟你吵了，不跟你吵了……”

叶汐颖被抱得难受，拼命想挣扎开，没想到万宗胥不仅不放，还不断地收拢，“宗胥……放开……”

万宗胥猛地就亲了上去，把她带进了房间……

等到叶汐颖醒来，已是下午三点钟了，她身体疲惫得不行，在床上滚了一下，这才爬了起来，脑子浑浑噩噩的，四肢酸痛。

叶汐颖一个人靠在床头，瘪了瘪嘴巴，想不到万宗胥生起气来，竟是如此恐怖。

洗漱完毕，整理了一下仪容，特意加了很厚的粉底液，准备出门，没想到门却被反锁了，顿时心惊，“他是想囚禁我吗？”迅速打了个电话过去，那边很快就接起，“喂，你睡醒了？锅里有饭菜，你饿了就吃点，晚上等我回来给你带吃的。”

“你锁住我干什么？”叶汐颖质问道。

万宗胥那边没了声，过了一阵才传来，“我怕你会偷偷离开。”

“宗胥，你太过分了……”叶汐颖想不到万宗胥会这么疯狂。

万宗胥笑出声，“你乖乖地在家，我晚上回来看你。”

叶汐颖气愤地挂断电话，靠在沙发上，昏昏欲睡，一点胃口都没有，脑子十分混乱。

晚上，万宗胥打开家门，没有看见叶汐颖的人影，心中一窒，迅速四处寻找，直到在卧室的床上看到个鼓起的小团，这才放心地走过去，就着被子抱起她，揉了揉她的小脑袋，“怎么睡得这么早，饿不饿？”

叶汐颖缓缓地睁开眼睛，本想不理，却又喊了句：“宗胥，我头好晕……”

万宗胥立马用头碰了碰叶汐颖的脑袋，烫的吓人，他急忙从柜子里找出体温计，塞到她的腋下，紧张地搂着她：“怎么发烧了？”

万宗胥愧疚地不断道歉，然后拿出体温计，一看三十九摄氏度，吓得连忙送她去附近的医院。叶汐颖整个人都有些糊涂了，不知身在何处。

万宗胥将她送到医院之后，心急如焚地找了陈院长过来，一群主治医师围着叶汐颖团团转。他们本来都是治疗严重病患的，叶汐颖就是发烧而已，实在没必要兴师动众，可万宗胥是个财大气粗的主，他们可不敢得罪，连院长都小心翼翼地伺候，更何况是他们呢？就这样，一群人折腾了一个晚上，总算是让她退烧了。

早上，叶汐颖缓缓转醒，就看见万宗胥坐在病床前，眼袋浓重，一双眼眸充满红血丝，轻轻喊了一声："宗胥……"

万宗胥连忙握住叶汐颖的小手，哽咽地说："你醒了？可真吓死我了！你知道你昨晚烧得有多严重吗？"

叶汐颖摸了摸他的脸颊，再大的火都没了，心里一阵难受，"宗胥，你一个晚上没睡觉吗？"

万宗胥亲了亲叶汐颖的小手，"你有觉得哪里不舒服吗？"

叶汐颖摇摇头，"就是感觉头有点晕。"

万宗胥连忙打开保温杯，里面是热腾腾的米粥，他小心地喂了一口给叶汐颖，"慢慢吃，小心烫。"

叶汐颖一天没吃东西，早已饿得饥肠辘辘，大口大口地吃着，万宗胥怕她吃太急不舒服，没想到叶汐颖还不满意了，娇声说："宗胥，我饿了，你不要这么一小口一小口地喂我，还是我自己吃吧。"

万宗胥顿时失笑，"好，你个小馋猫。"

"大清早的小两口就这么浓情蜜意。"美人詹站在病房门口，双手交握。

叶汐颖疑惑地问："你怎么在这里？"

万宗胥又喂了一勺，看她吞了下去，这才笑着说："他女人住你隔壁，昨晚也真巧，我还当是谁在隔壁发疯呢！”

“……春云在隔壁？”叶汐颖作势要去看，被万宗胥给拦住了，“你这病才刚好，就不要跑那边去了，那女人肯定睡着了，不然他能出来溜达吗？乖，等你好点，咱们再一起去。”

美人詹撇撇嘴，“还说我，老大不也疯得都哭了吗？”

叶汐颖震惊地看了眼万宗胥，不可置信地问：“你哭了？”

万宗胥白了美人詹一眼，警告他小心说辞，小声地哄着叶汐颖：“别听他胡说，他嘴巴里没一句真话，我那是太急了，可没哭。”

美人詹摊了摊手，叹了一口气就离开了。

叶汐颖心里也不是很好过，抱着万宗胥久久不说话，过了一会儿，才抬起小脑袋说：“宗胥，你以后不要这么凶了，我都被你吓死了，以后咱们好好说话。”

万宗胥舍不得地亲了亲叶汐颖的眼睛。

叶汐颖经过一天的休养，也好得差不多了，本来就不是什么大毛病，只是个普通的高烧而已，实际好得很快，只是万宗胥还是不放心，不顾她的反对，非要她在医院躺一周。

“宗胥，没必要在医院住那么久，浪费资源。”叶汐颖推开万宗胥端来的白粥，虽然不想吃，却又被强行哄骗吃下一口炖萝卜。

万宗胥笑眯眯地又喂了她一口菜，“乖，把这些吃了，身体才会好得快。”

叶汐颖真说不过万宗胥，看到他疲惫不堪的模样，也就不敢再反驳了，心知他医院和公司两头跑，忙得晕头转向，看着都瘦了好几斤，整颗心就软了，“其实你可以不用这么两头跑，我自个儿在医院吃一些就好，或者，美人詹不是在隔壁吗，我去他们那蹭一点吃的。”

“不行，你要吃好的喝好的，美人詹那都是给范春云做的，你去的话，肯定都不是你爱吃的菜。”万宗胥立马反对了“你乖乖听我的话，我会好好照顾你的。”

叶汐颖不感动那是骗人的，眼眶渗出泪水。从小到大她都没有被这么精心呵护过，哪怕跟赵东耀在一起的时候，他也不可能做到这样，因为他忙于工作，很多时候还是她自个儿熬着。她猛地亲了万宗胥一口，轻声呢喃：“傻瓜，你这样做值得吗？”

叶汐颖很少主动亲他，万宗胥乐呵呵的，整个人飘飘然。

这时，美人詹走了进来，坐到了椅子上，自个儿倒了一杯水。

叶汐颖这时候抬起头，瞄了美人詹一眼，这么短的时间里，他们俩都发生了什么事，怎么他就知道了？怎么范春云会在医院？想归想，到最后还是没问出口，万宗胥在一旁喂着白粥，压根也没给她说话的机会。

美人詹黑着脸说：“老大过分了啊，专门在我面前秀恩爱，一点都不体谅我现在的心情。”

万宗胥非常无耻地扔了句，“看别人恩爱也很不人道。”

言下之意就是让他赶紧走人，叶汐颖真心觉得论起厚脸皮和嘴皮子，万宗胥真乃一绝，什么狗屁混账话都说得特别有道理，有一股非要让别人信服的魄力。

万宗胥下午要去开会，而美人詹则是和客户去谈事了，叶汐颖趁机偷偷溜到范春云的病房里。她正在失神地望着瓶子里的百合花，叶汐颖拿了一篮子苹果进来，范春云看到她笑笑，“听他说你在隔壁，不过他一直都没让我下床，所以就没去看你。”

叶汐颖找了把椅子坐下来，从篮子里拿出两个苹果削着，“我知道，你怀着身孕，能不瞎走动就不要走动了。对了，你怎么会在医院里，还有，他是怎么知道的？”

范春云蹙眉，想了一会儿，这才说了句，“那天，他妈过来找我，说要我和他分手，我不小心在楼梯口掉下去，他赶忙送我到医院，这才发现我怀了孩子，气得不行。”

叶汐颖倒觉得这是好事，起码美人詹知道这件事后，会待她更好些，可范春云摇摇头，“他妈对我本来就很有成见，这下好了，以为我是故意的，刻意分化他们的母子关系，他夹在中间很难做人。”

范春云啃了一口苹果，心情越发低落。叶汐颖叹了一口气，果然是家家有本难念的经。范春云烦躁地说，“还是你和万总好，平平顺顺的，他又对你很好。”

叶汐颖苦笑了一下，万宗胥越是对她好，她心里就越有罪恶感，起初真不觉得两个人会有任何结果，只是想找个温暖的怀抱，暂时容纳一下她。到后来却发现，随着两个人在一起越久，就越来越不想分开，可是她没有办法给他一个孩子，两个人又会好到哪里去呢？

叶汐颖熬了三天就耐不住了，非要回家，万宗胥是强烈反对的，但是这小妮子太会抓他的软肋了，随便胡诌一句，“老公，我想回家了。”

瞬间就把他给击垮了，屁颠屁颠就把她带回家了，美人詹认为他已经没有节操可言了。

不过鉴于她的身体状况，万宗胥还是不准她去上班，非要熬到七天之后，叶汐颖觉得他有点神经兮兮的，但是也就随他去了。

她也就安心在家里做家务，顺道去买一些新的生活用品，没事还在手机上研究新的菜谱。叶汐颖特别喜好吃甜食，所以家里酱料非常多，她就尽捣鼓这些。

忽然，门铃响了，叶汐颖不禁在心中暗忖是谁，有了上次孟韦茹的经验，她特意去沙发上搜了一圈，没有什么过分的玩意，这才安心地去开门。一看到门外的人，她顿时愣了一下，好熟悉的感觉，“你好，你是？”

万宗锭站在门口，头发剪得寸短，一身西装革履，戴着一副黑框眼镜，显得一丝不苟，眼角的纹路比较清晰，显出了他的年龄，他淡淡一笑，“我是万宗锭，万宗胥的大哥，可以进去吗？”

这个男人长得温文儒雅，却带着一股威严，而这种感觉会让人产生局促感，叶汐颖手忙脚乱地请他进来，忙不迭地去泡了一壶茶出来，小心翼翼地倒了一杯给他。万宗锭嘴角噙着一抹笑，喝了一口。

“叶小姐，可能你对我有些陌生，每次你来家里玩的时候，我都在书房办公，没见过几次面，不过我对你很熟悉，之前是黎芝经常讲起你，现在是宗胥。叶小姐跟我们家，确实是缘分不浅。”万宗锭悠悠地说。

叶汐颖是跟他有几面之缘，不过印象极为模糊，他平时忙于工作，不大会出来见客人，再加上已是几年过去了，难怪隐约有股熟悉感，却又很模糊。

万黎芝曾经跟她说过，她爸爸是最严肃的爸爸，却又是最好的爸爸，对待任何人都严肃，却唯独宠爱宝贝女儿，如今一看，确实如此，哪怕是笑着，也是一种疏远、冷漠的感觉，没有丝毫的温度。

叶汐颖回了一句，“一直听他们说起您，却没交谈，不知您找我什么事？”

万宗锭气定神闲地笑了笑，“我也就不绕弯子了，叶小姐是个聪明人，我来找你，肯定是为了宗胥的事。”

叶汐颖愣了一下，万宗锭继续说：“之前宗胥说要和你在一起，我也就一笑了之，虽然我不了解叶小姐，但是知道你在几年前就拒绝了他，以现在这种离婚状态，应该是不会选择和他在一起。后来你们在一起了，虽然也有意外，但也在情理之中，毕竟我那个傻弟弟，确实是为了你要死要活的，倘若这样你都不感动，那也说不过去。可他现在已经三十五了，作为一个男人是该成家立业了。”

叶汐颖不是傻子，立刻明白了万宗锭的意思，就是嫌弃她离过婚，“我明白您的意思，您不同意我们在一起是吗？”

万宗锭意味深长地说：“叶小姐，倘若你三年前没有拒绝他，我是一万个支持，毕竟你出身良好，各方面都配得上我弟弟，只是现在……我们万家不想招人闲话，娶个离过婚的女人，确实不怎么妥当。”

“我懂你的意思。”叶汐颖咬唇。

万宗锭递了一个小信封给叶汐颖，“叶小姐懂就好，作为一个三十五岁的男人，确实没有多少时间可以蹉跎了，我们打算让他明年就结婚的，所以真的不能再浪费时间了。这里是我的一点点心意，知道叶小姐不缺钱，只是作为他哥哥，还是希望你能收下。”

叶汐颖拆开一看，里面是一张五千万的支票，好大的数额，哪怕她手上有很多资产，却仍旧吃了一惊。万宗胥可真值钱，两个人才在一起这么点时间，居然就扔出了五千万。叶汐颖冷笑，还给他，“钱不需要，这件事我会好好考虑的。”

万宗锭双手一摊，没有要接过的意思，“我们已经帮他找了适合的人选，还请你这个月能说清楚，必要时，我会帮你的，关于这点，你就放心好了，我想你肯定不会让宗胥在亲戚朋友面前抬不起头来。”

这句话轻飘飘的，但无疑是给叶汐颖扇了一巴掌，倘若万宗胥和她继续下去，肯定会见不得人。叶汐颖的脸上一红一白，很是难看。

人真的容不得一点点偏差，三年前倘若她不是那么选择，没准又是不一样，只是哪有那么多可后悔的呢？叶汐颖不想失去他，只是相比起种种的矛盾，离过婚还是其次，不能生小孩才是主要的，万家就两兄弟，是万万不会找一个这样的女人。

晚上，万宗胥回来的时候，吃了一大惊，一张桌子上都是他喜爱吃的，叶汐颖笑盈盈地从厨房里端出一锅排骨汤。万宗胥眉开眼笑地搂着她，“今天是什么日子，怎么对我这么好？”

叶汐颖将排骨汤放在桌子上，笑脸盈盈地说：“今天心情好。”

万宗胥吃饭的时候，发现叶汐颖有一丝不寻常，有说不出来的古怪，看起来她不像是高兴的，反倒显得很焦虑，可说话又那么会哄人，一句句呢喃，只差没把他的心给说化了。

忽然，叶汐颖抬起头，笑着说：“宗胥，你要好好照顾自己。”

万宗胥听得一阵糊涂，却也说：“反正你会照顾我的，有你在我身边就好啦。”

叶汐颖低下头吃饭，没有回一句。万宗胥看着她别扭的小模样，整个人心花怒放，她就是这么口是心非。

天刚蒙蒙亮，街道上空无一人，时而有一辆小车飞驰而过，速度相当快。叶汐颖一个人拖着行李箱，神色慌张地坐到一辆黑色车子里，司机迅速踩下油门。

叶汐颖将头靠在窗边，景色匆匆而过，她不敢说分手，说到最后不知是发疯还是她心痛，倒不如就这样从他的世界里消失。早晨从床上爬起来的时候，有一瞬的冲动，想要继续回到那个温暖的窝，只是很多事都不像想象中的美好，倒不如留个想念。

万宗胥睡觉的时候，习惯搂着她的身体，要挣脱开，实在是一件难事，甚至差点把他给吵醒，她塞了个枕头过去，他倒也没发现，看着他睡觉的模样，她觉得一阵温暖，只是以后是奢望了。

车子大约行驶了两个半小时，司机缓缓地在一栋小别墅前停下了。叶汐颖瞅了一眼，四处都是草地，确实是个隐蔽的地方，万宗锭可真会找地方。

司机快速将叶汐颖的行李搬到二楼，然后恭敬地说："叶小姐，我现在马上去带用人过来收拾，平时生活起居她都会照顾好的，这点你不必担心，你在这儿要住两个月避避。"

"行，我知道了。"叶汐颖点点头。

司机见一切安置妥当，准备离去，忽然想到什么，又马上折回，"万总说，麻烦叶小姐将手机交出来，他会代为保管的。"

"没必要。"叶汐颖想也没想就拒绝了，"我知道分寸，不然就不会跟你来这儿了。你回去跟万宗锭说，我一定会信守承诺的。"

“是。”司机训练有素地点头。

没过半个小时，司机就把用人送来了，是个衣着朴素的妇人，头上梳成一个发髻，看见叶汐颖就憨厚地笑笑。叶汐颖猜测，大概是附近的人，她让叶汐颖喊刘妈。

刘妈在一楼打扫房间，顺便烧饭，而叶汐颖则是去二楼整理行李。二楼有三个房间，万宗锭让她住最左边那个，叶汐颖忍不住好奇心，悄悄推开另外两个房间的门，一个整理整齐，衣柜里的衣物熨烫得笔直，看起来是万宗锭的房间。而另一个，则是看起来比较散乱。她和万宗胥在一起那么久了，一眼就看出，这是他以前住的房子，心里一阵混乱。她抽出柜子里的一本书，上面都是他的照片，从婴儿时期到高中的都有。

她会心一笑，越看越有味，直到翻到一张照片，顿时傻住了，这是哪里来的？这是一张她和万宗胥的激吻照，照片上她喝得醉醺醺的，看起来是在一个 KTV 里，万宗胥搂着她。

叶汐颖手一松，照片飘啊飘就飘到了地上，她迅速捡起来，这才想起来，那是她刚认识万宗胥的时候，有一回，万黎芝从国外回来，带着一帮朋友去 KTV 唱歌，因为太高兴了，所以大伙儿都喝高了。

叶汐颖躺在那里分不清东南西北，一直闹到晚上十二点多，大伙儿也就散了，摇摇晃晃得回家了。叶汐颖不胜酒力，一直躺在那里不动，万黎芝叫喊着：“汐颖，我去找人过来带我们……呃……回家！”

过了一会儿，朦胧之中感觉有人抱住她了，甚至不断地在亲吻她，他身上的气味很好闻，带着一股子薄荷的清凉。

她以为是赵东耀，不断地回应着，两个人在热吻，可到最后，亲着亲着感觉不对劲，脑子痛得要命，想不出除了赵东耀之外还能是谁，喃喃地喊着：“东耀……东耀……”

身上的男人明显带着火气，不断地啃咬她的嘴唇，叶汐颖仿佛置身于惊涛骇浪之中，不断地给予，直到最后她彻底醉晕了。

叶汐颖一直以为那个男人是赵东耀，没有想到竟然是万宗胥，更没有想到会有这么一张照片，她和万宗胥的缘分，果然是不浅，要在早些时候看见，肯定会骂他无耻，这会儿，她倒觉得一阵心暖。

刘妈喊叶汐颖吃午饭，她将照片整理好，但抽走了那张照片。午餐是三菜一汤，两个人吃刚好，叶汐颖吃了一口芹菜，味道相当不错，笑眯眯地说：“刘妈是一直帮万家，还是刚刚请来的？”

刘妈笑了笑，“我一直都在帮万家，这里是万家的小别墅，那边东西放不下的，都会送到这边来，所以需要一个人打理，我就住在这附近，也算是方便。”

叶汐颖恍然，难怪这里一尘不染，原来是有人照看的。“要打理这么一栋房子，也真挺辛苦的。”

“还好，因为一直都在整理，所以也不会觉得特别辛苦。”刘妈说，随即又瞄了叶汐颖一眼，好奇地问：“叶小姐怎么会来这里住？”

叶汐颖低头吃饭，然后缓缓地说：“有些事，所以就在这里了。”

刘妈了然地点点头，深知刚刚是越界了，不该问这些事。

万宗胥醒来的时候，身边空无一人，以为叶汐颖是去卫生间了，等了半天都没看到她，慌张地从床上爬起来，四处寻找，没想到都没有，直到在茶几上看到一封信，迅速拆开，里面写了几句话：

“宗胥，看到这封信时，我可能不在你身边了。”

“不要问我去哪儿了，你是找不到我的，我若有心躲你，你再怎么找都无济于事。”

“我很愧疚，我一直骗了你，你一直希望我生个孩子，这对我来说很难，上一个孩子掉了之后，我就很难再怀孕了，医生说我再怀孕的概率微乎其微，我不希望你为了我这种人而耽误了一辈子，况且万家也不可能容下我这种女人，所以你该成个家，生个孩子，然后忘记我。爱情本来就是一种不靠谱的感觉，何必记挂在心。你放开我，我也放开你，没准将来还会见面，以朋友的方式。”

“对不起，我耽误了你这么久，我很抱歉，希望你从今天开始，重新找到你的幸福，不要再想起我这种寡情的女人，不值得。”

万宗胥看完这封信，颓然地坐到沙发上，双目失神，难怪她一直避讳怀孕的事，不是因为赵东耀，而是她很难再怀孕了。

可是，那又怎么样？他想要的一直是她！想要孩子只是为了绑住她而已。

他不是个有家庭观念的人，倘若有，也不会到这个年龄才结婚，他家的笨女人脑子里究竟在想什么？难道两个人相爱了这么久，她一点都不懂吗？

他气愤地将这封信狠狠地撕碎，居然还要离开他？想到她已经离开的事实，他心痛得快要窒息，他要赶紧找回她，那个该死的傻瓜！

他绝对不会让他家宝贝离开的，绝对不可能！

万宗胥迅速打通了美人詹的电话，仔细询问了一下，得出结论，叶汐颖并没有去公司上班，而且没有表露出要离开的痕迹，甚至连范春云也不知道这事。

万宗胥四处打探她的下落，均一无所获，怎么可能人就这么凭空消失了？他不断地拨打她的电话，她都关机，他狠狠地将文件全部丢到地上，这个狠心的女人，居然敢出走！

胖子豪推门而入，看见这副场景，忍不住说了一句：“老大，何必呢！小颖颖都不想跟你在一起了，你又干吗去找她呢？再说了，倘若她真的不能怀孕，你们家是万万接受不了这种媳妇的，要接受个离过婚的女人，这就已经是很难的事了。”

万宗胥的脸很是阴沉，沉沉地说：“我只要她，别的什么都不要！什么都不要！”

“老大，你疯了！小颖颖究竟给你吃了什么迷药！”胖子豪觉得这样的万宗胥不像是个正常人，叶汐颖那个女人可真是个祸害，回回都能把老大逼成疯子。

万宗胥瞄了他一眼，“你查得怎么样了？”

“一无所获，不知道她去哪儿了！这么找就是在大海捞针！”胖子豪叹气地坐了下来。

万宗胥猛地站了起来，眼神里聚满怒气，大声说：“你究竟有没有认真找！是不是成心不让我找到她！”

胖子豪噌一下也站了起来，“老大，你可真冤枉我了，我们都认识好多年了，我怎么会做这样的事！我是觉得小颖颖的存在，对我们都不是一件好事，可是我也知道她是你的命，我肯定会认真找的！万一真的找不到，你不得疯了！”

万宗胥这才沉静下来，一遇到关于叶汐颖的事，他就不能正常思考了，胖子豪的为人，他还是很清楚的，确实不会做出这种事，刚刚一时情急才会这样。

“老大，你说会不会是赵东耀把小颖颖藏起来的？”胖子豪打探了一圈都没找到，所以才做出这个揣测。

“不像……她不会去求助赵东耀的。”万宗胥想了一下，“她的性格很倔，况且赵东耀做了那么多对不起她的事，她肯定不会让他知道的。”

胖子豪来了句，“老大，这可说不准，他们俩是夫妻。”

“已经离婚了！”万宗胥冷哼一声，他不喜欢听到叶汐颖属于赵东耀这类话，他家的媳妇，一直都是他的，“反正现在我们也跟没头苍蝇一样，你去查查看。”

叶汐颖住的这个地方，很难看见人，四周都是草丛，也不能出去瞎逛，免得遇到什么危险，所以她一直宅在这个别墅里。

她闲来无事，就研究菜谱，一来是分散注意力，二来则是提高厨艺。她正在厨房里捣鼓着奶油，这时，万宗锭走进来，站在她身后笑笑，“想不到叶小姐的兴趣爱好很广泛。”

叶汐颖一惊，差点把奶油弄在身上，连忙将东西摆好，然后吩咐刘妈弄些点心和茶水去客厅。

万宗锭稳稳地坐在沙发上，一副气定神闲的样子，叶汐颖挺怕他这样的，猜不出他在想什么。万宗锭咬了一口刚烤好的饼干，“我那个弟弟，现在正在四处找你，这倒是出乎我的意料，他居然什么都不管不顾。”

叶汐颖心里很难过，没有说一句话，低头倒了一杯茶。万宗锭又说：“我很好奇一件事，为什么我弟弟爱你这么深，你却这么轻易就同意离开他？难道你不是真心的？”

“我想没有必要告诉你为什么吧！我做到了你想让我做的事，你就没必要问太多了吧。”叶汐颖回答得有些犀利。

万宗锭没有想到这么个温雅的女人，居然也能说出这样的话，看起来不像是逆来顺受的人，不动声色地笑笑，“只是好奇，叶小姐别见怪。”

“说笑了，我哪敢见怪。”叶汐颖冷冷地说。

万宗锭起身绕着客厅走了一圈，瞅见墙壁上的画，嘴角勾起一抹笑，“叶小姐在这儿住的还行吗？需要添置一些家具吗？”

“不用了，足够了。”叶汐颖不明所以，却也点头回答。

万宗锭又坐了会儿，喝了小半壶茶，这才准备离开，又对刘妈说：“这附近种植的蔬果不错，明天去摘来给叶小姐尝尝，可不能怠慢了她。”

叶汐颖有些纳闷，万宗锭说话总是透着含义，却又很难琢磨，这俩人究竟是两兄弟吗？相比起来，万宗胥好理解多了，在她面前毫无隐藏。

万宗胥没有怀疑过万宗锭，哪怕从胖子豪那里得到一些蛛丝马迹，比如说有人看到叶汐颖上了万宗锭的车子，他觉得是巧合，毕竟大哥没有理由这么做，真的让他起疑心是因为……

早上准备去公司，隔壁大妈笑盈盈地跟万宗胥打招呼，他一脸漠然，没有这个习惯和邻居唠嗑，大妈尴尬地笑笑，嘴里喃喃：“这家人怎么都一样，冷冰冰的，大前天那个老的也这样，除了那姑娘还好点。”

万宗胥将这话听进去了，迅速走过去问：“大前天？老的？那天有什么人过来了吗？”

大妈没想到万宗胥会听见，故作不知情，“我什么都没说。”

万宗胥神色一敛，严肃地说：“我媳妇被坏人拐走了，现在我们在四处查探她的下落，你要是知道的话就告诉我，万一……她出了什么事……我……”

万宗胥说到后来，愁容满面地转过头，不断地叹气，大妈顿时心软了，“我昨天看到一个男的，进去找你媳妇，长得一派正气，不像是坏人啊！戴着个黑框眼镜，穿着西装！对了……跟你还有点像！”

万宗胥立马想到那个人可能是大哥，随即又回忆上次胖子豪查到的消息，急忙驱车赶到万家宅子，一进门匆匆前往大哥的书房。他刚打了万宗锭公司的电话，秘书告知不在，那么大哥肯定是家里。

用人赶在万宗胥身后急急地说：“不在书房，一早就出去了。”

万宗胥摆明不相信，非要进去看个究竟，一推开书房大门，一股书香味溢出，里面空空无人，唯有三根檀香还在燃烧，他进去四处转了一下，这才走出书房，用人神色慌张地说：“真的不在家，我们也不知道去哪了。”

“嗯。”万宗胥应了一声，“那我在这里等，泡一壶大红袍。”

万宗胥坐在大厅的沙发上，倘若将这些事连起来，那么就是万宗锭找了叶汐颖，两个人不知道说了什么，随即她决定离开他。胖子豪查到叶汐颖上了大哥的车，那么肯定是大哥把她藏起来了，不然他一定能找得到，她能去的地方，屈指可数。

想到这里他觉得一股气闷，大哥一副随你的姿态，才会让他掉以轻心，这时候，门口走进来两个人，万黎芝和吕妮手上提着大袋小袋，脸上挂着笑容。

万黎芝看见万宗胥，惊讶地说：“小叔，你怎么来了？”

万宗胥瞄了一眼她圆滚滚的肚子，吕妮笑眯眯地说：“来了怎么都不通知一声，家里最近卤了很多鸭子，下午可以多做几只，保准你喜欢。”

万宗胥点点头，“谢谢大嫂。”

吕妮将手中的东西拿进厨房，万黎芝坐到了万宗胥的身边，万宗胥凉凉地来了句，“你肚子都这么大了，他怎么还不娶你？大哥、大嫂怎么说？”

“还能怎么说？他说等我生下孩子就娶我，对我爸妈说现在结婚太浪费体力了，万一出点什么事怎么办？哪怕我爸妈觉得没理，也不能拿刀架在他脖子上吧？万一他不高兴了，我婚后的日子可怎么过？”万黎芝说到这里，嘴角略带苦涩。

万宗胥很气愤，砰一下将茶杯重重地放到桌子上，“你就这样被他捏在手上摆布？你是傻了吧你？”

“小叔，我是痛苦，那又能怎么办？”万黎芝笑了，却是凄惨的，“有时候，我很羡慕汐颖，那么多人爱着她，哪怕失去一次婚姻，也可以恢复得很快，而我呢？苦苦坚守一份感情，到最后，可能他不爱我，甚至只是为了孩子而娶我，你不觉得可笑吗？哪怕是个笑话，我也要继续走下去，因为我爱他。”

万宗胥语气沉沉，“黎芝，这是你选择的，赵东耀不是个东西，你跟着他只会受苦，可你一点听不进去，还非要撞啊撞，撞走颖颖，对你没有任何好处。”

“我懂……”万黎芝小声地说。

万宗胥站起来大声说：“你懂个屁！你什么都不懂！”

万黎芝被骂得眼眶红了，其实还有很多事，她不敢跟家里说，这都被骂惨了，要是再说的话，指定是要他们分手。

比如说发生上次的事之后，他根本不管她，总而言之就是随她折腾，他都视若无睹，当她是个空气，让她怎么办？既然决定非他不嫁，那么这些势必是要付出的。

“家里可真热闹。”万宗锭拿着公文包进来，笑眯眯地说：“宗胥，你看你一回来，家里就变得热闹许多，差一个人，竟然会感觉差这么多，以后你还是要常常回来。”

“大哥。”万宗胥站了起来。

万宗锭眼神一敛，淡淡地笑：“看来是找我有事，去书房谈。”

万宗胥跟着万宗锭进了书房，万宗锭打开窗户，暖风透了进来。近来S市温差变化很大，白天热得要命，而晚上则比较冷，像这种混乱的季节，连带穿衣服都有点混搭风。

万宗锭坐到椅子上，从兜里拿出一盒万宝路，递了一根给万宗胥，万宗胥摆手拒绝，万宗锭笑了，“有时候，这东西是解压的，倒也不是什么坏事。”

万宗胥接过一根，放在手上，没有点燃。万宗锭抽了一根烟，烟圈袅袅上升，万宗胥这才开口，“大哥，颖颖应该在你的手上，对吧？”

万宗锭没有理会他的质问，反倒适时回了一句，“宗胥，生活不是能让人随心所欲想做什么就做什么，它有一个度，必须把控好，不能越界，否则……”

万宗胥眼睛一眯，身上带着隐忍的怒气：“那你就是承认了。”

万宗锭笑着抽了一口烟，万宗胥猛地拍了下桌子，桌子上的笔筒滚落到地上，圆珠笔散落一地。他面露狠意，咬牙切齿地质问：“大哥，你凭什么要让她离开我，颖颖她哪点让你不满意了，你凭什么这么做？”

“呵呵……”万宗锭丝毫不受影响，径自抽着烟喝着茶。万宗胥气得狂怒，大步绕到他的跟前，万宗锭这才缓缓地说：“如果我说，我只是给她提了个建议，是她自愿离开你的，你相信吗？”

“不可能！”万宗胥立马否定了。

万宗锭淡然一笑，早就料到他会这么说：“那就随你了，反正是她不愿意回到你身边的，你要真的不相信，我也没办法非要让你相信。”

万宗胥的心咯噔一下，双目狰狞，“她在哪里？”

“我是个信守承诺的人，她不愿意见你，我自然不会说出她的下落，除非你能自个儿找到。”万宗锭瞅了眼窗外，外面开始下起小雨，雨丝淅淅沥沥，想必晚上会降温。

万宗胥一把揪住万宗锭衬衫的领子，“你是不想告诉我了？”

“宗胥，为了个女人这样，你太幼稚了。”万宗锭眼睛一眯，显露出暴戾之气，语气加重好几分，“你信不信你这样，我会让你永远见不着她！”

两人对峙了几分钟，虽然性子南辕北辙，实际本质接近，都不是好惹的，一旦发起火来，都是极为恐怖，都在较真。

万宗胥这才慢慢松开他，嘴角勾起一抹冷意，那股寒意从眼神里迸发出来，“我不是怕你，而是尊重你是我大哥，现在看来你是不会告诉我了，不过我一定会找到她的，不惜任何代价。”

万宗胥撂下这句话准备离开，万宗锭喊住了他，“那就看你的本事了，要我看那女人压根不在乎你，她一点都没考虑你的心情，劝你还是不要自作多情了，你大嫂给你物色了好几个姑娘，我瞅着都不错。”

万宗胥狠狠地说：“要娶的不是她，我当和尚去！”

万宗锭看着万宗胥离去的背影，深深地叹了一口气，这是造的什么孽，怎么就为那女人失了心神。

刘妈下午特意做了拿手菜，是一道清蒸鳜鱼，叶汐颖虽不是爱吃鱼的人，不过既然是刘妈的拿手菜，那肯定是要尝尝。

吃了两口，她就感到一阵恶心想吐，拼命忍住这种冲动，又喝了几口水，可不知是腥味太重，还是怎么回事，一下子就跑到卫生间吐了，不断地呕酸水，却吐不出什么东西。

早餐她本来就吃得不多，今天实在没胃口，也就草草喝了些豆浆，下午还没开动，就又呕了半天，一点实质性的东西都没有，刘妈急了，“是不是菜里不干净啊！”

叶汐颖虚弱地靠在墙边，嘴角撑起笑容，“不是的，可能是我上次的病还没好全，不能吃鱼类的东西。”

其实，她也搞不懂是为什么，按理说，上次的病早就好了，怎么会连带呕吐？兴许是这阵子变天了，也就有种不舒服的感觉吧。刘妈不安地说：“那我去熬点粥给你吃吧，唉……”

叶汐颖笑着点点头，“没事的，我身体好着呢，不用担心。”

刘妈走后，叶汐颖一个人靠在窗边透气，雨丝飘到她的衣服上，她想到万宗胥，要他在身边的话，他肯定会哄着她去看病，然后会抱着她念念叨叨，一想到这里，忍不住眼眶红了，眼泪悄然滑落。

她很想他，每天都拼命想忘记，可怎么都忘不了，可她不能害他啊，不能为了一己之私害了他一辈子，现在两个人还有爱，可以维持，等到没了爱情，该拿什么来维持呢？他一定会恨她的，恨她这么自私。

叶汐颖走到二楼他的房间里，摸了摸他的衣服，眼泪哗啦哗啦地流下来，小声地哭泣着：“宗胥……我好想你……”

刘妈烧好了一锅粥，在楼下没有看见叶汐颖的身影，匆匆走到楼上，看到她蹲在地上哭，焦急地说：“叶小姐，你怎么蹲在地上了，快起来！”

叶汐颖哭得哽咽不止，泪眼迷蒙，“刘妈，我很想很想一个人，可是……可是……以后再也见不到他了！”

刘妈拿了一包纸巾给她擦眼泪，虽然不知道她在说什么，却安慰地说：“叶小姐肯定很爱他吧？只要两个人真心喜欢，还是可以遇见的，电视剧里不都这么演吗？”

叶汐颖傻乎乎地愣住了，她这是爱吗？

如果分开之后这么心如刀割，那应该是爱。

她以为她不会懂什么是爱了，在和赵东耀婚姻里，她早就忘记了爱究竟是什么感觉，倘若深究，那必然是心痛，所以宁可不去想起所谓的爱情，而对万宗胥，她一直保持着被呵护的姿态，不敢去想两个人是否存在爱，没想到……早已置身其中，难以自拔。

她不敢去面对，只是害怕受伤害。

叶汐颖哭完一阵后，瞬间清醒了许多，杂七杂八的想法消失了些，到楼下喝了一碗皮蛋瘦肉粥，夹了几口咸菜，整个人好多了，胃里也没刚刚那么难受了。刘妈整理碗筷，叶汐颖走到二楼卧室休息，躺在床上翻来覆去，脑子里尽是两个人的过往。

过于甜蜜的东西，倘若现在不再拥有，那么回忆起来，势必带着酸涩和痛苦，但是又无法阻止那些片段不断地被想起。

刘妈在楼下相当不放心，万一要是没照看好，肯定会被怪罪的，连忙打了个电话给万宗锭，说明了叶汐颖的状况，到最后说了句，“叶小姐老是哭，也不说为什么，对了，她说很想一个人……”

万宗锭让刘妈去请家庭医生，让她先不必惊慌，他挂了电话之后，继续敲击键盘，随即对着屏幕蹙眉了一下，忍不住喃喃自语：“这个女人，究竟是有情还是无情？实在难以琢磨。”

叶汐颖在床上睡得昏昏沉沉，不知道是白天还是黑夜，朦胧之中，感觉有人掀开被子。她一下子被惊醒了，刘妈笑盈盈地说："我请来了家庭医生给你看病，叶小姐起来让他看看吧！"

叶汐颖扭头一看，刘妈身边站着一个男人，穿着一身白袍，一双眼睛大而有神，这个男人她见过，好像叫留医生，一直以来都是帮万家做事的，前几年有看到过。万黎芝是个不省心的主，经常这里伤到，那里碰到，都是由他来照看的，她笑着坐起来，"留医生，好些年不见了。"

留医生眼神中闪过一抹诧异，又盯着叶汐颖看了会儿，然后这才笑笑，"叶小姐记忆真好，居然还能记得我。"

留医生拿出仪器给她做了个检查，然后恭敬地对叶汐颖说："不是什么大问题，只是肠胃不适而已，我开些中药调理即可，叶小姐近期不要吃辛辣或重口味的东西，清淡的食物最好。"

叶汐颖点点头，心中一阵失落，她以为……也许……是怀孕了……不过这个概率实在太小，压根都不可能，明明知道是不可能的事，却仍旧抱着一丝希望，万一真的成真了呢？梦想很丰满，现实很骨感，也只能在骨感中寻找点渣子。

留医生将仪器放进箱子里，瞄见叶汐颖的脸色不是很好看，满脸都是失望，顺口接了一句，"叶小姐，你是不是还有别的地方不舒服？"

叶汐颖连忙说："没有！除了刚刚吐了一下，现在感觉好多了！"

留医生又瞅了她一眼，这才笑着说："叶小姐好好养身体，明天我再来看你。"

刘妈这才安心地说："留医生，我送送你。"

万黎芝在家闲得心烦，赵东耀几天都不回来一趟，好不容易看见他，又是醉醺醺的模样，嘴里喊的除了叶汐颖，再无其他人。她对叶汐颖是存在愧疚的，本就不敢说什么，可听见还是会难过，她也是女人啊，而且是一个深爱他的女人，他怎么就满嘴都是叶汐颖呢？

万黎芝和陈家三小姐约好去新的咖啡厅，这间咖啡厅名叫深岚 Cafe，全是美国进口的原材料，专门出售美式咖啡。两个人进门的时候，刚好是上班的点，里面的人不算很多，掐的还算是时候，要是赶上下班点，里面满当当的全是人。

陈家三小姐叫陈诺澜，其父也是 S 市有名的大财主，专门经营珠宝。她和万黎芝之间属于普通朋友，既不会太好，也不会很差，反正还算是讲的来，因两个人都是有钱又有闲的主，所以经常凑在一起。

陈诺澜捧着一杯摩卡，瞧见万黎芝的肚子那么大，忍不住说："上次见你的时候，就那么一点大，这才过了多长时间啊，长得可真快。"

万黎芝摸了摸肚子，脸上全是母爱的光辉，"过了五个月，就会长得很快了。"

陈诺澜羡慕地说："真幸福啊，找了个这么好的男人，又怀了孩子，你可把好事都占尽了。"

万黎芝是个骄傲的人，哪怕情况再不济，也会表现出幸福美满的样子，她可不想被人数落看不起，面前安慰你，背后嘲笑你，所以在这点上，她全都是在自欺欺人，一副我过得很开心，我家里人疼我，我老公还对我好的样子。

"你也会有的。"

万黎芝笑笑，谎言是麻醉剂，哪怕不能成真，听到别人的话，仍旧会小小得意，虽是糟糕无比，可别人又怎么会知道。她一抬起头，就看见面前走过两个人，一个太过于熟悉了，经常出现于一些八卦小报，甚至让她恨得牙痒痒。

张可欣刚刚路过那一桌，自然没有漏看万黎芝，没想到居然会在这里碰见，也真是好笑。万黎芝给她使了绊子，弄得她到现在都没什么工作，而她那个小叔也不是什么好东西，四处宣传她卖淫一事，弄得她抬不起头，果然不是一家人不进一家门！

想到这里，张可欣心里冒出一股火，扭过身子，大摇大摆地朝那一桌走去。张可欣身边的姑娘，对她的行为匪夷所思，加快步伐跟过去看情况。

“哟，我当是谁呢，原来是万家大小姐，真是好久不见了！”张可欣说得特别热情，好似见到了亲人一般。

万黎芝没想到她会走过来，喝了一口橙汁，脸色越发难看，不想理她，认为跟这种人说话是降低了格调。

张可欣笑成一朵花，“啧啧啧……没想到万大小姐的肚子这么大了，哎……你还真打算生下来啊，赵总前些日子还跟我说他要娶我的，你这么生下来不好吧？其实我也是可以接纳别的女人肚子里的孩子，只是怕你心里不舒服。”

“你放屁！”万黎芝一下站了起来，行动过大，橙汁掉到了地上，洒得桌子边缘和地上都是。

“我放屁？怎么着？敢做就不敢当了？万大小姐也是做小三的，怎么会不明白呢？”张可欣双手叉腰，说得可大声了，分明就是想让附近的人听见。果然如她所愿，很多人纷纷侧目瞄了一眼万黎芝，小声议论纷纷，就连陈诺澜也是吃惊地张大嘴巴。

万黎芝面色惨白，四处张望，拿起桌子上的纸巾盒，猛地扔到张可欣的身上，“你个小贱人，一个见不得人的小明星，居然敢在这种地方大摇大摆，你嫌上次去警局喝茶不够是吧？一个卖淫女也敢大摇大摆地出入。”

“你说什么呢！”万黎芝戳中了张可欣的软肋，作势要扔杯子回去。

万黎芝挺起大肚子，一副不可被欺负的模样，放下狠话：“怎么着！你还想打我啊！打我啊！打我啊！打了我，你这辈子都别想好过！”

张可欣真的准备上去了，万黎芝迅速在张可欣的脸上狠狠抓了一道，张可欣的脸上出现了红红的五道明显的痕迹，有那么一两道还带着血，可见万黎芝用力之猛。

张可欣惨叫一声，摸了摸脸蛋，手心上竟然有血，她可是靠脸蛋吃饭的人啊，整个人都被吓到了：“啊……你个神经病，居然敢抓我！我跟你拼了！”

万黎芝措手不及，没了防备，一下子被张可欣打了一巴掌，她捂住脸，气得快要爆炸了，“好啊！卖淫女打人了！卖淫女打人了！”

张可欣本来还想上去打，被身边的姑娘阻止了，她凑到张可欣耳边说：“万黎芝可是万家的大小姐，她家里多有权有势，万一真的搞出什么事，还是你遭殃，咱们赶紧走吧，别惹是生非了！”

万黎芝大喊着：“你信不信我弄死你！”

张可欣见情势不利，落下一句，“算了，这次饶了你！”语毕，穿越重重人群，迅速离开，挤过去的时候，还说着：“看什么呢你们！有什么好看的！”

张可欣走了，万黎芝拿起包也准备走了，这脸实在是丢大发了，全是被那个女人毁了。她低头匆匆离去，不敢看陈诺澜，只怕这回是完蛋了，陈诺澜可是圈子里的八卦精，这事闹出去，不晓得会被传成几个版本，只是她也无暇关心这些了，还是先走为妙。

万黎芝在街上转了一圈，害怕地低着头，好像周围的路人全都在看着她笑，那种笑是那么讽刺，让她觉得羞耻。她思前想后，迅速赶到了万宗胥的公司，忙不迭地打开办公室大门，却看见文件散落了一地，桌子上乱作一团，沙发上尽是一些啤酒瓶，屋子里充满一股酒气。

“这是怎么回事？”万黎芝不可置信地问，办公室就跟被人砸了似的。

万宗胥这才从办公椅下站起来，头发凌乱不堪，手中夹着一根烟，看见万黎芝过来，漫不经心地问：“你来做什么，不在家好好养胎？”

“小叔，你这是怎么了？这里……”万黎芝四处张望着。

万宗胥猛抽了一口烟，嘴角勾起一抹轻蔑的笑容，“我怎么了？你该去问问你爸，问他做了什么！”

万黎芝听得一阵雾水，“我爸……这跟他有什么关系？”

万宗胥噌一下冒出火来，大声吼着：“怎么没关系！如果不是他去跟颖颖说了什么，颖颖至于离开我吗？我用得着弄得这么狼狈吗？”

“我爸……”万黎芝失神一会儿，轻轻地说：“他应该不是这种人，会不会是汐颖……”

万黎芝这话还没说完，万宗胥笑了出来，“难不成还是我冤枉他了？本来我们俩好好的，就被这么搅黄了。现在好了，我都找不到她人了！你爸该满意了吧？”

万黎芝坐在一旁无言以对，毕竟这事真的不好说，又是自个儿爸做的，她完全不知情，只能叹一口气。万宗胥发泄完了，看万黎芝这副可怜兮兮的模样，问了一句：“怎么想到来找我了？”

万黎芝将刚刚发生的事告诉他，万宗胥听完之后，面无表情，不知心里想的是什么，过了会儿才缓缓说了句，“你可真够活该的，怎么就做出这等糊涂之事。人家张可欣傻，你是蠢，你们俩都被赵东耀玩得团团转，还不知道。”

万宗胥这话说得有些狠，万黎芝眼泪哗啦哗啦地留下来，毕竟是自个儿的侄女，见她哭成这样，也是心有不忍，刚刚确实过激，万宗锭给气过头了，全撒她身上了。

万黎芝哭了一会儿，眼睛肿肿的，像是两颗大核桃，万宗胥无奈地叹了一口气，“你要真听我的话，就赶紧离开他，他真不是个东西，你看他这些年在商场上做的事，毫无畏惧，什么都不怕，你说一个男人什么都不怕，这该是有多狠？”

“……”万黎芝一个劲地哭，就是不说话。

万宗胥将烟头扔到茶杯里，随即打开窗户，孕妇不宜在这种环境里，“我该怎么劝你，你才会回头呢？”

这会儿，万宗胥觉得大哥是偏心了，叶汐颖什么都没做，就被他弄跑了，而赵东耀是个十恶不赦的人，却仍旧接纳他，这事可真是离谱。

“小叔，还有没有别的办法？”万黎芝还是心存侥幸。

万宗胥神色一变，讥讽地笑着说：“我是没那个能力了，我的办法只能对付一般人，赵东耀是一般人吗？心黑得六亲不认，你要继续跟他折腾下去，是自取灭亡。”

很显然万黎芝并没有在万宗胥这里找到解决办法，一语不发地离开。天色渐渐暗下来，街道上行人渐多，她忽然想起第一次见面的时候，赵东耀还是个清爽的大男生……

女生寝室总是有讲不完的话题，比如说漂亮的衣服、好用的化妆品、优秀的男生，是的，这是必不可少的，万黎芝听到赵东耀这三个字，是从叶汐颖的嘴里，当时两个人的关系最好，并且形影不离，所以任何小秘密都是可以分享的。

叶汐颖总是念念叨叨赵东耀这个人，大部分都是讲他如何优秀上进。本来她并不在意，经过叶汐颖这么一说，也就自然开始关注他，虽然没有见过，都是从同班同学的嘴里听到的，发十几他确实是个可以被仰慕的人，越发地打听有关他的事情。

直到她见到他，这才真真正正地被吸引了。那天赵东耀约叶汐颖去看电影，叶汐颖觉得不妥，直接带上她，那是两个人首次见面，她有些紧张，手心冒汗，也不知是为什么，叶汐颖为他们两个介绍了一下，然后赵东耀大方地伸出双手爽朗地笑了：“你好！”

万黎芝害羞地低下头，也伸出小手与之交握，三个人一起去看电影，她的心思全然不在电影上，都在隔壁那个男生的身上。

他总是很温柔地看着叶汐颖，两个人谈得很开心，也不知是在讲什么，弄得她有些失落。他的眼神都没在她身上转过，直到她学着叶汐颖的打扮、说话姿态以及笑容，赵东耀这才注意到她，笑着说：“你这样打扮漂亮了不少。”

也就是这句话，让万黎芝重燃信心，开始认真琢磨叶汐颖的行为和生活方式。

她一直都知道，喜欢上赵东耀是错的，他爱的是叶汐颖，而且他们是彼此相爱的，她跟在两个人的身后，看着他们俩甜蜜，可是她心甘情愿，因为她爱他，只要能注视他就好，哪怕他眼里都没有她。

万黎芝独自一个人回到公寓，看见漆黑的一片，觉得很是悲凉，凄凄惨惨，无人问津。大约过了两个小时后，赵东耀开门而入，手里抬了一箱子苹果进来。万黎芝瞄了一眼，心底越发得冰冷，她从来就不喜欢吃苹果，喜欢吃苹果的是叶汐颖，不是她。

赵东耀看了她一下，纳闷地问："怎么不开灯，这么节约？"

"东耀，既然你心里一直都有汐颖，为什么要一次次出轨，一次次跟我在一起？我以为你会爱我，你心里肯定是有我的……"万黎芝问得声泪俱下。

"你真想知道？"赵东耀笑了，走到她的身边，摸了摸她的脸蛋，"哭什么？这有什么好哭，爱不爱不就那么一回事，你用得着反应过激吗？"

万黎芝抬起头，乞求地说："你告诉我好不好！这究竟是为什么！"

"在我的心里，没有任何人能抵得上她，在我最贫困的时候，她毅然决然地站在我身边，陪我一起熬着，哪怕再怎么艰辛，她都无怨无悔，像她这么好的女人，我怎么会傻到要离婚呢？呵……也真是傻，现在离了之后，我后悔了，只会想到她的好，她在我身边的点点滴滴……"赵东耀像是在回忆什么，眼眸里充满柔情，这是万黎芝没有见过的。

"那我算什么！"万黎芝抓住赵东耀的衣领，"你告诉我，我算什么！"

赵东耀这才回过神，盯着她看了一会儿，恢复了往日的冷漠，“黎芝，很多时候，自欺欺人比寻找真相好，你该明白是为了什么，不用我说。”

万黎芝不甘心地咬唇，无力地松开手。她该知道是为了什么，赵东耀根本不喜欢她，她只是在不断地学习叶汐颖，才能博得他的关注，甚至连两个人第一次发生关系，他嘴里都是喊着叶汐颖的名字，不过也就那一次而已。她以为他会随着时间慢慢爱上她，可为什么会这样！

赵东耀整了整衣服，不想再继续纠结这个话题，找了个借口，“我出去应酬了，你自个儿好好想想。”

万黎芝低声哭泣着，然后猛地抬起头，眼神中充满愤恨，“赵东耀，我恨死你了！难道爱你也是一种错误吗？我究竟做错了什么？”

赵东耀正在开门，听到这句话，嘲弄地一笑，不知是为自己还是为她，说了一句：“够了，你该清醒点！认清事实比较重要。”说完之后，就头也不回地离开了。万黎芝发出惨痛的哭声，捂着头靠在沙发上。

赵东耀没有什么应酬，今天回来得早，实在是难得的。一个人走在楼下的小公园里，这日子过得可真精彩，一下子这样，一下子又那样，风波不断，这与最初的想法背道相驰。他只是想和叶汐颖组成一个温暖的家，和和睦睦地生一堆小孩，离婚前，他全然忘了这件事，而现在却十分怀念。

叶汐颖的身体早就恢复好了，可留医生还是会坚持过来看一下，直到各项检查都可以了，这才放心，叶汐颖觉得他倒是个认真负责的人，“像你这样的能力，留在万家是亏了吧，没准去医院还会发达，当个主治大夫绰绰有余。”

留医生笑了笑，陪着她闲聊，“叶小姐说得夸张了，我就那么点本事，也就只能在万家发挥，况且万老总对我有恩，帮忙他家里，也算是尽一份心意。”

“呵呵，人各有志。”叶汐颖点点头，留医生是个嘴严的人，他若不想说的事，铁定是问不出的，不过她也没那个心思挖掘，毕竟与她无关。

留医生给叶汐颖留了一包药，并且嘱咐她有肠胃问题的话，可以吃一颗救急，叶汐颖收下。他准备离开，临走之前问了句，“叶小姐不想知道万总的消息吗？”

留医生和万家的用人都喊万宗锭为万老总，而万宗胥则是万总，以此来分清楚两个人。叶汐颖脸色一变，微微一愣，不知他的意思，留医生淡淡笑了，“叶小姐也不必惊慌，我只是顺口一问，你要是不想知道，我也不会勉强于你。”

叶汐颖小心翼翼地问：“你是知道了什么？”

“我在万家这么些年了，你说呢？”留医生坦然一笑，万宗胥对她的点点滴滴，他是看在眼里的，虽然细节不大清楚，不过大致却也是了解的。

“那你是站在万宗胥那边，还是站在万宗锭那边？你应该知道，不要告诉我万宗胥的消息比较好，难道不是吗？”叶汐颖无法理解留医生的举动。

留医生嘴角勾起一个弧度，“万老总帮了我家很多，而万总是帮了我很多，我夹在中间是两难的，不过我认为万总这么爱叶小姐，那么万老总是挡不住的，只要你和万总是真心的，那么一切都不是问题。”

叶汐颖失神地喃喃道：“你们不懂……对了，他最近好吗？”

“天天喝得醉醺醺的，搞得人不像人，你说是不是好呢？万老总本来是准备介绍几个姑娘给他认识的，但都被他吓走了，这两兄弟是铁了心杠上了。”

留医生说完这句话，叶汐颖的眼眶一下就红了，扭头不看他，说了一句，“好了，你可以走了。”

“叶小姐，你难道不想见他吗？”留医生试探性地问。

叶汐颖冰冷地来了句：“不想！”

留医生耸了耸肩，拿着东西离去，下楼的时候，跟刘妈打了个招呼，然后坐到车里，启动车子，待了一会儿，随即叹了一口气，拨通了万宗胥的手机号，“最近怎么样？”

“你就闲着这么无聊，拿我开涮？”万宗胥的声音不好听，带着一股怒气，他正在喝酒，脑子晕乎乎的。

留医生笑了笑，“哪敢，我这儿有关于叶小姐的消息，不知你有没有兴趣。”

电话那头传来了乒乒乓乓的声音，想必是倒了一排酒瓶，万宗胥焦急地问：“她在哪儿？你找到她了？”

“可是我看她不想跟你继续了，你是不是做错了什么事？”留医生绕着弯子。

万宗胥沉默了，“怎么可能！我平时待她那么好，怎么可能会做错什么事！你快把她的地址告诉我，我立马过去！”

留医生报了个地址，万宗胥骂了一句粗口，没想到大哥居然让她去那儿，难怪他怎么找都找不到，原来是在那里！果然是藏得高明。

留医生挂了电话之后，才笑盈盈地踩下油门。虽然是对不起了万宗锭，不过这种事倒也不能阻止，看万宗胥那股劲，倘若不让他找到她问清楚，势必要弄得天下大乱，到时候更难收拾，还不如先遂了他的愿，至于万宗锭那边只能说抱歉了。

万宗胥心中忐忑万分，又是好气又是好笑，这个傻女人，居然会为了这种莫名其妙的理由离开他，车子开得很快，一下子就到了万家的小别墅，开门进入，就看见刘妈在厨房里烧菜，喊了一句："刘妈，好久不见了。"

刘妈不可置信地转过来，急忙走了出来，"这不是万总吗？好些年都没看见你了！"

万宗胥笑了笑，"是好些年了，待会儿再跟你说，颖颖她在楼上吗？"

"你是说叶小姐吗？在楼上！"刘妈指了指楼上，心中却在纳闷，万总跟叶小姐也认识？

这时，从楼梯口传来一个声音，"刘妈，是谁来了？"

叶汐颖听见开门声，又听到了楼下的说话声，可是附近都是草地，哪儿来的人啊，就连刘妈家，离这也要半个多小时，这才匆匆准备下楼看看，没想到却看见了万宗胥，整个人傻在那里了。

"原来你一直在这儿！"万宗胥快步走了过去。

叶汐颖这才反应回来，连忙就跑，万宗胥急急地追上去，万家小别墅也就那么大，再加上万宗胥腿长，一下子就把她给抓住了，叶汐颖忙不迭地想挣扎开，万宗胥一把搂住她，"你还想折磨我到什么时候，你这个狠心的女人！"

叶汐颖忍不住哭了出来，心里又是委屈又是难过，还带着点开心。万宗胥一把抱起她，带到了卧室里，将门反锁住，刘妈不放心地上来看，就瞅见万宗胥将门关起来了，忍不住小声嘀咕："不会发生什么事吧？这孤男寡女的！"

她在万宗胥的怀里哭了好一阵，才慢慢地停了下来，心口微微泛疼，“哭什么，我又没欺负你，该哭的是我吧？每次都以各种原因抛弃我，你当我是什么？是可以随意丢弃的垃圾吗？我在你眼中难道什么都不值吗？”

叶汐颖拼命地摇头，又说不大清楚，“不是的，不是的！我只是……”

“你这个傻瓜！你真的当我在意你怀孕不怀孕吗？是的，我是很想跟你生个孩子，属于我们俩的孩子，那是为了能永远和你在一起。你知道我有多怕你离开我吗？我只要你这个人，其他什么都不要，我们在一起这么久，难道你还不懂我的心意吗？”万宗胥深情款款地说着，用手轻轻擦去叶汐颖的泪水。

叶汐颖为之一颤，没有想到万宗胥会说出这番话，她感动得呆了一下，忽然抱紧万宗胥，猛地大哭起来，嘴里一直念着：“对不起，对不起，对不起……”

“还哭！”万宗胥哼了一声，语气带着点怒气，却很温柔地轻轻拍着她的后背。

叶汐颖立马止住了，睁大眼睛，吸了吸鼻子，可怜兮兮地说：“不哭了，我错了！我真的错了！不该各种怀疑猜测，甚至自己做主。”

万宗胥点了点头，摸了摸她的小脸蛋，“小傻瓜！再哭鼻子都歪了，可不能哭了。”

其实，在留医生说到万宗胥的状况的时候，她心里就好难过，特别想见到他，只是想到两个人没有未来，硬是拼命抑制住了。

万宗胥慢慢亲上叶汐颖的嘴唇，轻轻落下一个吻。

刘妈在楼下熬了一大锅粥，寻思着应该会剩下好多，叶汐颖食量不是很大，而万宗胥也吃得不多，可不小心放了很多米，看来是可以喂附近的野狗了。等到她饭菜都做好了，也没见两个人下来，心想着会不会出什么事，可两个人又能出什么事呢？于是又靠在沙发上看了会儿电视，直到半个小时后，还是没半个人下来，眼见桌上的菜都凉了，放下遥控器，走到二楼卧室门前，先将脑袋靠在门上听了会儿，里面没有传出任何声音，难道两个人早就离开了？这也不对劲啊，应该都会跟她说吧，不可能无缘无故就走了！

鼓足勇气敲了敲门，里面没响应，然后又敲了敲，这回手劲有些大，里面还是没人回应，刘妈忍不住小声嘀咕："难道他们真的出去了？那这么一大桌饭怎么办？"

就在刘妈准备转身离开的时候，万宗胥将门打开了，刘妈紧张地说："饭菜做好了，可以下来吃了！"

"嗯，知道了！"万宗胥笑着点点头，叶汐颖从他的身后钻了出来，给他使了一个眼神，让他赶紧把衣服套上，万宗胥摊手进去了，叶汐颖不好意思地笑了笑："我们马上下去！"

刘妈总算是明白了，这俩人是那种关系，叶汐颖的嘴唇红艳，一看就知道两个人肯定亲吻过。

吃晚饭的时候，万宗胥特别殷勤地给叶汐颖夹菜，刘妈在一旁可尴尬了，叶汐颖拼命地咳嗽了几声，万宗胥这才停了下来，笑着跟刘妈交谈，都是一些家长里短的话，毕竟她在万家也很久了。

刘妈将碗筷拿去洗碗槽里，叶汐颖准备去楼上，这时候，万宗胥的手机响起，看了一眼来电显示是万宗锭，嘴角勾起一抹冷漠的笑容，啪一下就摁掉了。可过了几分钟，又打了过来，这会儿叶汐颖走到了他的身边，自然是看到了，低头沉默了一会儿，这才说了句："宗胥，你就接一下吧，没准他找你有事！"

万宗胥冷哼一声，站在窗台前，俯瞰四周的景色，还是郊区空气好，没有城市里那么纸醉金迷，"他能有什么事？肯定是让你离开我之类的，既然我找到你了，肯定是不会听他的。"

叶汐颖柔柔地从背后抱住他，将头靠在他的肩膀上，小声地劝着："宗胥……"

她一点都不希望两兄弟因为这件事而闹矛盾。说实在的，万宗锭没有逼她，只是给了她一个建议而已，是她自己要离开的，这还真不是他的事，所以万宗胥没有必要这样，毕竟是兄弟，哪能为了这事有隔阂。

万宗胥拉下脸，语气倒是有所缓和了，"在这种关键时刻，可不能轻易低头，不然他真的以为咱俩都是好欺负的。我知道你是为了我们兄弟好，可他摆明是要拆散我们！"

叶汐颖不出声了，可小手却不断地捏着他的手掌，万宗胥见她没了声音，扭头看了她一眼，试探性地问了句："你这是不高兴了？"

叶汐颖摇摇头，亲了亲他的脖子，万宗胥纳闷了，又问："你这是怎么了？"

叶汐颖将脑袋贴在万宗胥的背脊上，闷闷地发出声音，"你说的算。"

万宗胥一听就乐了，心顿时软绵绵的，转过身子抱着叶汐颖，总算有种熬出头的感觉。"什么时候学得这么乖了，居然开始哄我了。"

叶汐颖摸准了万宗胥的性格，倔强起来十头牛都拉不回来，可要逗得他高兴了，其实就很容易答应，所以她也就不跟万宗胥起争执了，这事还得要慢慢来。

万宗胥不喜欢小别墅，于是想着要把叶汐颖拐回去，可不能在这儿住太久了。没想到叶汐颖觉得在这儿还挺舒坦的，就是不想回去，让他先回去，她再住几天。

叶汐颖让万宗胥坐到床上，而她顺势坐到了他腿上，一双手环在他脖颈上，脑袋在他身上蹭了蹭，像是一只温顺的小猫咪，低眉顺眼地说："是你大哥让我来这儿的，我离开不跟他说一声好吗？"

万宗胥这会儿可听懂了她话里的意思，摆明了就是让他去找大哥，他低头沉默了一下。

叶汐颖又亲了亲万宗胥的脸颊，咬唇蹙眉，"算了，我跟你回去吧！反正就让我当这个罪人吧！以后外人讲起来，肯定是说我让你们兄弟关系变得不好。"

万宗胥明知道这小妮子是故意的，却又没办法说她，毕竟她可是他心中的宝，哪怕跟他耍点小心机，他也觉得是可爱的，况且也是为了他好。他摸了摸她散下来的碎发，别到她的耳后，亲了亲她的嘴唇，这才说了句："我去见大哥，你乖乖在这儿等我。"

叶汐颖笑着说了句："你真好……"

刘妈知道这两个人是一对之后，确实有点吃惊，毕竟叶汐颖是不爱说话的，而万宗胥是个喜怒无常的人，两个人搁在一起，矛盾不会很多吗？而经过相处，她慢慢发现万宗胥对叶汐颖是百依百顺，而叶汐颖也不至于无话可说，两个人相处得非常融洽，果真是一个锅子一个盖，都是配好了的。

刘妈打电话找来了司机，要出去买菜，叶汐颖在家确实无聊，也就说了句，“我也想去菜场，一起吧。”

其实住在这栋小别墅里挺不方便，每次刘妈出门都要提前喊来司机，叶汐颖纳闷了，万家怎么会想到在这里盖一栋小别墅，于是问了刘妈。

刘妈拿起小包，先跟叶汐颖两个人上了车，待车子出发后，这才说了句：“这里是万家老爷子的祖宅，所以把老房子给拆了，然后重新盖的，他们过年的时候会过来，那边的东西放不下，也会送到这边来。”

叶汐颖点点头，据说万老爷子是个很励志的人，刚好碰上了改革开放，毅然放弃了小学老师的工作，进而下海经商，捞得第一桶金，随之而来的是越做越大，就像是滚雪球一样，成就了今天的万家。

万宗胥开到万氏大楼下，万宗胥的万氏和万宗锭不是一家，是他拿着家里的资金重新开的，而万宗锭这个公司才是万老爷子传承下来的，不过年底他们就会合并成一家，以此壮大市场占有量，他们俩这番考虑，也是经过了深思熟虑的。

万宗胥熟门熟路地就走到了董事长办公室，万宗锭正在办公室接待客人，瞅见万宗胥，淡淡一笑：“在门口的接待厅等我一下。”

万宗胥瞄了一眼坐着的两个人，点了下头，轻轻地关门出去，走出来的时候，秘书这才匆匆回来，看见万宗胥，急忙说：“万老总在接待客人！”

“我知道了。”万宗胥摆了摆手，随即走到一旁的沙发上坐下，秘书连忙泡了一壶茶过来，万宗胥喝了一口，顺口问了句：

“那两个人是谁？好像很熟悉。”

“是万老总的朋友，具体我也不清楚。”秘书恭敬地说。

万宗胥沉吟了一会儿，眉间渐渐舒展开，原来是这么一回事，朝着秘书说：“行了，我知道了，你下去吧，待会儿客人走了喊我。”

大约过了半个小时，两个人才从万宗锭的办公室里出来。万宗胥大大咧咧地走进去，坐到了椅子上，身子一斜，显得懒懒散散的，万宗锭悠悠地喝了一口茶。

“是你帮我争取到温州陈老板的单子的？”

万宗锭嘴角勾起一抹笑，关于这事，胖子豪那边只是后来的事，之前八成是万宗锭派这两个人说通的，不然单凭胖子豪，还是有些困难的。万宗胥之前就在陈老板办公室门口看见过他们，现在想来，这事是可以连在一起的。

万宗锭挑眉，两兄弟的眼睛如出一辙，“现在才知道？反应能力有些慢了！”

万宗胥忍住，不跟他计较，大哥有时候也挺小心眼的，还得理不让人，“她让我来找你，免得到最后说她让我们兄弟反目成仇。”

万宗锭反倒凉凉地来了一句，“她倒是挺会给自个儿开罪的，真会装，难怪你被骗得一愣一愣的！”

万宗胥猛地站起来，大力地拍了下桌子，“要不是她逼着我来，我一点都不想过来，现在想想也是热脸贴着冷屁股，懒得跟你说了！大哥什么时候变得这么食古不化了！”

万宗胥说完这句话之后，就站起身子准备离开，万宗锭喊住了他，“我要是食古不化，怎么会让你们俩安静这么久？岂不是太没道理了？”

他说得有道理，他应该一早就知道了，怎么会到现在都不行动，就是打了几个电话而已。万宗胥转头，盯着他看了一会儿，这才问：“大哥，那你的意思是？”

万宗锭深深地叹了一口气，无奈地说：“你又不听我的，能怎么办？只不过……她是可以待在你身边……但你媳妇还是要娶的，不能是这种女人！”

这种女人？这种女人怎么了？他怎么说得这么鄙夷！万宗胥一下子火就冒了出来，大声说：“难道按你的意思是，她在我身边当情人，我还要另娶一个女人？”

万宗锭点点头，“这样是最好不过了，你好好跟她说说，我想她是会理解的。”

“放屁！”万宗胥咬牙切齿，“我就是非她不娶！有本事你就拆！”

万宗胥气愤地摔门而出，万宗锭脸色难看，只是没他这么激进，这个女人肯定是不能进万家的，万家也不会容许一个二婚的女人，那简直是无法无天了。万宗锭将玻璃杯砸向墙壁，秘书闻声而进，吃惊地连忙喊来清洁阿姨清理。

叶汐颖好些年没来菜市场了，看着密密麻麻的一切，居然有种恍如隔世的感觉。好日子过多了，就忘记了最初的生活遭遇。

刘妈去附近买牛肉了，说是晚上要做尖椒牛肉，叶汐颖则是到一旁的蔬菜区，挑了一个大包菜，还有一袋西红柿，准备付钱的时候，手机响起，她连忙将零钱拿回，急急从口袋里掏出，一手提着袋子，一手接电话：“喂，韦茹？”

孟韦茹听见叶汐颖那头吵吵嚷嚷的，忍不住笑了：“你这小妞，居然会去这么热闹的地方玩，在哪儿呢，也带我一起？”

“菜市场！”叶汐颖笑了笑，“你也一起来？”

“哦……那我就不去了，你怎么跑那去了？一起出来玩吧？你回S市这么久了，都不找我玩！今天带你去滑冰，咱们这儿新开了个冰场，一起去玩玩吧？”孟韦茹对于菜市场什么的，就毫无概念了，也一点兴趣都没有。

叶汐颖想了一会儿，“不知道今天宗胥什么时候回来……”

孟韦茹开始发出啧啧啧的声音了，“哎哟，你别跟着他转啦，你要玩你自己的，成天围着他，迟早有一天他就会把你给抛弃了。你得听我的，对付男人一定要坏，你坏了，他就对你好了，就是这么贱。”

叶汐颖想着确实也一段时间没见面了，于是答应过去，这一挂下电话，万宗胥就打来了，叶汐颖忙不迭地接起来，那头就传来万宗胥暴躁的声音，“你去哪儿了！怎么不在家！”

叶汐颖一听声音不对劲，连忙放软地说：“我和刘妈出来买菜了，你回来得好快！”

万宗胥这才安心，刚刚一回家不见她人影，一颗心都跳到喉咙了，这小妮子怎么又消失了。“行，买完菜就回家，我在家等你。”

“不行。”叶汐颖说完这话一顿，“待会儿我要去见孟韦茹，可能晚上才能回来。刘妈买了一堆好吃的，她待会儿回去给你煮。”

“你就准备这么抛弃我了？怎么又跟那女人混去了？”万宗胥略感无力，他家这女人怎么就不让他省心……

过了几天的某个晚上，万宗胥抱着她，“你早点跟我回去，我都跟大哥说了，这地方环境多差啊，你待在这儿多不舒服。对了，阿姨，不对，咱妈送了辆车过来，说是给你的生日礼物，你得回去看看。”

“对哦。”叶汐颖倒是忘了这茬了，“我妈是说送车过来，没想到这么快。”

万宗胥捏了捏叶汐颖的身子，这丫头可瘦了好多，以前摸上去都是肉嘟嘟的，现在只见骨头，心颤了一下。“就是不舒服，咱还是回去吧，你还要回去学车，不然怎么开呢？”

叶汐颖靠在他身上，想了一会，这才点头答应，万宗胥只是念念叨叨，却没想到她真的回心转意了，开心地亲了她一口，“哎哟，还是我家媳妇上道。”

“宗胥……”叶汐颖闷闷地问了声，“你大哥是不是还不满意我？”

叶汐颖并不笨，倘若万宗锭那边是同意的，那么他肯定回来就说了，到现在就露个一句半句，肯定是这事不成，想想倒也可以理解，毕竟她是这样的。

“你别多想啊，我都会处理好的。”万宗胥就怕叶汐颖乱想，脑子里又想到别的地方去了。

叶汐颖甜甜地喊了一句，“你可要好好保护我啊！”

万宗胥这小心肝听得一阵颤，顿时觉得让他做什么都心甘情愿了。

第二天一早，万宗胥就将叶汐颖的行李打包，全部装上了车子，刘妈帮着打扫屋子，笑了笑说：“你们这一走，这房子又该冷清了。”

叶汐颖将袋子提起，不好意思地说：“我们也可以常常过来看看。”

“过年的时候，这里又热闹了。”刘妈点点头，顺道将叶汐颖住的房间关上，然后掏出钥匙锁住。

两个人整理好行李，告别了刘妈，万宗胥这才开车回去。叶汐颖对什么东西都有点感情，在这儿住了一段日子，也就产生了点情谊，临走之前，依依不舍地瞅了又瞅，要不是万宗胥拉她，可能还要再看一阵。

万宗胥一手握着方向盘，一边笑着说：“你对什么都不舍，怎么就唯独对我就这么狠心？你太厚此薄彼了。”

叶汐颖被说得一愣，低声冒了一句，“你这人，怎么还记得那些陈芝麻烂谷子的事，不是说好不提了吗，不要再提了。”

“我就不相信你不想我。”万宗胥笑得龇牙咧嘴。

叶汐颖这会儿才明白，他就是为了要引出这句话，瞄了他一眼，就是不说话，有些东西，心里想归想，但是说出来，肯定是没那种感觉了。是的，感觉，大多数女人都是寻找一种感觉而已。

车子开到高速休息站，叶汐颖下车上了个厕所，万宗胥则是去买了一袋零食，免得这小妮子在车上闲着无聊，等叶汐颖回来的时候，看到一袋零食，确实是惊喜了一下，拿起一包洋芋片咔哧咔哧地吃着：“你不是说不给我吃零食了吗？”

万宗胥老跟她说什么养生之道，让她少吃垃圾食品，这会儿忽然来这么一招，确实是有点吃惊，万宗胥微微一笑。这时候，他手机响起，叶汐颖瞄了一眼，脸色一下变得尴尬，是万黎芝打来的。

万宗胥咳嗽了一下，然后接起电话，不时地瞄一瞄叶汐颖，手指在不停地摩挲电话线，忽然冒出一句：“什么！好的，我马上过来！”

叶汐颖疑惑地看了一下，这是发生了什么事吗？

万宗胥连忙说：“好的，你先别哭了，会没事的，大哥到了吗？”

万宗胥面色凝重地挂掉电话，叶汐颖心里纠结，是该问呢，还是不问呢？过了大概三分钟，万宗胥沉沉地说：“是大嫂打来的电话，说黎芝撞墙了，现在在医院里抢救，我们赶紧过去。”

叶汐颖想说，却又说不出什么，她是讨厌万黎芝，内心里希望她最好不得善终，可听见她出了这事，却没有一丝快感，只是觉得傻透顶了，看来和赵东耀是有极大的关系。

市医院里，尽是人来人往，空气中弥漫着消毒水的气味。万宗胥带着叶汐颖摁下二楼电梯，万宗胥找到了2011号病房门口，推开门，就看见万黎芝头上包着绷带，躺在床上，而吕妮则是在一旁擦眼泪。

“大嫂，情况怎么样？”万宗胥心急如焚地问。

吕妮眼眶红红的，哽咽地说：“还好孩子和大人都平安，幸好发现得早，再加上撞得位置偏左，避开了最危险的地方。”

叶汐颖害怕地抽了抽手，没想到万宗胥反倒握紧。早先进医院的时候，她就不想上来，只是万宗胥的心情不好，她也就不敢提了，没想到一下车，他就拽着她的手，一直拉到楼上来，特别是看到万宗锭，心里不由得一阵惧怕。

人就是这样的，知道他不喜欢你，那么自然就会心生想法，而这种想法会产生很多种反射因素，有厌恶、冷漠，惧怕也算是其中一种。

万宗锭转过身子来，瞄了一眼叶汐颖，面无表情地对万宗胥说：“这丫头，真的是被鬼迷心窍了，怎么就这么想不开，什么事都做得出来！”

万宗胥问：“到底是什么情况？”

万宗锭叹了一口气，疲惫地揉了揉太阳穴，无力地说：“我也很想知道，这究竟发生了什么事。好像是接了个电话，然后就撞到墙上去了，好险她妈发现得早，不然后果不堪设想。”

“赵东耀呢？他怎么没来！”万宗胥的口气带着气愤。

万宗锭又是一阵叹气，“正在赶回来，好像是在F市开会。”

赵东耀跑那么远还能刺激到万黎芝，显然是不可能的事，叶汐颖看了眼万黎芝，唯今之际，也只有等待了，等到她醒来，自然就真相大白了。

万黎芝迟迟没转醒，吕妮和万宗锭守在病床前不肯离去，叶汐颖和万宗胥去楼下吃了点东西，顺道带了些给他们吃。

一路上，叶汐颖都是一声不吭的，万宗胥看了她几眼，倒也没有说一句话。两个人吃了碗面条，万宗胥细心地给叶汐颖要了颗茶叶蛋，知道她爱吃这个。万宗胥扯出个笑容，“待会儿你早点回去吧，不用在这儿了，大哥给你的压力也不小。”

能先回去自然是最好，只是……叶汐颖不放心，万一又出点什么事？“我还是陪你吧。”

万宗胥盯着她看了一会儿，嘴角露出笑意，“好，你能陪我自然是最好。”

当叶汐颖回到病房时，万黎芝已经醒了，只是嘴唇苍白，看见他俩进来的时候，眼神一眯，尤其是看见她的时候，冒出一簇火焰。叶汐颖有些莫名其妙，不过是彼此看不顺眼的两个人，怎么她还来劲了。

万宗胥将两碗面递给万宗锭，让他们去外面吃，房间里只剩下他们三个人了，万宗胥对着万黎芝说："这么大个人了，怎么还动不动想寻死，你以为你还是小孩子吗？你不知道你爸妈有多担心吗？"

万黎芝沉默许久，嘴角勾起一抹冷笑，拿起手机递给万宗胥，"小叔，只怕看了这种东西，你也会想撞死。"

万宗胥疑惑地拿过手机，叶汐颖走进几步，整个人瞬间傻住了，那是一张她和赵东耀的床上照，照片上的两个人未着寸缕，竟然在热吻，照片的角度找得很好，刚好都能认出来是谁。

万宗胥面色铁青，眼神中充斥着阴狠，一把将手机摔回给万黎芝，"谁给你的？"

万黎芝恨恨地看了眼叶汐颖，哼了一声，"张可欣……"

"你是猪脑子吗？这种照片都可以相信，肯定是经过处理的，你居然为了这种事而撞墙，实在是太幼稚了。"万宗胥骂了一句。

叶汐颖感动地握住万宗胥的大手，没想到他居然会相信她。"黎芝，如果我愿意回到他的身边，你觉得你还能这么安心地养胎吗？你又能阻止得了我多少，他心里有你，你做什么都是对的，他心里要是没你，你做什么都是多余，难道不是这样吗？"

万黎芝笑了，眼角却溢出了眼泪，抬起头看着万宗胥说："小叔，你能出去一下吗？我有话跟汐颖说。"

万宗胥转头看了眼叶汐颖，只见她冲着他点点头，他捏了捏她柔软的小手，叶汐颖坐到了她的床前，万宗胥把门悄悄地合上。

叶汐颖原本是想给万黎芝面子，毕竟万宗胥在场，现在他这么一走，也就没有什么好顾忌的了，那种讨厌，本来就是根深蒂固了，只怕这辈子是改不了了。

万黎芝挫败地低着头，久久才说了一句，“汐颖，你是不是很恨我？”

“呵呵……恨已经不足以表达了。”叶汐颖回得毫不留情。她冷冷地盯着万黎芝，“换做是你老公跟别的女人上床，你不疯？更何况还是你最好的闺蜜，现在我都觉得闺蜜这个词实在太讽刺。”

万黎芝腾一下坐了起来，大声说：“我知道是我错了！可是现在你不跟小叔过得好好的吗？总比跟东耀那么不死不活来得好，倒不如说是我成就了你们。而我呢？现在过得这么差，你高兴了？开心了？我爸骂我，我妈骂我，连我小叔也说我是猪脑子！”

“活该！”叶汐颖笑了，“你自己活该，能怪别人？”

“你……”万黎芝哑口无言。

万宗胥在走廊上来回踱步，三个男人推着一张病床，从他身边穿过，他又让了一步，好让他们顺利通过。这一抬头，就看到了赵东耀赶来，一身黑色西装，头发打上了摩丝，看上去比较精神。

他走到赵东耀的跟前，半个身子拦住赵东耀的去路，低沉地说：“她们俩在里面谈话，待会儿再进去。”

赵东耀立马明白了，心领神会地站到一旁，他从西装口袋里掏出一根烟，然后看了一下身旁的万宗胥，递了一根给他，万宗胥接过，然后两人走到附近的吸烟区。

万宗胥闷着一口烟，看着窗外的景色沉思不语，赵东耀也没有说一句话。两个人抽了半根烟，赵东耀将烟头扔进垃圾桶盖上，“汐颖过得还好吗？”

万宗胥反问一句，“好不好跟你有什么关系？你何必这样呢？拥有的时候不知道珍惜，到现在没了，又百般纠缠，你让颖颖怎么想，让我怎么想，让里面躺着为你要死要活的女人怎么想，难道你真的就不懂吗？过去了就是过去了，你现在应该要做一个好爸爸、好丈夫，而不是还想着颖颖！”

赵东耀任他说，静静地望远方发呆，失神地笑笑，“天气要转凉了，注意给她保暖，她的体质偏寒，这个季节就会开始发凉了。”

“你这又是何苦……”万宗胥站在一个情敌的立场来说，对这个人是厌恶的，只是，为什么感觉他是无限的悲凉，不由得手心收紧。

赵东耀独自走向病房门口，叶汐颖从里面出来，两人愣了一下，叶汐颖下意识地走到了万宗胥的身边，这是一种惯性。

这一幕，显得格外扎眼，他的嘴角略微苦涩，像是吃了黄连，以前的妻子，如今站在别的男人身旁。

万宗胥揉了揉她的头发，笑着说：“谈好了？”

叶汐颖淡淡一笑，“嗯，我们走吧。”

万宗胥点头，他也不想让自个儿的媳妇对着前夫，搂着她就走了。赵东耀看见他们离去的背影，心中什么味都有了。

他走进病房，万黎芝躺在床上发呆，他坐到了床沿上，他冷漠地盯着她看了一会儿，她咬唇忍着，他薄唇轻启：“黎芝，你又何必做这些无所谓的事？”

万黎芝咬唇颤抖，听到这句话之后，眼泪刷一下就下来了，“可我喜欢你啊，你为什么要这么对我！我这么喜欢你！为什么要跟那些女人乱来，为什么！”

她一下子投进他的怀抱，不断地哭着。赵东耀一声不吭任她哭着，他不是木头，也不是不会动容，只是那种最初的萌动，早已消失不见，留下的不过是一份无奈罢了。

万宗胥带着叶汐颖回到家，叶汐颖看到久违了的房间，不禁觉得温暖，趁着万宗胥去厨房的时候，她一下子抱住了他的后背，小脑袋蹭啊蹭，娇滴滴地哼着，有一种说不出的风情，“你为什么这么相信我？”

万宗胥将她的小手握住，听着她说话的腔调，胸口酥痒难耐，“我敢不相信你吗？不相信你回头肯定又不理我了。”

“扯淡！”叶汐颖笑着将他转过身子，一双手环到他的肩膀上，亲密地贴上了他的鼻子，“你怎么看得出来那是处理过的，万一是真的呢？”

叶汐颖就不相信了，万宗胥这眼力，还能看得出是不是处理过的，什么时候道行这么深了，他撑死也就是个在电脑上办公的人，怎么可能懂这么多。

“万一是真的……”万宗胥停顿了一下，叶汐颖屏住呼吸，没想到他咧嘴一笑，“咱们都在一起，你哪有时间去做那事，就除了你被大哥拐走的那段时间，不过我找不到你，他怎么可能会找得到。”

叶汐颖笑着亲了上去，万宗胥顺势将她摁到墙上，叶汐颖被吻得脸蛋红红，轻声细语地说：“可是，我真的好高兴你会相信我。”

晚上，两个人去楼下超市买了些简单的冰冻食材，做了小黄鱼，还有红烧排骨，以及西红柿蛋汤，叶汐颖索性就赖在沙发上，让万宗胥来做菜。当他端着热腾腾的饭菜出来，叶汐颖像个小孩似的，冲了上来，闻了闻香气四溢的三个菜，竖起大拇指。

她嘴里甜腻腻地说："你好厉害……"

第二天天刚亮，万宗胥起来吃了早餐，顺道把赖在被窝里的小祖宗给挖起来，叶汐颖不满地嗯了几声，弄得万宗胥心痒难耐，她可真是越来越会耍小脾气了。万宗胥带着叶汐颖去楼下车库看车，那是一辆银灰色的奥迪，款式比较简单，车身倒还秀气，适合女人开。

叶汐颖摸了摸车子，叹了一口气，万宗胥笑倪她，"是不是瞅着不会开啊？"

叶汐颖的大眼睛瞪了他一眼，被他戳中了，确实是如此，但是嘴上却不甘示弱，"哼，不开就不开，我放着看。"

万宗胥笑了，眼神闪亮，走到她身边，将她摁到车窗上，用极其撩人的声音说："乖宝宝啊，车子咱还是要学的，坐出租车多不安全，再说换班的点，你都打不到车，总不至于去坐黑车吧？新闻上刚报出一个女的被黑车司机拐卖走，然后就给分尸了。"

"诅咒我……"叶汐颖哼了一声，随即想到那则新闻是真的，他也没有胡说八道，"好像是有那么一回事，以后可真得小心点。"

万宗胥弯下身子咬叶汐颖的嘴巴，"咱还是去学个驾照吧，放心，教练那边老公都打点好了，绝对不会让媳妇受一点点委屈的。"

叶汐颖看了他一眼，那笑容跟吃了蜜似的，随即眼睛一眯："是不是我妈让你这么说的？"

"咱妈也是为了你好……"万宗胥理直气壮地揉了揉她，"况且，你也要给我个机会，让我在咱妈面前立功啊。”

叶汐颖：“……”

叶汐颖虽然嘴硬，倒也没有多大的抵触，况且就是学车的事，有必要被他们这么催吗，显得自己多幼稚似的。万宗胥本来要送她去报名，可胖子豪找他有事，两人进去讨论事情了，叶汐颖也就自个儿来报名了。

景山驾校位于西城广场对面，叶汐颖索性坐公交过去，反正也就三站而已，恰好碰上了空车时间段，一辆公交车上就只有她一个人。她坐到窗边的位置，道路两旁的枝叶随风摆动，树荫下斑驳成影，她打开窗户，微风袭来，空气中弥漫着一股清新的味道。

叶汐颖刚下公交车，就看见对门赫然四个大字，在阳光下闪闪发亮，她推门而入，就瞧见一位笑脸盈盈的姑娘上来，高跟鞋起码有十五厘米，“是叶小姐吗？”

叶汐颖点点头，那姑娘恭敬地带着她坐下，顺道送上了一杯水，“叶小姐，万总都已经吩咐好了，我给您拿报名表，至于费用的话，万总已经付清了，待会儿我拿发票给您。”

这会儿，她忽然觉得有个男人在身边不错，什么事都帮她想好了，反正就是不用她操心了，只需要去做就好了。姑娘一下子拿来两页纸，叶汐颖在纸上写下资料，那姑娘将资料校对无误之后，便笑盈盈地拿了发票和书递给她，“考试时间我会通知您的。”

叶汐颖从驾校出来，就直接朝着万宗胥的公司走去，手机铃声响起，她拿起来一看，是纽约的区号，于是喊了一声：“妈……”

“囡囡啊，车子喜欢吗？”沈融芬那边的声音有些吵，大概是在购物中心。

叶汐颖应了两声，“谢谢妈，我很喜欢。”

“喜欢就好，车子也赶紧学起来，刚刚宗胥打电话给我，说你都开始学了。”沈融芬喊得亲切，对万宗胥的印象是大大改观，不仅待她女儿好，而且还帮忙调解母女关系。

叶汐颖虚笑两声，他可真狗腿，没见过对其他事这样的。挂了电话之后，她心里却是甜蜜蜜的，大概是没有什么时候比现在更顺了吧，男朋友也对她好，跟母亲倒也没那么疏远了。

叶汐颖到了万宗胥办公室门口，秘书轻轻说了声：“里面有客人，叶小姐到旁边坐一下，待会儿再进去吧。”

秘书的态度非常好，完全是带着询问的，叶汐颖点点头在一旁坐下，秘书连忙送上了茶点。叶汐颖原想让她别这么夸张，不过话到嘴边又凝固了，因为送上来的是她最爱吃的板栗饼，最近一段时间在网上卖到脱销的，口感相当爽口。

过了一会儿，里面的人出来，叶汐颖这才进去，歪着脑袋走到他身边，万宗胥正在仔细地整理文件，看见叶汐颖站在旁边，“你先坐一下，这里有点乱。”

叶汐颖乖乖地坐到一旁的沙发上，她发现闲人就是有这个好处，到哪儿都是坐，一抬头，美人詹正拿着一叠文件进来，看见叶汐颖悠闲的模样，不禁挑眉笑：“这不是我公司的失踪人口吗？怎么跑到这里来了？”

“哪失踪了。”叶汐颖仔细一想，倒也确实有道理。她这个公司闲人，可当得真是恰当，三五不时就消失得无影无踪，而且上班也不用打招呼，真是想来就来，想走就走，本来还有点愧疚感，不过当知道是万宗胥的公司之后，愧疚感早已没了，反正都已经这样了。

正当美人詹想说话的时候，万宗胥咳嗽了一声，沉沉地说：“不是说过来送文件的吗？”

美人詹顿时无言以对，老大这是偏心得有点过分了，明明是他女人的问题，无奈地叹了一口气，将文件递给万宗胥。

他接过之后，仔细地浏览了一下，然后点头，“嗯，你可以走了。”

美人詹再傻都听得出来，这是老大在下逐客令了，反正意思很明显，就是不能惹他的小宝贝，否则绝对不饶。

叶汐颖瞅着美人詹离开后，心里美滋滋地跑到万宗胥的身边，小手摁在他的肩膀上，殷勤地给他按摩，万宗胥扭头一看，语气轻快地说，“良心发现了，嗯？”

叶汐颖走进他的耳畔，喷着热气说：“我发现你真好……”

万宗胥乐得嗯了一声，示意她继续按摩，叶汐颖手劲不大，弄到他身上就跟挠痒痒似的，不过他倒是也喜欢，反正只要是她弄得，他都喜欢。

“这些题目我不懂……”叶汐颖刚刚粗粗地看了一下题目，心想着怎么就越来越难了，心里不断地在犯愁。

万宗胥轻笑出来，“你可是高才生，不会连这点都忘记了吧？”

叶汐颖狠狠地掐了他一下，“那都过去多少年了，好久都没有考试了，肯定会生疏啊！”

万宗胥疼得喊了一声，“别太用劲，好好好，到时候我给你辅导，你要问什么，我都告诉你，你放心了，凭我这么多年的驾驶技术，肯定是没问题的。”

事实证明，万宗胥的保证可一点没用，他那时候拿驾照时候多简单，而现在全都是电脑选择题，就连他做的时候，也只拿了八十分，所以仅是不同往日这句话用在这件事上是再恰当不过了。叶汐颖对着那一道扣分题目死记硬背，最后还是做错了，估计是记性不大好。

叶汐颖到了考试那天，紧张得不得了，站在考场外，手心都渗出汗来，一个劲地做着驾考宝典，然后就到她了，晕晕乎乎地就走进去了，整个人都在颤抖，握着鼠标的姿势都不太对劲，直到做到第一百题，这才松了口气，摁了交卷之后，没想到是一百分，震惊到不行。

监考人员看着她傻了，走到她的跟前问："考了多少分？"

叶汐颖这才回神过来："一百吧？"

很显然这句话是问句，监考人员疑惑地瞄了眼电脑屏幕，这才说了句，"你可以走了。"

叶汐颖仿若游魂一样飘出来，直到走出考试大楼，这才反应过来，激动得不行，她所有害怕的题目，全都没有抽到，这运气是有多好？兴奋地给万宗胥发了条短信："考试通过了。"

叶汐颖从考试地点出来之后，准备挥手招车，没想到一辆都没有拦到，刚好大伙儿也都是这个点考完的，再加上比较偏僻，除了打车，并没有什么公交站牌，也没有机动车，所以全赶在一堆了，好几辆车都被别人抢走了。

就在她郁闷之际，一辆出租车开到了她的跟前停下，司机摁下车窗，笑盈盈地说："小姐，搭车吗？"

叶汐颖点点头，看到车子上有个人影晃动，多心地问了一句："车上有人？"

司机迅速说："是的，这个点人多，刚好可以拼车，要不要一起？"

叶汐颖打开车门，坐了上去，司机一踩油门，车子急速飞驰，速度相当快，叶汐颖正想说慢点，脑部一阵疼痛，然后就失去了意识，一片黑暗笼罩着她。

万宗胥在开会的时候，收到了叶汐颖的短信，嘴角不由勾起一抹笑，这小妮子这几天担心得吃不下睡不着，这会儿终于考过了，可算是让她放心了，就昨晚，两个人还针对这事议论着。

叶汐颖趴在万宗胥的胸膛上，担忧地问："你说我明天考不过怎么办？"

"考不过……就再考呗……"万宗胥想不出更好的话，只能这么说。

没想到叶汐颖一下子就拔掉了他的一根胸毛，不满地哼一声，"那多丢人，我要一次性考过，我可不想重考。"

"……"万宗胥忍着痛，笑着说："你轻点，你最聪明了，肯定能一次性考过的。"

"是吗？万一考不过怎么办？"叶汐颖又开始问了。

万宗胥大手捂着脸，觉得叶汐颖在考试这个问题上，绝对是个矛盾体，专门担心一些不存在的事。这些事很显然是就俩答案的，何必这么纠结，直到万宗胥睡着了，叶汐颖这才作罢。

部门经理正在讲解着公司下一步计划，瞧见万宗胥的笑意，倒也没那么紧张了，说得越来越得心应手了，万宗胥拿起手机回了一个："嗯，我媳妇真棒。"

万宗胥下班的时候，驱车到了S市一家有名的蛋糕店，营业员小姐看见她，恭敬地朝着他点点头，从里间拿出包装好的小蛋糕，递给了他，顺道附送了一盒制作精美的蜡烛，“这是我们本店自制的，祝您太太生日快乐。”

万宗胥嘴角一弯，点了点头，将蛋糕放进车子里。今天就是家里那个小傻瓜二十九岁的生日，不过这蜡烛就免了，女人总归是不想提到年龄这个事，本想请一堆人过来，不过又想给她个惊喜，副驾驶座上放着一个袋子，里面装着一枚闪闪发亮的钻戒，索性决定今天两个人独处，后天再宴请客人，这样倒也两全其美。

他推开家里的大门，发现里面黑黢黢一片，迅速环视四周，没有看见人影，当下心急如焚地拨打她的手机，那边传来了“已关机”的声音，他家宝贝这是去哪里了？怎么无缘无故就消失了？他顿时心乱如麻，眼睛一眯，迅速开车前往万家宅子，路上闯了三个红灯。

万家宅子灯火通明，用人看到万宗胥的车子开进来，连忙将大门打开，他随意地将车停在了院子里，然后怒气冲冲地赶到了万宗锭的书房，只见他正在喝茶。万宗胥大步走了进来，啪一声拍了下桌子,眼神中充满火焰,“你又把颖颖弄哪儿去了！你不能消停会儿吗？”

万宗锭被问得莫名其妙，抬起头蹙眉，“你在胡说什么？我怎么就又把叶汐颖那女人弄哪去了？”

万宗胥气得口不择言，“你不要给我装不知道，颖颖又不见了，肯定是你搞的鬼。”

“我？”万宗锭盯着他看了一会儿，讥讽一笑：“没准是那女人自己不想待在你身边，反倒来诬陷是我搞的鬼，真是荒谬！用你的脑子好好想想，如果是我的话，肯定会承认的，只是想分开你们而已，用得着搞得人口失踪这么离谱吗？”

确实如此，大哥向来是个敢作敢当的人，虽然有时候手段是不光明了点，不过倒也磊落，不像是做这种事的人，万宗胥无力地坐到一旁的柜子上，“怎么会无缘无故地失踪？”

叶汐颖的脑子像是被刚从水里捞起来似的，又重又沉，晕晕乎乎，不知身处何处，缓缓地睁开眼，发现竟然被绑住了，四周漆黑一片，有很多废弃的机器，应该是个仓库，并且无人问津，她一下子起了一身的鸡皮疙瘩。

忽然，一束光照了进来，叶汐颖被刺得睁不开眼，光圈越来越大，出现了三个黑影，脸蒙上了一块布，看不清容貌，其中一个人还抓着一个大肚子的女人。

叶汐颖不可思议地瞪了一下，怎么是万黎芝，她全身上下都被绑住了，嘴巴也被黑布封上，正在支支吾吾地挣扎着，其中一个人上前就是一巴掌，声音清脆响亮，“你他妈给我闭嘴，哪儿那么多话，信不信我让你立马死。”

万黎芝被吓得不敢说话了，眼泪不断地流出，害怕地不断地发抖。

万黎芝一下子被扔到了叶汐颖的身边，那手劲可大了，连叶汐颖都被撞得生疼，万黎芝发出“啊……”一声尖叫，“好痛……”

“我告诉你们俩，都给我安静点，否则我立马就毙了你们！”

那个男人的声音显得不耐烦，还特意摆出一个手枪毙人的动作，“你们俩给我站在门口守着，我去报告！”

待这三个人走了之后，叶汐颖小声地凑到万黎芝耳边说：“你怎么也被抓来了？他们究竟是谁？”

万黎芝哭得哽咽，“我不知道啊，我刚刚在超市买东西，无缘无故被带到这里来了，他们在路上还打我呢！我肚子好痛……”

叶汐颖的运气比万黎芝是要好些，只是被弄晕了，而万黎芝在路上可没少受他们的拳打脚踢，这会儿肚子早已是疼到不行，脑袋上冒出了许多汗珠。

叶汐颖虽然不喜欢万黎芝，不过毕竟还是有怜悯之心的，不禁担心地瞅着她：“你忍忍，别叫得太大声了，免得他们又过来了。”

万黎芝原本嘴巴还发出细碎的声音，一听到这话，连忙闭住嘴巴，忍住不发出声音，眼泪哗啦哗啦地流出，“汐颖啊，这里究竟是哪儿，好恐怖啊，怎么回事！我们为什么要来这里！”

叶汐颖观察着四处，门口站着两个人，逃出去肯定是不可能了，这四处都是灰尘，想来肯定是很久都没人来了，再加上这种工厂，都是在偏僻之处，只怕是叫破喉咙，也不可能有人发现的。她感觉很害怕，好想万宗胥能赶紧找到他，不知道他现在在哪里，有没有发现她失踪了。

大概过了一个小时，门口传来了高跟鞋走路的声音，叶汐颖警惕地朝那一看，只见张可欣和三个穿着黑衣服的人走了进来，她想过无数种可能，唯独漏掉了张可欣，心里顿时翻江倒海。

万黎芝一看见张可欣，迅速将整件事连起来，破口大骂：“你这个臭婊子，原来是你抓我们来的！我告诉你，你赶紧放了我，不然我让你好看！”

叶汐颖要不是被捆着手，真想一把捂住她的嘴，什么不该说偏说什么。

张可欣一巴掌就甩了过去，这可跟刚刚的男人不一样，声音更加重，并且反手又是一掌，万黎芝的脸蛋瞬间肿了，火辣辣得睁不开眼，可嘴上还是不留情，“婊子！”

“哎哟，嘴还挺硬的，你们俩给我打！”张可欣挥手招来两个男人，不顾万黎芝的挣扎，愣是拖到了一旁拳打脚踢。

叶汐颖只听见她传出阵阵惨叫声，顿时眼眶红红的，张可欣低头瞅了眼她，嘴角勾起冷漠的笑，“是不是很奇怪我为什么会抓你？”

“是想不到。”叶汐颖做梦都想不到会被张可欣抓到，两个人素无过节，不应该抓她。

张可欣一把抬起叶汐颖的下巴，另一只手抚摩她的脸蛋，“果然是个美人，难怪赵东耀对你如此念念不忘，要怪也就只能怪他太爱你了，爱得让人嫉妒。”

张可欣跟富商在一起的日子并不好过，时常要受到很多的屈辱，动不动就性虐她。她日复一日积累的怨恨，全部都埋怨到了赵东耀的身上，觉得都是他害得她变成这样的，又是万黎芝那个女人整的她，至于叶汐颖，纯粹只是因为赵东耀爱她，专门拿她作为叶汐颖的替身，她要他们全部都不得好过……

“你找错人了，我已经不是他老婆了，他哪会管我的生死。”叶汐颖觉得无辜，无缘无故就被牵扯上这种事。

张可欣猛地仰头一笑，拿起手机，“那就要看看他是在意哪个了？”

她拨通手机，笑成一朵花：“万黎芝和叶汐颖都在我手上，明晚八点到近藤码头来，不来的话，两个女人都会被我碎尸扔到大海里喂鱼。”

张可欣将话筒递给叶汐颖，她一时之间说不出话来，“……

帮我找宗胥！”

这句话还没说完，张可欣就把话筒拿走了，那边万黎芝被打得惨叫连连，那两个人也真的挺会找地方打，专门打脸，免得把孩子打掉了，赵东耀可就不来了。张可欣让其中一个人把话筒拿到万黎芝的耳旁，她的脸被打得浮肿起来，哭着说：“东耀，你赶紧来，再不来咱们的孩子就保不住了。”

“赵东耀，你可听清楚了，要是你明天不来，你就再也见不到她们俩了。找警察什么的都别想了，你知道我的脾气，到时候大家鱼死网破！”张可欣颇有气势地挂掉电话。

叶汐颖笑了一下，“有意思吗？你求的是什么？”

叶汐颖只感到脸蛋像被火烧过一样，一阵疼痛，张可欣这一巴掌落得不轻，“我自然有我的想法，你给我闭嘴，否则你的下场就跟她一样。少说几句话，才能不遭殃，你给我老实点！”

这时，门口走进来一个挺着大肚的男人，叶汐颖一眼就认出他是富商，这俩人究竟在搞什么名堂？他上前盯着叶汐颖看了一会儿，色眯眯地笑着：“这妞长得不错，真是极品，嘿嘿……”

张可欣冷冷地说：“大事重要，等摞了赵东耀，她就是你的了。”

富商的手在叶汐颖的脸颊上游走，“啧啧啧……这皮肤可真滑嫩……”

叶汐颖只感到一股作呕感从胃里不断地翻出，而她也真的吐了，都是今天吃下去没消化的东西，一下子弄得满地都是，富商一下子就叫了：“妈的，搞得这么脏！臭死了！”

张可欣嫌恶地捂着鼻子，冲着另外两个人喊：“好了好了，你们俩给我过来，我们走，免得在这儿看这些恶心的东西，晚上都要睡不着了。”

这群人消失在了黑夜中，砰的一声，大门紧紧地关上，叶汐颖这才缓过劲来，万黎芝被扔回到了她旁边，整张脸肿得简直没法看，都是瘀青和红肿，嘴角还染上了血迹。她虚弱无力地说："怎么办！汐颖！我们该怎么办！怎么才能逃出去啊！"

叶汐颖吐得虚弱无力，无暇理会万黎芝，浑身上下都像是散了架一样，周围散发出一股腐臭味以及酸味，她的脑子昏昏沉沉的，外面仍旧是黑黑一片，也不知是几点了，她好想万宗胥，不知他现在在哪儿，有没有发现她失踪了，不过，赵东耀该会通知他的吧。

每晚在这个点，万宗胥总是会搂着她入睡，说一些暖心的话……

万黎芝不时地发出哎哟的声音，然后时不时地哀叫，叶汐颖看了她一眼，舔了舔干涩的嘴唇说："别叫了，省省体力吧，再叫他们也不会理我们的，万一把别的东西叫来就完了。"

别的东西？万黎芝一下子被吓得不敢出声了，这鬼地方，不知会招来什么东西，她警惕地四处张望，果真看到角落有两只大耗子在爬着，她猛地叫了起来："有耗子啊！有耗子！汐颖啊！有耗子啊！"

叶汐颖也看到了，她自小最怕的就是耗子，不过这个时候，怕有什么用，她抖着身子说："别吵，这种地方的耗子不怕人，万一你一叫，还把它招来怎么办？"

叶汐颖这话没错，一般普通居家耗子，听到有人的叫声，或者碰到光，肯定都会被吓跑，而这些耗子不是，听到了万黎芝的叫声，非但不害怕，反倒虎头虎脑地爬了过来。

万黎芝害怕地双脚直踹，耗子一惊，迅速躲了起来，万黎芝这才安下心，嘴巴一撇，大哭，"汐颖，我们什么时候才能出去啊？为什么要在这种地方？”

叶汐颖也慌张起来，眼泪一滴滴滑落下来，他一定会来救她的，快点啊……

万宗胥正在四处寻找叶汐颖的下落，可惜一无所获，就是搞不懂她消失到哪儿了，这就是在大海捞针。手机铃声响起，是个陌生的手机号，警惕而迅速地接起，没想到是赵东耀，他在那头说：“汐颖和黎芝是被张可欣那伙人抓走的，我明天去救她，她让我告诉你一声。”

“妈的……”万宗胥骂了一口脏话，那个贱女人居然敢抓他的女人。

他家颖颖本来就怕痛怕黑怕受伤，被那个女人抓去，指不定会受到什么伤害，当下心疼得发颤。

赵东耀孤身一人来到了近藤码头，初秋的日照时间依旧很长，天色还没全暗下来，远处可见夕阳日落，海面上一片昏黄之色，往事历历在目。叶汐颖为他离家的那天，也是这样的天，她拖着行李箱，义无反顾地跟着他牵手离开，嘴角瘪了瘪，佯装出开心的模样，轻松地说：“真好！以后我们俩就要相依为命了！”

“汐颖，我会好好照顾你的。”赵东耀紧紧地握住拳头，对她发誓，一定要给她最好的东西，她放弃了很多东西，包括家庭，只是为了跟他吃苦。

“会好好照顾你的……”赵东耀觉得好笑，这些年来，他从来都没有好好照顾她，早已违背了当初的诺言。

张可欣早已在码头那边等他了，身后跟着四个五大三粗的男人，其中一个小平头，看见他过来，就立马示意其他两个人摁住赵东耀，“你给我老实点，否则我立马丢她们俩下海喂鱼！”

赵东耀大声地笑了起来，“张可欣啊，我都来了，你还怕什么呢？赶紧把她们俩弄出来，我才没那个时间陪你叙旧。”

张可欣朝着一个人点头，那人迅速往仓库走去，然后将她们俩给抓了出来。叶汐颖被封住嘴巴，瞪大眼睛看着被摁住的赵东耀，万黎芝一看见赵东耀，嘴里支支吾吾地想说话，却一句都说不出来。张可欣一把拉过万黎芝，抬手又是一巴掌：“你给我安静点，否则我第一个对付你。”

张可欣拿了一张合同放到赵东耀跟前：“你把这个合同签了，我就放了她们其中一个。”

赵东耀眯着眼扫了一下，“呵呵，原来是想要赵氏，你胃口真不小。”

张可欣说：“废话少说，你签还是不签？”

赵东耀笑了，“我签了，你就能保证放了她们？”

张可欣一把捏住赵东耀的下巴，“你要是不签，我现在就可以干掉她们，随你……”

张可欣使了一个眼色，手臂上文着一条大龙的男人，一下子掏出一把刀，刺向叶汐颖的脸蛋，赵东耀迅速出言阻止：“好！我签……何必这样呢……”

赵东耀马上在纸上签下名字，张可欣笑着拿过合同，这会儿，富商从角落里走出，伸手拿过张可欣手中的东西，笑着说：“今后，赵氏可就是咱们的了。”

“好了，你这下可以放掉她们了吧？”赵东耀盯着两个人，他就知道凭张可欣的脑子是想不出这些的，那个男人在圈子里臭名远扬，专门做一些不正当的勾当，现在这么做，只怕是穷疯了。

张可欣朝着万黎芝旁边的人扬了扬下巴，脸上露出嗜血的笑容，只见那人松开了万黎芝的绳子，然后迅速抽出一把刀，狠狠地刺向她的肚子，她惨叫一声，不可置信地呆住了，然后低头看向肚子，只见汩汩鲜血流出，整个人倒在了地上，捂着肚子不断地哀叫。

叶汐颖整个人被吓傻了，眼泪唰一下就流出，赵东耀没料到他们会来这招，趁其不备，迅速一脚踹开一个人，瞬间挣脱开来，张可欣大喊："你们俩给我拦住他，还有你们！猪啊，还不赶紧下手！"

赵东耀见身后追来两个男人，利落地转身解决，随即赶到了叶汐颖的身边，过肩摔了一个，另外一个被扔了出去，他拿掉了叶汐颖嘴巴上的胶带。

她失声痛哭出来，张可欣见状，拿起地上的一把刀，朝着叶汐颖冲了过来，直直往她背部插去，没想到，赵东耀一把推开了她，刀子插进了他的腹部。

张可欣慌张地松开手，吓得说不出话，叶汐颖被莫名其妙地推了一把，转身一看，赵东耀已经躺在了血泊之中。她发疯似的冲了上去，捧住赵东耀的脑袋，"东耀，你坚持住，我们马上去医院！"

"没事，乖……不哭……再哭就成小花猫了！"赵东耀嘴角露出一个笑容，拍了拍叶汐颖的手，"对不起，汐颖，这辈子是我对不起你，我想我再也无法挽回你了，或许，这样倒是最好的结局，如果有下辈子，我一定会好好待你，绝对……咳咳咳……"

"你不要说话了，你会没事的，你一定会没事的！"叶汐颖捧着赵东耀，泪流不止，“没有什么下辈子不下辈子的，你一定会好好的。”

赵东耀伸出血迹斑斑的手掌摸了摸叶汐颖的脸蛋，“下一次，我再也不会放开你的手……了……”

赵东耀说完这句话，那只手落下，缓缓地闭上了眼睛，嘴角露出了笑容，身体一动不动，而另一只手，则是握住了叶汐颖小手，脑海里闪过一道光芒，出现了十九岁的叶汐颖，她正在大学图书馆看书，他悄悄地走进，她调皮地转头发出一声：“哇……”

赵东耀揉了揉她柔软的发丝，弄得软蓬蓬的，“这么吓人？”

忽然，画面转换，叶汐颖哭着跪在地上求他，嚷着：“东耀，我求求你，告诉我真相好不好，你到底跟她有没有关系！”

他还没说出这句话，画面又变了，那是叶汐颖在餐厅里跟他离婚的时候，她冷漠地看了他最后一眼，心如刀割。

这些画面像是万花筒一样不断地旋转着，然后绕啊绕啊就消失了，一下子都变成了空白，朦胧之中，二十岁的叶汐颖出现了，她穿着一条白裙子，笑颜如花地转过头，伸手牵着他说：“东耀，我们会永远在一起的。”

赵东耀捏着她柔软的手心，“好，永远都在一起。”

叶汐颖抱着赵东耀的身体失声痛哭，这时候，万宗胥带着一队警察出现，全面封锁现场，几个黑衣人瞬间就被制服了。张可欣坐在地上像是傻了一样，整个人呆呆地看着赵东耀。富商想偷偷溜走，没想到却不慎落入水中，万宗胥连忙让人把万黎芝抬到医院，又瞅见叶汐颖正抱着赵东耀哭。

他走过去一把抱住了叶汐颖，将她的小脑袋埋在胸膛里，“我来了……”

叶汐颖哭的迷迷糊糊地盯着万宗胥看了一会儿，这才认出是他，“你来了……东耀，你快救救东耀，他为了保护我……他他他他他……”

叶汐颖说到最后已经哽咽得说不出来话了，万宗胥连忙命令人将赵东耀也抬走，然后将叶汐颖打横抱起来，“不怕啊……会救他的。”

叶汐颖听到了万宗胥的保证，脑子里紧绷的那根弦瞬间放松了，一片黑暗笼罩着她，倒在了万宗胥的身上。

有时候，改变一件事，可能只需要那么一瞬间。富商哐当入狱，被判处无期徒刑，而张可欣则是十年的有期徒刑；万黎芝肚子里的孩子是保不住了，不过她自己却捡回一条小命；赵东耀因失血过多而身亡。

当叶汐颖在医院里醒来，迎面而来的是这些消息，她从来没有想过赵东耀会死，哪怕是死，也不是以这种方式，她完全沉浸在震惊中没有办法回神，忍不住偷偷地流下眼泪。

万宗胥拿着一个保温杯进来，叶汐颖连忙擦去眼角的泪水，他不动声色地将保温杯放到床头柜上，上前搂了搂叶汐颖，亲了一下她的额头，“刚刚是不是哭了，注意情绪，医生说孕妇要保持好心情。”

叶汐颖下意识地摸了摸肚子，嘴角荡漾开一个笑容，她万万没有想到，自己居然怀孕了，在经历了这么多灾难之后，老天竟然眷顾于她，本来她这种体质是非常难怀孕的，加上流产过一次，这种概率是微乎其微的，没想过能够怀上孩子。

万宗胥瞅着她乐了，那心肝瞬间就柔软了，摸了摸她的小腹，“你看我厉害吧？专门做一些不可能完成的事，这不就把宝宝塞在你肚子里了。”

“哼，不厉害……”叶汐颖故意逗他。

万宗胥迅速挠她痒痒，在她腰间按着，“还说我不厉害，看我怎么收拾你。”

叶汐颖大喊着：“我肚子疼……”

“哪疼，我看看……”万宗胥的心一下子就抽紧了，小心翼翼地查看她的肚子。

叶汐颖扑哧一声笑了出来，“好了，人家骗你的，别人说什么你就信什么，真蠢，一点都不聪明。”

万宗胥这才安心地抱了抱她，“我只担心你一个人，其他人是死是活都不关我的事。”

叶汐颖娇滴滴地喊了一声，“我想回家了。”

“好，待会儿办完手续，咱们就回家，你乖啊，我回家会好好疼你的。”万宗胥像是哄小孩一样哄着叶汐颖。

两个人都很自然地避开了赵东耀，叶汐颖不知道如何去面对，而万宗胥则是不想再增加她的负担了，她又怀着身孕，更不能再胡思乱想了。

万宗锭经过了万黎芝的打击，倒是开始自省教女无方，一方面心疼女儿的遭遇，一方面又气得不行，让吕妮送她到美国去疗养，借此冲淡这件事对她造成的打击。

他仍旧不满意叶汐颖，但没想到这女人居然怀了孩子，顿时立场就有些动摇了，这宗胥也没个后代，突然来了一个，倒也是可以的，只是那个女人实在是……不让人满意啊，就她那风评，二婚还跟前夫扯不清，肯定是不好的。

万宗胥压根就无视万宗锭的意见，反正对于他来说，叶汐颖他是肯定要娶的，随他怎么想。他要是满意的话，那自然是最好，不满意就拉到。两个人经历了这么多，好不容易才在一起，还有个小宝宝，怎么可能让大哥搅黄了。

万宗锭见万宗胥的态度坚决，加上又有了个孩子，态度也就软化了许多，打了个电话给他，让他带叶汐颖回家吃饭，没想到他还不屑，居然说什么叶汐颖要在家养胎，没时间去吃什么饭！气得他牙痒痒，这都是一些什么事！

晚上，万宗胥搂着叶汐颖嘀嘀咕咕这事，嘴里哼哼着："你说大哥这人是不是有病，让你回家吃饭，又表现得不满意你，他是哪根筋不对了吧？"

叶汐颖有一搭没一搭地给他捶背，捶得万宗胥可舒服了，"要不，咱们还是回去看看吧。你哥也怪可怜的，黎芝一下没了孩子，这对他该是多大的打击。"

唯一捧在手心的掌上明珠，没有找到一个好人家嫁了也就罢了，竟然还没了孩子，这该是多大的打击。叶汐颖到底还是怜悯心发作了，"宗胥，咱们还是回去吧，反正你跟我说这些，不就是征求我的意见吗？"

万宗胥吃惊地看了她一眼，"你……"

他实在没有想到叶汐颖居然能够猜到他的心思，确实是如此，不想两难，他还是希望叶汐颖能够光明正大地嫁到万家，只是又怕她心里憋得慌，始终还记挂着那些陈芝麻烂谷子的事，到时候又不甘愿了，闹得两个人关系不好，如果是这样，他倒不想她回去了。

"都这么久了，难道我还不懂你吗？"叶汐颖往万宗胥身上蹭了蹭，一只手玩转他的扣子，"之前，我确实是很讨厌黎芝，只是，她都这样了，我还能恨她吗？算了……"

“你太明事理了，让我亲一个。”万宗胥一口就亲了上去，叶汐颖顺从地抬头。

叶汐颖踏入万家大门的时候，发现院子里的花草开得特别好，一朵朵娇艳欲滴。用人看见他们俩过来，连忙带着他们上桌吃饭，其实也就是万宗锭和小妈两人，吕妮和万黎芝都去了美国。

菜色极为丰富，不过却没了带腥味的，万宗锭早就交代好了，叶汐颖是不能吃鱼虾类食物，免得看见就往厕所跑。

小妈夹了一块炖牛肉放到叶汐颖的碗里，“多吃些这个，对身体好，你们俩现在还是两个人住吗？宗胥，你能照顾得了她吗？她刚怀孕，肯定不懂孕妇该吃什么不该吃什么，你们最好还是找个保姆。”

万宗胥确实是有这方面的考量，叶汐颖是会做菜，不过孕妇要尽量少进厨房，可是一直没找到合乎心意的，“找人一时半会儿也很难找到，毕竟不是知根知底的，很难放心。”

叶汐颖倒是无所谓地笑了笑，“没事的，反正我一个人在家习惯了，多一个人倒也不方便。”

“胡扯……”万宗锭冒了句，“哪有这么不把怀孕当回事的？还不如搬回万家来，我们这儿用人肯定会好好照顾汐颖的，用得着自个儿这么苦地干活做事吗？像什么话！”

叶汐颖顿时一愣，嘴角的弧度越来越大，“那……”

她看了一眼万宗胥，示意他说话，万宗胥喝了一口汤，这才缓缓地说：“有理倒是有理，行吧，反正汐颖在家里也没人照顾，就回家住吧。”

小妈这会儿笑着说：“那自然是最好，万家最近好冷清，你们一回来，肯定会热闹许多的。”

万宗锭闷不吭声地吃了一口菜，然后脸上笑盈盈的，看上去是心情不错的。

饭后，叶汐颖和万宗胥回去整理东西，准备明天搬进来，叶汐颖坐在副驾驶座上，搬弄着车子上的水晶挂件，“看来你大哥对我是满意了？”

万宗胥手握方向盘，语气轻快，“你管他，反正别整那些阴的事就行了，你可要确定立场，不要跟他同流合污欺负老公。”

叶汐颖笑着瞟了他一眼，“胡说什么，我哪敢欺负你，每次都是你欺负我的。”

“上次……”万宗胥侧过脸，“你不是被大哥说一下就跑了，害得我心惊胆战，吓得魂都没了。你这个小磨人精，我这把老骨头啊，就要被你整死了。”

叶汐颖倒是没想到这茬，却被万宗胥给提起来了，不好意思地笑笑，“我有没有告诉你一件事啊？”

“嗯？”万宗胥疑惑地问了一声。

她悄悄地凑到了万宗胥的耳边，轻声说：“老公，我爱你。”

车子猛地向前一倾，然后停了下来，叶汐颖惯性地往前一歪，被吓了一大跳，惊魂未定地说：“你干吗……”

万宗胥不可置信地问：“你刚刚说了什么？”

后面发出车子的喇叭声，声音越来越多，也越来越大，万宗胥不得不重新发动车子，叶汐颖嘴角勾起一抹笑容，调皮地勾住他的脖子，大声地说：“老公，我爱死你了！”

第六章　番外

回忆里的沙漏

F 大，被誉为是 S 市最好的大学，考上这所大学的人，有两类人，一是成绩优异，二是家庭背景雄厚。当然叶汐颖是凭着自己的本事考上这所大学的，所以可开心坏了，要离开土生土长的 A 市，到一个陌生的地方生活，想想都觉得有意思，人在这个年龄段，最容易萌生离家的冲动。

当叶汐颖背着重重的行李箱，来到 F 大的门口，正愁着不知道要往哪儿走，这时候，一个流里流气的男生走过来，“美女，是不是不认识路，要不要哥哥带你走啊？”

叶汐颖下意识地蹙眉，扭头不理，男生又走到她面前，甩了下刘海，故作帅气地说：“美女，你别不理人，哥哥是好人，不会拐骗你的，只是帮你带路而已，用不着这样！”

这时，一个胖乎乎的男生走了过来，一把推开他，“好漂亮的小学妹！他是骗子，你别听他的，我是好人啊！大大的好人！你要去哪个学院？跟我说！我带你去！”

叶汐颖被这俩人逗乐了，忍不住扑哧一声笑了出来，胖乎乎的男生看迷了，这姑娘长得可真好看，那皮肤细嫩得都可以掐出水来，感叹着：“年轻就是漂亮！青春！活力！美貌！小学妹，我叫沈思安，你叫我小安安就好了。”

“你……”叶汐颖还没开口，一个男生插了进来，俊朗的五官让她忍不住多看了几眼，穿着一件蓝色格子衬衫，配着一条牛仔裤，恰好是她最喜欢的装束。

“你们都在干吗呢？跑到这里来干吗？”男生一本正色地训斥那两个人，瞄了她一眼，淡淡地说：“你是新来的学妹？”

叶汐颖点点头，心里有点不舒服，一般男生看到她的样子，都会屁颠屁颠地走过来，而他却是一副毫不在意的模样，甚至有点无视她的存在。

“哪个学院的？”男生又问了一句。

叶汐颖虽然心里不满，却也没有表露出来，绽放出她认为是最好看的一个笑容，“人文传播学院的！”

“噢……往前直走，左转就到了。”男生没有露出什么意外的神色，而另外两个人就按耐不住了，沈思安连忙说：“小学妹，我带你去吧？你看你又不熟，万一走丢了可怎么办？”

“他哪认识什么路！还是我带你去好了！”流里流气的男生抢言。

“你们俩都给我闭嘴，待会儿不是还要去金融学院搬桌子吗？哪有时间带她！”

叶汐颖笑了一下，完全是为了掩饰尴尬，正欲离开，男生又喊住了她：“你等等，你叫什么名字？”

叶汐颖眨巴了一下眼睛，不明所以，“叶汐颖……”

“我叫赵东耀，金融学院的。”赵东耀简单地落下这句话，然后就抓着其他两个人离开。三个人越走越远，乱作一团，很显然，那俩人压根不想走，心思还留在这里。

叶汐颖一直以为两个人不可能有任何交集，毕竟他看起来不想理她，而且也没有像其他两个人一样，眼神里透露出欣赏的目光，就像是两条平行线，只会在自己的命运里行走，绝对不会相交，没想到却在 KTV 里再次遇见了他。

新生刚入校门，必定是对一切都充满好奇，经常整什么联谊会啊新生聚会啊等等，叶汐颖本来对这些完全不感兴趣，毕竟她不喜欢吵闹，但耐不过班长陈真的邀请，非要她去露露脸，说什么让他们见识一下什么叫系花，叶汐颖愣是被拉去了。

KTV 里震耳欲聋，一群人在里面嘶吼着，叶汐颖坐在角落里，无聊地打开手机，却找不到一个有意思的游戏，无聊地打了个哈欠。这时，有三个人推门而入，赵东耀蹙眉走了进来，好像不大乐意，而另外两个人则是蹦蹦跳跳的，看起来特别兴奋。

叶汐颖一早就看见这三个人了，坐在位子上纹丝不动，本来就是不熟的人，也就没有必要打招呼了，继续折腾着手机。没过几分钟，赵东耀就坐到了她身边，叶汐颖一下子愣住了，偷偷瞄了他一眼，见他也正在摆弄着手机，于是舒了一口气。

忽然，赵东耀将手机递了过来，然后在她耳边说了句，“你手机号多少？”

叶汐颖不明所以地眨了眨眼睛，却因胆子小，没有去问为什么，他看起来冷冰冰的，一点都不喜欢她，肯定不是她想得那种事，所以啪啪啪输下一串数字还给他。

赵东耀接过手机，就没有再说一句话，两个人一个晚上都没有说话，要搁不知情的人，还以为是这俩人闹什么矛盾了，都自顾自玩着手机，也不唱歌，也不聊天，多无趣！

直到结束了，叶汐颖回到寝室里洗漱，发现手机里有一条未读短信，看了一下居然是赵东耀发的，好高冷的两个字："晚安！"还加了一个感叹号。

叶汐颖对着这条短信研究了好久，也没想出个所以然，最后初步判断，八成是发错人了，可为什么晚安还带着一个感叹号？真是稀里糊涂的，她直接就删了短信，爬到上铺睡觉，却翻来覆去睡不着，脑子里尽是短信的事，发出一声声叹息。

隔壁铺的陈茵茵问了句，"你睡不着啊！"

叶汐颖闷闷地说："没有！我马上就睡！"

隔壁铺的陈茵茵又说了句："我们宿舍又要来一个姑娘了，好像家里很有钱！"

叶汐颖宿舍里一共两个人，不过有四张床，所以肯定是要加进来人的，毕竟实在太宽敞了。这才开学没多久，分配上还是有些混乱的，叶汐颖对这事倒是不好奇，反正在这所大学就读的，不是家里有背景，就是家里有钱。

叶汐颖打从那一天之后，手机就开始抽风了，早上会收到一句："早安！"而晚上则是"晚安！"还都是带着感叹号的。赵东耀这人是怎么回事，怎么乐此不疲地发这两条短信。

直到第十天，叶汐颖实在是耐不住好奇心了，直接跑到十三号男生宿舍楼下，打通了赵东耀的号码，让他赶紧下来。赵东耀匆匆地从楼上下来，喘着气，看来是跑得很快。

叶汐颖本来有一肚子问题，可看到他之后，又问不出来了，害羞地低下头，瞅着脚底的白色帆布鞋。

两个人就像是傻瓜一样站着，没有人开口说一句话，过了一会儿，赵东耀这才说，"边走边说吧，不然我们站在这儿，别人以为干什么呢！"

叶汐颖这才发现有很多同学纷纷侧目，看着他们俩。F 大是个八卦的地方，要再傻愣愣地站着，指不定还能传出什么奇葩的言论。

两个人朝着第一运动场走去，叶汐颖这才问了句：“你是不是把我电话存错名字了？”

赵东耀瞅了她一眼，沉默许久才说一句，“没有，是对的，不信你看。”

叶汐颖从赵东耀手上接过手机，果然是没错，写的是她的名字，她歪着小脑袋百思不得其解，又问：“那你是不是发错短信了？”

赵东耀：“……”

叶汐颖紧接着说：“我连续十天都收到你的‘早安！’‘晚安！’你确定你发对人了？”

赵东耀轻笑出声，摸了摸叶汐颖傻乎乎的小脑袋，点头嗯了一声。

叶汐颖瞬间呆滞住了，那赵东耀是几个意思？她不可置信地说：“不会你给每个人都这么发吧？”

赵东耀眉角含笑：“我可没这嗜好！你怎么这么可爱！”

叶汐颖觉得不可能是她想的那种吧？毕竟两个人没有见过几次面，而且他从来没有表现出任何喜欢她的样子，她也不想自作多情地问这句，免得被他认为是自恋，可是又没有别的理由可以解释了，她低着脑袋不说话了。

赵东耀也不说话，两个人往前走着，眼看都快要到运动场了，叶汐颖在心中暗想，这是走了多少路了，起码有半个来小时了，深深地叹了一口气，赵东耀一下子又笑了出来，“你就不好奇为什么？”

“好奇啊，你又不告诉我，还跟我装神秘！”叶汐颖无力地说，觉得两个人沟通有问题。

赵东耀嗯了两声，然后又不说话了。叶汐颖终于耐不住了，问了句：“为什么你要在后面加个感叹号？睡觉是一件很值得感叹的事吗？还是比较激动人心的事？”

“……”赵东耀被她这句话雷到了，笑着说：“或许是对你说的时候，特别激动呢。”

叶汐颖傻呆呆地停下了，迷茫地看着他，这话是什么意思？他说话怎么就说半句？“……你想说什么？”

“你真的很可爱，我挺喜欢你的。”赵东耀说完这句，叶汐颖的脸蛋彻底红了，倒不是因为第一次有人跟她表白，从小到大，很多人都在她面前说过，只是这个人，居然是赵东耀，她完全不敢相信。

叶汐颖不确定地问了句：“你说的喜欢，是哪个喜欢？是我认为的那个喜欢吗？”

赵东耀戏谑地说：“你认为是哪个喜欢，就是哪个喜欢！”

“……我不跟你说了！”叶汐颖被逗得头越来越低，不敢直视他的眼睛，然后找了个借口离开，“我想起来了，陈茵茵还找我有事，我先走了！”

我是不是太瘦了！

叶汐颖发觉最近跟着糯米团发胖了，特意在淘宝上买了个电子秤，每天站上去称一称体重，睡觉前看看，起床后瞄瞄。万宗胥每次都说，这是病，得治，叶汐颖觉得男女思维的差异就在这里，女人特别计较那零点零几，少一点就激动，而万宗胥上下十来斤都没多大感觉。

糯米团一直被大伙儿说胖，遇见阿姨、叔叔都说，“哇！糯米团圆圆的好可爱”“糯米团肥嘟嘟的！”“糯米团好圆！”“糯米团好肉！”虽然是个小孩子，不过既然大人经常提，她也就放在心上了。

这天，用人做了一大桌好吃的，有糯米团最爱吃的红烧肉、糖醋排骨、椒盐虾，她美滋滋地吧唧吧唧地吃，在吃这件事上，她从来不让大人费心，别人家的父母都在想着让小孩多吃点，而叶汐颖则是要控制糯米团的饮食。

万宗胥看着女儿这股能吃的劲，笑着捏了捏她的小脸蛋，“糯米团再吃两块红烧肉就不能吃了，否则胖起来隔壁哥哥就不喜欢你了！”

糯米团睁着圆圆的眼眸，盯着万宗胥看了几秒，然后迅速迈着小短腿爬下餐桌。叶汐颖以为万宗胥把女儿弄生气了，惹得她不吃饭了，没好气地瞪了他一眼：“别这么说她，她听得懂！”

万宗胥笑了，连忙跟了过去，没想到糯米团跑到父母的房间里，正站在叶汐颖的体重秤上，歪着脑袋看上面的数字，然后激动地对万宗胥说：“爸爸！糯米团才一公斤，太瘦了！我要多吃点！”然后迅速跑到桌子上，美滋滋地吃着红烧肉。万宗胥被这一幕逗笑了，走过去看到上面显示 30.21，敢情她就是看最后一位数的。

晚上洗澡的时候，叶汐颖帮着搓糯米团肉嘟嘟的后背，糯米团正在玩着泡泡，忽然想到了什么，问：“妈妈，糯米团胖不胖？”

叶汐颖连忙说：“不胖！”

“那……为什么他们都说我胖？”糯米团说得一阵委屈。

叶汐颖这才知道女儿的自尊心受到打击了，连忙安慰道：“谁说你胖的？你不胖，正好！”

糯米团听到这话就乐了，拍着小手说：“妈妈，我们再说一遍好不好！”

“糯米团胖不胖？”

叶汐颖回：“不胖，正好！”

糯米团咧嘴一笑，露出几个小白牙，“再说再说……”

“糯米团胖不胖？”

叶汐颖回的有气无力：“不胖，正好！”

“妈妈，我们再说一遍！”糯米团激动地玩着水花，叶汐颖一道寒光扫来，糯米团低低地嘟嘴，“……原来糯米团很胖。”

叶汐颖笑着说：“怎么会，不胖，正好！”

于是，整个晚上，这对母女都在重复这个问题，糯米团一直嚷嚷要听，叶汐颖连做梦都有这个画面，正可谓是入戏太深了。

凶狠的软绵羊妈妈和善良的纸老虎爸爸

糯米团经过了漫长的暑假，终于从中班晋升到大班。糯米团和别的小朋友不一样，并没有什么暑假倦怠症，依旧高高兴兴地去上课，只是有点小懒惰，起不来床，等到醒来之后，早就错过了车子接送的时间，于是万宗胥将她送到幼儿园里。

下车的时候，糯米团腻腻歪歪地说：“爸爸，亲一下亲一下。”

万宗胥在糯米团脸上吧唧一下，糯米团笑得可开心了，一双肥嘟嘟的小手在空中摇晃着，然后晃悠着小身子下车，还朝万宗胥挥挥手，“爸爸再见，爸爸晚上见！”

万宗胥被逗得心情很好，“晚上给你买费列罗吃！”

幼儿园的汤老师看见糯米团，将她搂在怀里亲了亲问：“糯米团，今天怎么是你爸爸送你来的？”

“糯米团睡过头了，妈妈不高兴。”糯米团说得很委屈，眼睛还有点肿肿的。

早上，糯米团睡过头的时候，叶汐颖怎么都弄不醒她，就一直放音乐给她听，没想到她越睡越沉，醒来之后，看见叶汐颖黑着脸坐在一旁，“糯米团，你昨晚是不是起来玩平板电脑了？”

“没有，没有……”糯米团连忙挥动着小手，“糯米团不喜欢玩的！”

叶汐颖生气地从糯米团的小被窝里找出一个小平板电脑，扔到她的面前，“你还敢狡辩，谁准你三更半夜起来玩平板电脑的，难怪今天都喊不醒你。”

糯米团被骂的眼泪汪汪，鼓起小嘴巴，然后打着自个儿的小腿，“妈妈……妈妈……”

叶汐颖早就料到女儿会来这招，对着她的小腿就狠狠掐下去，糯米团“哇”一声就哭出来了，“妈妈……妈妈……好痛……”

“你自己打有什么用，还是妈妈掐掐，这样以后才会长记性。”叶汐颖说得可冷了。

糯米团在房间里哇哇大哭，叶汐颖就是一点不心软，朝着她的大腿又掐了一下，“那点劲怎么够你这哭声，让妈妈多掐掐，你再哭响一点，可不准停了。”

糯米团被弄得哽咽地不敢哭，圆圆的脸蛋上尽是豆大的泪珠，“妈妈，糯米团错了！下次不敢了！”

刚好万宗胥回来了，听到房间里的动静，连忙过来看，瞧见叶汐颖正气呼呼地坐在床上，而糯米团则是哭成一个泪人蹲在地上，心疼得连忙上前抱着，“糯米团，你这是怎么了？是不是把妈妈弄生气了？”

糯米团一看见爸爸，哭得更加猛烈，万宗胥哄了好一会儿，她这才慢慢停下，半天说不出一个字：“爸爸……我……”

万宗胥叹了一口气，转头看了眼叶汐颖，“她怎么了？”

叶汐颖站起来，不高兴地说：“你们家糯米团啊，三更半夜起来看平板电脑，这都先天性弱视了，上次去检查，发现看电脑太多，还有点近视，再这么玩下去，以后可怎么办？”

“就这事啊。”万宗胥抱着糯米团站起来，然后上前搂住叶汐颖，笑着说：“没事，不就一次嘛，你看糯米团都知道错了，下次会改的对不对？”

糯米团可怜地点点头，“对，糯米团会改的。”

叶汐颖这气来得快，去得也快，再加上女儿嘴巴又甜，知道怎么跟妈妈说话，轻柔地抱过糯米团，卷起她的小裤子，不舍地看着红红的那一块，都是她掐的，眼泪哗哗哗地就下来了，“疼不疼啊？”

糯米团嘟着嘴巴说：“不疼，妈妈不生气了。”

“妈妈没生气了，糯米团下次可不许玩了，不然以后会看不见的。”叶汐颖擦着眼泪，糯米团连忙抽了一张纸巾给她。

“糯米团知道了。”糯米团傻乎乎地点点头。

糯米团的美丑之分

随着糯米团长大，叶汐颖越来越发现她的古灵精怪。

这小丫头看人专门脸，看到漂亮的人，就相当热情，还目不转睛地盯着人家看，要是别人的长相稍微次点，她就会扭头哼哼，压根不愿意说句话，标准的外貌协会。

叶汐颖觉得有必要找她谈谈，无论美丑，都要热心对待，那世界上哪有那么多漂亮的人。

晚上睡觉的时候，叶汐颖就趴在万宗胥的胸膛上说起这事，万宗胥对此倒是不在意，摸了摸叶汐颖的脑袋说："小孩子不懂事，长大了就知道了，你越说她越在意。"

叶汐颖还是觉得不妥，叹了一口气说："你说现在的小孩怎么就懂这么多，像我们以前哪知道什么美丑啊，都相处得很好，大家和乐融融。"

"你拉倒吧媳妇，你不就是看老公帅才和老公在一起的吗！"万宗胥咧嘴一笑，露出一排白牙齿。

叶汐颖扯了扯他的脸颊，笑着说："你还能再无耻点吗？哪是我看你帅啊，是你贪慕我的美貌吧！一步步设计把我弄上床。"

"媳妇，疼……"万宗胥委屈地说："……我要是一口大龅牙，你估计连亲都不让我亲，更别说跟我躺在一起了。"

"……"叶汐颖这会儿真的无言以对了，确实言之有理。

虽然万宗胥说得有道理，不过鉴于他溺爱女儿太深，无法正确判断是非，反正在家的时候，女儿说什么就是什么，女儿只要一哭，他立马就急了，女儿不高兴的话，他肯定就会哄，所以以此类推，女儿要是说谁难看不理谁，他二话不说肯定是站在女儿那边的。

吃晚饭的时候，糯米团端着个小碗吧唧吧唧地吃着，满足地啃着大鸡腿，愣是把一瘪瘪的肚子吃得圆滚滚的，都凸出来好多。

叶汐颖把鸡腿端走，换上一盘豆子，糯米团可怜兮兮地瞅着碗里，万宗胥摸了摸女儿的小脑袋，很想出声帮忙，却又被媳妇白了一眼，想想也就算了，毕竟媳妇生气起来也不认人。恰巧这个时候，用人误摁了遥控器，电视里放出杧果台的电视剧。

糯米团眼睛一亮，激动地说："妈妈我吃饱了，我去看电视了。"

嗖一下就迈着小短腿跑到电视机面前，全神贯注地盯着上面看，叶汐颖好奇地走过来看了一眼，只见糯米团捂着眼睛说："哇……好帅啊，那个男的太帅了。"

叶汐颖扭头一看，上面正在播着一部她认为是很无厘头的剧，叫什么《不一样的美男子》没想到自个儿的女儿却疯狂地追剧，她能看得懂吗？

叶汐颖晚上哄糯米团睡觉，决定要好好教育一下女儿，"糯米团啊，看电视剧找帅哥美女看是没错，但是在幼儿园里可不能这样，你不能看见长得不好看的小朋友就不理他，这样很不尊敬别人的。"

"妈妈……可是糯米团就是不喜欢跟他们说话。"糯米团眨巴着大眼睛，嘟着嘴巴说。

“那也不可能一下子就转头不理，少说几句话就可以了。不过，光看外貌是看不出的，好不好相处要看内心的，等你长大一点就懂了，你现在要做到不管对谁，都要有礼貌，不能做出很失礼的事，比如说不能一下子就说人丑，不能乱笑别人，更不可以不理别人，懂吗？”叶汐颖很有耐心地说着。

糯米团是个听话的孩子，似懂非懂地点点头，“知道了，糯米团都会好好说话的。”

在很多年以后，糯米团绝对想不到她找了一个其貌不扬的男人，更想不到会彼此相爱，弄得万宗胥只差没气得高血压了，这是万万没想到，自个儿家的小宝贝会眼拙成这样，此为后话。